'국민'이라는 노예

한국 문학의 기억과 망각

'국민'이라는 노예

한국 문학의 기억과 망각

2005년 3월 25일 초판 1쇄 발행

펴낸곳 (주)도서출판 **삼인**

지은이 김철
펴낸이 신길순
부사장 홍승권
주간 최낙영
편집 윤진희 유나영
제작 양경화
마케팅 이춘호
총무 서민아

등록 1996.9.16. 제 10-1338호
주소 121-837 서울시 마포구 서교동 339-4 가나빌딩 4층
전화 (02) 322-1845
팩스 (02) 322-1846
E-MAIL samin@saminbooks.com

표지디자인 (주)끄레어소시에이츠
제판 문형사
인쇄 대정인쇄
제본 성문제책

ISBN 89-91097-19-7 03810

값 14,000원

'국민'이라는 노예

한국 문학의 기억과 망각

김 철 지음

삼인

차례

'국민의 기억'을 대신하여

> 문제 삼아야 할 것은 바로 두 가지 죽음으로 찢겨진 주체의 잔여 부분인 것
> 이다. 이 잔여야말로 〈중략〉 내셔널리즘에 불협화음을 일으키는 잡음의 근
> 원이며, 역으로 내셔널리즘은 이 잔여의 망각과 회수이기도 하기 때문이다.
> 〈중략〉 완전히 진정한 국민이 되지 못한 인간이, 또는 역으로 적이 되지 못
> 한 인간이 전장에서 두 가지 죽음으로 찢겨졌을 때에 남는 회수되지 않은
> 영역, 문제는 그 영역의 행방이다.
>
> – 도미야마 이치로, 『전장의 기억』

　식민주의와 전쟁의 폭력에 대항할 가능성을 묻는 도미야마 이치로(富山
一郎)의 『전장(戰場)의 기억』(임성모 역, 도서출판 이산, 2002)은, 폭력이 기
억되고 발화되는 방식에 관한 놀라운 장면 하나를 예시하고 있다. 아시아
태평양 전쟁 당시 뉴기니의 밀림에서 인육을 먹으며 살아남은 병사 오쿠
자키 겐조(奧崎謙三)는 패전 이후 4반 세기가 다 되도록 그 기억을 집요하
게 추궁해 오다가, 1969년 천황 히로히도의 황거(皇居) 앞에서 "천황을 쏴
라!"고 외치면서 전쟁의 최고 책임자인 천황에게 슬롯머신 구슬 4발을 발
사하는 해프닝을 벌이고 폭행죄로 수감된다. 이 오쿠자키라는 병사를 주

인공으로 한 다큐멘터리 영화 「가자, 가자, 신군(神軍)」에는 다음과 같은 장면이 나온다.

오쿠자키는 이제는 평범한 시민이 되어 일상을 영위하는 옛 상관들을 차례로 방문한다. 자연스럽게 오쿠자키와 옛 상관 사이에는 과거의 전우로서의 관계가 형성되고 대화나 동작들은 과거로 돌아간다. 잠시 후 옛 상관이 그만 나가볼 데가 있노라고 하면서 자리를 뜨려는 순간, 오쿠자키는 그에게 달려들며 소리친다.

> 나는 말이죠, 주인장. 저 독립 공병 36연대의 일원이었죠. 그래서 찾아왔더니, 인사나 해라, 뭐야, 이 새끼, 와, 이리 와, 무슨 말을 하는 거야, 이리 와, 이 자식아, 어째서 그런 태도를……

도미야마는 오쿠자키의 태도가 돌변하는 이 장면이야말로 이 영화에서 가장 오싹한 장면, 즉 인육을 먹는다거나 사람을 죽이는 장면보다도 훨씬 무섭고 으스스한 장면이라고 말한다. 오쿠자키가 재구성하고자 하는 것은 옛 전우로서의 관계가 아니라, 바로 그 전장(戰場)에서의 관계이다. 그는 자기가 아직도 전장에 있다는 것, 그리고 상대방 역시 그래야 마땅하다는 것을 끝까지 들이대는 것이다. 그러나 물론 상대방은 "이럴 거면 미리 순서를 밟아서……" 어쩌고 하는 식으로 응수하면서, 잠시 재구성되었던 과거로부터 빠져나와 일상으로 회귀하려 한다.

이 실랑이는 단순히 과거를 '기억'하려 하는 사람과 그것을 '망각'하려 애쓰는 사람 사이에서 벌어진 충돌이 아니다. 또한 전장에서의 관계를 재구성하려 애쓰는 오쿠자키가 과거를 '기억'하려 하는 자이고, 오쿠자키의 갑작스런 추궁을 모면하려 애쓰는 옛 상관이 '망각'을 시도하고 있는 것도 아니다. 오히려 통상적인 수준에서의 '기억' 이라면, 오쿠자키보다는 그의 상대방이 훨씬 더 잘해내고 있을지도 모른다. 예컨대, 일상 생활인으로서의 그는 전쟁과 연관된 온갖 기념물들에 둘러싸여 있고 자기 스스로의 구체적 체험에 관해서도 풍부한 자료들을 누구보다 많이 간직하고 있을 수도 있다.

이 장면의 오싹함은, 오쿠자키가 일상과 전장을 분리하려는 움직임, 즉 온갖 기념물이나 공식적인 기념 행사 또는 갖가지 의례나 법률 등과 같은 일상 바깥의 장치를 통해 전쟁에 관한 '국민적 기억' 을 만들어내려는 움직임에 맞서, 일상 안으로 전쟁터 그 자체를 끌어들여 그 안에서의 기억을 발화하려 애쓴다는 데에 있다. 이 순간 벌어지는 것은 '죽은 자를 대신해서 말하는' 국민적 기억과 '죽은 자로 하여금 스스로 말하게 하는' 기억 사이의 투쟁이다.

국민적 기억은 죽은 자가 '어떤 국민' 으로 죽었는가를 말한다. 그리하여 '죽은 자를 대신해서 말하는' 발화 주체로서의 국가는 무엇을 기억하고 망각해야 할지를 지시한다. 그렇다면 그것은 누구의 기억이며 무엇을 위한 기억인가? 죽은 자의 구체적이고도 개별적인 신체가 그 기억 속에 깃들 자리가 있을까? 국민적 기억으로는 결코 회수될 수 없는 영역에서의 기억을 어떻게 발화할 것인가? 다시 말해, 어떻게 '죽은 자로 하여금 스스로 말하게' 할 것인가? 다시 오쿠자키의 예를 보자. 천황을 향해 슬롯머신 구슬을 발사하는 해프닝 속에서 그는 '국민' 의 이름으로 천황을 겨냥하는 것이 아니라, 전쟁터에서 죽은 동료의 이름을 불러내며 소리치는 것이다. "야마자키, 천황을 쏴라!" 요컨대, 그는 죽은 자가 스스로 말할 수 있도록 옛 상관에게 바로 그 자리, 그 관계 속에서 말할 것을 요구했던 것이며, 전장과 일상의 분리를 거부하고 전장을 일상 안으로 끌어들였던 것이다.

물론 이 새로운 실천의 시도는 낯설고, 어색하고, 고통스럽고, 도미야마의 표현을 따르면, 오싹하기까지 하다. 그러므로, 과거의 기억으로부터 일상으로 회피하려는 옛 상관에게 들이대는 오쿠자키의 말들은 더듬거리고, 무의미한 욕설과 뜻 모를 중얼거림들로 가득하다. 그에 비하면 모든 공식적 역사 기록들, 기념물들, 기념 의례와 행사들, 요컨대 모든 국민적 기억의 서사들은 매끄럽게 연결되어 있고 수미일관하며 의미로 충만하다. 정신분석학자 쥬디스 허만(Judith Herman)의 용어에 따르면, 전자는 '트라우마적 기억'이며 후자는 '서사적 기억'이다. 분명한 것은 '서사적 기억'으로는 죽음과 폭력의 상처는 치유될 수 없다는 사실이다. '국민'의, '국민'에 의한, '국민'을 위한, 질서정연한 통사적(統辭的)-통사적(通史的) 서사는 기억을 박제화하고 망각을 유도한다. 르낭(Ernest Renan)의 유명한 명제처럼, '국민'이 되기 위해서는 공동의 '기억'만이 중요한 것이 아니라, 공동의 '망각'이 더욱 중요한 것이다. '서사적 기억'의 질서정연한 언어들이 이 기억과 망각의 변주곡을 끊임없이 연주하는 한, 죽음의 기억들은 영원히 은폐되고 폭력은 결코 종식되지 않는다.

　반면에 '트라우마적 기억'에서 기억은 형식을 갖추지 못한다. 그것들은 예기치 않은 순간에 터져 나오고, 맥락과 상관없이 발화되고, 따라서 자주 끊긴다. 말들은 더듬거리고, 중얼거리고, 흐느낌, 한숨, 비명, 절규, 욕설 등으로 뒤덮이고, 의미는 불확실하며 불투명하다. 이 비통사적(非統辭的)-비통사적(非通史的) 발화 속에서 죽음과 학살의 고통은 비로소 얼굴을 내민다. 이 기억, 이 고통과 마주서지 않는 한, 누구도 과거를 넘어설 수 없다.

　이런 관점에 비추어 볼 때, 과거사를 둘러싼 오늘날 한국 사회에서의,

표면적으로는 사생결단을 각오하는 듯한 치열한 갈등이 사실은 '국민적 기억', 혹은 '서사적 기억'의 틀 안에서 벌어지는 무의미한 다툼에 지나지 않으며, 실제로는 폭력의 은폐와 망각으로 귀결될 뿐이라고 나는 생각한다. 그러므로 나는, 서사적 기억에 의한 기억의 박제화와 망각을 거부하고, '바로 그 곳', '바로 그 관계 속에서', '바로 그 사람'으로 하여금 말하게 하는 것, 이것이 역사의 임무이며 말의 진정한 기능이라고 생각한다. 그러나 '국민적 기억'의 필요성을 주장하는 입장에서 보자면, 그러한 '트라우마적 기억'은 '국민적 기억'에 분열을 초래하는 무의미한 소음이며 제거되어야 할 잡음일 뿐이다.

감히 주장하자면, 이 책에 모아 놓은 글들은 그러한 소음이며 잡음이다. 또는 적어도 그러한 잡음의 계기가 되기를 자청하는 글들이다. 단도직입적으로 말해, 나의 시도는 '국민적 기억'을 조직하려는 모든 시도에 균열을 가하려는 것이다. 그것이 매우 미약하고 실제로는 거의 무력한 것인 줄 알면서도, 게다가 견디기 힘든 폭력과 모욕을 일상적으로 감수해야 하는 것인 줄 알면서도 나는 이 일을 멈출 수 없다.

한두 편의 예외를 제외하고, 여기 실린 글들은 2000년 이후에 쓰여진 글들이다. 꼭 30년 전에 20대의 학생이었던 나는 박정희 유신 정권의 재판정에 피고인으로 서 있었다. 그것은 참을 수 없는 폭력이었으나 그러나 나는 단 한번도 모욕감을 느낀 적은 없었다. 목표는 뚜렷했고 정의는 분명했으므로 마음은 언제나 평온했다. 오히려 나는 모욕감보다는 자주 시니컬한 감정에 사로잡히곤 했다. 왜냐하면, 평범하고 나약하기 이를 데 없는 나 같은 학생이 서슬퍼런 군사법원의 재판정에 서기까지의 과정이란 것이 차마 내놓고 말하기에는 너무나 우습고 어이없는 것이어서, 그것을 생각하면 어디론가 숨고 싶었고, 그럼에도 불구하고 그것을 어마어마한 범죄로 다스리는 권력의 온갖 허풍이 한없이 우습고 장난스러워 보였기 때문이다. 물론 그 허풍선이처럼 보이는 권력이 또 한편으로는 아무렇지도 않게 사람을 고문하고 죽이고 학살하는 실체임을 모를 만큼 철이 없지는 않았지만, 물샐틈없는 위용을 과시하는 파시스트 권력에 질식할 듯한 위압감 보다는 자주 우스꽝스런 느낌을 가졌던 것도 사실이었다.

박정희의 유신 정권이 수립된 지 꼭 30년이 지난 2002년 여름에 서울에서는 월드컵 축구대회가 열렸다. 그 사이에 유신 정권이 붕괴했고, 광주에서의 살륙이 벌어졌고, 질풍노도의 80년대를 지나 새 천년의 시대가 시작되었다. 한국의 민중-민주 운동은 마침내 파시스트와의 싸움에서 승리를 얻은 것처럼 보였다. 그러나 무엇을 위한, 누구의 승리였던가? 내 눈에는 '역사의 간지(奸智)'가 뚜렷이 보였다. 월드컵 열풍으로 한국 전체가 광란의 도가니로 화하던 어느 날, 서울 시내가 한눈에 내려다보이는 북한산 능선에서 나는 시청 앞에 운집한 수십만의 군중과 그들이 내뿜는 열기와 함성이 말 그대로 천지를 진동하는 것을 보고 있었다. 형언할 수 없는, 생전 처음 들어보는 무시무시하고 기괴한 함성이 금방이라도 거대한 빌딩들을 날려버릴 것 같았고, 수십만 군중이 하나의 '덩어리'로 꿈틀거리는 모습은 너무나도 비현실적으로 보였다. 리바이어던 *leviathan*. 순간적으로 떠오른 단어는 그것이었고, 나는 총칼로 무장한 직접적이고도 물리적인 폭력이 횡행하던 시대에도 느끼지 못했던 공포를 처음으로 느꼈다.

내가 말하고자 하는 것은 월드컵이 아니다. 당시에 한국의 한 '진보적' 지식인이 한 '진보' 신문에 다음과 같이 썼던 것을 나는 결코 잊을 수 없을 것이다. "오늘의 젊은이들은 개인주의자들이어서 건강하고 성실한 공동체 의식을 발견하기 어렵고, 전쟁이라도 나면 전쟁터로 뛰어갈 젊은이가 몇이나 될까 걱정하는 이도 있다. 그러나 '붉은 악마'는 그들의 핏속에 여전히 민족과 국가라는 유전적 인자가 자리잡고 있음을 보여주었다." (유홍준, 『한겨레』, 2002. 6.)

　이러한 발언과 사고가 이른바 진보주의자들의 입에서 거침없이 발화되는 것이 21세기 한국의 명백한 현실이다. 그렇다면 박정희 정권에 저항하고 광주의 살륙자들과 싸웠던 이른바 진보적 민중주의는 대체 무엇과 싸우고 무엇을 얻었던 것인가? 한반도의 100년을 지배해 온 숱한 이데올로기적 대립과 투쟁의 역사 속에서 '국민적 정체성의 확립'이라는 이념은 어째서 단 한번도 의심받지 않았는가? 일본 제국주의와 한국 민족주의, 북한 사회주의와 남한 자본주의, 우익 국가주의와 좌익 인민주의를 불구대천의 원수가 아니라, 친밀한 적 *intimate enemy* 혹은 '영원한 동지'로 이어주는 기본적인 문법은 무엇인가? '핏속에 흐르는 민족과 국가라는 유전자'를 자랑스럽게 떠벌이는 진보주의자들의 권력 쟁취가 전리품을 놓고 다투는 이전투구의 장으로 전락하지 않을 가능성은 얼마나 될 것인가?

　이러한 질문들이 이 책에 실린 글들을 일관하는 기본적인 문제 의식이다. 익숙하고 편안한 기억들에 균열을 일으키려는 시도가 어떠한 반응을 유발할 것인지는 익히 경험한 바이며 충분히 예상할 수 있는 것이다. 그점에서 나는 30년 전과는 전혀 다른 감정들을 지난 몇 년간 겪어 왔다. 한마디로 말하자면, 나는 나 자신을 망명자처럼 느낀다. 한국과 한국인은 나에게 지구상에서 가장 낯설고, 거칠고, 적응하기 힘든 대상이 되었다. 수난자-피해자로서의 자아상을 강성국가(强性國家)의 이미지에 의탁하여 위무받고자 하는 '약자의 도덕'(니체)은 1세기 이상에 걸쳐 한국의 '국민적 기억'을 주조(鑄造)해 온 제1의 배면음(背面音)이다. 이와 함께 거대한 집단적 원한 *reséniment*과 자기 연민은 '국민'을 만들어 온 핵심적인 정서적 자질이 되었다. 이러한 조건 아래서, 마침내 푸코(Michel Foucault)

가 말한 근대 국가의 이중성, 즉 "가서 살륙하라. 그러면 너에게 행복을 주 겠다! *go to slaughter and we promise you happiness!*" 라는 슬로건 에 부합하는 '국민' 이라는 '노예' 가 탄생한다.

　노예에의 길을 거부하는 발걸음을 어디에서부터 뗼 것인가? '국민적 기 억' 을 밀어내고 '죽은 자로 하여금 스스로 말할 수 있게 하는' 자리를 어떻 게 마련할 것인가? 이 책을 읽은 독자들이 이러한 질문들을 찾아 나서게 된다면 저자로서는 더할 수 없는 기쁨일 것이다. 이 책을 그러한 독자들에 게 바친다. 무엇보다도, '어떤 집단에의 귀속을 자신의 근거로 삼지 않는 모든 사람들' 에게 이 책을 바친다. 이 책의 출판을 기꺼이 맡아 준 삼인출 판사의 홍승권 선생과 최낙영 주간에게도 깊은 감사의 말씀을 드린다.

2005년 2월
김　철

1부

'국민' 이라는 노예*

'국민' 의 탄생: 두 개의 사례

한국 전쟁이 한창 진행중이던 1951년 여름, 비평가 팔봉(八峰) 김기진은 대구에서 육군 종군 작가단의 일원으로 활동하고 있었다. 그때 있었던 일 하나를 팔봉은 이렇게 회고하고 있다.

대구에 있는 문사들을 육군 정훈감이 초청을 했다. 이종찬 참모총장과 문화인 좌담회를 베푼 것이었다. 이날 좌석에는 20여 명 모였었다. 〈중략〉 한마디 하라고 권하기에 이런 말을 했다.

"1944년 11월에 나는 이광수와 함께 남경에서 열리는 문학자 대회에 갔었습니다. 2일간의 회의를 마치고서 상해까지 오는 도중 소주(蘇州)에서 내려

* 이 글의 최초 원문은 『문학 속의 파시즘』(김철 · 신형기 외, 삼인. 2001)에 총론으로 실린 「파시즘과 한국문학」이라는 글이다. 필자는 이 글을 The Significance and the Future Prospects of the Study of Fascism in Korean Literature 라는 제목으로 수정하여, 2003년 3월 14일부터 15일까지 미국 코넬(Cornell) 대학교에서 열린 워크숍 Fascism and Colonialism in East Asia에서 발표했다. 이 워크숍에서의 Michael Shin, Sakai Naoki(酒井直樹), Bruce Cumings, Harry Harootunian 교수의 지적과 비판에 감사를 드린다. 그 토론을 참고하여 다시 수정한 논문을 여기에 싣는다.

가지고 소주 일본군 사령부를 일행 40여 명이 방문했었습니다. 일본 대표, 남지(南支) 대표, 조선 대표 등이었습니다. 사령관은 없었고 참모장만 있다가 그는 우리가 들어가니까 기립한 채 끝까지 정황을 설명하였는데 그는 50이 넘어 보이는 소좌였습니다. 그는 이렇게 말했습니다. '우리 일본이 지금 지나 대륙을 점령하고 있습니다. 그러나 우리가 점령하고 있다는 것은 '점'과 '선' 뿐입니다. 천진, 북경, 서주, 남경, 상해……, 이 같은 점들을 연결하고 있는 선만은 일본군이 가지고 있습니다. 점과 점을 연결하는 철도 선의 좌우 5마일 밖에서부터는 이것은 일본군의 점령 지대가 아닙니다. 여기는 왕성위(王精衛) 정권도 미치지 못하고, 장개석 정권도 미치지 못하고, 오직 팔로군의 지배하에 있습니다. 그들은-지나 공산당은-일정한 방침 밑에 구체적 설계를 합니다. 그리고 구체적 설계 밑에서 조직적 실천을 합니다. 여기에는 장개석도 왕정위도 일본군도 당하지 못하고 있습니다.' 이 같은 말을 들은 것이 생각납니다. 지금 우리 대한민국이 싸우고 있는 상대는 바로 이것입니다. '일정한 방침과 구체적 설계와 조직적 실천'을 하는 것이 적인데 우리는 일정한 방침도 없이 그저 '이랬다저랬다' 하는 거 같군요. 군에서만이라도 문화에 대한 일정한 방침을 세우는 것이 좋지 않을까요."

내가 이렇게 말을 끝맺었을 때, 나는 이 참모총장이 고개를 숙이고 깊이 생각하고 있는 모양을 보았던 것이다.[1]

지금 이 장면에 등장하는 '20여 명의 문화인'과 '육군 참모총장' 그리고 '정훈감' 등은 팔봉이 말하고 있는 "1944년 11월의 문학자 대회"가 무

---

1) 김기진, 「우리가 걸어 온 길」, 『동아일보』, 1958. 8. 15.~ 8. 19.(이 글에서의 인용은 홍정선 편, 『김팔봉 문학전집』 II, 문학과 지성사, 1988, 117쪽).

엇인지를 너무나 잘 알고 있다. 일제가 이른바 '대동아 공영권'의 이념을 선전하고 대중을 동원하기 위하여 조직한 '대동아 문학자 대회'가 그것임은 새삼 설명할 필요도 없는 것이다. 팔봉은 남경에서 세 번째 열린 이 대회에 이광수와 함께 '조선 대표'로 파견되었다. 그리고 돌아오는 길에 일본군 사령부에서 위와 같은 전황 보고를 들었던 것이다.[2]

 그로부터 7년의 세월이 지난 지금 이 장면에서, 팔봉은 '대한민국 육군 종군 작가단'의 일원으로서 참모총장과의 좌담회에 참석하고 있는 것이다. 그리고 이 자리에서 그는 일제 말엽 친일 문인으로서의 활동 경험을 당당하게 피력하고 있는 것이다. 1944년에 '대동아 문학자 대회'에 참석하고 일본군 사령부를 방문하는 식민지 조선의 문인 대표가, 7년 후에는 '신생 대한민국'의 '종군 작가단'의 일원으로 참모총장과 마주 앉아, 일본군 참모장에게서 들었던 '교훈'을 설파하고 있는 이 장면의 복잡다단한 의미들은 이 자리에 참석하고 있는 사람들에게는 거의 지각되지 않은 것으로 보인다. 당사자로서야 더 말할 것도 없다. 이 두 장면의 착잡한 오버랩이랄까 하는 것에 팔봉 스스로가 생각이 미쳤다면 아마 저러한 회고는 처음부터 불가능했을 것이다. 또는 한다 하더라도 이토록 당당하고 큰소리치는 자세(위 인용문의 소제목 자체가 「반성 없는 족속들」이다)를 보이기는 어려웠을 것이다. '고개를 숙이고 깊이 생각'에 잠겨 있는 참모총장이 무슨 생각을 하고 있었던 것인지야 알 도리가 없다. 실은 그 자신도 일본군 장교 출신인 것이다.

---

2) 다른 회고록에서도 이 장면을 연거푸 서술하고 있는 것을 보아 이 경험은 그에게 매우 인상적이었던 모양이다. 김기진, 「나의 회고록」, 홍정선, 위의 책, 294쪽.
3) 종군 작가단의 결성 경위와 구성원, 활동 등에 관하여는 김철, 「한국 보수우익 문예조직의 형성과 전개」, (『구체성의 시학』, 실천문학사, 1993), 참조.

그렇다면 이 두 장면의 오버랩이 함축하고 있는 복잡다단한 의미들은 무엇일까? 이 장면들에서 해방 직후의 친일파 청산이라는 과제의 실패와 이승만 정권의 역사적 반동성을 읽어내는 것은, 틀린 일은 아니겠지만, 결국은 무의미한 선언과 결의를 반복하는 것으로 끝나기 십상이다. 한편, 대부분이 친일의 흠결을 지녔을 문화인들과 일본군 장교 출신의 참모총장이 마주 앉아, 보기에 따라서는 '일정 때'를 회고라도 하는 듯한 분위기를 연출하고 있는 이 장면에 대하여 비분강개의 단죄성 언설만으로 시종하는 것 역시, 설령 그 단죄자의 도덕적 우월성이 의심의 여지없이 확보된 경우라 하더라도, 대개는 인간과 사회의 끝없는 깊이와 복잡성을 지나치게 단순한 지점으로 환원시킴으로써 정작 지나간 역사에서 배워야 할 소중한 교훈마저도 땅에 묻어버리는 우를 범하기 마련이다.

'대동아 문학자 대회'에 참석하고 일본군 사령부를 방문하는 식민지의 문인이, 7년 후에는 '신생 조국'의 참모총장 앞에서 일본군 참모장의 입을 빌어 '대 공산군 전략'을 아무렇지도 않게 당당하게 설파하는 이런 장면은 이 시기에는 사실상 이미 일상적일 만큼 흔한 것이다. 그리고 이 장면의 일상성과 진부함이 강하면 강할수록, 이 장면의 이면에 놓여 있는 모종의 의미는 더욱더 도덕이나 양심의 문제만으로 환원할 수는 없는 것이 된다.

결론부터 말하면 그 의미는, 20세기 이래 한반도에 거주하던 주민들이 자신을 근대 '국민 국가 *nation state*'의 구성원으로 지각하는 경험과 방식이 무엇이었는가, 하는 질문과 연관되는 것이다. 말을 바꾸면, 김팔봉의 저 '무심함'은 그의 도덕적 무감각에서 온 것이 아니라, 그가 최초로 대면한 근대 국민 국가의 경험, 즉 그 자신을 국민으로 호명했던 최초의 국민 국가의 형태로부터 온 것이다. 그리고 이 국민 국가는 말할 것도 없이 '일본 국가'였던 것이다. 그는 자신을 최초로 국민으로 호명했던 '일본 국가'

의 형태 및 그 속에서의 경험을 또 다른 국가, 즉 '대한민국'의 그것과 구별할 수 없었고, 사실은 굳이 그럴 필요도 없었다. 모든 회고록에서 그는 끊임없이 "일본놈"을 저주하고 있지만, 그 저주를 넘어선, 또는 그 저주조차 닿지 않는 그 자신의 내면 어딘가에는 이미 근대 국가의 국민으로 주체화되었던 경험이 깊이 각인되어 있었으니, 새로 대면하는 국가 앞에서 이 경험이 환기되는 것은 너무나 자연스러운 일이었고, 또 이 경험이 "일본놈"에 대한 저주의 정서와 아무런 마찰도 일으키지 못할 만큼 강력했던 것도 자연스러운 일이었다.

그런데 그가 그럴 수 있었던 것은 그가 이미 수차례의 이념적 배신과 전향을 거듭한 이른바 '친일파'였기 때문이었을까? 단지 그것 때문만이라면 문제는 쉽고, 우리의 논의도 더 이상 진행할 필요가 없을 것이다. 그러나 해방 이후 최초로 친일 작가와 작품을 '민족정기'의 이름으로 준엄하게 단죄하면서 이후 친일 문학 연구의 획기적인 이정표를 그었던 임종국의 『친일문학론』(1966)이 그 결론에서 다음과 같이 말하고 있는 것을 보면, 이 문제가 단순히 '친일/항일'의 구도로는 파악되기 어려운 것임을 알 수 있다.

임종국은 이 책에서 일제 말기의 이른바 '국민문학'의 공과를 논하면서 그들이 저지른 "천추에 용납 못 할 죄악"을 '첫째, 민중을 총력전에 동원함으로써 생명과 재산을 위협한 것, 둘째, 조선어를 박해한 것, 셋째, 민족정기를 흐림으로써 역사에 오점을 남긴 것, 넷째, 사대주의 문화를 건설한 것'으로 들고 있다.[4] 한편으로 그는 '국민문학'에서 우리가 '인정할 것', '주목할 점'에 대해 다음과 같이 말하고 있다.

---

4) 임종국, 『친일문학론』, 평화출판사, 1966, 468쪽.

이러한 과오는 과오로 하고 우리는 몇 가지의 주목할 만한 점을 발견할 수 있으니 그 하나가 국가주의 문학이론을 주장했다는 사실이다. 생각건대, 인간은 개성적 사회적 동물인 동시에 국가적 동물이다. 그런 이상 국가 관념은 문학에서 개성 및 사회의식 시대의식과 마찬가지로 강조되어야 할 것이 아닌가? 그럼에도 불구하고 문학은 장구한 동안 국가를 망각해 왔다. 비록 그들이 섬긴 조국이 일본국이었지만, 문학에 국가 관념을 도입했다는 사실만은 이론 자체로 볼 때 주목해야 할 점인 것이다. 〈중략〉 우리는 서구의 개인주의 문학을 비판한 그들의 이론을 취사선택해야 할 것이다. 〈중략〉 이러기 위해서 주목할 점의 하나가 문학에 국가의식을 강조한 그들의 이론이었다. 앞으로 한국의 국민정신에 입각해서, 한국의 국민생활을 선양하는, 한국의 국민문학을 수립하려는 사람들을 위해서 그들의 식민지적 국민문학은 좋은 참고자료가 될 것이다.[5] (강조-인용자)

김팔봉과 임종국이 서 있는 자리는 외면적으로는 상극이다. 그러나 섬기는 대상이 일본이었던 것이 문제이지 국가주의 그 자체는 오히려 강조되어야 할 것이라고 말할 때의 임종국과 앞서의 김팔봉이 그 내면에서 어떤 차이와 거리를 지니고 있다고 말하기는 어렵다. 이 두 개의 사례를 가로지르는 공통의 기억은 앞서 말한 바 최초의 근대 국민 국가에 대한 경험, '국민'으로서의 경험, 나아가 관념 속에서 절대화된 '국가' 그 자체가 아니었을까? 그리고 당연한 말이지만 그것은 이 두 사람의 경우만이 아니었다.

이러한 사례를 통해 추론할 수 있는 것은 무엇일까? 그것은 식민지 조선의 전 주민이 '일본 국가'의 한 성원으로 주체화되는 경험을 통해 근대 국민 국가

---

5) 위의 책, 468~470쪽.

를 최초로 대면하게 되었다는 사실이다. 그리고 그 주민이 1948년 이후 자신을 '대한민국' 또는 '조선 민주주의 인민 공화국'의 '국민' 또는 '인민'으로 재구성하게 될 때에, 이전의 경험과 기억이 환기되고 투영될 것임도 또한 쉽게 짐작할 수 있는 일이다. 요컨대, 탈식민지 국가로서의 남북한에서의 '국민생활'이 어떤 식으로든 식민지 국가의 경험을 투영하고 있는 것이라면, 이 최초의 경험의 분석이야말로 남북한에서의 근대 국가 및 국민형성의 특성을 해명하는 긴요한 열쇠가 되지 않을 수 없을 것이다.

저항사적 관점과 국가주의

그렇다면 그 경험은 구체적으로 어떤 것이었는가? 이 경험을 분석하고 재구성하는 것이 곧 한국 근대사 연구의 실제적 내용과 방법을 이루는 것일 터이다.

그런데 여기서 성급한 단순화가 허용된다면, 이른바 식민사관의 극복을 내세운 지금까지의 한국 근대사 및 근대 문학사의 기본적인 구도는 한국 근대성의 핵심을 반제·반봉건의 '주체적 저항사'로 보는 것이었다고 말할 수 있을 것이다. 그리고 이러한 관점이 한국 근대사 및 근대 문학 연구에 비약적인 진전을 가져온 것 역시 우리 모두가 잘 알고 있는 사실이다. 그러나 동시에 그것은 20세기 이래 한반도에서의 근대적 삶의 경험을 해명하는 데에 어떤 한계를 지니고 있었던 것일까? 그것은 위의 임종국의 예에서 보듯, '민족'과 '국가'에 대한 반성적 성찰의 결여, 다시 말해, '민족(국민)국가'를 절대화·신비화·관념화하는 경향에 대해서는 아무런 제어의 기제를 지니지 못했던 것은 아닐까?

숱한 사례에서 보듯, 제국주의에 대한 피식민지의 저항을 떠받치는 부정할 수 없는 도덕적 정당성은 그 저항이 마침내 도달하고자 하는 근대 국가의 유례없는 전체주의적·국가주의적 폭력성을 시야에서 가리기 일쑤이다. 결국 많은 경우 식민지의 해방 운동은 스스로의 국가를 지향하면서 그 국가를 절대화하고 신비화한다. 그러나 절대화한다는 것은 사유하지 않는다는 것이다. 아마도 식민주의가 식민지를 가장 깊이 상처 입히는 지점은 바로 이곳, 즉 탈주와 전복이 완료된 그 순간에 여전한 옛 지배자의 얼굴을 대면하게 만드는 그 역설의 지점일 것이다.

그러나 저항의 담론으로는 이 역실은 지각되지 않는다. 거기에서 인식 가능한 세계는 저항/협력, 아/비아(我/非我), 민족/반민족, 정통/비정통 등등으로 선명하게 대립된 평면적 세계이다. 국가 권력 그 자체에 대한 질문은 이 저항의 담론에서는 결코 발생하지 않는다. 높이 추앙되는 저항의 역사 이면에 은폐된 지배자의 얼굴은 전혀 인식되지 않는다.[6] 피지배와 굴종의 오욕을 박차고 해방과 승리의 영광을 향해 달려가는 직선적인 열정은, 그 피지배의 경험 속에 담긴 온갖 굴절과 주름들(그러나 실인즉 그것이야말로 보다 나은 인간적 삶의 실현을 위해 훨씬 요긴한 것일 수도 있을 터인데)을 자주 단순화하고 다림질한다.

---

6) 예컨대 민족주의적 저항의 한 정점으로 평가되는 외솔 최현배의 '한글운동'의 경우, 그것이 지닌 민족사적 의의가 높이 평가되고 기억되는 것에 비하면, 그의 '국어관(觀)'이 일본의 국수주의 언어학자 야마타 요시오(山田孝雄)의 그것을 그대로 답습하고 있다는 사실은 그다지 알려져 있지 않고 논의되지 않는다. 문제는 최현배가 국수주의자냐 아니냐, 한글운동이 저항이냐 아니냐에 있는 것이 아니다. 저항사적 관점을 유지하는 한, 식민지에서의 저항이 지배의 논리를 내면화하는 한편으로 그것을 극복해야 하는 운명에 처해 있다는 사실, 그러한 운명의 복잡성이나 정신적 긴장은 절대로 파악되지 않는다는 것이다. 요컨대, '저항/굴종, 민족/반민족' 등의 평면적 대립 구도 속에서는, 피억압자가 자신을 억압하는 도구를 자신을 해방하는 도구로 사용하게 되는 모순의 현장이 보일 수가 없다. 최현배의 한글운동과 그의 국수주의적 성격에 관해서는 다음의 논문에 자세히 설명되어 있다. 熊谷明泰,「朝鮮語と日本語」,(『言語, 國家, そして權力』, 新世社, 東京, 1997).

파시즘 연구의 의의

저항사적 관점의 사각(死角)지대에 묻혀 버린 근대적 경험의 온갖 굴절과 주름들, 그 복잡성과 중층성을 새롭게 비추고 발굴하고 분석하는 일— 식민주의의 극복, 근대의 극복은 여기서부터 시작되지 않으면 안 된다.

나는 그 방법의 하나를 '파시즘 *Fascism*' 이라고 말하고자 한다. 그러나 이 말은 '파시즘 대 반(反)파시즘' 으로 과거를 재해석하거나, 식민지 조선에서 파시즘이 하나의 특정한 권력으로 등장했던 시기를 집중적으로 분석하는 것이 중요하다는 말이 아니다. 나는 파시즘을 하나의 역사적 체제로서뿐만이 아니라 근대성 *modernity*의 한 속성으로 이해한다. 파시즘이야말로 모더니티의 본질을 가장 잘 보여주는 정치적·문화적·사회적 형식이라는 것이 나의 생각이다. 따라서 나는 한국 근대 문학의 문제들을 파시즘이라는 분석틀로 이해하고자 한다. 이것은 모든 것을 파시즘이라는 단일한 코드로 환원하려는 것이 아니다. 그보다는 파시즘이라는 새로운 인식론적 모드를 통해 한국에서의 모더니티를 해명하고자 하는 것이다.

흔히 파시즘은 하나의 완결된 이데올로기가 아니라 다른 것과 결합하여 자신을 실현하는 유동적·매개적 존재라고 말해진다. 이 점이 파시즘에 대한 사전적 정의를 어렵게 하는 요인이다. 파시즘이 현대 사회의 모든 양극단의 성향을 종합하는 것이 될 수 있었던 것, 일시적인 정치 이념이나 운동으로 소멸하지 않고 광범위하고 지속적인 현상으로, 나아가 현대인의 심리적 무의식으로 자리 잡을 수 있었던 데에서 그것이 근대성의 한 주요한 속성을 이루는 것임을 알 수 있다. 정반대의 성향이나 이념을 자신 안에 끌어들여 종합하는 파시즘의 야누스적 성격은 어떤 요소들로 분석되거나 환원될 수 있는 것이 아니다. 파시즘은 어떤 요소나 성향들이라기보다는, 오히려 그 요소들을 관계 맺는 '특별한 방식' 이다.

'국가주의', '민족주의'는 그 특별한 방식 중에서도 주요하고도 대표적인 방식이다. 달리 말하면, 이념적 요소들의 상극에도 불구하고, 그 요소들을 결합·배치·구성하고 관계 짓는 방식의 국가주의적·전체주의적 폭력성은 파시즘의 자기동일성을 이루는 주요한 기반이다. 그리고 우리의 경험이 입증하는 바, 식민지 이래 지금까지 한반도 주민의 근대적 삶을 지배해온 정치적·사회적·문화적 메커니즘은 바로 그 강력한 파시즘적 국가주의 그 자체였다. 그러므로 내셔널리즘을 하나의 주요한 계기 또는 동력으로 포함하는 저항사적 관점이 이 근대적 경험의 굴절과 착종을 세밀하게 규명할 수 있을 것으로 기대하기는 어려울 것이다. 한반도에서의 근대적 삶을 파시즘이라는 새로운 분석틀로 해명해야 할 필요는 거기에 있다.

그러나 운동으로서의 파시즘이든 체제로서의 파시즘이든 한국의 파시즘에 관한 연구는 거의 전무한 상태라 해도 과언이 아니다. 가령 한국 사회의 성격에 관한 탐구열이 한껏 고조되었던 80년대의 사회구성체 논쟁에서마저도 파시즘이 논의의 중심 의제가 되었던 적은 한 번도 없었다. 아마도 그것은 너무나 당연하고 간단한 것이어서 분석의 대상으로 인식조차 안 되었던 것인지도 모른다. 그러나 한국 사회의 성격과 그 변혁의 방향을 논하는 데에 있어서 한국적 파시즘의 형태와 그 특질이 거의 고려되지 않았다는 것은 참으로 이상한 일이 아닐 수 없다. 지금에 와서 돌이켜 보면 그것은, 80년대의 이른바 사구체 논쟁을 이끌었던 한국의 좌파 이론가들이 파시즘이란 '독점 자본의 대리인 *agent*'에 불과하며 따라서 자본주의의 붕괴와 함께 자동적으로 소멸할 것이라는, 제3 인터내셔널 수준의 파시즘관(觀)을 넘어서지 못한 데에서 기인한 것이 아닌가 생각된다. 다시 말해, 파시즘에 대한 분석과 이해는 한국 자본주의에 대한 분석 속에 매몰되었던 것이다.

그렇다고 해서 나는 파시즘에 대한 분석이 한국의 근대와 근대성을 해명하는 데에 가장 핵심적인 관건이라고 주장할 생각은 없다. 그러나 적어도, 이 문제들을 비켜가는 논의가 한국 근대의 역사적·사회적 본질을 그 현실의 한복판으로부터 들어올리는 수준의 내용을 갖출 것으로 기대하기는 어렵다는 것 역시 사실일 것이다.

파시즘 비판과 한국 민족-민중주의

앞서 말한 바와 같이, 파시즘이라는 분석틀로 근대 문학을 이해하는 것은 작가와 작품을 파시즘이라는 단일한 코드로 환원·평가거나, 근대 문학사를 단순히 '파시즘 대 반(反)파시즘'의 대립 구도로 재구성하는 것을 뜻하지 않는다. 오히려 그것은 근대적 삶의 습속(習俗) 안으로 깊이 가라앉은 파시즘의 문화와 욕망들을 들추어내고 그 안에서 살고 있는 우리 자신의 모습을 드러내는 것이다.

한국의 근대 문학과 사회를 파시즘이라는 분석틀로 이해하려는 시도는 최근의 한국 문학 연구의 새로운 흐름을 형성하고 있다. 그러나 이러한 시도는 또한 여러 형태의 오해와 비난에 직면해 있다. 제3세계의 민족주의와 민중주의가 흔히 그러하듯이, 한국의 민족-민중주의 역시 제국주의의 가혹한 수탈과 억압 속에서 성장해 왔다. 일본 제국주의가 물러간 이후 한국의 민중은 전쟁의 참화와 분단의 고통을 겪었으며 파시스트 정권의 오랜 지배 아래 있었다. 이러한 상황에서 양심적이고 진보적인 민족-민중 운동의 정당성과 도덕성은 의심할 바 없는 것이 되었다. 냉전의 해체 이후에도 한국 민족주의의 자기 정당화는 조금도 약화되지 않았다. 국가적 경계를 한순간에 지우는 포스트 모던의 세계사적 조건은 한국의 민족주의자들에게는 더욱더 강고한 민족적 동일성과 단결의 선명한 근거가 되었다. 이러한 상황에서, 민족-민중주의의 내부에 파시즘의 욕망과 구조가 내재해 있으며 그것이 극복되지 않는 한 진정한 역사적 진보는 있을 수 없다는 관점은 민족-민중주의자들의 분노를 불러일으키기에 충분한 것이었다. 그것은 심지어, 파시즘에 의해 고통받아 온 민중을 파시스트로 몰아붙이는 논리로까지 규정되었다.

그러나 오랜 기간의 원망 reséniment과 고통의 체험, 수난자 의식, 높은 도덕적 자부심 아래서 민족-민중주의가 지나친 자기 과장과 자기 연민, 단순하고 폭력적인 이분법의 함정에 빠지고 마는 것은 한국의 경우에도 예외가 아니다. 민족-민중의 순수한 자기 동일성이란 헛된 기만일 뿐이라는 사실, 모든 문화는 결국 잡종일 뿐이라는 사실을 인정할 용기, 나아가 억압자의 모습을 재현하고 있는 자신의 추악한 얼굴을 정면으로 마주 볼 용기는 오늘의 한국 민족-민중주의에서는 기대하기 어려울 듯하다. 이것이야말로 제국주의와 파시즘의 오랜 지배가 남겨 놓은 회복하기 힘든 상흔이며 불행일 것이라고 나는 생각한다.

역사적 체제로서의 파시즘이든, 모더니티의 한 얼굴로서의 파시즘이든 그것은 현대의 삶과 구조 속에 뿌리박혀 있다. 이 야만의 뿌리로부터 향기롭고 우아한 꽃이 피어오른다. 우리는 거기에 취해 있다. '집단화된 개인'은 '개인'을 말살하고, '파편화된 집단'은 '집단'을 무력화한다. 남는 것은 폭력뿐이다. 결국 사회의 전체화가 개인을 분산시키고 개인의 파편화가 사회의 전체화를 강화하는 이러한 구조 속에서 기존의 이항대립적 구도로는 어떠한 극복의 실마리도 잡히지 않는다. 아니 오히려 그러한 이분법 자체가 이미 파시즘의 양호한 온상이기도 하다. 무엇을 할 것인가? 찾아야 할 것은 해답이 아니라 올바른 질문일지도 모른다. 일찍이 한 명민한 정신이 말했듯이, "문제가 옳게 제기되었다면 이미 문제는 풀리기 시작한 것이다."

그러나 솔직히 말해서, 전망은 극히 비관적이다. 한국에서의 새로운 대통령의 집권이 그 나름의 긍정적·진보적인 의미를 지니는 것임은 부정할 수 없는 사실이다. 그러나 이와는 상관없이, 또는 이와 더불어, 집단적 국수주의의 강력한 정서적 확산 역시 오래도록 지속될 것이다. 그것은 파시스트들의 직접 지배 시기와는 또 다른 양상의 지배가 될 것이며, 그런 점에서 지금까지의 반파쇼 투쟁과는 전혀 다른 형태의 투쟁을 요구할 것이다. 그것은 안과 밖이 없는 싸움일 것이며 경계가 불투명한 싸움일 것이다. 그러므로 그 싸움에서의 희생자들은 과거의 영웅 서사의 주인공들이 되지 못할 것이다. 암울한 전망 앞에서 나는, 파시즘의 직접 폭력이 최정점에 있었던 시기, 온갖 형태의 특수주의, 국수주의가 지성의 이름으로 횡행하던 시기에 다음과 같이 말할 수 있었던 한 일본 마르크시스트 지성인에게 마음으로부터의 존경을 보내지 않을 수 없다.

> 최후의 한마디─어떤 정신주의의 체계가 생기든, 어떤 농본주의가 조직화되든 그것은 파쇼 정치 단체들의 거의 무의미한 버라이어티(variety)임과 동시에, 우리들로서는 대국적인 견지에서 아무래도 좋은 것이다. 모든 진정한 사상이나 문화는 가장 광범위한 의미에서 세계적으로 번역되지 않으면 안 된다. 다시 말해, 어떤 국민, 어떤 민족과도 범주상 이행 가능성을 지니고 있는 사상이나 문화가 아니면 진짜가 아닌 것이다. 정말로 진정한 문학은 '세계문학'이어야 함과 동시에, 한 민족이나 한 국민에게밖에는 이해되지 않는 철학이나 이론은 예외 없이 가짜인 것이다.[7]

---

7) 도사카 준(戶坂 潤), 「ニッポン·イデオロギー」, (吉田傑俊 篇, 『戶坂 潤の哲學』, 東京, こぶし書房), 252쪽.

다시 '친일파'를 생각하며

'민족'의 시선, 공허한 구멍

서울시사(市史) 편찬위원회가 펴낸 『사진으로 보는 서울』이라는 책 가운데, 두 장의 사진을 나는 오래도록 들여다보고 있다. 다음 사진을 보자. 사정 모르는 서양 사람이 보면 무슨 군대의 정문 위병소가 아니냐고 할(그러나 군인들의 얼굴과 체구가 너무 어리고 왜소한 데에 의아해 할) 이 사진은, 실은 1940년의 어느 날 서울 한 중학교의 아침 등교 장면을 찍은 것이다.

화면의 양끝에서부터 안쪽으로 쑥 밀려들어가 있는, 활짝 열어젖혀진 철제 교문의 모습이 대칭을 이루면서 전체적인 입체감과 균형을 돋구는 이 사진을 자세히 들여다보자. 카메라의 렌즈는 화면의 정중앙에 초점을 맞추고 있다. 렌즈의 중앙으로부터 직선으로 뻗어나간 지점, 곧 이 사진의 정중앙을 중심으로 화면은 삼각형 두 개의 꼭짓점을 맞붙여 세워 놓은 형태, 즉 ▷◁ 이런 형태가 된다.

먼저 왼쪽 삼각형에 배치된 '오브제'들을 살펴보자. 화면의 앞쪽으로부터 안쪽으로 타원형을 그리며 늘어서 있는 일단의 사람들, 즉 검은 모자에 검은 교복, 그리고 각반을 차고 목총을 짚고 서 있는 학생들이 이 삼각형

의 오브제들이다. 맨 앞쪽에 서서 시선을 약간 아래로 향하고 있는 학생은 이 사진 전체에 배치된 인물들 중에서 표정을 읽을 수 있는 유일한 인물이다. 실제로 보이지는 않지만 보송보송 나기 시작한 코밑수염이 잡힐 것도 같은 이 앳된 중학생은 오른손을 약간 앞으로 뻗쳐서 자신의 가슴까지 올라오는 크기의 목총을 짚고 서 있다. 목 끝까지 꽉 채운 교복의 칼라와 무릎 아래서 발목까지 졸라맨 각반은 그 흰 얼굴의 선명함에 비례하여 숨막힐 듯한 질식감을 전달한다.

바로 옆의 학생은 교모를 쓴 옆얼굴과 목총을 짚은 손만이 보이는데 그 얼굴은 눈코입이 분명치 않은 가운데 화면의 저 안쪽을 향하고 있다. 실제로는 상당한 거리이겠지만 화면에서는 바로 옆에 서 있는 또 다른 학생 역시 눈코입이 드러나지 않은 형태인데, 신호용 나팔 같은 것을 들고 서 있다. 목총을 잡은 채 뻣뻣한 자세로 의자에 앉아 있는 세 명의 학생이 이 왼쪽 삼각형의 꼭짓점 부분을 이룬다. 불분명한 형태로나마, 화면의 맨 앞쪽에서 목총을 짚고 서 있는 앳된 학생보다는 이들이 나이도 많고 체구도 큼을 알 수 있다. 앉아 있는 이들의 뒤로는 두 명의 학생이 호위하듯 서 있다.

사진의 뒤 배경을 이루는 것은 길쭉한 창문들이 줄줄이 늘어선, 아마도 벽돌 건물일 듯싶은 이층짜리 교사(校舍)이다. 화면의 왼쪽 아래로 사선을 그으면서 내리뻗은 이 건물의 모습은 소실점에 가 닿지 못하고 나무들에 가려서 끊긴다. 그 사이로 하늘이 화면 왼쪽 윗부분에 자그마한 여백을 남겨 놓는다. 한눈에도 감옥이나 수용소를 연상시키는 이 건물 위 한 귀퉁이에 남겨진 이 작은 여백에 대해서는 나중에 말하자.

오른쪽 삼각형도 같은 구도이다. 역시 목총을 잡은 학생의 전신이 보인다. 그는 그늘 쪽에 서 있기 때문에 왼쪽 학생보다 어둡게 보인다. 그러나 그 때문에 그는 왼쪽의 학생보다 훨씬 더 딱딱하고 음산한 분위기를 풍긴다. 서 있는 자세도 꼿꼿하고 목총을 잡은 손에도 힘이 잔뜩 들어가 있다. 무엇보다도 시선은, 이제 곧 언급할 또 하나의 인물, 즉 카메라를 향해 등을 보이며 교문을 들어서고 있는 어떤 학생의 전신을 내려다보고 있다. 어둡기는 하지만, 아니 어둡기 때문에 그 시선은 더욱더 날카롭고 위압적이다.

이제 이 사진의 중앙 부분을 볼 차례이다. 사진의 정중앙, 그러니까 렌즈의 정중앙이 초점을 맞추고 있는 지점은 화면에서는 보이지 않는다. 사진의 중앙 부분은 두 인물의 뒷모습으로 채워져 있다. 한가운데에 서 있는 것은 등에 배낭을 지고 군모(軍帽) 같은 것을 쓰고 각반을 찬 채 한 발을 앞으로 내딛으며 거수경례를 하고 있는 학생의 뒷모습이다. 이 학생의 뒤, 화면에서는 이 학생의 오른쪽 옆, 그리고 카메라의 렌즈로부터는 가장 가까운 앞에, 검은 배낭을 등에 지고 아직 교문을 통과하지 않은 상태의 학생이 역시 거수경례를 하고 서 있다. 렌즈로부터 가장 가까운 거리에 있음에도 불구하고 이 학생은 양 옆에 목총을 짚고 서 있는 학생들보다 훨씬 작게 보인다. 앞서 말한 그늘 속의 학생은 꼿꼿한 자세로 이 학생의 전신을 훑듯이 굽어보고 있다. 거수경례를 하고 있는 두 학생의 뒷모습이 무언가 엉거주춤하고 위축되어 있는 듯한 느낌을 전달하고 있는 것은 사진 전체에서 풍겨 나오는 침침하고 위압적이고 음산한 분위기 탓만은 아닐 것이다. 그것은 무엇일까?

이 사진을 보면서 나는 카메라의 렌즈가 조준하고 있는 정중앙, 거수경례를 하고 있는 학생의 뒷모습에 가려져 있는 이 사진의 정중앙에는 무엇이 있을까, 하고 생각한다. 거기에는 이 장면 전체를 통어하는 어떤 시선(視線), 이 사진 속의 인물들 전체로 하여금 육체를 최대로 긴장케 하고 정신을 집중케 하는 어떤 시선이 있다. 그러나 이 사진에 등장하는 어떤 인물도 그곳을 바라보고 있지 않다. 아니 바라볼 수 없다. 거수경례를 하고 있는 소년이 마주 보고 있는 대상은 아마도 이 아침의 의례를 관장하는 책임자 즉, 교사나 규율부장 같은 사람이겠지만, 그 경례가 자연인으로서의 그 책임자를 향한 것이 아님은 물론이다.

이 보이지 않는 정중앙이야말로 이들로 하여금 일상적인 경배를 하게끔 하는 힘의 원천이다. 그곳은 이 사진의 모든 오브제들이 배치되고 그들 사이의 거리와 크기의 준거가 되는 중심점이며, 그들은 바라보지 못하지만 그들 모두를 바라보고 있는 시선이 출발하는 지점이다. 절묘하게도 사진은 그곳을 가린다. 아니 아무도 그곳을 보여줄 수 없고 아무도 그곳을 볼 수 없다. 그러나 모두 그곳을 향해 절한다. 무섭다.

이 사진이 찍혀진 1940년의 어느 날 아침에 나는 이 세상에 존재하지 않았다. 그러나 이 장면을 나는 너무나 생생히 기억한다. 1960년대에 중학교와 고등학교를 다닌 나의 등굣길도 이러했으므로. 그리고 21세기에 중학교를 다니고 있는 내 아들의 등굣길도 이러하므로.

학교 문을 들어서는 나의 전신을 날카롭게 훑어보며 순식간에 티끌 같은 규칙 위반을 적발해 내던 그 시선을 나는 생생히 기억한다. 교문을 들어서기 직전의 그 숨막힐 듯한 긴장, 군대식 경례와 체벌을 받는 규칙 위반자가 토해내던 가쁜 숨결로 가득 차던 그 아침의 공기, 유일한 숨통은 저 사진 속에서의 조그마한 여백이 상징하듯 도달할 수 없는 하늘뿐이던 그 참담하던 나날들은 악몽처럼 생생하게 내 몸속에 새겨져 있다.

그러나 문제는 군사주의적 규율에만 있는 것이 아니다. 저 사진의 정중앙에 도사리고 있는 보이지 않는 시선이 여전히 우리 몸을 감싸고 있는 것이다. 그 시선이 자리 잡고 있는 공간이 텅 빈 공허한 구멍에 지나지 않는 것임을 깨닫고 그것을 거부하기 전에는, 우리는 매일 아침 저렇게 주눅들은 모습으로 보이지 않는 '추상'을 향해 경례하는 삶을 벗어날 수 없을 것이다. 나아가 그 '추상'의 이름이 '민족' 또는 '국가'임을 말하기에는 또 얼마나 큰 용기가 필요한 것인지 모른다.

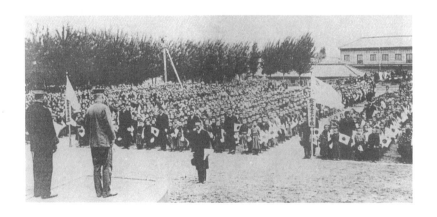

비슷한 장면이 또 있다. '조회 광경'이라는 제목이 붙은 사진이다. 櫻井尋常小學校 라는 팻말을 앞세운 어린 학생들 수백 명이 질서정연하게 운동장에 열을 지어 서 있다. 반(班)별로 대오를 지어 선 듯한 이 군중 앞에 검정 프록코트를 차려 입은 교사들이 똑바로 선 채 고개를 약간 숙여 예를 표하고 있다. 교사의 허리춤 정도까지밖에 크지 않은 어린 학생들의 손에는 일장기가 들려져 있다. 화면의 한가운데에는 이 군중의 통솔자일 듯한―역시 검정 프록코트를 입은―사내가 군중과 일정한 거리를 두고 고개를 숙이고 서 있다. 화면 왼쪽엔 군중 전체를 내려다보는 단상이 자리 잡고 있다. 아마도 교장이거나 혹은 관리일 군복 차림의 사내 둘이 단상에 서서 경례를 받고 있는 뒷모습이 이 사진의 왼쪽 부분이다.

흥미로운 것은 이 사진에 등장하는 인물들의 크기이다. 사진 상의 시각적 효과로 보면 운동장에 줄지어 선 어린 학생들은 작은 인형처럼 보이고 단상에서 뒷모습을 보이고 있는 두 사내의 모습은 거대한 동상처럼 보인다. 그 중간에 선 교사들의 모습은 말 그대로 중간쯤의 크기로 보인다. 단상 위에 선 사람과 그 아래서 전체를 대표하여 경례를 하고 있는 사람의 크기와 그 거리, 다시 그 대표자와 뒤에 선 교사들과의 크기와 그 거리, 그리고 그들과 그 뒤에 선 작은 학생들의 크기를 보라. 놀랍지 않은가, 카메라 렌즈의 원근법이 한 치의 오차도 없이 포착한 이 끔찍한 제국의 질서!

현대의 한국인 모두에게 이 장면이 얼마나 낯익은 것인지는 새삼 말할 것도 없다. '궁성요배(宮城遙拜)'를 하거나 '황국신민서사'를 외우지는 않지만, '일제'가 물러간 지 50년이 훨씬 넘은 지금까지 모든 한국인은 월요일 아침마다 이 의식을 줄기차게 이어 왔고 지금도 하고 있다. 그리고 그것은 이 사진에서 보이는 공간의 구도와 그 구도가 함축한 질서의 본질이 사라지거나 달라지기는커녕 더욱더 강화되었다는 것을 뜻한다. 우리는 대체 몇 년대에 살고 있는 것일까?

'민족'의 허구, '국가'의 폭력

한반도의 주민은 1945년 이후 제국의 '신민(臣民)'으로부터 민주국가의 '국민(國民)'으로 신분이 바뀌었다. '국민'에게 '신민'의 기억은 부끄러운 것이었고 씻어내야 할 잔재였으며, 제국의 질서에 앞장서서 복무했던 자들은 하루빨리 청산되어야 할 '반역자'들이었다. 추악한 기억을 지우고 더러운 자들을 몰아내고 순수한 '정기'를 회복함으로써 '민족'은 '갱생'할 것이었다. 그러나 모두 알다시피 어느 것 하나 성공하지 못했다. 아니, 하나는 성공했다. 망각.

무엇을 망각했던 것인가. 앞의 사진 두 장면을 예로 들어 말한 바, 우리가 여전히 제국의 신민적 질서와 구조 속에 살고 있다는 사실이 망각되었다. 그리고 이 망각의 광활한 공터 위로 거대한 환각(幻覺)이 자리 잡았다. TV의 엉터리 사극(史劇)들은 날마다 번갈아 가며 그 환각을 반복한다. "우리가 '제국'이다!", "우리는 크다!", "우리는 세다!" 이 집단적 나르시시즘, 이 집단적 환각으로부터 깨어나지 않는 한, 우리는 여전히 1945년 이전에 살고 있는 것이다.

이 집단적 나르시시즘에서 식민지의 기억과 '친일파'는 목에 걸린 가시이며 지저분한 오점이다. 이것을 씻어낼 수 있다면 '깨끗한 우리', '순결한 우리'는 유지될 것이다. 그러나 "친일 민족 반역자를 청산하여 반만년 역사를 지닌 단일 민족의 '정기'를 회복함으로써 '강성대국'의 위대한 과거를 다시 이루자"는 식의, '민족정기 회복' 차원의 '친일파 청산론'이 주조를 이루는 한, 진정한 의미의 '친일파 청산'은 절대로 이루어지지 않는다. '순수 혈통의 단일 민족', '민족정기' 따위의 거짓말은 바로 일본 제국주의자들이 자신을 가리키기 위해 지어낸 것이라는 사실만으로도 이런 청산론은 제 발등을 찍는다. 일본 제국주의에 맞서는 식민지 민족주의 역시 자신의 정체를 이런 식으로 규정했는데 그러는 한 그 싸움의 끝이 어떨 것인지는 뻔한 것이었다. 이 싸움의 기묘한 모순, 이론적 난관을 심각하게 고민했던 당대의 지식인은 뜻밖에도 드물다.

한국 민족(주의)은 다른 제3세계의 민족(주의)이 다 그러했듯이, 제국주의의 위협에 직면하면서 스스로를 탄생시켰다. 식민지 민족주의는 자신의 적(제국주의)으로부터 배우면서 성장했다. 그러나 배우면 배울수록, 그는 적의 모습에 가까워질 것이었다. 이 존재의 모순을 벗어나는 길은 어느 순간 그 존재 자체를 부정하는 비약 외에는 달리 없었다. 그러나 지난 역사가, 그리고 오늘날의 현실이 보여주듯 이런 비약은 일어나지 않았다. 그 대신에 전혀 다른 비약이 일어났다. 그것은 식민지의 열악한 현실, 식민지인으로서의 열패감을 강력한 국가, 즉 제국에 의탁함으로써 스스로의 현실을 '망각'하고 '비약'하고자 하는 소망이었다. 그리고 그것이 이른바 '친일'의 진짜 모습이었다.

그런 비약의 모습은 식민지 기간 내내 일어났다. 가령 1910년대 식민지 초기에도 이미 그런 사례를 들 수 있다. 민족문화 운동의 선구자라 할 수 있는 최남선이 주재한 잡지 『청춘』에 이런 기획 기사가 있다. 조선 역사상 위대한 인물들을 모아 가상(假想) 내각을 구성하는 기획이다. 이를테면 해군 대신에 조선 시대의 이순신, 외무 대신에 고려 시대의 서희, 하는 식으로 말이다. 기구도 방대하고 거창해서 독립된 근대 국가를 갖지 못한 식민지 지식인의 한과 설움의 일단을 엿볼 수 있기도 하다. 한편으로 독자에게는 조선 역사상의 위대한 인물들을 총집결시키는 역사 학습의 기회가 되기도 한다. 그런데 놀라운 것은 이 가상의 정부 조직에 '식민지성(植民地省)'이 설치되어 있다는 것이다. 식민지를 지닌 제국주의 국가의 건설을 모델로 삼는 식민지 민족주의! 그러나 이 아이러니는 특이하거나 예외적인 것이 아니었다.

제국주의의 지배 아래서 '민족'과 '국가'는 제국주의에 저항하는 자에게든, 그에 기생하는 자에게든 간에, 신성불가침의 것이 되었다. 그것의 허구성과 폭력은 의식되거나 도전받지 않았다. 그것은 모든 것을 규율하는 핵심이며, 모든 것의 준거점이며, 모든 것을 굽어보는 절대의 시선이 되었다. '민족'의 이름으로 못 할 것이 없고, '국가'의 이익 앞에 우선하는 것은 없다는 신념은 제국의 '신민'으로부터 민주국가의 '국민'에 이르기까지 연면히 흐른다. 내셔널리즘은 현대 한국의 종교다.

이 종교가 살아 있는 한, 때만 되면 외치는 '친일파 청산'의 구호는 헛된 공염불이다. 제국주의 아래서 조선 민족은 과연 언제나 무구한 수난자이기만 하였는가? 대동아 공영권의 이상에 동참했던 '친일파'들은 일부의 '민족반역자들' 뿐이었을까? 만보산 사건에서의 조선 농민과 민중들을 어떻게 해석할 것인가? '만주국'에서의 조선인의 위치와 그들의 행동은 어떤 것이었던가? 이른바 '동화정책'의 실체는 어떤 것이었던가? 제국주의는 오로지 '동화정책'을 강요하고 피식민지인은 억지로 그에 따르는 일방의 코스만이 있었던가?

진지하게 이 질문들에 대면하지 않은 채, 식민지에서의 삶을 '용맹하고 잘생긴 독립투사' 대(對) '표독하고 간악한 친일파'의 신파적 이미지로 재단하는 무지야말로 좁게는 조상에 대한 모독이면서 넓게는 타자에 대한 폭력이다. 이러한 무지와 막무가내의 '민족감정'이 '친일파 청산'은커녕 그 구조를 강화하고 재생산하는 것임은 말할 것도 없다. 베트남 전쟁에서 '한민족'이 '베트남 민족'에게 어떤 짓을 했던가를 묻는 일이 이 사회에서 어떤 폭력 앞에 놓이는가를 보라. 이 질문에 무관심하고 아무 반응을 보이지 않는 사회가 일본 제국주의의 범죄를 어디까지 추궁할 수 있을까? 한국 기업이 해외에서 저지르는 온갖 횡포에 대해 무관심하고 동남아나 중국 등지에서 한국에 들어온 노동자들에 대해 잔인한 인종차별을 노골적으로 저지르는 사회가 무슨 낯으로 제국주의를 탓할 것인가? 주민등록증을 갱신하는 '국가사업'에서 열 손가락의 지문을 아무 반발 없이 제 발로 걸어가서 찍는 2000년대의 '국민'이 1940년대의 '동원체제'를 비판할 논리적 능력을 지닐 수 있을까?

다시 말하거니와, 종교화한 내셔널리즘이 지배하는 사회, 자신의 '깨끗하지 못한 과거'를 기억하려 하지 않는 사회, 거짓말과 과장으로 채색된 '위대했던 먼 과거'의 이야기에 도취되어 자신이 저지르는 나날의 폭력을 의식하지 못하는 사회에서 진정한 의미에서의 '친일 청산'은 불가능하다. 바로 그것들이 이른바 '친일' 행위의 본질이기 때문이다.

그 대신에 '친일 청산'의 담론을 둘러싸고 이루어지는 것은 때만 되면 연례행사처럼 벌어지는 헛소동들이다. 거대한 분노가 조직되고 한풀이처럼 쏟아지고 다시 잠잠해진다. 그러다가 이듬해 3·1절이 되면 다시 반복된다. 결국 '친일'은 대중적으로 '소비'되고 정치적으로 이용된다. '귀축미영(鬼畜米英) 타도'를 외치며 '황군(皇軍) 종군작가단'에 나섰던 '친일문인'이 겨우 몇 년 후에 '미군사령관'이 지휘하는 '대한민국 국군'의 '종군작가단'의 일원으로서 '대공산군 전략'을 설파하는 1950년대의 현실과, 박정희 이래의 군사 독재 정권에 복무하다가 이제는 독점재벌과 냉전

세력의 이해를 대변하는 정당의 국회의원이 된 정치인이 '민족정기의 회복'을 위해서 '친일파 명단'을 발표하는 2000년대의 현실 사이에는 아무런 구조적 차이가 없다. 그리고 이 구조적 상동성 사이에서 사라지는 것은 진정한 '친일 문제'이다. 이 구조에서는 아무도 '친일 문제'와 그 진정한 '청산'을 생각하지 않는다. 다만 소란한 헛소동만이 판친다. 이익을 얻는 것은 장사꾼과 정치가뿐이다.

이 소란한 헛소동의 한 예. 지난 3월에 민족문학작가회의의 젊은 작가포럼은 '친일파 문제'에 관한 자신들의 생각을 한 일간신문에 발표했다. 그 말미의 다음과 같은 구절을 보고 나는 눈을 의심했다. "참회록을 쓴 윤동주와 아버지 파인 김동환을 대신해 사과했던 김영식 선생의 사례가 있지 않은가. 왜 그들처럼 하지 못하는가. 못 하겠다면 하게 만들어야 할 일이다."(『한겨레』, 2002. 3. 24.) 윤동주에 대한 언급은 착각에 의한 실수라고 보고 싶다. 그러나 윤동주를 '항일민족투사'로 추앙하는 사람들이 보면 기절초풍할 말이다. 놀라운 것은 파인의 아들에 대한 언급이다. '친일파 당사자가 사과를 못 한다면 그 자식이라도 사과를 하게 해야 한다는 것'이다. '민족의 이름으로 뻔뻔하고 난폭해지기'가 이보다 더할 수는 없다.

우리가 남이가? 그래, 남이다

'친일' 담론이 대중적으로 소비되고 정치적으로 이용당할 때 그 최종적인 귀결점은 신민으로의 회귀이다. 내가 보기에 우리 사회는 그 궤도에서 전혀 벗어나지 못하고 있다. 내가 누구인지, 내가 어떻게 형성되었는지, 그것을 정직하게 성찰하지 못하는 유아적 수준의 사회, 자신의 얼굴을 정면으로 바라보는 용기를 지니지 못한 사회, 우리 사회가 그런 사회임을 나는 고통스럽지만 인정하지 않을 수 없다. 그런 사회를 움직이는 동력은 단순무쌍하고 폭력적인 감정뿐이다. '일본', '친일파' 등의 단어가 떠오르는 순간 우리 사회가 보이는 즉각적인 반응들은 그 수준을 벗어나지 못한다. 무엇이 나를 고통에 빠뜨리고 누가 그렇게 했는지, 그것의 진정한 원인은 무엇인지, 다시 그런 일이 없기 위해서는 무엇을 어떻게 해야 하는지, 하는 등의 이성적이고 어른스런 생각은 전혀 자라나지 않는다.

'민족'의 허구와 '국가'의 폭력은 이 자리에서 다시 번성한다. 다르게 말하는 자는 '우리'가 아니다. 어디선가 모든 것을 관장하고 규율하는 시선의 통제를 거부하는 자들도 '우리'가 아니다. 순결하게 통일된 똑같은 '우리', 이 안에 '잡것'은 허용되지 않는다. 그것들은 '청산'되고 정리되어야 한다. 끝없이 자신의 순결성과 정통성을 확인하고자 하는 욕구는 그 순결이 '더럽혀졌던' 식민지의 기억을 끊임없이 지우고자 하는 강박과 맞물려 거대한 집단적 나르시시즘, 집단적 센티멘탈리즘을 낳는다. 나는 이 거대한 나르시시즘과 센티멘탈리즘에서 40년대 파시즘의 광기를 읽는다.

그러나 분명히 말하자. 우리는 처음부터 순결하지 않다. 우리는 처음부터 '잡것'이다. 게다가 지금부터 100년 이전에 우리는 '민족'도 아니었다. '김 대감'과 그 집의 머슴 '돌쇠'가 '한 핏줄을 나눈 민족'이라고 (김 대감이 동의하든 말든) 말해진 것은 100년 이상을 거슬러 올라가지 못한다. 그런데도 걸핏하면 부득불 "우리가 남이가?" 하고 부르짖는 자들이 있다. 이 자들이 매우 수상한 자들임은 의심의 여지가 없다. 나는 제국주의가 싫고 '친일파'가 싫다. 다시 그 꼴을 보지 않기 위해서라도 나는 "우리가 남이가?" 하고 부르짖는 자들의 면전에 대고 이렇게 대답한다. "그래. 남이다."

(『사회비평』, 2002)

누가 진상 규명을 가로막는가?

이영훈 교수의 방송 토론으로부터 빚어진 최근 며칠간의 어이없는 소동을 지켜보면서, 놀랍고도 우울한 마음으로 확인하는 역설이 하나 있다. 그것은, 이른바 '친일 진상 규명'을 주장하는 사람들은 아무래도 친일파의 진상이 규명되기를 원치 않는지도 모른다는 사실이다. 진실로 친일 문제의 진상이 규명되고 그 오래된 역사의 부채가 청산되기를 원했다면, 낯익은 구호와 명분으로 치장된 말들보다는 낯설지만 역사의 진실을 담고 있을지도 모르는 그의 말들에 귀를 기울였어야 했다.

그러나 보다시피 사태는 그와 정반대였다. 천박한 황색 언론의 의도적 왜곡과 그에 뒤이은 대중의 무차별적 폭력이라는, 지겹도록 반복되는 '무지의 향연'을 우리는 또다시 목도하고 있다. 이 낯익은 현상의 저변에는, 자신이 알고 있는 것 이외에는 그 어떤 것도 알고 싶어 하지 않는 초조한 공포가 자리 잡고 있다. 그들이 알고 싶어 하는 것은 과거의 진상이 아니다. 진상은 이미 알고 있는 것, 혹은 안다고 생각하는 것만으로 충분하다. 여기에 의문을 품게 하는 그 어떤 말이나 인간도 용납되지 않는다.

'친일파' 문제에 관한 한, 모든 한국인에게 진상은 자명한 듯하다. 가해자인 일본 제국주의는 무조건 '악'이고, 피해자인 한민족은 무조건 '선'이다. 남은 일은 단죄의 범위를 육군 소위 이상으로 할 것인가 말 것인가 하는 정도의 일이다. 이 자명한 일에 딴죽을 거는 자는 똑같은 친일파일 뿐이다. 대체로 이것이 현재 한국 사회에서 친일파 문제를 대하는 일반의 인식인 듯하고, 이영훈 교수 사건도 이러한 맥락 속에 있다고 보인다.

그러나 나는 이런 방법으로 과거사가 '규명'되고 일제의 잔재가 '청산'되고 '민족정기'가 바로 선다고는 절대로 믿지 않는다. 그러기는커녕 과거사는 더욱더 암흑에 덮이고 일제의 잔재는 계속적으로 유지될 것이라고 생각한다('민족정기론'이야말로 일본 우익이 가장 애호하는 이념이라는 사실은 '민족정기 수호'를 위해 모인 국회의원들—그들은 이영훈 교수가 '일본 우익'과 같은 논리를 편다고 비난했거니와—에게는 전혀 인식되지 않는 듯하다). 그렇다면 대체 누가 진상 규명을 가로막는가? 진실로 묻고 싶다.

일제의 식민 지배는 누구나 알다시피 근 40년에 걸친 일이다. 한 사람의 일생에 해당하는 기간의 정치적 행위를 60년이 지난 시점에서 한갓 법률로 규명하고 바로잡을 수 있다고 생각하는 것부터가 인간과 역사에 대한 몰이해의 소산이다. 중년의 나이에 이른 어느 날 갑자기 이제 더는 일본 제국의 신민이 아니라는 사실 앞에서 난감해 했을 수많은 한국인의 복잡한 내면을 헤아리는 지혜 없이, 오로지 정치적 계산과 법률적 장치를 통해 이 문제를 해결하려 하는 한, 진상은 결코 규명되지 않는다.

'친일 진상 규명'은 집단적 기억을 통한 집단적 치유(治癒)라는 고난도의 철학적, 인류적 문제이다. 자랑스럽지 않은 과거의 기억을 되살리는 것은 누구에게나 고통스러운 일이다. 고통스럽지만 직시할 수밖에 없는 자신의 추악한 과거, 그것과 이를 악물고 마주서려는 용기 없이 새로운 삶은 없다. 성숙한 인간이라면 그렇게 할 것이다. 그러나 친일 문제에 관해 지금까지 우리 사회가 보인 행동들은 성숙과는 너무나 거리가 먼 것이었다.

대체 '친일'이란 무엇인가? 이 가장 기초적이고도 원론적인 질문에 대해서조차 우리는 아무런 합의도 기준도 갖고 있지 않다. '친일'이란 무엇이며 그것을 어떻게 '청산'할 것이며 무엇을 위해서 그렇게 할 것인가. 요컨대 '친일'의 개념과 범주, '청산'의 방법과 목표 등에 관해서 어떤 논의나 합의의 노력조차 하지 않은 채, '무언가 딴소리를 하는 자'에 대한 무차별한 폭력과 저열한 인신공격만이 일상적으로 벌어지는 것이 현재의 한국 사회이다. 결국 '친일진상규명'은 누구도 함부로 딴소리를 못 하게 되었다는 의미에서 또 하나의 성역, 또 하나의 금기가 되었다. 그렇다면 다시 묻건대, 대체 누가 진상 규명을 가로막는가?

(『동아일보』, 2004. 9.)

현대의 주술(呪術)

　반백의 머리를 가지런히 빗고 말끔하게 양복을 차려 입은 교감 선생님이 양손에 흰 장갑을 낀 채 가슴 앞으로 무언가를 소중히 받쳐들고 마치 살얼음판을 딛듯 조심스런 발걸음으로 교무실 한가운데를 향하여 나아갔다. 중앙의 테이블 앞에 이른 그는 받쳐들었던 물건을 테이블 위에 조심스럽게 내려놓고는 자세를 바로 한 뒤, 태극기와 대통령의 사진이 나란히 걸려 있는 정면 벽을 향해 공손히 허리를 굽혀 절을 했다.

　그 벽 아래 사다리가 세워져 있었다. 절을 하고 난 교감 선생님은 테이블 위에 놓았던 물건을 다시 집어들고 사다리를 오르기 시작했다. 사다리 끝에 오른 그가 대통령의 사진이 들어 있는 액자를 떼어냈다. 그리고는 가지고 올라간 새로운 액자를 그 자리에 걸었다. 떼어낸 액자의 사진은 흑백이었고, 새로 건 사진은 컬러였다!

　흑백의 대통령 사진을 다시 가슴에 품고 사다리를 내려온 교감 선생님은 돌아서서 또 한 번 공손히 절을 올리고 들어올 때와 마찬가지로 조심스런 걸음걸이로 교무실을 나갔다.

내 기억이 정확하다면, 전국의 관공서와 학교 등에 걸려 있던 대통령 박정희의 흑백 사진을 컬러로 교체한 것은 1974년의 일이다. 서울 근교의 한 고등학교에서 교사 자격증도 없는 엉터리 시간 강사로 날을 보내고 있던 시절에 우연히 목격한 위의 장면은 아무리 세월이 지나도 기억에서 지워지지 않는다. 박정희와 유신 정권에 대한 극도의 증오감, 그 사진에 대고 '국궁례'를 올리는 '영감탱이'에 대한 혐오감 등이 겹쳐서 아마도 혼자서 온갖 욕을 다 퍼부어 대는 것으로 그 순간의 감정을 마무리 했을 터이지만, 생각해 보면, 욕하고 끝낼 일이 아닌 것이다.

아무리 웃기는 시절이었다 해도, '대통령의 사진을 교체하되 반드시 이러저러한 '세레모니'를 거행할 것'이라는 따위의 지시는 없었을 것이다. 그러고 보면 저 교감 선생님의 행동거지는 아마도 예외적이고 특이한 것일지도 모른다. 그러나 태극기나 국가 원수의 사진을 손에 대는 일은 사제(司祭)가 제례(祭禮)를 집행하듯 엄숙하고 신성한 것이어야 한다는 현대판 주술(呪術)의 신봉자가 어찌 이 교감 선생님뿐이겠는가. 알고 보면, 우리 모두가 이 교감 선생님인 것이다.

보이지 않는 '추상'을 눈에 보이는 상징적 실체로 표상하고 그 앞에 엎드려 경배하는 것은 인간적 삶의 피할 수 없는 한 면모인지도 모른다. 거대한 기념물을 통한 집단적 기억의 창출, 지도자나 위인에 대한 경배, 특정한 장소나 물건에 대한 신성성의 부여, 만들어진 이야기나 이미지를 통한 집단적 환각의 창출 등과 같은 '주술'이 없이는 근대 국가 역시 성립하지 않는다. 그러므로 권력은 총 끝에서 나오는 것이 아니라, 이 '주술'을 효과적으로 운용할 줄 아는 자들에게서 나온다. 현대 세계는 이러한 '주술'들로 가득 차 있고, 20세기 이래의 한반도 역시 예외가 아니다. 그리고 그 '주술'의 '원산지'는 일본 천황제 국가이다.

메이지 유신의 기획자들이 천황제 근대 국가를 설립하면서 가장 심혈을 기울인 일 중의 하나는, 새로운 천황상(像)의 창출을 비롯한 온갖 의례(儀禮)들의 창안이었다. 서양식 군복을 입고 긴 칼을 차고 콧수염을 기르고 머리를 짧게 깎은 젊은 군인의 모습을 한 메이지 천황의 사진이 방방곡곡에 내걸렸다. 그때까지 일반인의 머릿속에 있던 천황의 이미지는 길고 흰 옷을 입은, 누군지 모를 머리 긴 여성 제사장(祭司長), 즉 무당의 이미지였다. 그러나 메이지 유신과 더불어, 흐릿한 안개 속에 가려져 있던 천황의 모습은 젊고 씩씩하고 용맹스런 현대 군인의 모습으로 바뀌었고, 천황은 실제로 수년간에 걸쳐서 일본 전국을 '순행(巡幸)' 함으로써 군중 앞에 모습을 드러내었다. 그가 이르는 곳마다 군중이 모여들었고 그들은 제국의 '신민' 으로 새로이 탄생했다. 천황이 지나간 곳마다 새로운 전설들이 줄을 이었다.

해방 이후 남과 북의 권력자들이 일본 천황제 근대 국가의 온갖 의례와 장치들을 답습한 것은 이상하기보다는 오히려 자연스런 일이었다(배운 게 그것이었으니까). 이승만은 '국부(國父)' 로 불렸고, 그의 사진은 '국민학교' 의 교실에까지 내걸렸고, 그의 생일은 공휴일이었다. 한편 항일 무장 항쟁의 경력으로 정통성을 확보한 북의 권력자 역시 온갖 신화와 전설로 둘러싸였다. 그가 '현지 지도' 한 농촌에서는 수확이 급증했다고 선전되곤 했는데, 그것은 메이지 천황의 '순행' 이후 만들어진 이야기의 복사판이었다. 과학과 이성의 현대 세계에서 이런 일들이 조금의 모순도 없이 진행될 수 있었던 것은, 바로 그 과학과 이성을 가르쳤던 학교에서 그런 '주술' 이 거듭 반복되었기 때문이다.

배움이 때때로 무서운 것은 미워하면서도 따라하게 되기 때문이다. '국가' 와 '민족' 을 향한 일편단심의 충성심과 그 충성심의 표현에 있어서 현대 한국인은 그 거푸집을 제공했던 일본 제국보다도 한 수 위의 길을 걸었다. '황국신민서사'는 "우리는 백두산 영봉에 태극기 날리자" 운운하는 '우리의 맹세'가 되어 이승만 정권기 내내 모든 출판물에 의무적으로 찍혔다. 4·19로 독재자가 쫓겨나자 시인 김수영은 「우선 그놈의 사진을 떼어 밑씻개로 하자」고, 영민하고 냉정했던 시인치고는 다소 예외적인 흥분에 넘치는 시를 썼지만, 실제로 그런 일은 일어나지 않았다. 그 대신에 제국의 충실한 학도 박정희의 쿠데타가 뒤를 이었다.

일본 제국주의의 못다 한 꿈, 즉 만주국에서의 실험은 관동군 장교 출신의 박정희를 통해 다시 한 번 실험되었다. '경제 개발 5개년 계획'과 '새마을 운동'이 그러하고 6·70년대의 해외 이민정책 등이 그러하다. 상징과 의례를 통한 국가주의의 내면화에 있어서도 박정희 정권은 타의 추종을 불허했다. 충무공 이순신이 성인화되고 그것은 은연중에 박정희와 동일시되었다. 영화를 보러 들어간 '연인'들은 영화를 보기에 앞서 잠시 '국민'이 되어 울려 퍼지는 '애국가'와 화면을 가득 채우는 '태극기', '무궁화'를 바라보며 기립해야 했다. 오후 다섯 시가 되면 전국의 모든 곳에서 모든 국민은 일제히 '동작 그만'의 상태가 되었다. 모든 것이 멈추었다. 그가 누구든, 그 순간 무엇을 하고 있든, 일어서서 차렷 자세로 온 누리에 울려 퍼지는 '애국가'를 들으며 어디선가 '하강'하는 '태극기'를 바라보며 "몸과 마음을 다 바쳐 충성"할 것을 맹세해야 했다.

권력이 노리는 것이 '애국심'이었을까? 천만에. 나는 그렇게 생각하지 않는다. 모처럼 느긋하게 즐기러 들어간 영화관에서 느닷없이 벌떡 일어서서 애국가를 들어야 할 때, 바쁘게 길을 가고 있는데 꼼짝없이 멈추어서서 한 손을 가슴에 대고 '조국'과 '민족'에 대한 '충성 선언'을 듣고 서 있어야 할 때, 애국심은커녕 짜증부터 솟구칠 것임은 권력도 안다. 애국심같은 것은 원래 없다. 누구보다도 권력은 그것을 잘 안다. 권력이 노리는 것은, 애국심이 아니라, 애국가를 듣거나 태극기를 보면 자동적으로 일어나는 '몸'이다. 십 년, 이십 년 거듭되다 보면 짜증만 내지는 않는다. 어느새 '몸'에 익는 것이다. 그리고 바로 그것이 권력이 원하는 것이다. 애국심이라니, 그 따위가 필요한 것이 아니다. 소리가 들리거나 모습이 보이면 자동으로 경배하는 '몸', 그것이 필요한 것이고, 그것이 이른바 '애국심'인 것이다. 그리고 그것은 성공했다.

박정희 정권에 대한 70년대의 '반체제' 투쟁에서 어떤 세력도 이 '주술'에 시비를 걸지 않았다. 국가주의와 민족주의는 박정희 정권과 반체제 세력이 공유한 이념이었다. 그러는 한, 파시즘적 국가 권력과 반체제 지식인 사이의 공생 관계는 예정된 코스였다. 한편 80년대 이후 학생운동의 지도부를 둘러쌌던 엄청난 권위주의와 지도자 숭배의 의례들은, 그들이 타도의 대상으로 삼았던 자들로부터 무엇을 따라 배우고 있었던가를 보여 준다.

90년대를 지나 새천년에 이른 오늘 이 '주술'은 사라졌을까? 나는 그렇게 생각하지 않는다. 오늘의 젊은 세대에게 '국가'나 '민족'은 경배의 대상이라기보다는 '소비'의 아이콘이다. 그것은 경배와는 달리, 아니 경배보다도 더 심하게, 그것을 글자 그대로의 우상으로 만든다. '애국심' 따위는 꿈도 안 꿀 듯한 젊은 아이들이 스포츠 경기 등에서 드러내는 광적인 애국주의는 소비 자본주의의 힘이며 자본의 상징적 실체인 '화폐'가 작동한 결과이다. 세계화의 시대에 이르러 드디어 화폐 = 국가 = 민족의 순정(純正)한 통합이 이루어진 것이다. 출구는 어디에 있을까? 암담할 뿐이다.

앞에서 나는, 배움이 무서운 것은 미워하면서도 따라하게 되기 때문이라고 말했다. 희망을 갖기 위해 말하자면, 배움이 때로 유용한 것은 배운 대로 따라하지 않을 때도 있기 때문이다.

(『사람이 사람에게』, 2002.)

내가 영어 공용화론에 찬성하는 까닭

버스는 수백 년이 넘은 건물들이 즐비한 유럽의 어느 도시를 지나고 있었다. 유럽의 건축술이 참으로 놀랍지 않으냐며 자상한 설명을 아끼지 않던 현지 유학생 출신의 여행 가이드는 다음과 같이 말을 이었다.

"몇 년 전에 한국에서 삼풍 백화점이 무너졌을 때 여기 외국인 친구들에게 정말 낯을 들 수가 없었습니다. 어떻게 그런 일이 일어날 수 있느냐고 비웃듯이 물어오는 친구들에게 무어라고 변명할 길이 없더군요. 외국에 나오면 누구나 애국자가 되는 것 아니겠어요? 제가 그 외국 친구들에게 무어라고 말했는지 아십니까?"

일행은 모두 귀를 기울였다.

"이렇게 말해 주었습니다. 건물을 잘못 지어서 그렇게 된 게 아니다, 실은 북한 애들이 폭파시킨 거다, 라고 말이죠. 너희들 아직도 북한하고 그러냐고 묻길래, 걔들은 원래 언제 무슨 일을 저지를지 모르는 애들이라고 했더니, 그런가 보다 하더라구요."

어떠냐, 제법 그럴싸한 변명이 아니었더냐고 의기양양해 하는 표정이 그 얼굴에 떠올랐고, 거, 참 쓸 만하군, 기특한 녀석이로다, 하는 듯한 반응도 이어졌다.

"무슨 소리야. 그러면 안 되지. 그래도 같은 동폰데……"

나는 귀가 번쩍 뜨였다. 최고의 교육을 받고 남들이 선망하는 직업을 지닌 젊은 청년의 입에서 나온 말이었다. 역시나, 나는 속으로 고개를 끄덕였다. 그가 말했다.

"북한이 그랬다고 할 게 아니라, 일본놈들이 그랬다고 했어야지."

내 귀가 들은 말을 의심할 새도 없이, 동감과 찬탄의 소리가 이십 명 남짓한 버스 안을 순식간에 메웠다. 아차, 거기까지는 생각 못 했다, 역시 배운 사람이 뭐가 달라도 다르다는 둥 안내인의 너스레가 이어지는 동안, 나는 반세기에 걸친 '국민 교육'의 결과가 이렇게 흉포한 '애국주의적 폭력'으로 실현되는 현장을 지켜보면서, 대체 어쩌다가 이 지경까지 왔는지 정말이지 '애국적 견지'에서 걱정이 되지 않을 수가 없었다.

그럴 일이 없는 것이 물론 가장 좋겠지만, 살다 보면 남을 욕할 수도, 비난할 수도, 심지어는 조롱할 수도 있다. 그러나 어떤 사람의 사람됨의 크기와 그 수양의 깊이는, 남에게 막말을 하게 될 때에 정말 그런 말을 해도 좋을지 어떨지를 스스로 얼마나 오래 신중하게 생각하느냐에 달려 있다고 나는 굳게 믿는다. 개인이 그러려니와, 한 사회는 더욱 그렇다. 그 점에서 나는 우리 사회가 말할 수 없이 천박하고 철없는 사회라고 생각한다. 북한과 '일본놈'들에 대한 저 무지막지한 막말과 그 막말에 대한 무신경은 우리 사회에 미만한 언어의 폭력이 얼마나 일상적인가를 보여 주는 하나의 작고 흔한 사례에 지나지 않는다.

'북한 괴뢰'든, 유태인이든, '깜둥이'든, '조센징'이든, '일본놈'이든 그것이 무엇이든 간에, 어떤 개인이나 집단을 무차별하게 짓밟고, 그 짓밟는 것에서 못난 집단적 쾌감을 느끼고, 그것으로 사회적 일체감을 교육받는 사회는 말의 진정한 의미에서의 사회가 아니다. 그러나 지난 반세기 동안 '한국인'들은 그렇게 교육받아 왔다. 그 교육의 영향은 너무나 깊고도 넓어서 이제는 애고 어른이고 남에게 마구 막말을 하고, 더 나아가 제가 막말을 했다는 사실을 느끼기는커녕 오히려 할 말을 했다는 자부심마저 갖는 듯한 경우를 흔히 보게 되었다. 억압과 전쟁과 독재와 부패의 오랜 역사, 거기에서 배태된 절망과 공포와 증오, 아마도 이런 것들이 오늘 우리 사회에 횡행하는 이 막말의 머나먼 사회심리학적 근거를 이룰 것이다. 그야 어쨌거나, 내가 보기에 이런 현상은 쉽사리 사라질 것 같지가 않고, 그러는 한 사람 사이의 대화가 말 그대로 즐거운 '심포지엄(향연)'이 되기를 기대하는 것은 가망 없는 일인 듯하다.

내가 내뱉는 말 한마디가 남에게는 잔혹한 폭력이 될 수 있다는 생각을 전혀 할 줄 모르는 인간들이 모인 집단 속에서의 삶은 저주받은 삶이다. 언어가 합리적 의사소통의 수단이기는커녕 집단적 광기의 배출구로 둔갑할 때, 모국어는 감성을 살찌우는 풍요로운 표현의 보고(寶庫)가 아니라 증오와 저주와 음험한 욕망만이 들끓는 뒷골목 공중변소의 음습한 낙서판으로 화한다. 이럴 때의 말은 그 말을 부려 쓰는 자의 이성적, 윤리적 감각을 키우기는커녕 그것을 마비시키는 마약이 될 뿐이니 인간의 역사에서 그러한 경험은 무수히 많다. 그리고 그 점에 관한 한 우리 사회는 풍부한 사례들로 가득 차 있고 지금도 그러하다.

일찍이 토마스 만이 말한 바, "거리의 장삼이사(張三李四)가 베토벤의 어깨를 치면서 '안녕하슈? 노형' 하고 수작을 부리는 것"이 '민주화'는 아니다. 마찬가지로, 어두운 충동과 음습한 저주로 뒤덮인 공중변소 낙서판

수준의 언어폭력을 방 안에 앉아 아무 거리낌도 없이 '즐기게' 되는 것이 '정보화' 사회의 모습은 아닐 터이다. 그러나 우리 사회의 이른바 '민주화'와 '정보화'가 아주 많은 경우 그 지경까지 와 있음을 자신 있게 부정할 사람이 과연 얼마나 될까?

남을 함부로 대하고 말을 함부로 하는 이 버릇이 고쳐지지 않고서는 어떤 진보도 어떤 복지도 없다고 나는 믿는다. 그래서 비유컨대, 나는 '한국어'를 외국어처럼 하자고 주장한다. 그런 뜻에서 나는 '영어 공용화론'에 맥락은 다를지언정 동의한다. 한국 사람이라면 한국어는 누구나 쉽다고 생각하고 쉬우니까 생각 없이, 아니, 생각나는 대로 말한다. 생각나는 순간 잠시도 거르지 않고 즉각적으로 발화되는 것이 모국어이고, 그래서 쉽고, 그래서 걸핏하면 막말이 나온다. 남의 말을 들을 때에도 그렇다. 귀담아 듣지 않아도 다 알아듣는다고 생각하고, 실제로도 잘 듣지 않는다. 그러니 오로지 모국어로만 말하고 듣고서야, 남에게 조심해서 말하고 남의 말을 신경 써서 듣는 자세를 익힐 기회는 좀처럼 없을지도 모른다.

당연한 말이지만, 외국어로 말하거나 읽거나 쓰거나 듣는 것은 그 외국어의 구사 능력과는 상관없이 누구에게나 대단히 신경 쓰이는 일이다. 조심하지 않을 수가 없다. 외국어를 배우는 순간만큼은 그 외국어를 사용하는 모든 외국인이 나의 스승이다. 젖비린내 나는 어린아이일지라도 그 언어에 관한 한 나보다 훨씬 풍부한 언어의 용례와 표현법을 터득한 선배이자 스승이다. 어찌 그에게 겸손하지 않을 수 있으며 그의 말을 한마디라도 놓칠 수 있겠는가? 나는 이제야 비로소 "언어의 문제는 랑그나 파롤의 문제가 아니라 윤리의 문제"라는 말을 알겠고, "진정한 대화는 뜻이 전혀 안 통하는 외국어로 서로 말하는 것"(가라타니 고진)이라는 말의 뜻을 알겠다.

그가 누구든 남을 어려워하고, 그것이 무슨 말이든 함부로 말하기를 스스로 제어하는 마음이 없이 우리의 삶이 나아질 희망은 없다. 그런 희망이 더욱 아득해 보이는 오늘, 말 한마디에 천금(千金)의 무게를 실었던 옛사람의 글, 하찮은 미물에게도 듣는 귀가 있음을 가르쳤던 어느 선현의 글을 읽으며 모든 한국인에게 한국어가 아주 낯설고 힘들어지는 내일을 기다린다.

(『연세춘추』, 2001.)

2부

전향(轉向)을 위하여

사상의 역사치고 '전향(轉向)의 역사'가 아닌 것이 있을까? 이 사상적 회전의 각도가 크면 클수록, 다시 말해 이 회전이 일으키는 파열과 마찰의 상처가 크면 클수록, 오히려 사상사가 지니는 무게와 내용은 더욱 육중하고 웅숭깊어질 터이니, 전향의 역사를 기피할 까닭도, 음습한 어둠 속에 묻어둘 까닭도 없다. 문제는 전향 그 자체에 대한 호오(好惡)나 윤리적 판단에 있는 것이 아니라, 전향의 질(質)에 있다. 몇 개의 장면을 상기해 보자.

가장 먼저 떠오르는 것은 이른바 '개화기'의 전향이다. 전통적 주자학과 화이론의 체계가 근본적인 도전과 압력에 직면해 있는, 아니 명백한 붕괴의 지점에 도달해 있는 이 시기는 전형적인 사상적 전향기라고 할 수 있다. 이 압력을 온몸으로 버팅기면서 전향을 거부하는 정신의 가장 왼쪽에 가령 황매천이나 최면암의 얼굴을 떠올릴 수 있다면, 새로운 사상의 수용을 통해서 자신의 존재를 드러내고자 하는 '전향론'의 가장 오른쪽에 이를테면, 갑신정변의 주역들과 독립협회의 구성원들, 유길준과 안창호, 이인직과 이광수 등을 떠올릴 수 있을 것이다. 그리고 이 양극단의 사상적 좌표 아래 매우 다양한 인식론적 지형도가 그려질 수 있을 것이다.

이렇게 보았을 때 우리의 관심은 한국 근대 문학의 초창기 담당자들이 차지하고 있는 이 시기에서의 사상적 좌표이다. 말할 것도 없이 그들은 전향론자, 그 중에서도 가장 극단적인 전향론자들이다. 그것은 새삼스러울 것도 없는 사실이다. 근대란 이미 과거와의 급격한 단절, 자기 전통과의 처절한 투쟁을 의미하는 것이기 때문이다. 근대 문학인 한 그것은 가장 과격한 근대주의자들에 의해서 수행될 수밖에 없었던 것이다.

이 첫 번째의 전향이 풍성하고도 다양한 사상적 산물을 산출해 내기보다는 오히려 지극히 협착한 문명개화론 따위로 귀결되고, 한국 근대 문학이 첫 장도 그렇게 제한된 내용으로 한정될 수밖에 없었던 사정들은 또 다른 설명을 필요로 하는 것이지만, 한국 근대사 내지는 근대 문학사의 첫 장이 이 전향론자들 또는 이 시기의 사상적 전향축에 의하여 추동되고 장악되었다는 점, 한편 그 전향의 미숙하고도 온전치 못한 전개가 이후의 근대 문학사 전체의 흐름을 계속 옥죄고 있다는 점은 특별히 기억해 둘 만한 사실이다.

두 번째의 장면은 1920년대의 사회주의와 카프의 문학이다. 『백조』의 낭만주의로부터 신경향파 문학으로 이동하는 김팔봉이나 박영희, 박종화 등의 경우는 전향인가, 아닌가? 사회주의나 공산주의를 선택하는 것을 전향이라고 부르는 경우는 거의 없지만, 이들의 경우에는 가히 사상적 전향이라고 부를 만큼의 급격한 동요와 결단 등이 보이고 있다. 하기야 그것도 낭만적 태도의 한 특징으로 본다면 전향이라고 할 것까지는 없을지도 모른다. 그러나 카프의 '근대성'을 문제 삼을 때 여기에는 '전향론'의 관점에서 규명할 수 있는 문제들이 대단히 많다.

무엇보다도 '전향'은 주체 자신의 주체성과 객관세계의 환경이 관계를 맺는 과정에서 발생하고 문제된다는 점에서 우선 '근대적 형식'이다. 또

한 전적으로 주관의 영역에서만 벌어지는 전향이란 있을 수 없고, 주체를 문제 삼지 않고 오로지 외부의 환경만을 바꾸는 전향 역시 있을 수 없다는 점에서 그것은 지극히 '문학적인', 보다 구체적으로는 지극히 '근대 소설적인' 사건이다.

그렇게 본다면 근대 소설사는 어쩌면 전향의 사건사일지도 모른다. 부르주아 시대의 서사시로서의 소설, 그 소설의 주인공인 길 잃은 영혼이란 결국 언제나 '전향'의 기로에 선 인물이 아닐까? 주어진 총체성이 아니라 찾아야 할 총체성 때문에 길 위를 헤매는 인물이란 다시 말해 늘 전향의 기로에 선 인물이다. 그 인물의 이야기는 긴장을 불러일으키고 근대 소설의 형식은 그것으로 완성된다. 그러니까, 이 아슬아슬한 곡예를 견뎌내지 못할 때 근대 소설의 형식은 붕괴된다.

사회주의 리얼리즘이 문제되는 것은 바로 이 지점에서이다. 그것은 '전향'을 용납하지 않는다. 강압으로써가 아니라 이론으로써 말이다. 아니, 용납하지 않는다기보다는 이제 더 이상 문제가 되지 않는다. 기로에 선 인물이 아니라 이미 선택이 끝난 인물의 이야기인 한, 사회주의 리얼리즘은 이미 근대의 형식이 아니다.

30년대 카프 진영에서의 전향 국면이 사회주의 리얼리즘 논쟁을 전후로 하여 전개되는 속사정은 거기에 있다. 사회주의 리얼리즘의 체계와 논리를 수용하는 한, 그것은 적어도 지금까지 카프의 논리를 지탱하고 있었던 근대성의 주요한 측면, 즉 주관과 객관의 간단없는 긴장 관계라는 근대 리얼리즘적 인식론의 근본적 수정 내지는 철회를 의미하는 것일 수밖에 없었고, 이것은 흔히 그렇게 인식되었듯이 '근대의 극복'으로 받아들여졌다. 그러나 그것이 근대의 극복이 아니었음은, 더구나 식민지 치하의 지식인이 그 체계를 근대의 극복으로 내면화하는 것이 얼마나 어처구니없는 자기기만인가는 긴 설명을 요하는 것이 아니다. 결국 남는 것은 무엇이었던가. 앞서 말한 '긴장'의 이완이 있을 뿐이었다. 첨예한 긴장을 유지하면서 근대적 갈등을 표현하는 노력을 기울이는 것이 아니라, 완성된 체계 안으로 손쉽게 비약하기, 또는 '근대'를 버리고 이미 설정된 어떤 '근대의 극복'으로 건너뛰기, 그것은 곧 속 빈 전향으로 연결되기 마련이었다. "얻은 것은 이데올로기요, 잃은 것은 예술"이라는 박영희의 유명한 전향 선언이나 백철의 문명을 높인 『비애의 성사』등은 그러한 경우를 입증하는 대표적인 사례일 것이다.

전향의 기로에서 오락가락하는 것이 아니라, 이미 전향 따위는 더 이상 문제될 것이 없는 사회주의 리얼리즘의 체계가, 식민지 조선의 사회주의자들에게 오히려 전향의 논리적 발판이 되었던 사정은 그러나 이런 정도의 설명으로는 명쾌히 풀리지 않는다. 그 문제는 여기서는 일단 숙제로 남겨 놓자.

뭐니 뭐니 해도 전향이 하나의 문학사적 사건으로서 문제되는 것은 역시 30년대 말 특히 중일전쟁 이후부터 해방에 이르기까지의 기간일 것이다. 이 시기에 한국의 문학 지식인들을 강하게 억누르고 있었던 현실의 압력은 다른 무엇도 아닌 '사상'이었다. 그러나 이 시기에 오면 이미 전향은 주체의 결단과는 아무 상관없는 외부적 형식이 되고, 사상은 다만 주체의 '육체적 생존'을 결정하는 수준으로 전락해 있다. 그러므로 넘쳐나는 것은 '스캔들'이지 문학사적 의미를 지니는 사건으로서의 그것이 아니다.

그러나 가령, 대동아공영권론의 세련된 이론적 기반이었던 이른바 '근대초극론'이 이 시기의 지식인을 매혹시켰던 점은 문학사적 의미망을 구성하는 사건으로서 다시 상기되어야 한다. 우리가 이 시기의 전향을 문제 삼을 수 있다면 바로 이 대목이다. 우리는 이 글의 첫머리에서 다소 과격한 도식화, 즉 한국 근대 문학을 추동한 새로운 문학 지식인들을 '전향론자' 또는 전향축으로 부른 바 있다. 말하자면, 그것은 전통적 세계관으로부터 근대로의 전향이었다. 식민지의 말기, 시간적으로는 약 반세기쯤 뒤에 이들이 추동해온 근대 문학은 이제 근대를 초극하는 새로운 세계의 질서를 흔연히 부르짖고 있다. 분명히 할 것은 여기에는 상당한 정도의 자발성이 작용하고 있다는 점이다. 이것을 어떻게 볼 것인가? 이 근대초극론을 구성하는 몇 가지 핵심적인 담론들과 그에 대한 한국 문학의 대응이야말로 그 이후의 반세기를 결정짓는 중요한 요소가 되었다.

이렇게 한국 근대 문학사의 몇 가지 장면을 상기해 볼 때에 흥미로운 것은 '전향'이라고 하는 것이 한국 문학의 근대성을 밝히는 데에 매우 유효한 도구가 될 수 있다는 점이다. 왜냐하면 앞서 밝혔듯이, 전향 자체가 이미 근대적 형식이므로 그러하다. 한편으로, 근대의 동시적 완성과 극복이 우리에게 주어진 과제라면 우리 역시 전향을 준비하고 실천하지 않으면 안 된다. 아주 회전각이 큰 전향을.

(연세대 콜로퀴움, 1996.)

'근대의 초극', 『낭비』 그리고 베네치아(Venetia)

—김남천과 근대초극론*

1.

김남천의 장편소설 『낭비』, 『사랑의 수족관』, 『1945년 8·15』 등에 대하여 와다 토모미(和田とも美) 교수는 「김남천의 취재원에 관한 일고찰」 (1998) 및 「金南天 長篇小說論 - 新聞連載小說, その可能性の追求」(1998)라는 논문에서 매우 흥미로운 정보와 해석을 제공하고 있다. 그녀에 따르면, 『낭비』의 주인공 '이관형'(李觀亨)의 실제 모델은 비평가 최재서(崔載瑞)이다. 알다시피, 이관형은 『낭비』에 이어서 이른바 전향소설 『맥(麥)』에도 등장하면서 전향한 사회주의자 '오시형'과는 일정하게 대비되는 관점을 보여주는 인물이다. 김남천의 소설을 분석하는 데에 이관형이라는 인물의 성격과 그의 소설 내에서의 기능이 얼마나 중요한 것인지는 새삼 말할 필

---

*이 글은 2001년 5월 4일부터 6일까지 미국 미시간(Michigan) 대학교에서 열린 워크숍 Between colonialism and nationalism : Power and subjectivity in Korea 1931~1950 에서 발표되었다. 한국어 원고는 『민족문학사 연구』 18호(2001. 6.)에 게재되었다. 미시간 워크숍에서의 이진경, 최정무, 헨리엠(Henry Em), Takashi Fujitani, Lisa Yoneyama 교수들의 지적과 비판에 감사드린다. 그 토론을 참고하여 수정한 논문을 여기에 싣는다.

요도 없을 것이다. 그런데 이 이관형의 형상화에 실제 인물 최재서가 연관되어 있다면 이것은 대단히 중요한 지적이 아닐 수 없다. 와다 교수의 설명에 따르면, 경성 제국대학 법문학부와 대학원을 마치고 같은 대학의 강사를 하다가 일 년 후에 해직되는 최재서의 경력과 『낭비』 및 『맥』에서의 이관형의 경력은 서로 일치한다. 따라서 "독자들이 바로 최재서를 연상할 수 있었음은 의심할 수 없다"고 말한다.[1]

이것은 타당한 지적으로 생각된다. 1930년대에 경성 제국대학 대학원에서 영문학을 전공하고 그 대학의 강사직에 있다가 해직되었던 인물의 경력이란 당대의 식민지 조선 사회에서 결코 흔한 것이 아니다. 유달리 작가의 체험을 강조하고 또 즐겨 실제의 사건에서 취재하여 소설을 썼던 김남천의 작가적 특성을 고려하지 않더라도, 이런 정도의 이력을 지닌 인물이 소설에 등장했다면 그것이 누구를 가리키는 것인지는 더 물을 것도 없이 뻔한 일에 속한다. 그러나 세월이 지나면서 그러한 사실들은 쉽게 잊혀진다. 그리고 그 망각 위에 많은 해석들이 덧붙여진다. 그러나 애초의 의도가 무엇이었던가를 기억하는 것은 새로운 해석의 근거를 탄탄하게 하기 위해서도 반드시 필요한 일이다. 와다 교수의 논문은 그런 점에서 한국 현대문학의 연구를 지배하는 그러한 망각의 풍조, 실증 경시의 풍조를 뼈아프게 반성하게 하는 측면이 있다.[2]

---

1) 와다 토모미(和田とも美), 「김남천의 취재원에 관한 일고찰」, (『관악어문연구』 23집, 서울대 국문학과, 1998. 12), 214쪽.
2) 『낭비』와 『맥』의 '이관형'은 최재서를 모델로 한 것이며, 『사랑의 수족관』, 『1945년 8·15』, 『동방의 애인』 등에 나오는 '대흥 콘체른'의 사장 '이신국'(李信國)은 화신 재벌의 '박흥식(朴興植)'을 모델로 한 것이라는 사실은 와다 교수의 위의 논문과 「金南天 長篇小說論 – 新聞連載小說, その可能性の追求」, (『朝鮮學報』, 167輯, 東京, 1998.4)에서 아주 치밀하게 밝혀져 있다. 이러한 사실을 인식하는 것과 그렇지 않은 것 사이에는 전혀 다른 독서의 경험과 해석의 가능성이 존재한다. 나는 와다 교수의 논문을 통해서 실제로 그것을 경험했다. 그 점에서 나의 이 글은 와다 교수의 논문에서 크게 계발된 바가 많음을 밝힌다.

그렇다면 김남천이 최재서를 연상시키는 이관형이라는 작중 인물을 통해 의도한 것은 무엇인가. 와다 교수의 '가설'에 따르면, 김남천은 이 작품 속의 이관형을 통해서 현실의 최재서에게 모종의 '요구'를 했다는 것이다.

> 즉 김남천은 『낭비』라는 허구적 장치 속에서 최재서적인 인물 '이관형'에게 '조이스 아니면 사회주의 리얼리즘'이라는 소비에트 작가동맹이 세운 공식 그대로의 이자택일을 요구하고자 했다, 라는 가설이다.[3)]

이것이 와다 교수의 가설이자, 『낭비』에서 김남천이 최재서를 모델로 하여 이관형이라는 인물을 등장시킨 의도이다. 이 대담한 가설이 어떻게 구축되었는가는 좀더 꼼꼼히 들어 볼 필요가 있다.

경성 제국대학에서 영문학을 전공한 『낭비』의 주인공 이관형이 작성하고 있는 논문의 제목은 「문학에 있어서의 부재의식─헨리·제임스에 있어서의 심리주의와 인터내슈낼·시튜에─슌(國際的 舞臺)」이라는 것이다. 이관형의 학문적 관심은 헨리 제임스로부터 차츰 제임스 조이스로 옮겨진다. 와다 교수는 우선, 작중 인물 이관형이 헨리 제임스와 제임스 조이스에 대해 관심을 갖고 있는 데 비해 실제 인물인 최재서는 경성 제국대학 시절 그들에 대해 전혀 관심을 갖지 않았다는 사실을 들어, "최재서적인 인물을 등장시키면서 그 인물에게 실제와는 다른 문학적 주제를 탐구하게" 하는 데에는 작가의 특별한 의도가 있다고 말한다. 즉, 『낭비』가 연재되기 바로 전달인 1940년 1월에 최재서는 『인문평론』에 제임스 조이스에 관한 논문을 발표하는데,[4)] 여기서 최재서가 제임스 조이스를 긍정적으로

---

3) 와다 토모미, 「김남천의 취재원에 관한 일고찰」, 217쪽.

평가하는 데에 김남천은 "과민하게 반응"하고, 그에 따라 『낭비』의 주인공 이관형을 조이스 연구자로 형상화했다는 것이다. 그리고 이런 형상화를 통해 김남천은 최재서에게 '제임스 조이스냐 사회주의 리얼리즘이냐'를 묻고 있다는 것이다.

와다 교수는 이런 가설이 성립하는 근거를 1934년의 소비에트 작가대회로 들고 있다. 알다시피, 이 대회에서 사회주의 리얼리즘이 새로운 창작방법으로서 공식 선언되고, 칼 라데크(Karl Radek)의 보고 연설에서는 제임스 조이스가 격렬히 비판되면서 모든 마르크스주의 작가들에게 "제임스 조이스를 선택하든지, 사회주의 리얼리즘을 선택하든지 둘 중의 하나"를 결정하도록 하는 요구가 나왔던 것이다. 와다 교수는 '1940년이라면 김남천의 이론적 관심이 발자크를 매개로 한 사회주의 리얼리즘에 접어들었던 시기'이기 때문에, 이것을 바탕으로 김남천은 최재서에게 '조이스 아니면 사회주의 리얼리즘'의 이자택일을 요구하고 있었던 것이라고 말한다.

한편 『낭비』가 미완의 작품으로 끝날 수밖에 없었던 작품 내적 이유는 이러한 이자택일이 불가능했기 때문이라고 와다 교수는 설명한다. 즉, 최재서가 주목한 제임스 조이스는 심리주의 작가로서가 아니라 식민지 작가로서의 조이스이다. 김남천 역시 처음에는 최재서의 조이스 평가에 "과민하게 반응"하여 이관형을 매개로 '조이스냐 사회주의 리얼리즘이냐'라는 질문을 제출했지만, 소설이 진행되는 동안 점차로 제임스 조이스를 심리주의 작가로서 보다는 식민지 출신의 작가로서 주목하게 되었다는 것이다. 결국 '조이스 아니면 사회주의 리얼리즘'이라는 도식 자체가 무의미해지는 상황이 되고 그것은 이 소설을 중단할 수밖에 없는 내적인 이유가

---

4) 최재서의 논문은 「현대소설연구(1), 조이스 "젊은 예술가의 초상화" – 예술의 탄생」이다. 『인문평론』, 1940, 1.

된다는 것이다.

> 김남천 또한 식민지의 작가이다. 최재서가 그랬듯이, 조이스가 식민지 애란
> (아일랜드)의 작가라는 측면을 외면할 수 없었던 것이다. 심리주의 문학의
> 대가 헨리 제임스→조이스의 심리주의→애란 작가 조이스로 이동해 가는
> '이관형'의 사고의 흐름이 그것을 나타낸다. 식민지 작가로서의 조이스에
> 주목하게 되면 '조이스 아니면 사회주의 리얼리즘'이라는 도식적인 이자택
> 일은 불가능해진다. 바로 여기에 『낭비』의 연재가 중단된 작품 내적인 이유
> 를 가성해 볼 수 있다.[5]

지금까지의 와다 교수의 논의를 간단히 정리해 보자.

1) 『낭비』의 주인공 이관형은 실제 인물 최재서를 모델로 한 것이다. 김
남천은 최재서가 제임스 조이스에 관한 긍정적 태도를 표명하는 논문을
쓴 것에 대하여 과민하게 반응하여, 이관형을 조이스 연구자로 형상화하
였다.

2) 작가는 이러한 형상화를 통하여 '제임스 조이스냐 사회주의 리얼리
즘이냐'라는 1934년 소비에트 작가대회에서의 강령을 따르도록 요구하고
있다.

3) 그러나 그러한 의도는 완결될 수 없었는데, 그것은 제임스 조이스와
마찬가지인 식민지 출신의 작가에게는 성립하기 어려운 질문이었기 때문
이다. 이것이 이 작품이 미완으로 끝날 수밖에 없었던 이유이다.

이 흥미롭고도 대담한 가설은 큰 오류, 그러나 아주 생산적인 오류를 포

---

5) 와다 토모미, 앞의 글, 218쪽.

함하고 있다. 나는 우선 이 가설들이 어째서 오류인가를 밝히고 그 오류들로부터 우리가 김남천의 소설에 대한 어떤 새로운 해석으로 나아갈 수 있는지를 논하려고 한다.

　이관형의 실제 모델이 최재서라는 것은 부분적으로만 사실이다. 『낭비』의 주인공 이관형의 작중 환경이 현실의 최재서와 100퍼센트 일치하지 않기 때문에 그렇다는 말이 아니다. 이관형이라는 인물이 현실의 최재서를 강력하게 연상시키는 것은 사실이지만, 또한 최재서와는 다른 점이 있는 것도 사실이다. 그러나 소설이 전기가 아닌 이상 그것은 당연하고 문제될 것이 없으며, 그런 뜻에서 이관형의 형상화에 최재서가 모델이 되었을 것이라는 추측은 타당하고 논리적이다. 문제는, 김남천이 이관형을 조이스 연구자로 형상화한 것이 최재서의 논문에서 촉발된 것이며, 또한 그것은 '사회주의 리얼리즘'을 고수하고자 하는 작가의 의도에서 비롯되었다는 해석에 있다. 과연 그런가?
　『낭비』의 주인공 이관형은 「문학에 있어서의 부재의식 ─ 헨리 제임스에 있어서의 심리주의와 인터내슈낼 · 시튜에-숀(國際的舞臺)」이라는 제목의 경성 제국대학 강사 채용의 논문을 준비 중에 있다. 이 논문의 의도와 내용 등에 대해 작가는 이관형의 입을 빌어 지루할 정도의 긴 설명을 반복한다. 그 중의 하나만 들어 보자.

　　이관형이는 자기의 논문을 신심리주의 문학의 이십 세기적 성과에 대해서
　　도 관련을 시켜야 하였고, 다시 그것을 정신분석학의 태두인 지크문트 프로
　　이트에까지 연관시켜야 하였다. 이런 관계로 그는 제임스의 인터내슈낼 시
　　튜에-숀을 부재의식(不在意識)과 밀접히 관련시키고 다시 이것을 두 개의

세계, 아메리카와 구라파의 정신적 문화적 부패에까지 연결시켜서 그의 사회적 시대성을 논증해야 하였다.[6]

그런데 소설 『낭비』가 연재 중이던 1940년 11월호 『인문평론』에 김남천은 그의 유명한 논문 「소설의 운명」을 발표한다. 이 논문 가운데 다음과 같은 대목이 있음을 유의해 보자.

서인식 씨의 「문학과 윤리」가 전환기에 사는 작가의 부재의식(不在意識)에 대해서 언급한 구절을 나는 주의 깊게 읽었다. 서씨에 의하면 윤리의 '짓테(Sitte)' 와 '게뮤트(Gemut)' 가 분리 상극(分離相剋)하는 것은 한 사회가 불안과 동요의 계단에 도달한 표징인데, 작가의 심정과 사회적 관습이 이처럼 일치하지 않은 시대에서는 작가가 진(眞)을 그리기가 곤란하다는 것을 말하고 있는 것이다.[7]

마르크스주의 역사철학자 서인식(徐寅植)에게서[8] 김남천이 많은 지적 영향을 받고 있음은 여러 곳에서 감지된다(특히 이관형의 형상에 서인식의 '동양문화론' 의 흔적이 깊이 드리워져 있음은 뒤에 상론할 것이다). 「세태와 풍속」(1938), 「소설의 운명」(1940), 「전환기와 작가」(1941) 등의 글에서 김

---

6) 김남천, 『낭비』, 1회, (『인문평론』, 1940. 2), 220쪽. (앞으로 작품의 인용은 회수와 면수만을 표기함).
7) 김남천, 「소설의 운명」, 『인문평론』, 1940, 11(『전집』 I, 668쪽. 김남천의 소설을 제외한 모든 글, 즉 비평, 수필, 회고문, 서평 등은 정호웅-손정수가 엮은 『김남천 전집』 I, II (도서출판 박이정, 서울, 2000) 에 모두 정리되어 있다. 앞으로 김남천의 비평문의 인용은 이 전집을 따르고 면수도 이 책을 따른다).
8) 서인식의 비평에 대해서는 손정수, 「일제말기 역사철학자들의 문학비평 연구」, 서울대 석사학위 논문, 1996.

남천은 서인식의 논문을 인용하여 자신의 논지를 전개한다. 서인식이 말하는 "전환기 작가의 부재의식"이라는 데에 김남천이 깊은 인상을 받고 있음은 「소설의 운명」의 발표 3개월 뒤에 쓰인 「전환기와 작가」라는 글에서 같은 내용이 다시 반복되는 사실로도 확인할 수 있다.[9] 이 글들에서 '전환기 작가의 부재의식'을 논하는 비평가 김남천은 소설 『낭비』의 주인공 이관형으로 하여금 다음과 같이 말하게 한다.

> 부재의식! 그것은 단마디로 말하면 기성관습(既成慣習)에 대한 어떤 개인의 심정상(心情上)의 부조화로부터 일어나는 의식상태라고 말할 수밖에 없다. 그러니까 가령 헨리 제임스에 있어서의 「국제적 무대」라는 것은, 아메리카적인 관습이나 구라파적인 관습이나 조화될 수 없는 헨리 제임스의 심정상의 괴리(乖離)에서 유래된 것이라고 보지 않을 수 없다. 〈중략〉 이십 세기에 들어와서 갈 턱까지 가본 조이스의 심리적 세계도 결국은 이러한 사회적인데 구경의 원인을 둔 부재의식이 아니랄 수는 없을 것이다.[10]

요컨대, 헨리 제임스로부터 제임스 조이스로 이어지는 이른바 심리주의 문학에 대한 꾸준한 관심은 최재서의 것이라기보다는 김남천 자신의 것이었다고 해야 할 것이다.[11] 그렇다면 이관형이라는 작중 인물은 작가 김남천 자신의 모습일까? 꼭 그렇지만은 않다. 작가로서의 김남천은 이 인물에 대해서도 일정하게 비판적 거리를 유지하고 있는데, 이렇게 되기에는

---

9) "서씨는 다시 요즘에 발표한 「문학과 윤리」의 논고 중에서도 현대를 '짓테'와 '게뮤트'의 분리상극의 시대로 논증하면서 전환기 작가의 부재의식의 극복에 대해서 시사를 던지려 하였다". 김남천, 「전환기와 작가」, 『조광』, 1941. 1.(『전집』 I, 681쪽.)
10) 『낭비』, 9회, 145쪽.

작가 스스로가 일찍이 지지했던 엠엘계 마르크스주의자 서인식의 영향이 또한 컸던 것으로 보인다.[12]

그러니까 조이스에 대한 최재서의 긍정적 평가에 김남천이 "과민한 반응"을 보였다는 와다 교수의 가설은 성립되기 어렵다. 그렇다면 이관형은 누구인가? 최재서인가? 서인식인가? 김남천 자신인가? 가장 타당한 대답은 이 모든 인물들이 적당하게 투영된 것이라는 대답일 것이다. 이관형의 직업이나 경력 등은 최재서에게서, 그의 학문적 고민이나 관심은 작가 스스로에게서 나온 것이고, 그밖에 이관형이 쓰고 있는 논문의 제목이나 주제 같은 것은 서인식의 논문에서 힌트를 얻은 것이라고 보아야 할 것이다. 그러나 중요한 것은 이 인물의 형상화에 결정적인 현실의 인물이 누구이냐를 확정하는 일이 아니다.

"헨리 제임스의 환영과 싸우고 이것을 넘어트리지 않고는 나의 세계는 열리지 않는다"는 각오로 논문을 집필하고 있는 『낭비』의 주인공 이관형에게 헨리 제임스나 제임스 조이스와 같은 작가들이 갖는 의미, 또 주인공

---

11) 발자크 연구를 통하여 김남천이 이른바 장편소설 개조론을 펼쳤던 것은 널리 알려진 사실이다. 그 가운데 다음과 같은 구절이 있음을 보라. "헨리 제임스는 흥미가 있다. 프루스트나 제임스 조이스나 헉슬리에게도 관심이 미쳐야 한다. 그러나 그들은 우리가 필생의 업으로 하여 따라갈 지도원리는 될 수 없는 것을 알아야 한다."「관찰문학소론」(발자크 연구노트3), 『인문평론』, 1940. 4. (『전집』 II, 599쪽). 한편 1940년 5월에 쓰여진 한 수필에서 김남천은 다음과 같이 말한다. "시대의 정신과는 오히려 인연이 없었던 헨리 제임스도 '시대 정신의 향훈이 없는 예술은 향취가 없는 조화(造花)에 불과하다'고 차탄(嗟歎)하여 마지 않았다",「풍속수감(風俗隨感)」, 『조선일보』 1940. 5. 28.(『전집』 II, 191쪽.) 그런가 하면 1940년 7월에 쓰여진 「아메리칸 리얼리즘의 교훈」이라는 글에서도 헨리 제임스, 프루스트, 제임스 조이스 등의 심리주의 작가들에 대한 짧지 않은 언급이 있다. 결국 김남천 스스로가 이들 작가들에 대해 집중적인 관심을 갖고 있었음을 알 수 있다.

12) "당시 나는 사회운동에 대한 아무런 경험도 없었으므로, 카프가 어떠한 파벌에 속하는 것인지도 똑똑히 몰랐으나, 당시에 카프 동경지부원들은 고경흠(高景欽), 서인식(徐寅植) 등의 제씨(諸氏)의 정치이론을 지지하고 있었으므로, 파벌청산을 구호로 내세우기는 하면서도 의연히 엠엘계에 심리적으로나 이론적으로 가담해 있었던 것이 사실이었다." 「「비판」과 나의 십년」, 『비판』, 1939. 5.(『전집』 II, 332쪽.)

에게 그러한 성격을 부여한 작가의 의도는 생각보다 심오하고 복잡한 것이다. 와다 교수는 그것을 '조이스냐 사회주의 리얼리즘이냐'의 선택이라는 작가의 의도로 해석하였으나 그것은 지나치게 단순한 비약이다. 우선, 1934년 사회주의 리얼리즘의 도입을 둘러싼 논쟁에서 김남천은 사회주의 리얼리즘에 대하여 일정하게 비판적인 거리를 두고 있었거니와, 1940년을 전후하여 발자크를 매개로 그의 이론적 관심이 이른바 관찰문학론으로 이행되던 시기에 있어서도[13] 사회주의 리얼리즘이 문제가 되었던 것은 아니었다. '조이스냐 사회주의 리얼리즘이냐'의 도식적인 이자택일은 처음부터 없었다. 그러니까 그러한 도식이 불가능하게 되었기 때문에 작품이 중단될 수밖에 없었다는 가설 역시 성립될 수 없는 것이다.[14]

문제는 대단히 복잡하고 중층적이다. 헨리 제임스나 제임스 조이스와 같은 영미 모더니즘 문학의 대표 작가들을 연구하는 경성 제국대학 영문학 전공의 청년을 주인공으로 내세운 『낭비』라는 소설 속에는, 그리고 이제부터 우리가 다루려고 하는 이 시기 김남천의 다른 작품들 속에는 무수히 많은 균열과 틈, 동요와 불안이 있다. 우선 그것은 전향한 마르크스주의자로서의 비평가 김남천과 그 전향자의 내면을 그리는 작가 김남천 사이의 균열이다. 그러나 동시에 그것은 식민주의와 민족주의의 틈, 또는 이른바 식민 주체의 형성과 소멸, 그 사이의 동요와 불안이라는 차원으로 확대된다. 김남천의 소설에는, 이중화된 식민지 담론 속에서 안과 밖의 경계

---

13) "그러므로 자기고발-모럴론-도덕론-풍속론-장편소설 개조론-관찰문학론에 이르는 나의 문학적 행정(行程)은, 나에게 있어서는 적어도 필연적인 과정이었다". 김남천, 「체험적인 것과 관찰적인 것(발자크 연구노트 4)」, 『인문평론』, 1940. 5.(『전집』 I, 610쪽.)

14) 와다 교수의 가설은 무리한 비약이지만, 그러나 그러한 비약이 없었다면 바로 그 대목이 실로 풍부한 해석의 가능성을 지닌 요충지임을 알기도 어려웠을 것이다. 내가 와다 교수의 가설을 '생산적 오류'라고 부른 것은 그 때문이다.

가 모호해진(혹은 은폐된) 식민지의 일상을 살고 있는 지식인의 혼미와 불안, 그리고 그것을 넘어서기 위한 일종의 정신적 도박 혹은 사상적 곡예(曲藝)의 흔적이 새겨져 있다. 한국 소설에서 이것은 흔치 않은 예에 속한다. 그리고 아마도 식민지 문학의 좌절과 성취는 이 사상적 곡예의 긴장도, 그 갈등의 깊이에 의해 결정될 것이다.

2.

그러나 실은 와다 교수가 간과한 부분이야말로 지금까지의 한국 문학 연구가 간과해 온 부분이기도 하다. 이른바 '전향기', 즉 1935년 카프의 해산을 전후한 시기 또는 1937년 중일전쟁을 기점으로 1945년 해방에 이르는 기간의 시기에 식민지 조선의 지식 사회를 이끌었던 지배적 담론은 무엇이었던가, 그리고 그것은 이 시기 문학 생산에 어떠한 영향을 끼치고 어떤 방식으로 나타났는가 하는 점은 그다지 깊이 있게 토구되지 않았다. 특히 지금부터 논의하려고 하는 '근대초극론'의 경우는 완전한 관심의 사각지대에 놓여 있었다고 해도 과언이 아니다.

흔히 '근대초극론'은 일본 제국주의의 침략전쟁을 정당화하는 이데올로기로서 '사상전'의 일익을 담당하고 있었다고 평가된다.[15] 그러나 다만 그것뿐이라면 문제는 간단한 것일 수도 있다. 그것은 전쟁의 종료와 함께,

---

15) "태평양 전쟁 하에 행해진 '근대의 초극' 논의는 군국주의적 지배 체제의 '총력전'의 유기적인 일부인 '사상전'의 일익을 수행하고, 근대적, 민주주의적인 사상 체계라든가 생활적 요구들을 절멸하기 위해 행해진 사상적 캄파니아(대중선전kampanya-역자주)였다". 오다기리히데오(小田切秀雄),「『近代の超克』について」,『文學』, 1958.4, (다케우치 요시미(竹內好),『近代の超克』, 富山房百科文庫, 東京, 1990, 280쪽에서 재인용.)

그리고 일제의 패배와 함께 소멸할 것이기 때문이다. 그러나 '근대초극론'을 일본 제국주의의 이른바 '성전(聖戰) 이데올로기'로 단죄하고 이제는 사라진 것으로 평가하는 것은 다케우치 요시미의 표현을 빌면 "역사 시험의 답안지로는 만점"이겠지만[16], 사태의 복합성과 중요성을 보기에는 턱없이 부족한 것이다. 가라타니 고진은 '근대의 초극'이라는 토픽은 이중적인 의미에서 중요하다고 말한다. "하나는 우리가 여전히 초극해야 할 '근대' 안에 있기 때문이며, 또 하나는 우리가 여전히 전전(戰前)의 '근대초극'의 문제를 본질적으로 넘어서지 못했기 때문이다".[17] 나는 식민지 조선에서의 '근대의 초극'이라는 토픽에는 이 이중적 의미 위에 또 하나의 의미층이 놓여 있다고 생각한다. 그것이 무엇인가를 탐색하는 것이 이 글의 목표이다.

고유명사로서의 '근대초극론'은 일본의 문학잡지 『文學界』가 1942년 9월과 10월 두 달에 걸쳐 연재한 좌담회에서 비롯되었다. 41년 12월 8일 일본의 진주만 공습으로부터 발발된 이른바 '태평양 전쟁'을 서구적 근대에 저항하는 아시아인의 '해방전쟁'으로 이념화하는 이 좌담회에서 거론된 내용들은 당대의 지식인에게 엄청난 '지적 전율'을 안겨 주는 동시에 사상적 심벌의 기능을 하였다. 한편 『文學界』의 좌담회와는 별도로 이른바 쿄토(京都) 학파의 이론가들이 참여한, 잡지 『中央公論』에서의 세 차례의 좌담회의 내용 역시 '근대초극론'의 한 축을 이룬다. 즉, 1942년 1월 「세계사적 입장과 일본」이라는 좌담회를 시작으로, 4월 「동아공영권의 윤리성과 역사성」그리고 이듬해인 1943년 1월 「총력전의 철학」이라는 제목

---

16) 다케우치 요시미(竹內好), 위의 책, 281쪽.
17) 가라타니 고진(柄谷行人), 「解說-近代の超克について」, (히로마쓰 와타루(廣松 涉), 『〈近代の超克〉論-昭和思想史への一視角』, 講談社, 東京, 1991. 272쪽.

으로 세 차례에 걸쳐 이루어진 좌담회가 그것이다. 이 좌담회에 참석한 4명 중 2명, 즉 사학자 스즈키 시게타카(鈴木成高)와 철학자 니시타니 케이지(西谷啓治)는 『文學界』의 좌담회에도 참석하고 있다. 흔히 근대초극론의 사상적 계보가 『문학계』 그룹, 쿄토(京都)학파, 일본 낭만파 그룹의 삼파(三派)로 구성되어 있다고 하는 것은 이 사실을 가리키는 것이다.[18]

　사건으로서의 '근대초극론', 고유명사로서의 '근대초극론'을 정의하는 것은 간단하다. 그러나 하나의 담론 체계로서 그 내용의 전모를 파악하는 것은 결코 간단한 일이 아니다. 그 안에는 일본의 근대 전체를 관통하는 역사와 철학의 문제가 놓여 있다.[19] 그리고 식민지의 지적 담론이 이것을 벗어날 수는 없었다.

---

18) 「근대초극론」에 관해서는 앞의 다케우치 요시미의 책과 히로마쓰 와타루의 책이 있다. 다케우치 요시미의 『近代の超克』은 1979년에 1쇄가 발간되었는데, 이 책의 1부는 『文學界』의 좌담회 및 그 좌담회에 제출되었던 참석자들의 논문으로 구성되어 있고, 2부는 근대의 초극에 대한 다케우치 요시미의 논문으로 구성되어 있다. 다케우치 요시미가 70년대에 들어 '근대초극론'을 새삼 문제 삼는 의도는 다음과 같은 말에 잘 나타나 있다. "사상으로부터 이데올로기를 떼어내는 것, 또는 이데올로기로부터 사상을 추출하는 것은 사실 어렵고 거의 불가능할지도 모른다. 그러나 사상 차원의 체제로부터 상대적인 독립을 인정하고 사실로서의 사상을 곤란을 무릅쓰고 해부하지 않으면 묻혀 있는 사상으로부터 에너지를 끌어낼 수가 없다". (위 책, 283쪽). 다케우치 요시미의 이러한 논리는 유명한 '방법으로서의 아시아'라는 논문으로 구체화되었다. 한편 히로마쓰 와타루의 《近代の超克》論은 1989년에 1쇄가 발행되었는데, 『文學界』의 좌담회 및 쿄토 학파의 철학을 조목조목 점검하고 비판하는 논문들로 이루어져 있다. 『文學界』의 좌담회는 한국어로도 번역되었다.(이경훈 역, 「근대의 초극 좌담회」, 『다시 읽는 역사문학』, 서울, 평민사, 1995)

19) 근대초극론에 관한 폭넓고 상세한 분석은 해리 하루투니언(Harry Harootunian)의 *Overcome by modernity* (Princeton University Press, 2000)를 들 수 있다. 그에 따르면, 모더니즘과 파시즘으로 특징지어지는 전지구적 근대화의 과정에서 일본이 경험한 근대성이 '근대초극론'으로 나타난 것이다. 그러나 "근대성(modernity)이란 이미 초극(overcoming)이니…… 초극을 꿈꾼다는 것은 결국 끊임없는 사건들과 변화들에 대한 상념을 불러일으키는 근대의 과정들, 그 자체를 다시 긍정하게 할 뿐이었다." (54쪽.) 따라서 근대의 초극에 관한 이 심포지엄은 근대를 초극하는 것이 아니라, "근대에 의해 정복당해버린 (overcome by modernity) 지점에 이르고 말았다."(94쪽.)

'근대의 초극'이라고 부를 만한 사고의 핵심은 대략 소화 10년 전후에 정리된 형태로 이미 나와 있었는데, 그것을 검토하면서 이 좌담회만을 논하는 것은 아무런 성과도 얻지 못하기 마련이다. '근대의 초극'은 메이지 이래 일본의 대표적인 지성이 힘겹게 도달한 하나의 극점이다. 그렇다면 이것을 전쟁 이데올로기로 정리해 버릴 수는 없다. 실제로 히로마쓰 와타루 씨가 재삼 강조하는 바와 같이 그들은 전시에 오히려 체제에 의해 위험 사상가로 간주되었던 것이다.[20] (강조-인용자)

이제 나는 이 에세이에서 근대의 초극 담론이 식민지 지식인에게 어떻게 수용되어 나타나는가 하는 문제를 김남천의 사례를 통하여 살피고자 한다.

카프의 해체 및 전향으로 이어지는 30년대 후반의 정세 속에서 김남천이 선택한 최초의 이론적 출구가 이른바 '고발문학론'이었음은 잘 알려져 있다. 그것은 "부서지고 깨어진 자기를 부둥켜 세우고 주체의 분열을 초극하는 길을 안타까이 찾으려고 극도로 준엄한 박탈(剝奪)의 탈을 들고서 자기 자신을 고발하려는 에스프리"[21]이며, 모든 과오와 일탈의 근본적 원인이었던 '소시민적 동요'를 철저하게 까발리는 것으로 정의되었다. 그러한 자기고발의 정신을 바탕으로 "과학적 개념과 인식을 일신상의 진리로써 파악하고 이것을 육체화"[22]하는 것이 진정한 실천이요, 모럴이라는 그의 주장이 「처를 때리고」, 「춤추는 남편」, 「요지경」(1937) 등의 소설로 나타났

---

20) 가라타니 고진, 앞의 글, 265쪽.
21) 김남천, 「자기분열의 초극」, 『조선일보』, 1938. 1.(『전집』 I, 325쪽.)
22) 김남천, 「일신상(一身上) 진리와 모럴」, 『조선일보』, 1938. 4.(『전집』, I, 354쪽.)

던 것이다. 김남천은 비평가로서의 이론을 정립하는 한편으로 그 이론을 자신의 실제 창작에 적용하여 작품을 썼던 드문 작가이다. 그것은 풍속론, 장편소설 개조론, 관찰문학론 등으로 이어지는 이후의 과정에서도 그대로 적용되는데, 이런 경우는 매우 희귀한 것이다.

그런데 이러한 비평가로서의 김남천의 이론적 행로에 카메이 카츠이치로(龜井勝一郎), 코야마 이와오(高山岩男) 등 근대 초극론의 대표적 이론가들의 영향이 매우 깊게 드리워져 있으며[23], 또 그 사이에 역사철학자 서인식의 매개가 있었음이 외면되어서는 안 된다. 근대초극론의 영향을 가장 분명하게 보여 주는 김남천의 비평은 아마 「소설의 운명」, 「전환기와 작가」 같은 글들일 것이다.

「소설의 운명」에서 김남천은 장편소설이란 시민사회의 형성과 환경을 같이 하는 것인데 그 시민사회의 사상은 '개인주의'라고 말한다. 그런데 장편소설을 생성케 한 "개인주의적 자각이나 인식이 소멸하는 날이 올 수 있다면 그때에는 장편소설의 본질은 변할 것이다." 김남천이 보기에 현단계는 그 자본주의적 개인주의가 소멸하는 시기, 따라서 "장편소설의 형식 붕괴의 시대. 조이스와 프루스트가 활약하는 시대. 그러면서 한편 고리끼가 마지막 활동을 남기고 죽은 시대"이다. 결국 지금은 "낡은 사회적 경제적 문화적 질서의 비약을 의미하는 동시에, 그것과 대신할 만한 새로운 질

---

23) 김남천의 일련의 고발문학론 중 가장 풍부한 내용을 지녔다고 할 수 있는 「유다적인 것과 문학」(1937. 12.)은 마르크스주의로부터 전향하여 일본 낭만파의 대표적 이론가로 또 근대초극론의 주요 논객으로 활동하였던 카메이 카츠이치로의 「살아있는 유다-셰스토프론(生けるユダーシェストフ論)」의 영향을 받은 것이다. 또 '가면 박탈'의 대상을 자기 자신에게 집중한다는 김남천의 설명도 역시 카메이 카츠이치로의 「모든 가면의 박탈(ありとあらゆる仮面の剝奪)」이라는 논문과 겹친다. 이밖에도 고발문학론에서 모럴론으로의 이행에는 도사카 준(戶坂潤)의 영향이 지대하다. 이에 관해서는 후지이시 타카요(藤石貴代), 「1930년대 후반 한국 전향소설 연구」, 서울대 석사논문, 1997. 그리고 와다 토모미, 「金南天 長篇小說論-新聞連載小說, 그의 可能性の追求」를 참조하라.

서의 계단으로 세계사가 비약'하는 시기이다. 이러한 발언들에서 서구 시민사회의 개인주의의 극복을 주요한 이념적 기치로 내세웠던 근대초극론의 흔적을 감지하는 것은 어려운 일이 아니다.

「전환기와 작가」는 그 점을 보다 확실히 보여 준다. "구라파 문화의 황혼"과 "새로운 문화 이념의 수립"을 요망하는 이 글에서 김남천은 코야마 이와오를 직접 인용하면서 이른바 '다원사관'을 논한다.

> 고산암남(高山岩男) 씨는 우선 세계사의 기초 이념의 확립에 있어, 구라파 사학이 건설한 일원사관의 거부를 선언한다. 다시 말하면 역사의 물줄기를 하나의 흐름으로 보는 서양 사학의 문화적 신앙을 깨뜨려 버리고, 세계의 역사를 다원사관에 있어서 보려고 한다. 그러므로 씨에 있어서는 동양은 서양의 뒷물을 따라오고 있는 것이 아니라, 동양은 동양 자체로 하나의 완결된 세계사를 가지고 있다고 이해한다. 이러한 다원사관의 입장에 서서 현대의 세계사의 문화이념을 세워 보자는 것이다. 〈중략〉 (이러한) 기도는 확실히 학문이라면 서양 학문의 관념밖에 모르는 일원사관의 입장에서 떠나서, 세계 각 민족의 역사를 다원사관에 의하여 성립시키려는 동양적 자각에 의한 것이라고 이해되어진다.[24]

위의 글과 거의 동시에 쓰인 소설 「경영」에서 '오시형'이 전향의 이론적 근거로 진술하는 내용을[25] 기억하고 있는 독자라면 그것의 기원이 어디인

---

24) 김남천, 「전환기와 작가」, (『전집』 I, 688쪽).
25) "내 자신이 서 있던 세계사관뿐 아니라 통틀어 세계사가들이 발판으로 했던 사관은 세계 일원론이라고도 말할 수 있는 것인데, 〈중략〉 그러나 만약 이러한 세계 일원론적 입장을 떠나서, 역사적 세계의 다원성 입장에 입각해 본다면 세계는 각각 고유한 세계사를 가지고 있다는 것을 알 수도 있고 증명할 수도 있지 않은가." 김남천, 「경영」(1940)

지를 곧 알 수 있을 것이다. 이 글에서 "새로운 질서의 건설"을 "개인주의와 자유주의의 청산"에 두고 "사상의 피안"을 갈구하는 비평가 김남천이 기대고 있는 코야마 이와오는 앞서 말한 『中央公論』의 좌담회에서 아주 급진적인 일본주의를 표방하는 철학자이다. 그에 따르면, 국가와 전체 사이에 분열이나 대립이 없이, 국가를 위해 사는 것이 자신을 위한 것이며 자신을 위해 사는 것이 국가를 위하는 일이 되는 그런 국가의식이야말로 화엄의 법계이며 그것은 고대 일본의 나라(奈良) 시대에 표현되었다. 그의 이런 생각은 "화엄의 폭포 위에 세계사를 흘려 넣고 일본 정신의 절벽에서 몸을 날려도 좋다"[26]라는 극도로 심미화된 발언으로까지 이어진다.

그러나 여기서 김남천이 코야마의 사상을 전적으로 수용하고 있다고 보는 것은 성급한 판단일 것이다. 다만 이러한 도식적 가설은 가능할 것이다. 즉, '근대초극론의 대표적 논객 중의 하나인 코야마의 '다원사관' → 비평가 김남천→작가 김남천→「경영」의 오시형' 이라는 도식이다. 흥미로운 것은 다음의 사실이다. 일단 이러한 도식을 염두에 두면서 그것을 살펴보자. 위의 인용문은 곧바로 이렇게 이어진다.

그러나 그럼에도 불구하고 우리는 한 가지 사실을 여기에서 잊어서는 안될 것이다. 즉 서양이라는 문화적 개념이 가지는 것과 동일한 통일성을 동양은 가지고 있지 못하였다는 사실이다. 서양은 하나의 통일된 문화 이념을 가지고 있었다. 가령 중세가 그것이다. 르네상스 이래 중세를 암흑이라고 말하여 오지마는, 그것은 서양을 기독교 문화에 의하여 통일한 하나의 아름다운 세계사의 한 토막이기도 하였다. 이러한 중세와 같은 통일된 서양의

---

26) 「世界史的立場と日本」, 『中央公論』, 1942. 1. 181쪽.

문학적 개념을 동양은 일찍이 가진 적이 없다는 것이다. 고야마 씨 외에 다른 논자들은 모두 이것을 인정하고…….[27]

「경영」의 연작 소설 「맥」에서 '다원사관'을 어찌 생각하느냐는 '최무경'의 질문에 대해 이관형이 대답하는 장면을[28] 기억하고 있는 독자라면 여기에서 작가 김남천의 소설적 전략을 훤히 볼 수 있을 것이다. 이 논문에서 비평가 김남천의 목소리는 다원적이다. 그 다성성이 어떻게 구성되는가를 살펴보자. 코야마 같은 이론가의 개입을 통해 '다원사관'을 설파하는 김남천의 목소리는, 곧이어 '동양은 서양과는 달리 통일성을 지니지 못하였다'라는 또 다른 이론을 통해 유보된다. 그리고 여기에는 코야마가 아닌 또 다른 이론가의 개입이 있는데 그것이 바로 서인식이다.[29]

서인식은 1940년 1월 3일부터 9회에 걸쳐 「동아일보」에 「동양문화의 이념과 형태」라는 논문을 발표한다. 그는 서양문화에 대립하는 단일한 실체로서의 동양문화라는 통념이 잘못된 것임을 통박하는 것으로부터 논문을 시작한다.

구라파의 제 국민은 근대 이전부터 '세계문화'라는 한 개의 통일된 문화권을 형성하고 살아왔지만 동양의 세 국민은 근대에 이르기까지 각기 독립하

---

27) 김남천, 위의 글, 같은 곳.
28) "구라파적인 것을 떠나서 우리들 고유의 것을 가지자는 것. 한번 동양인으로 앉아 생각해 볼 만한 일이긴 하지오마는 꼭 한 가지 동양이라는 개념은 서양이나 구라파라는 말이 가지는 통일성을 아직것은 가져 보지 못했다는 건 명심해 둘 필요가 있겠지오. 허기는 구라파 정신의 위기니 몰락이니 하는 것은 이 통일된 개념이 무어지는 데서 생긴 일이기는 하지만. 다시 말하면 그들은 중세를 가지고 있지 않습니까. 그 중세가 가졌던 통일된 구라파 정신이 아주 깨어져 버리는 데 구라파의 몰락이 있다고 하지 않습니까……", 김남천, 「맥」, 1941.
29) 김남천은 이 논문의 앞 부분에서 서인식의 논문 「현대의 과제」와 「문학과 윤리」를 언급하기도 한다.

는 문화권을 형성하여 가지고 〈중략〉 살아왔다. 구라파에서는 벌써 로마시대에 희랍의 고전문화와 동방의 기독교 사상이 한 개로 통합하여 한 개의 통일된 문화적 사상적 실체를 이루었다. 이리하여 그들은 중세의 기독교적 세계를 걸쳐서 근대의 과학적 세계에 이르기까지 한 개의 문화 속에서 호흡하면서 성장하였던 만큼 그들에게 있어서 세계는 바로 하나이었다.[30]

따라서 "구주 문화사는 있어도 동양 문화사라는 것은 있을 수 없다. 있는 것은 인도 문화사이며 지나 문화사이다." 즉, 세계사적 의의를 짊어진 유력한 민족들의 交際를 통하여 단일한 문화적 실체를 이루어 온 서양과는 달리, 동양의 역사는 "민족과 민족이 병립"해 왔고 이것이 동양문화의 특수성이다. 그러면 이렇게 형성된 동양문화의 특수성은 무엇인가? 여기에서 그의 이론적 배경으로 작용하는 것이 바로 쿄토 학파의 대부 니시다 기타로(西田幾太郎)의 철학이다. "西田 박사의 所說을 따라 동양문화의 기저를 이루는 것은 無의 사상이라고 보고 그 우에 高山 씨의 견해를 참작하면서 양문화의 對蹠的인 상이점"을 설명하는 서인식은 "인간성의 발양을 빈곤케 하고 인식의 발전을 저해하는 동양의 특수한 문화정신"을 "문화의 암"이라고 부른다.

한편 「동양주의의 반성」이라는 논문에서[31] 서인식은 "단순한 동양주의가 세계의 원리가 될 수는 없다"고 말한다. 서인식에 따르면, 오늘날 "구라파주의가 구라파 세계에서만 통용되는 한낱 지역적인 지도 이념"이 아니

---

30) 서인식, 「동양문화의 이념과 형태-그 특수성과 일반성」, 『동아일보』, 1940. 1. 3-12.
31) 김남천이 「전환기와 작가」에서 언급한 이 논문(주29 참조)은 『조선일보』에 발표될 당시에는 「동양주의의 반성」이라는 제목으로 연재되었는데, 서인식의 평론집 『역사와 문화』(1939)에는 「현대의 과제」라는 제목으로 수록되었다.

라 "세계 역사의 지도 원리로 인상"될 수 있었던 것은 그것이 "세계사의 근대적 과제, 즉 '포이달리즘'(feudalism)"을 해결했기 때문이다. 그런데 이제 현대의 과제는 봉건주의가 아니라 자본주의이다. 이 자본주의를 지양하는 원리를 갖추지 못한 이념은 결코 세계사적 의의를 지니지 못한다. 따라서 "오늘날 소위 '뮤토스'(mythos)로서 문제되는 동양주의도 말 그대로 '뮤토스'로서 '만' 문제되는 한", 또 "서양의 제국주의와 대립하는 의미에 있어서의 동양의 전통적인 '왕도이즘'이나 서양의 개인주의에 대립하는 의미에 있어서의 동양의 전통적인 가족주의"가 "카피탈리즘의 문제와 근본적 연관을 갖고 제기되지 않는 한", 그러한 동양주의는 "세계의 수요를 만족할 수 있는 구체적 보편적 원리"가 될 수 없다.[32]

한편 세계의 변혁이란 단순히 공간적 확장을 말하는 것이 아니라 "시간적 내용의 혁신을 수반"하는 것이어야 하는데 "세계사적 현대의 시간적 내용이란 카피탈리즘"인 것이다. 그러므로 오늘날 "서양으로부터의 동양의 해방 그 자체가 세계사적 의의를 구성하는 것은 아니"며 그것이 자본주의의 문제를 해결하는 것으로 이어질 때에만 동양주의가 진정한 세계사적 의의를 지닐 수 있다는 것이다. 그리고 이런 세계사적 의의를 담지한 민족으로서 서인식은 "일본 민족이 어떤 방식으로든 이 문제를 해결하리라는 것을 확신하지 않을 수 없다"고 말한다.

여기에서 서인식 역시 근대초극론의 전형적인 담론을 반복하고 있는 것은 분명하다. 서구 제국주의와 자본주의를 탈각하는 새로운 세계사적 질

---

32) "구라파 정신을 건질 물건이 동양의 정신이라고는 믿지 않는다"라든가, "동양의 유물이나 고적에서 서양을 건져 낸다든가 세계 정신을 갱생시킬 요소를 발견하고 감탄하는 것은 아니"라는 등의 「맥」에서의 이관형의 발언이 "동양적 뮤토스만으로는 결코 보편 원리가 될 수 없다"는 서인식의 이러한 논리에 자극을 받았을 것으로 보아도 크게 무리는 아닐 것이다.

서의 수립으로 중일전쟁의 의의를 이념화하였던 근대초극론의 논리가 고스란히 되풀이되고 있는 것이다. 한편으로 니시다의 제자이며 쿄토 학파의 대표적 철학자의 한 사람인 미키 기요시(三木淸)의 다음과 같은 말들이 「동양주의의 반성」의 밑그림이 되었음을 짐작하기란 어렵지 않다.

> 지나사변의 세계사적 의의는 공간적으로 보면, 동아의 통일을 실현함으로써 세계의 통일을 가능케 하는 것이다. 〈중략〉 일본 자신도 이번의 사변을 계기로 자본주의 경제의 영리주의를 넘어서 새로운 제도로 나아가도록 요구되고 있다. 자본주의 문제의 해결은 현재의 세계 모든 나라에서 가장 중요한 과제이다. 따라서 지나사변의 의의는 시간적으로 말하면 자본주의 문제의 해결에 있다고 해야 한다. 따라서 시간적으로는 자본주의 문제의 해결, 공간적으로는 동아 통일의 실현, 그것이 이번 사변이 존재하는 세계사적 의의이다. 그리고 이 공간적인 문제와 시간적인 문제는 상호 연관되어 있다. 자본주의 문제를 해결함이 없이는 참된 동아의 통일은 실현되지 않는다.[33]

앞서 나는 '코야마의 다원사관→비평가 김남천→작가 김남천→「경영」의 오시형' 이라는 도식을 제시하였는데, 이제 여기에 또 다른 도식을 겹쳐 놓을 수 있겠다. 그것은 '미키 기요시의 동아통일론→서인식의 동양주의 비판→비평가 김남천→작가 김남천→「맥」의 이관형' 이라는 도식이다. 물론 이 두 개의 도식은, 비유하자면 근대초극론이라는 화음을 구성하는 두 개의 다른 음일 뿐 궁극적으로 대립하는 것은 아니다. 그 두 개의 음 사이의 갈등이나 차이는 중요한 문제가 아니다. 나의 관심은 위의 도식

---

33) 미키 기요시(三木淸), 「現代日本の世界史的意義」, (히로마쓰 와타루, 앞의 책, 143-144쪽에서 재인용).

에서 화살표로 표시된 부분이다. 말 그대로 도식적으로 나는 그것을 간단하게 화살표로 표시했지만, 실제로 그것이 그렇게 매끄럽지 않을 것임은 자명하다. 이론이든 사상이든 문화든 그것이 한쪽에서 한쪽으로 일방적으로 흐를 것이라고 믿는 것은 미망이다. 하나가 다른 하나로 그대로 전달되지는 않는다. 반드시 균열과 흔들림이 있다. 심지어 위의 도식에서 '비평가 김남천'으로부터 '작가 김남천'으로의 흐름(또는 그 반대)에서도 그러할 것이다.

위의 논의를 간단히 정리하자면 다음과 같다: 김남천은 코야마류의 '다원사관'과 그것에 대해 일정한 이의를 제기하는 서인식류의 '동양주의 비판'을 함께 받아들이고 있다. 한 편의 평론 안에 공존하는 이러한 대립적 목소리는 소설 속에서 각각 다른 인물이 되어 나타난다. '다원사관'을 말하는 「경영」의 오시형과 '동양주의'를 비판하는 「맥」의 이관형이다. 이 두 인물에 비평가로서의 김남천의 모습이 부분적으로 투영되어 있음은 분명하다. 그러나 또 한편 작가 김남천은 오시형과 이관형 두 인물 모두에게 대하여 일정한 거리를 두고 있다. 즉, 작가 김남천은(오시형과 이관형이 반영하고 있는) 비평가 김남천에 대해 전적으로 동의하지는 않는 것으로 보인다. 그렇다면 비평가 김남천과 작가 김남천 사이의 상호 전이(轉移) 과정에서 무언가 균열이 일어난 것은 아닐까?

3.

근대초극론의 논자들을 따라서 '세계사의 새로운 질서'를 논하는 비평가 김남천과 그러한 지식인을 작품의 등장인물로 그려내는 작가 김남천의 사이에는 분명히 기묘한 틈과 분열이 있다. 김남천은 스스로 그러한 틈을 의식하고 있었을까? 미국과 유럽 어디에서도 안주하지 못했던 헨리 제임스를 대상으로 논문을 작성하는 주인공 이관형의 논문 주제를 '부재의식'으로 설정했을 때 거기에는 오시형과도 이관형과도 동일화 될 수 없었던 작가 자신의 '부재'가 투영되어 있었던 것은 아닐까? 소설 『낭비』로부터 이러한 질문들을 풀어 보자.

소설 『낭비』를 지배하고 있는 것은 나른한 퇴폐와 몰락의 정서이다. 이 나른한 분위기는 작품의 무대 배경이나 환경 등과 기묘한 부조화를 일으킨다. 그러한 부조화는 '별장 이층에 번뜻이 자빠누어 혼수상태를 헤매고 있는 피곤한 정신으로' 등장하는 주인공 이관형을 묘사하는 작품의 첫 문장에서부터 이미 역력하다. 무대는 '명사십리'의 원산 송도 해수욕장이다. 이십칠 세의 젊은 청년 이관형은 소설의 첫 장면에서 낮잠에 취한 채 이웃 별장의 탈의장에서 들려 오는 물소리를 들으며 그곳에 묵고 있는 젊은 여성의 나신을 상상하고 있는데, 이 침울하고 몽롱한 상태는 그가 놓여 있는 장소, 즉 '푸른 소나무, 파란 바다, 하얀 모래밭, 두세 뭉치의 구름이 떠 있는 하늘, 그 아래 서양식으로 꾸민 두 채의 별장'이라는 무대의 밝고 쾌활한 이미지와는 무언가 어울리지 않는 마찰을 일으키는 것임이 분명하다. 이 마찰은 조만간 그를 이 장소에서 떠나게 하는 것이지만, 다른 인물들이라고 해서 특별히 상황이 다른 것은 아니다.

'붉은 기와를 한 별장'에 들어 있는 두 명의 젊은 여성, 즉 은행가의 애첩 '최옥엽'과 '청의 양장점'의 주인 '문난주'에게 부여되어 있는 성적인 이미지와 육체적 욕망은 그들을 이 소설에서 가장 적극적이고 활력에 넘치는 인물로 만드는 것이지만, 그 활력은 필경 파탄을 향하고 있다는 점에서 오히려 역설적인 것이다.(성적 욕망과 활력이 넘치는 인물은 이외에도 이관형의 아저씨인 윤갑수, 이관형의 남동생 이관국과 불륜의 관계를 맺는 여류 소설가 한영숙 등이 있다.) 이에 비하면 '파란 기와 별장'에 들어 있는 이관형과 그 주변 인물들, 즉 이관형의 남동생이자 동경 유학생으로 독문학을 전공하는 이관국, 그리고 이관국을 사모하는 이화여전 가사과 재학생 김연에게 부여되어 있는 것은 대단히 소극적이고 식물적이기조차 한 성격들인데 그러나 그들 또한 몰락을 피하지 못하는 것으로 그려진다. 소설은 이 등장인물들 사이의 서로 엇갈리는 애정 관계를 한 축으로 하여 진행된다. 만족스럽고 행복한 결합은 없다. 이 관계들의 그물에서 벗어나 있는 예외적인 인물은 이관형의 누이동생 이관덕이다. 그녀는 비행기 조종사 구웅걸과[34] 약혼하지만, 구웅걸의 소설 내에서의 비중은 극히 약하며 나중에 「맥」에서 이관형이 하는 회고에 따르면, 비행 중에 사고로 세상을 떠났다.

인물들의 우울한 내면과는 달리 별장에서의 휴가는 쾌적하고 안락한 분위기에 감싸여 있고, 당대의 생활수준을 감안하면 최고급의 호화판 일상이다. "이관형의 아버지 이규식 씨가 가족들의 피서를 위하여 육칠 년 전에 세운" 푸른 기와의 하얀 목재로 된 별장과 원산 시내의 일본인 상인이 건축한 붉은 기와의 통나무 집 별장, 그곳에서 한가로운 시간을 보내고 있는 젊은 남녀들의 모습은 풍속의 묘사를 본격소설의 주요한 영역으로 늘

---

34) 『낭비』에서 이관형의 여동생 이관덕은 비행기와 항공술 등에 몰두하는 여성으로 그려지며 그녀의 약혼자는 비행기 조종사이다. 피로와 권태에 절어 있는 이관형도 여기에는 매우 큰 흥미를 보이며 여동생의 약혼자인 구웅걸을 대단히 호의적인 시선으로 바라본다. 작중의 거의 모든 인물과 사건들에 대해 체념과 불만을 표시하는 이관형에게 이것은 매우 특별한 경우이다. 그리고 여기에는 작가의 시각이 투영되어 있을 것이다. 구웅걸은 아마도 실존 인물을 모델로 한 것일 터이지만, 아직 확인하지 못하였다. 그보다는 비행기와 같은 최첨단의 기계 문명에 대해 작가가 갖는 특별한 관심의 배경이 무엇인지는 앞으로 탐구해 볼 만한 주제라고 생각된다.

강조했던 작가의 작품답게 섬세하고 꼼꼼하다.

소설의 시간적 배경은 소설 바깥의 시간, 즉 소설이 연재되고 있는 현실의 시간과 그대로 일치하는데[35], 이 평화롭고 안락한 조선 최고의 휴양지에서 시간을 보내고 있는 젊은이들의 일상 안에 식민지의 그림자, 더구나이미 당대의 일상에서 외면할 수 없게 된 임박한 전쟁의 긴장감은 전혀 찾아볼 수 없다. 단 하나의 장면, 스치고 지나가는 듯한 다음의 대화에서 식민지는 잠깐 상기된다. 이 장면은 이웃 별장에 묵고 있던 최옥엽과 문난주가 이관형을 찾아와 인사를 나누고 이런저런 대화를 나누는 장면이다. 이관형이 매일같이 책을 붙들고 무언가를 쓰고 있다는 것을 알고 있는 두 여자는 이렇게 말한다.

「그래요. 어서 열심히 쓰셔서 무에단간 박사가 되셔요」

최옥엽이는 아직도 농말쪼다.

「조선 사람이 박사 되는 거, 어쩐지 숭헙지 안하요?」

그것은 문난주였다. 농말이 섞인 것 같지 않아서 관형이는 「글세 그럴런지도 몰으지요. 그러나 난 숭헐까봐 안하는게 아닙니다. 될 가망이 없어서 애초에 생각부터 못하는 거지요」[36]

이 짧은 대화는 이것으로 종료된다. 이관형의 훗날의 실패의 원인을 식민지 출신으로 보기에는 분명한 작품 내적 증거가 없다고 한다면, 이 장면은 소설 전체에서 식민지 지식인의 현실을 직접적으로 환기시키는 유일한

---

35) 『낭비』, 『사랑의 수족관』, 『1945년 8·15』 등은 모두 소설이 쓰여지고 있는 시점을 소설 내의 시간으로 삼았다. 이 점에 관한 자세한 논의는 와다 토모미, 앞의 논문을 참조.
36) 『낭비』, 2회, 194쪽.

장면일 것이다. 그러나 이것은 더 이상 상기되지 않는다. 그 대신에 부단히 상기되는 것은 모든 인물들을 내리누르고 있는 삶의 공허와 불안이다. 극도의 정신적 피로와 권태를 느끼고 있는 이관형은 물론이거니와, 적극적 욕망의 화신인 최옥엽이나 문난주에게도 이것은 예외가 아니다. 실은 그러한 욕망 자체가 이미 권태의 산물인 것이다. 이 점을 가장 극단적으로 보여주는 인물은, 소설 속에서의 비중이 작기는 하지만, 최옥엽을 첩으로 두고 있는 은행 지배인 백인영에 대한 묘사일 것이다. 왕성한 활동가요, 음모꾼인 그의 삶은 그 자신에게도 알 수 없는 것으로 비친다.

> 실은 그는 승차를 하거나 출세를 하기 위하여 십년을 여일하게 동서로 분주한 것이 아니었다. 문제가 없으면 맨들어 갖고래도 일을 꾸미고, 맞붙이고, 떼어놓고, 하는 것이 그의 취미가 아닌가. 물론 출세욕도 있을 것이오, 명예욕이나 허영심도 섞였을 것이다. 그러나 계획하고 책모하고 남모르는 음모에 취해 보는 것은 그에게 있어서는 하나의 생명욕이고 생활력이 아니었던가. 〈중략〉 그는 잠시 생각해 본다. ―나는 과연 무엇 때문에, 누구 때문에 이러한 일을 꾸며놓고 바쁘게 서두는 것일까. 생각해 보아도 딱이 알수없다.[37]

왕성한 활동력의 근원이 실은 아무런 현실적인 목표나 이해를 갖고 있지 않다는 이 역설적 자각은 이 작품에서 그려지고 있는 모든 인물들의 삶이 극단적인 공허와 불안 위에 놓여 있음을 말하는 작가의 의도적 장치로 보인다. 외면적인 화려함과 경쾌함에 비해 인물들의 내면이 늘 기묘한 마찰과 부조화를 일으키고, 일상적 삶의 모습에서도 어색한 부조화가 유달

---

37) 『낭비』, 8회, 266쪽.

리 강조되고 있는 것은 무슨 까닭일까? "윤리의 규범과 심정이 분리 상극하는 시대의 불안과 동요"라는 서인식의 시대 진단을(주9 참조) 작가가 이 작품의 창작에 주요한 골자로 삼고 그것을 '부재의식'이라는 용어로 주제화하고 있음을 상기해 보자. 규범과 심정의 분리는 생활의 차원에서는 습속의 어지러운 혼란과 동요로 나타나기 마련이다. 일상은 진행되지만 삶의 공허와 불안은 가중된다. 이 공허와 불안 속에 놓인 인물들이야말로 그대로 '부재의식'을 구현하는 인물들이 아닐 수 없을 것이다.

한편 이 공허를 메우고 불안을 해소하기 위해 순간적 쾌락과 욕망에 몸을 맡기는 인물들의 행위를 그려내는 작가의 붓은 풍속사가적 꼼꼼함을 지니고 있지만, 그러한 인물들을 바라보는 작가의 시선에는 엄격한 도덕주의자의 면모가 담겨져 있다. 소설의 도입부에서 작가는 흐트러진 자세로 누워 있는 문난주의 모습을 묘사하면서 이렇게 말한다.

> 표정 한 구퉁이에 어덴가 비인곳이 있는 것 같다. 그것이 무엇인지를 사람은 언뜻 알아 마칠 수가 없을는지 모른다. 그러나 치밀한 관찰을 하는 사람은 그의 표정에서 결여된 것이 윤리적 신경(倫理的神經)인 것을 알아 마칠 수 있을 것이다. 대전 이후의 새로운 타잎으로 등장한 아름다움, 〈중략〉 일층 세련된 백치미를 발휘하고 있는, 그러한 아름다움이 문난주에게는 있었다.[38]

여기서 "치밀한 관찰을 하는 사람"의 시각은 물론 작가의 시각이다. 그리고 문난주의 "윤리적 신경"의 결여를 질타하는 작가의 이 시선이, 문난주를 "데카당스의 상징", "퇴폐적이고 불건강한 것의 대표자"라고 한껏 경

---

38) 『낭비』, 1회, 225쪽.

멸조로 최무경에게 설명하는 「맥」에서의 이관형의 시선과 일치하는 것임은 말할 것도 없다.

작가와 이관형의 이 도덕주의가 삶의 공허와 불안을 넘는 구원이 될 수 있을까? 그렇다고는 말할 수 없을 것이다. 헨리 제임스의 '부재의식'에 주목하고 스스로도 헨리 제임스의 운명과 자신을 일치시킬 만큼 정신적 위기와 피로감을 느끼고 있는 이관형 자신이 이미 소설의 공간 어디에도 머물지 못하는 '부재의식'의 소유자인 것이다. "이것을 넘지 않고는 나의 세계는 열리지 않는다", "나의 정신 상태에 위기 도래!"라고 부르짖는 이관형이야말로 가장 깊은 공허와 불안에 시달리는 인물이며 "데카당스의 상징"인 것이다.

앞서 말했듯이, 규범과 심정의 분리라고 하는 시대의식을 식민지적 현실과 연관하여 읽게끔 하는 인물이나 사건은 소설 안에 거의 없다. 그 대신 일상적 삶의 공허함이나 부조화가 소설의 내부를 지배한다. 그 중에서도 두드러지게 나타나는 것은 '동양적 관습'과 '서양식 생활'과의 기묘한 일상적 부조화와 그것에 대한 등장인물들의 자의식이다. 그리고 여기에서 우리는 일상의 수준으로 내려앉은 근대초극론의 한 면모를 엿볼 수 있다.

서양식 별장에 기거하면서 휴가를 보내고 있는 경성 제국대학 출신의 이관형과 그의 누이동생인 동경 음악학교 유학생 이관덕, 그리고 역시 동경 유학생인 남동생 이관국, 그리고 이관덕의 친구이면서 이관국을 사모하는 이화여전 학생 김연, 이 네 청년들의 무의식적 일상들에는 새로운 습속의 모습이 반영되어 있다. 약혼자에게 편지를 쓴 이관덕은 편지를 "이중 봉투에다 넣어서 춤을 바르고 양서로 에스자를 써서 봉한 뒤" "홈 드레스로 갈아 입"는데, 마침 수영을 마치고 돌아온 이관형은 "시롭뿌던가 그거

한잔 만들어" 달라는 부탁을 하고 자기 방에 돌아가 "등으로 만든 긴 의자에 몸을 눕"힌다. 오빠의 부탁을 받은 관덕은 "유리잔에 푸른 과일즙을 타서" 들고 들어온다. 비행기의 기계미와 모험적 정열에 심취해 있는 관덕의 약혼식은 "들고 나기가 어수선하고 앞뒤가 꽉 막힌 조선 요릿집보다는 로비도 있고 정원도 있는 서양 건물이 좋겠다고 경성호텔로 작정한 것이다. 도시 약혼식이라는 것이 양식을 모방한 풍습이고 보니 오히려 서양음식이 적당할 것 같았고, 또 길다란 식탁을 가운데로 하고 각기 교의를 놓고 걸터앉는 것이 격식에도 어울릴 것 같았다." 그런가 하면 은행가 백인영의 첩인 최옥엽이 살고 있는 집의 묘사는 대단히 상징적이다. 백인영은 "옥엽이가 그토록이나 희망하였는데도" 최옥엽에게 '문화주택'이 아닌 '한옥'을 얻어 준다. 이 한옥의 내부는 이렇게 되어 있다.

> 대청을 가운데로 하고 커다랗고 호사스런 두 개의 방이 양쪽에 배치되어
> 있어, 하나는 양식으로 장식하고 또 한 방은 순전한 조선식으로 꾸미고 대
> 청은 화양(和洋)을 절충해서 응접실로 대용하게 마련이었다.[39]

양탄자가 깔린 서양식 침실에는 "커다란 더블 베드"와 화장대가 놓여 있고 한쪽 켠에는 "석고의 비너스 조각"이 세워져 있다. 대청에는 "축음기"가 놓여 있는데, 최옥엽의 어느 하루는 침대에 누웠다가 대청으로 나가 축음기를 틀어 "왈츠를 몇판" 듣고 침실에 연이어진 욕탕에 "늘어지게 권태에 지친" 육체를 담그는 것으로 묘사된다.

이러한 습속에 대한 등장인물들의 자의식은 예컨대, "우리들은 이층에

---

39) 『낭비』, 8회, 255쪽.

서는 양식을 잡숫고 아래층에 와서는 깍두기를 집어먹는 그런 사람들이
오, 또 그 정도로 아주 될 대로 되어 버려서 모두 권태와 피로를 경험"하고
있다는 「맥」에서의 이관형의 자조 섞인 말에서 가장 두드러지게 나타나는
것이지만, 1930-40년대 식민지 조선의 일상이 되어 있는 서구식 생활 모
드의 현장은 이 소설의 곳곳에 산재해 있다.[40]

내가 주목하고자 하는 것은, 서양식 생활 습관과의 어색한 부조화를 자
각하고 표현하는 인물들이 자신을 '동양인'으로 표상하고 있다는 점이다.
즉, 이관형에게 있어 헨리 제임스는 "동방의 하나의 청년의 마음이 세계

---

[40] 김남천의 소설은 그 점에서 식민지 모더니티에 대한 풍부한 보고서이다. 『낭비』외에도 『세기
의 화문(花紋)』(1938), 『사랑의 수족관』(1939), 『T일보사』(1939) 등에는 그러한 자료들이 흘
러 넘친다. 『세기의 화문』은 그 내용도 내용이지만, 정현웅(鄭玄雄)의 삽화가 더욱 인상적이다.
1938년 3월부터 『여성』에 8회에 걸쳐 연재된 이 소설에는 매회 3개의 삽화가 들어 있는데, 약
간의 과장이나 미화가 있을 수 있겠지만, 여기에 그려진 인물들의 복장이나 그들을 둘러싸고
있는 주위 환경의 모습은 그대로 30년대 말 조선 사회의 고현학적 자료가 되기에 충분하다. 특
히 재벌가의 딸 '이경희'가 한 문학청년의 내방을 받고 앉아 있는 응접실의 그림은 아주 흥미롭
다. 모직 깔개(rug)가 깔린 응접실 중앙에 둥근 티 테이블이 있고 그 위에 작은 찻잔이 놓여 있
다. 내방객이 앉아 있는 일인용 소파 옆에는 기다란 소파가 놓여 있고, 이경희가 등을 보인 채
앉아 있는 일인용 소파 옆에 또 다른 일인용 의자가 놓여 있다. 내방객은 손을 모으고 다소곳하
게 앉아 있기 때문에 더욱 그렇지만, 이 내방객과 이경희가 앉아 있는 일인용 소파는 그들의 체
구에 비해서 대단히 크다. 마주 보이는 창문은 모두 반쯤 열려 있고 그 사이로 정원의 수목들이
내다보인다. 방바닥까지 늘어진 커튼들은 모두 젖혀져 있고, 닫힌 출입문 왼쪽 구석에는 높은
받침대 위에 올려진 화분과 꽃이 보이는데 그것은 낯익은 서양 정물화의 구도를 연상시킨다.
화분의 맞은편 구석, 즉 이 그림의 오른쪽 끝에는 4단의 장식장이 놓여 있는데 그 위에 올려져
있는 것은 아마도 도자기인 듯하다. 등을 보이고 앉아 있는 이경희는 단발을 하고 있는데 그녀
는 등 뒤에 단추가 연이어져 있고 어깨 부분이 크게 부풀려진 반소매의 원피스를 입고 있다. 무
릎에 손을 모으고 허리를 조금 굽힌 채 앉아 있는 내방객은 짧게 머리를 깎은 채 사관생도 같은
학생복을 입고 있다. 『T일보사』에도 흥미로운 장면이 있다. 출세욕에 불타는 젊은 주인공 김광
세는 자신의 유산을 털어 고가품을 구입한다. "종로로부터 남대문통을 거쳐 우편국 앞에서 진
고개로" 이어지는 코스에서 그는 "에나멜 구두"를 사고, 양복점에 가서 "턱시도를 한 벌 맞추
고, 떠불 뿌레스트를 주문"하고, "낙타 외투"를 맞추고, 백화점으로 들어가서 내의, 와이샤스,
넥타이, 흰 손수건, 까만 가죽장갑, 서류가방, 화려한 양말, 단장을 산다. 다시 시계점에 가서
"백금 껍질의 '론징'을 하나" 사고, 금은방에 들어가서 "백금 인장지환(印章指環)"을 맞추고,
모자점에 가서 "불사리노"를 사고, "황금으로 만든 카우스 단추를 사고, 녹색 비취의 넥타이 핀
을 사고, 향수와 화장도구를 사고 두 개의 만년필"을 산 뒤 찻집에 들어가 커피를 마신다. 그리
고는 "명치정으로 내려와 작은 요리집에 들어가 뎀뿌라"를 먹는다.

사상으로 통하는 통로"⁴¹⁾인데, 이렇게 함으로써 이관형은 헨리 제임스가 표상하는 유럽이나 미국을 '세계'로 인식하고 또 그의 대타항으로서 자신을 '동방의 청년'으로 주체화하고 있는 것이다. 이관형의 동생 이관국은 이 점에서 매우 흥미로운 장면을 연출한다.

"헬망 헷세의 원서를 한 권 손에 들고 색안경을 건 뒤"에 별장을 나와 바닷가로 나간 이관국은 "욕복 위에 타올로 만든 비-치 잠바를 걸친" 여류 소설가 한영숙을 만나 함께 모래 사장을 걷고 있다. 그는 한영숙에게 "악수하기 좋아하고 스프링과 백구두 좋아하는" 어설프게 서양풍이 든 조선 사회를 신랄한 조롱을 섞어 이야기하고 있는데, 그때 별장 현관으로부터 수영복만 입은 윤갑수가 나온다. "이렇게 벗어서 실례가 막심합니다"라고 말하는 윤갑수와 부끄러워하며 고개를 숙이는 한영숙의 인사 장면에서 이관국은 "바다에서야 욕복만 입으면 예복이나 한가지지 상관 있습니까" 하고 "제법 재치 있는 사교술"을 구사한다. 비슷한 장면은 이들이 이관덕과 김연이 앉아 있는 텐트로 자리를 옮겨 인사를 나누는 장면에서도 재연된다. 처음 만나는 인물들끼리 서로 인사를 나누고 어색해 하는 순간에 이관국은 "해수욕장에 와서 욕복들을 입고서 남녀칠세 부동석두 우스운 일"이라며 "유난히 쾌활"하게 좌중을 이끈다.

흥미로운 것은 이 장면들에서 이관국의 언행이 특별히 어떤 의례들 *protocol*, 즉 의복이라든가 인사법이라든가 하는 것들에 연관되어 있다는 것, 그리고 무언가 몸에 익지 않은 이 의례들을 행하고 있는 인물들 사이에서 적극적인 리더 혹은 중재자의 역할을 하는 것은 이들 중 최연소자인 이관국이라는 점이다. 이것은 이 소설 전체를 관통하고 있는 이른바 규범

---

41) 『낭비』 9회, 141쪽.

과 심정의 분리라고 하는 문제가 이관형을 통해서는 학문적 이론적 층위에서, 그리고 이관국을 통해서는 일상적 습속의 층위에서 탐색되고 있다는 의미로 읽을 수도 있겠다. 다음의 장면을 주목해 보자.

한영숙과 윤갑수의 인사가 끝나는 장면에 바로 이어서 이웃 별장에 묵고 있는 최옥엽이 등장한다. 조만간 밀회를 나누게 될 윤갑수와 최옥엽은 이 장면에서 처음으로 대면한다. 서로 얼굴은 익지만 아직 인사를 나누지는 못한 사람들 사이의 어색한 대화와 분위기를 조정하는 인물도 역시 이관국이다.

> "참, 이거, 여태 서루 인사두 없구…동양사람이란 이게 역시 서투르구 쑥스럽단 말야. 서루 인근해 살면서, 서루 서루 낯두 알구, 내용두 알면서, 정식으루 인사를 안했다구 어데서 만나두 몰은 척 하는거…그러나 여하튼 늦었서두 정식으로 인사를 하시죠. 저는 이관국이올시다."

이 장면에서 이런 말을 하면서 좌중의 주도권을 자연스럽게 행사할 수 있는 사람은 '동양적 관습'으로는 이관국의 아저씨인 윤갑수이다. 그러나 보다시피 모든 의례의 진행자는 이관국이다. 이것이 아무런 회의도 어색함도 일으키지 않고 진행될 수 있는 것은, 내 생각에는, 이관국이 무심코 하는 "동양사람"이란 말 때문이다. 이 말은 물론 '우리 동양사람'이란 뜻이다. 요컨대, 이관국은 이 짧은 한마디로 자기 자신과 주위의 인물들 모두를 '우리 동양인'으로 범주화하는 것인데, 그것은 그가 이 장면들에서 보이는 이러저러한 의례들을 서양적인 것과 동양적인 것 사이의 마찰 혹은 부조화로 이해하고 있다는 것을 보여준다. 그리고 그것을 의식하고 있는 인물은 이관국 말고는 없다. 달리 말하면, 어색함과 쑥스러움을 느끼고는 있지만 그것의 정체가 무엇인지를 표현할 수 있는 문법이나 어법이 다른 사람들에게는 없다. 이관국이 그것을 '우리 동양인'으로 표시하는 순간 이 어색함의 정체는 '동양인으로서의 우리가 갖게 된 서양 관습의 어색함'으로 정의되는 것이다. 그런 이관국이 이 자리에서 진행자의 역할을 하게 되는 것은 자연스러운 일이다.

그런데 이 '동양사람'이라는 기표, 그리고 이관형이 스스로를 지시하는 '동방의 한 청년'이라는 기표를 통해서 일어나는 효과는 무엇일까? 우선적으로 그것은 작품의 전체를 지배하고 있는 일상생활의 기묘한 부조화가 서양적인 것과 동양적인 것 사이의 갈등 혹은 충돌임을 암시하는 효과를 가진다. 그와 동시에 자기 자신을 '동양인'으로 표상함으로써 '서양'을 하나의 타자로 분명하게 인식하게 되는 이 주체에게는 새로운 경계와 구획이 주어지는 것이다. 그리고 물론 이 과정에는 모종의 비약과 생략, 그리고 전도(顚倒)가 숨어 있다. 김남천과 그의 주인공들에게 일어난 이 비약과 생략이 무엇이었던가, 그것을 살펴보는 것이 이 에세이의 마지막 과제이다.

사카이 나오키(酒井直樹)는 "외부의 관찰자에 의해서 아시아인이라고 묘사되는 상태로부터, '우리 아시아인'이라는 말로 자기를 주체로서 구축하는 상태로 이행하기 위해서는 어떤 비약이 필요"하며 이 비약은 20세기가 되어서야 일어날 수 있었다고 말한다.[42] 아시아라는 '상상적 통일체'는 무엇보다도 유럽이 자기를 표상하고 자기를 다른 지역과 구별하기 위해 만든 용어이자 개념이다. 다케우치 요시미에 따르면, 아시아의 자기의식

---

42) 사카이 나오키(酒井直樹), 「염치없는 내셔널리즘」, (임성모 역, 『당대비평』, 서울, 2000, 겨울), 223쪽.

이라는 이 '비약'은 유럽의 침략에 직면해서, 다시 말해 유럽에 의존해서야 또는 유럽이라는 거울에 비춰보고서야 생겨날 수 있었다. 따라서 "패배는 아시아라는 이름 자체에 아로새겨져 있"으며 "아시아는 애초부터 탈식민지주의적인 지시 대상으로서 시작되었던 것이다. 그러므로 아시아는 내적인 통일성을 확증하는 어떠한 원리도 갖고 있지 않"다. 결국 "아시아에 대해서 말한다는 것은 항상 서양에 대해서 말한다는 것이다."[43]

나는 이 의견에 전적으로 동의한다. 또 사카이 나오키가 말하는 바, "아시아인의 고유성이나 본래성을 고집하는 것은 서양의 차별적 독자성을 강화시키게 될 뿐이며, 서양과 아시아의 정체성의 근저에 가로놓인 식민지주의적인 관계성을 우리 손으로 전복할 수 없게 될 뿐"이라는 지적에도 동의한다. 실로 "아시아의 통일성은 서양의 '외래성'에 의해 뒷받침되고 있을 뿐 아니라, 서양의 상상된 통일성은 아시아와 마찬가지로 상상된 통일성에 의해서 뒷받침되고 있는 것이다."[44]

내가 주목하는 것은 '우리 아시아인'으로의 이 '비약'에는 저마다 다른 형태들이 있을 것이며 또 그 비약의 도달점도 저마다 다를 것이라는 점이다. 만일 '우리 아시아인'이라는 자기언급적 표상이 모든 아시아인에게 동일한 내용을 갖는 것이라면, 그리고 거기에 이르기 위한 '비약'이 모두 같은 방식으로 이루어진다면, 그것이야말로 '아시아적 통일성'을 확증하는 어떤 원리가 될 것이다. 그런데 그런 원리는 존재하지 않는다. 내 말은, 아시아인으로서의 주체가 구성되는 경로나 방법에도 저마다 다른 개별적 경우들이 있다는 것이다. 그러므로 상상된 아시아적 통일성의 허구를 밝

---

43) 위의 글.
44) 위의 글.

히고자 한다면 그 상상의 근거가 되었던 많은 개별적 경우들이 동시에 밝혀져야 한다는 뜻이다. 또 한편 비약에는 생략이 따른다. 무엇이 생략되는가? 그것도 다 다르다. 이것들을 낱낱이 드러낼 수 있을 때 아마도 우리는 비로소 '아시아'를 말할 수 있을 것이다.

『낭비』로부터 「경영」, 「맥」으로 이어지는 이른바 '전향소설' 3부작은 이러한 비약의 과정과 도달점의 한 사례를 보여 준다. '근대초극론'은 동요와 불안 속에 있는 식민지 지성 앞에 홀연히 제시된 신세계의 전망이었다. 그 매혹으로부터 자유로울 수 있었던 지식인은 거의 없었고, "초극을 논하면 논할수록 오히려 바로 그 '근대'에 발목을 잡히게 되는"[45] 역설을 자각하는 경우도 없었다. 그러므로 아시아의 상상된 통일성을 유럽의 '거울 형상' *mirror image*[46]이라고 말한다면, 식민지 조선에 있어서 아시아인으로서의 자각이란 '거울의 거울 형상'이 아닐 수 없었다.

이 이중의 비약 속에서 생략되는 것은 물론 식민지의 현실이다. '서양'을 타자로 확정함으로써 '동양인'으로서의 자신의 동일성을 구축하는 순간 식민지라는 매개항은 생략되거나 비약되어 버린다. 다시 말해, 식민지적 삶의 불안과 동요는 '동양인'으로서의 자기 확정을 통해 든든한 안정감을 얻는다. 한편 근대초극론은 계급 혁명의 모든 실천적 행동이 좌초된 현실에서 새로운 혁명의 비전을 제시하는 것으로도 비쳤다. 서인식의 예에서 보듯, '동양주의'는 자본주의의 지양을 통해 '구체적 보편적 원리'로 격상되면서 세계사적 의의를 지닐 수 있는 것이었다. 서인식을 비롯한 식민지 좌파 지식인들에게 일찍이 이러한 세계사적 의의를 지닌 보편적 원

---

45) 이경훈, 「"근대의 초극"론-친일문학의 한 시각」, (『다시 읽는 역사문학』, 서울, 평민사, 1995), 313쪽.
46) 사카이 나오키, 위의 글

리가 마르크시즘이었음을 이 대목에서 상기할 필요가 있다. 즉, '계급'이라는 대주체로부터 '동양'이라는 또 다른 대주체로의 비약, 식민지 조선에서의 전향의 실질적 내용은 이것이었다는 말이다. 이 비약이 가져다준 환상 속에서 식민지적 삶의 불안과 동요는 망각될 수 있었으니, 예컨대 『경영』의 오시형이 보여 주는 행태가 그러하다. 그리고 오시형이라는 인물 속에 작가 김남천의 모습이 부분적으로 투영되어 있음도 물론이다.

유럽 중심의 단일사관을 거부하고 동양 세계의 독자성을 주장하는 전향한 사회주의자 오시형, 그리고 오시형의 '동양주의'에 비판적 입장을 표현하는 이관형 같은 인물들에 작가 자신의 이념이 투영되어 있는 것은 분명하지만, 한편으로 작품 안에서 이들이 전적으로 작가의 지지를 받고 있는 것이 아님도 분명하다. 바로 여기에 비평가 김남천과 작가 김남천 사이의 묘한 어긋남이나 균열이 있는 것인데, 이러한 균열은 반드시 비평과 소설이라는 장르상의 차이에서만 기인하는 것은 아닌 듯하다. 그것은 아마도 식민지 지식인이 근대의 초극을 말할 때 부딪칠 수밖에 없는 모순이나 역설의 반영이 아닐까? 준엄한 자기 고발을 통해 새로운 주체의 재건을 고대하던 김남천에게 있어 근대초극론에 바탕을 둔 전향이 의미하는 것은 주체의 상실이라는 역설이었다. 소설 『경영』에서의 다음과 같은 장면은 김남천이 그 점을 날카롭게 의식하고 있었음을 보여준다. 최무경이 마련해 놓은 아파트에 막 출감한 오시형이 처음으로 들어서는 장면이다.

「이게 무슨 꽃인지 아시죠? 제가 봄부터 여름내나 손수 길른 거애요」
코를 꽃 속으로 묻고 발름발름 향기를 맡듯하다가, 시형이가 나직히 한숨을 짚은 뒤,
「수국이지, 내가 그걸 모를라구」

하고 대답하였을 때, 다시 낯을 들면서

「아이 수국을 다 아시네. 상당하신데」

사내가 픽하고 웃으면서,

「그럼 그것두 모를라구. 빨간 잉크를 부으면 빨개지구 푸른 물감을 쏟으면

파래지구 한다는 걸……」

   수국(水菊)을 보면서 '빨간 잉크를 부으면 빨개지구 푸른 물감을 쏟으면 파래진다'고 오시형이 말할 때, 그것은 조만간 전향을 선언하게 될 그 자신의 처지를 상징하는 것처럼 들린다. 그리고 여기에는 '다원사관'을 매개로 한 오시형류의 전향에 대한 작가의 일정한 관점이 반영되어 있다. 즉, 작가는 그것을 완전한 주체적 의지의 상실로 이해하고 있는 것이다. 그리고 그것은 인간적인 배신 행위로 연결되는 것이다. 사실상 작품 내에서 오시형의 사상적 전향이 최무경과의 애정 관계의 파탄으로 이어져야 할 필연성은 없음에도 불구하고 사태는 어디까지나 오시형의 최무경에 대한 배신이라는 형국으로 진행된다. 한편, 오시형이 떠나버린 방 안에서 "다시 물감을 부어도 빨개질 것 같지도 파래질 것 같지도 않게 시들어" 버린 수국을 바라보며 '이제는 나 자신을 위한' 삶을 살겠다고 다짐하는 최무경의 형상에는, "나는 살고 싶다!"고 절규하는 「등불」(1942)에서의 작가 자신의 모습이 겹쳐져 있다. 그렇다면 「경영」은 전향자 오시형의 형상에 반영된 자신의 모습을 스스로 고발하면서, 최무경이라는 인물을 통해 작가 자신의 입장을 표명하는 구조를 지닌 소설인 것이다.

   「맥」에서 최무경은 오시형의 전향의 이론적 기반인 '다원사관'을 탐구한다. 무경이 거기에 동조하지 않을 것임은 이관형의 등장으로 짐작되는 것이지만, 한편으로 이관형 역시 아무런 대답이 되지 못할 것임도 자명하

다. 이관형이 수동적인 체관(諦觀)을 통한 전향의 양상을 드러내고 있다면, 최무경은 전향할 그 무엇도 없는 요컨대 사상의 어떤 영점지대(零點地帶) 같은 곳에 서 있는 모습을 보인다. 태도는 단호하지만 그녀가 어디로 갈 것인지 무엇을 할 것인지는 대단히 모호하고 추상적이다. 「경영」이나 「맥」의 발표 직전에 쓰여진 작품이긴 하지만, 『사랑의 수족관』이 그 대답을 담고 있지 않을까 생각된다.[47]

『사랑의 수족관』의 남자 주인공 김광호가 제국대학 출신의 토목기사라는 사실은 중요한 의미를 지닌다. 소설은 지방의 공사장에서 일하고 있던 김광호가 자기 형이 위독하다는 소식을 듣고 상경하는 장면으로부터 시작되는데 그 형은 사회주의 운동가였던 것이다. 이 소설은 사회주의 운동의 패퇴 이후 교체된 청년 세대의 풍속도로 읽힌다. "신념도 가치도 잃고" 쓸쓸하게 죽어가는 형 광준의 퇴장과 새로운 기술 이데올로기로 무장된 동생 김광호의 야심만만한 등장은 그 점에서 퍽 대조적이다. "나는 물론 형의 사상이나 주의에 공명하지는 않았고 지금도 그러한 입장에 서고 싶지는 않으나 어딘가 나의 생각에는 형의 영향이 남아 있는 것 같다"고 김광호는 말한다. 그러나 그것은 재벌의 무남독녀 이경희가 계획하는 자선사업의 허구성을 공박하기 위한 말일 뿐이다. 그의 신념은 형의 세대와는 전혀 다른 것이다.

우리는 기술이 하나하나 자연을 정복해 가는 그 과정에 흠뻑 반하고 맙니다. 석유가 어디에 씌이는 것까지는 기술가는 묻지 안쑵니다. 그것이 어디

---

47) 『낭비』(1940. 2-1940. 12.), 「경영」(1940. 10.), 「맥」(1941. 2.), 『사랑의 수족관』(1939. 8-1940. 3.) 등에서 작품의 선후관계는 그다지 중요하지 않다. 한 작품이 쓰여지는 동안 다른 작품이 쓰여지고, 같은 등장인물들이 나온다. 김남천의 다른 작품들도 그렇지만, 이 작품들도 결국 하나의 무대를 이룬다.

에 씨이건 석탄을 가지고 석유를 만드는 것만은 새로운 하나의 기술의 획득이었고, 그것을 운반하는데 철도로 하여금 충분히 그의 힘을 다하게 만드는 것만이 우리의 의도올시다.[48]

"일단 눈을 사회로 돌리면 페시미즘에 사로잡히고" 만다는 김광호는 그러나 "나의 지식과 기술은 무엇에 쓰여지고 있는가"에 대해서는 "깊은 회의를 품어 본 적이 없다"고 말한다. 이 신념에 찬 젊은 기술자는 만주국 철도 부설 현장에 나가 있는데, 신기술에 대한 전문적 식견을 늘어놓는 그에게 만주 철도의 정치적 의미에 대한 질문은 물론 처음부터 차단되어 있다. 중요한 것은 이 주인공에 대한 작가의 시선이 대단히 긍정적이고 호의적이라는 사실이다. 통속적인 주인공이긴 하지만, 바로 그 통속성 때문에라도 김광호에게는 이념적 혼란이나 정신적 불안이 말끔히 제거되어 있다. 작가의 호의적 시선은 이 점을 향하고 있는 듯하다.

그런데 그것은 어쩌면 이관형의 정신적 피로와 긴장, 오시형의 전향에 따른 주체의 상실 그 어디에도 전면적으로 기댈 수 없었던 작가 자신의 안정에의 소망이 투영된 것은 아니었을까? "방도 직업도 이제는 나 자신을 위해 가져야겠다"는 최무경의 단호한 결심, 그러나 추상적이고 모호한 그 결심의 구체적 형태가 김광호를 통해서 표현된 것은 아닐까? 결국 계급이라는 대주체로부터 '동양'이라는 대주체로의 비약의 착지점(着地点)은 이것이었을까? 김광호는 스스로의 위치를 거대한 제국의 한 기능인으로 설정하고 있는데, 이 인물은 새로운 대주체로의 귀속을 통해 심리적 안정을 추구하는 전향의 코스가 도달한 하나의 지점이 아닐까 생각된다. 식민지

---

48) 김남천, 『사랑의 수족관』, (『조선일보』, 1939. 2. 11.)

인으로서의 운명의 자각, 그로부터 발생하는 온갖 불안과 동요가 말끔히 사라지고 제국의 당당한 주체로서의 직분의식(職分意識)과 소명(召命)을 자각하고 있는 이 인물에게 부여된 밝고 건강한 이미지에 식민지의 그늘이나 흔적은 전혀 없다. 그는 제국의 주체로서 다시 태어난 인물이다. 그 질서와 안정이 실은 식민지의 근원적 불안과 동요 위에 구축된 한낱 가상 *schein*에 지나지 않는 것임을 깨닫기에는, 작가에게나 주인공에게나 그것이 너무나 매혹적인 환상이었다는 사실을 우리는 잊어서는 안 된다.

4.

전형기의 식민지 지식 사회에서 근대초극론을 비껴가거나 그 흡입력에서 자유로울 수 있던 인물이나 사상은 거의 없었다고 보아야 한다. 그럼에도 불구하고 작품을 통해서 이 문제와 정면으로 맞선 작가는 찾기 어렵다. 내가 김남천에게 주목하는 것은 그가 근대초극론의 문제를 자신의 사상과 예술의 주제로 삼아 고투했던 거의 유일한 작가라는 점이다. 물론 그 고투의 결과가 썩 훌륭한 것이었다고 말하기는 어렵다. 어느 편이냐 하면, 나로서는 오히려 김남천이 섣부른 안정으로의 유혹을 뿌리치고 불안과 동요의 모습을 더욱더 끈질기게 추구했더라면, 혹은 사상의 문제를 너무 쉽게 그리고 자주 도덕의 문제로 치환하는 오류를[49] 벗어날 수 있었더라면 하고 바라는 것이지만, 그것은 무의미한 가정에 불과할 것이다. 근대초극론은

---

49) 「경영」에서 오시형의 전향은 최무경의 어머니의 개가(改嫁) 문제와 유비적인 관계를 형성하는데, 이때 독자는 사상적 전향을 지조(志操)나 절의(節義) 등과 같은 전통적 도덕률과 연관하여 읽어내는 독서 코드를 따를 수밖에 없다.

김남천 이후의 한국 소설이 여전히 넘지 못한 벽일 뿐만 아니라, 이제는 그것이 거기 있다는 사실조차 인식할 수 없을 만큼 더욱 두터워진 벽이기도 하다.

김남천 이후 반세기 이상의 시간이 지났다. 현대 한국의 사상사 속에 아로새겨진 식민지적 이중성은 은폐되고 망각되었다. 최인훈의 『광장』이나 『태풍』 같은 작품을 제외하면, 한국 소설은 이제 그런 거대 담론은 다룰 의욕도 능력도 없는 듯하다. 그런데 최인훈의 작품 이후 20년도 더 지난 시점에서 발표된 서정인의 『베네치아에서 만난 사람』(1997)이라는 중편소설은, 식민지 지식인의 정신적 상황에 대한 은유로서 이 논문의 주제와 관련하여 특히 주목할 만한 사색을 담고 있다.

이 작품은 근대초극론 따위는 입 밖에 내지도 않는다. 표면적으로 그것은 사소하고 지루하고 너절하기까지 한 여행담일 뿐이다. 무거운 배낭과 짐을 끌면서 유럽의 도시들을 헤매고 다니는 중년 남자의 지쳐 빠진 여행담이 소설의 전부이다. 이 주인공이 베네치아에 가서 찾는 것은 시인 에즈라 파운드의 묘소이다. 정신병원에서 풀려난 에즈라 파운드가 말년을 보낸 베네치아에서 주인공은 공동묘지의 "비석들에서 썩은 낙엽들을 손바닥으로 훑고 다니며" 파운드의 묘소를 찾아낸다. 물 위에 떠 있는 도시 베네치아를 "기적"이라고 말하는 주인공은 동행의 여자와 이런 대화를 나눈다.

> "그 시인의 고향은 어디였어요? 베네치아에서 떠났으면 고향으로 갔을까요?"
> "미국 필라델피아, 아니, 미국 아이다호 해일리요? 고향인데, 너무 멀어서 못 갔을 리야 없지만, 아마 안 갔을 거요. 〈중략〉"
> "그럼 아직 거기 있을까요? 그 섬에?"

"있으면 거기 있겠지요. 없으면 땅 위 어디에도 없고."[50]

베네치아에서 "땅 위에 없다"는 말이 있을 수 있을까? 거기에서 땅 위에 있는 것은 없다. 파시즘에 복무하고 전범으로 수용되고 베네치아에서 숨을 거둔 시인의 묘소도 땅 위에는 없다. 그는 어디에 있는 것일까? 시인의 흔적을 좇아 베네치아의 공동묘지를 훑는 주인공은 어디에 서 있는 것일까? 그곳의 경계는 땅 위의 경계와 다르다.

이제 나는 약간 사적인 이야기를 끝으로 이 글을 마감하려고 한다. 지난 겨울에 나는 베네치아에서 관광객으로 몇 시간을 머물렀다. 나는 그 도시에서 큰 충격을 받았고 깊은 슬픔을 느꼈다. 흐르는 물 위에 거대하고 아름다운 도시가 떠 있었는데, 도시가 흐를 리야 없겠지만, 대성당 앞의 광장에 서서 나는 내가 어디론가 떠가고 있는 듯한 느낌을 받았다. 성당에서, 찻집에서, 거리에서, 식당에서 나는 내가 지금 흐르는 물 위에 떠 있다는 현실을 돌이키면서 깜짝 놀라곤 했다. 이 유동성 위에 자리 잡은 부동성, 이 흔들림 위에 자리 잡은 안정감을 어떻게 이해해야 할지 얼른 판단이 서지 않았다.

몇 시간 후 배를 타고 그 도시를 떠나올 때 나는 시야에서 점점 멀어지는 물에 뜬 그 도시의 전경을 바라보면서, 삶과 세계의 모순과 역설, 그 진실을 존재 자체로서 생생하게 상징하고 있는 이 아름답고 거대한 도시의 형상에 숨이 막힐 듯한 감동을 받았다. 서울로 돌아와서 나는 오래전에 읽었던 서정인의 소설을 다시 꺼내 읽었다. 에즈라 파운드가 베네치아에서

---

50) 서정인, 「베네치아에서 만난 사람」, (『서정인 소설집』, 서울, 작가정신, 1999) 265쪽.

죽었다는 것, 제임스 조이스를 그리로 초청했었다는 것 등을 나는 그 소설을 통해 들었다. 헨리 제임스, 부재의식, 제임스 조이스, 이관형, 근대의 초극, 김남천 등을 두서없이 생각하고 있던 나에게 이 사실들은 시대와 장소를 초월하여 서로 깊이 연관되어 있는 것처럼 보였다. 근원적 불안과 동요 위에 구축된 미와 질서의 가상 *schein*이 거기에 있었다. 어찌 되었든 그 안타깝고 힘겨운 노력은 눈물겨운 것이다. 듣기로는, 그 도시는 곧 물에 잠겨 사라진다고 한다.

몰락하는 신생(新生)

— '만주'의 꿈과『농군』의 오독(誤讀)

1.

일제의 식민지 수탈 정책에 의해 농토를 잃은 농민이 압록강 너머의 '만주[1] 일대를 유랑하며 온갖 간난신고를 겪었던 역사적 사실은 현대의 한국인들에게는 하나의 상식이 되어 왔다. 최서해의 소설을 기점으로, 생존의 벼랑에 몰린 간도 유랑민의 처절한 삶의 기록이 한국 근대 소설의 주요한 계열을 이루어 왔음도 새삼스러운 것이 아니다.

이태준의 단편소설「농군」(『문장』, 1939. 7.)이 그러한 상식을 딛고 서 있

---

1) '만주'라는 지명은 일본 제국주의에 의해 호명된 것이므로, 중국 현지에서 사용하던 '동북삼성(東北三省)'이라는 명칭을 사용하는 것이 타당하다는 지적이 있고, 대부분의 비판적 연구서는 이 견해를 따르고 있기도 하다. 그러나 '동북삼성'이라는 명칭 또한 한(漢)족 중심의 중국 국가권력에 의해 사용된 호칭이라는 점에서 본다면, 소수 민족으로서의 '만주족'의 자기 정체성의 회복이라는 차원에서의 '만주'라는 명칭은 그 나름의 의미를 지니는 것이기도 하다. '만주(滿洲)'라는 지명은 청의 태조 '누르하치(弩爾哈赤)'에 대한 존칭 '만치우(滿住)'에서 왔다고도 하고 또는 티베트의 달라이라마가 태조에게 올린 불호(佛號) '曼殊師利'(文殊菩薩)에서 왔다고도 한다. 이후 滿住, 曼殊, 滿洙, 滿洲 등이 부족명, 국가명으로 쓰여왔던 것이다. (滿洲事情案內所 篇,『滿洲地名考』, 新京, 1938. 120-122쪽 참조.) 이 논문에서는 이 문제에 대한 판단을 유보하고 편의상 '만주'로 호칭하기로 한다.

다는 것은 말할 것도 없다. 골동(骨董)의 완상(玩賞) 따위에나 탐닉하는 경박한 모더니스트로부터 민족의 현실을 꿰뚫는 리얼리스트 작가로 변신한 이태준. 그리고 그 변신의 생생한 물증인 「농군」. 한국 근대문학사의 통상적이고도 통속적인 이해는 오랫동안 이 구도를 유지해 왔다. 최근에 쓰여진 한 논문은 그러한 이해의 전형적인 사례를 보여 주고 있다.

〔이태준은〕 이전의 가치들이 몰락하는 현실을 목도하면서 새로운 모색을 하려고 했으며, 그것은 기존의 자신의 작품세계에 조용한, 그러나 현저한 변화를 가져왔던 것이다. 그러한 흔적을 1939년에 발표한 「농군」에서 찾을 수 있다. 「농군」에서는 이전의 이태준의 문학세계와는 다른 모습을 확인할 수 있는데, 가장 두드러진 것이 바로 집단적 주체에 대한 관심이다. 이 작품에서 독자는 만주의 척박한 환경 속에서 굴하지 않고 서로 단결하여 난관을 극복해 나가는 농민들의 형상을 만날 수 있다. 이것은 이전의 그의 작품의 경향과는 매우 다른 것이다. 이전에는 설령 서구 근대의 자본주의화 속에서 적응하지 못하고 소외당하는 인물을 그리기는 하였지만 그것은 어디까지나 비애와 애수의 세계에서 벗어나지 못하는 세계였고, 따라서 그것은 집단적 주체의 문제의식과는 매우 먼 거리에 있었던 것이다. 새로운 사회의 변화에 적응하지 못하고 사라지는 것에 대한 안타까움과 애석함이 그 지배적 정조였던 것이다. 그러한 애수의 세계가 더 이상 현실을 타개할 수 없다는 인식이 들어서기 시작하였고, 이는 개인주의 비판의 시대적 흐름과 결부되어 집단적 주체에 대한 모색으로 이어졌으며, 「농군」은 그 모색의 결과였다고 할 수 있다.[2]

---

2) 김재용, 「친일문학의 성격 규명을 위한 시론」,(『실천문학』, 2002년, 봄), 176쪽.

그러나 이태준의 「농군」은 이러한 평가를 받을 만한 작품이 아니다. 이 제부터 밝히려고 하는 바, 「농군」은 작가의 "심각한 내적 변모"와 "모색" 의 결과가 아니라, '만주경영'이라는 제국주의의 "새로운 시대적 흐름"에 편승한, 다시 말해 당대의 '국책(國策)'에 적극적으로 부응한 소설이며, 그러한 사정을 떠나 소설 자체로 보아도 지극히 무성의하고 불성실한 작품이다.

요컨대, 「농군」을 '민족문학의 성과'로 상찬하는 것은 '민족문학'을 위해서도 불행한 일이다. 최원식은 일찍이 「농군」의 "침통한 사회성"을 가리켜 "일제의 중국 침략을 전후한 시대적 배경에 비추어 볼 때 약간의 의구를 떨칠 수 없지만, 그럼에도 식민지의 캄캄한 어둠 속에서 무언가 간곡한 심정의 촉수를 내뻗는 작가의 마음을, 한계는 한계대로 인정하면서, 온전히 접수할 일"³⁾이라고 말한 바 있거니와, 이 문장에서 '약간의 의구심'보다는 '간곡한 심정의 촉수' 쪽에 무게 중심이 놓여 있음은 쉽게 알 수 있는 일이다.

작품을 보자. 1939년 7월 『문장』의 별책 부록으로 나온 『창작 32인집』에 실린 원문을 텍스트로 한다. 「農軍」이라는 제목과 작가의 이름 사이의 여백에 다음과 같은 작가의 말이 삽입되어 있다.

이 小說의 背景 滿洲는 그전 張作霖의 政權 時代임을 말해 둔다.

이후에 간행된 모든 단행본에도 이 구절은 어김없이 들어 있다. 그러나

3) 최원식, 「한국문학의 근대성을 다시 생각한다」, (『생산적 대화를 위하여』, 창작과 비평사, 1997), 33-34쪽.

이 구절에 유의한 「농군」론은 없다. 물론 이 문장이 없어도 작품의 내용을 파악하는 데에는 아무 지장이 없다. 그냥 무시해도 좋을 구절일까? 그렇다면 왜 군이 이런 작품 외적인 말을 부가했을까? '이 소설의 배경이 되는 시대는 장작림 정권의 시대'라는 것을 작가가 나서서 말해야 하는 사정은 무엇인가?[4]

이것을 해명하지 않고 「농군」을 읽어도 되는 것일까? 물론 아니다. 작가가 나서서 군이 저러한 말을 해야 하는 데에는 아주 복잡한 사정이 있고, 그것은 「농군」의 해석에 결정적이다. 이제 그것을 보기로 하자.

조선 농민 유창권 일가의 고난에 찬 만주 이민 생활을 그린 「농군」은 봉천행 열차의 어수선한 삼등 객실의 묘사로부터 시작된다. 작품의 전반은 창권이 일가가 "안개 속에서 떠오르는 땅, 신세계"에 도착하기까지의 하루 밤낮에 걸친 열차 안에서의 시간을 그리고 있다. 이어서 후반부는 창권이네가 정착한 마을 '장자워프'(姜家窩堡)에서의 사건을 다룬다. 조선 농민들 삼십 호 정도가 모여 사는 '장자워프' 마을에서 이들은 황무지를 개간하고 삼십 리나 떨어진 '이퉁허'(伊通河)라는 강에서 물을 끌어오기 위해 온갖 노력을 다한다. 그러나 이 노력은 이웃 동리의 '토민들'(중국인)과 중국 경찰의 방해에 부딪치고 마침내 무력 충돌에 이른다. 수전(水田)을 일구기 위해서는 물을 끌어들이는 것이 절대적으로 필요한 조선 농민들로서는 죽어도 양보할 수 없는 사안이다. 농민 대표 황채심이 중국 경찰에게

---

4) 비슷한 사례가 하나 더 있다. 『국민문학』 1942년 2월호 「대동아전쟁특집호」에 실린 안수길의 단편 「圓覺村」에도 다음과 같은 작가의 말이 부기되어 있다. "建國前, 滿洲에 잇서서의 半島人 先驅 開拓民의 生活을 發掘하는 一聯의 作品중의 一篇임을 말하여 둔다-作者". 여기서 '건국전'이란, '만주국'의 건국(1932) 전을 말하는 것이다.

매를 맞고 끌려간 날 밤, 농민들은 "남녀노소가 밤이슬을 맞으며 도랑 바닥을 쳐 내" 마침내 물길을 연다. 둑 위로 올라간 창권이는 중국 경찰의 발포로 부상을 당하지만 아랑곳하지 않고, 콸콸 흐르는 물을 보며 감격한다. 홍수처럼 쏟아져 내리는 물길에 총을 맞고 죽은 한 노인의 시체가 떠내려온다. 창권은 노인의 시체를 안고 둔덕으로 뛰어오른다. 소설은 다음과 같은 장면으로 끝난다.

"아!…"

창권은 다시 한번 놀랐다. 몇 달채 꿈속에나 보던 광경이다. 일망무제, 논자리마다 어름장처럼 새벽하늘에 으리으리 번뜩인다. 창권은 다리에 힘을 줄수 없어 노인의 시체를 안은 채 쾅 주저앉았다. 그러나 이내 내처 일어나 어머니와 안해에게 부축이 되며 주먹을 허공에 내저으며 뭐라고인지 자기도 모를 소리를 악을 써 질렀다. 웃쪽에서, 웃쪽에서 악들을 쓰며 달려나온다. 물은 도랑언저리를 철버덩 철버덩 떨궈 휩쓸면서 열두자 넓이가 뿌듯하게 나려쏠린다. 논자리마다 넘실넘실 넘친다. 아침햇살과 함께 물은 끝없는 벌판을 번져 나간다.

「농군」이 어째서 '민족문학의 성과' 라는 평가에 값할 만큼의 수작이 되지 못하는가를 설명하기 위해서는 이 작품의 소재가 되어 있는 실제의 사건, 즉 1931년 7월 2일 중국 길림성(吉林省) 장춘현(長春縣)의 만보산(萬寶山) 삼성보(三姓堡)에서 일어난 이른바 '만보산 사건' 이 이 소설에서 어떻게 형상화되고 있는가를 물어야 한다.

'만보산 사건' 이란 무엇인가? 「농군」은 한국 소설사에서 거의 유일하게 이 사건을 소재로 한 작품이다.[5]

따라서 '만보산 사건'에 대한 이해가 「농군」을 이해하는 데에 기초적이고도 필수적인 사항임은 두말할 것도 없다. 그런데도 지금까지 이 문제를 거론한 「농군」론이 거의 없다는 것 또한 불가사의한 일이다.[6] '만보산 사건' 자체가 한국 현대사에서 어둠 속에 묻혀 있었다.

또 한편, 이태준이 이 사건을 소재로 소설을 쓰게 된 배경, 다시 말해 사건이 일어난 지 8년이 지난 1939년에 와서 이 사건을 소재로 「농군」이라는 소설을 쓰게 된 배경과 맥락은 무엇인가, 하는 점도 중요하다. 이것은 작가가 왜 굳이 '이 소설에서의 만주는 그전 장작림 정권의 시대이다'라는 말을 첨부하였는가 하는 문제와 연관되는 것이면서, 동시에 한국의 근대사와 근대 문학에서 '만주'라는 공간이 지니는 의미를 묻는 것이기도 하다.

따라서 지금부터의 논의는 두 가지 방향으로 진행될 것이다. 첫째는, 만보산 사건과 「농군」과의 관계. 만보산 사건은 식민지 민족주의가 보이는 기묘한 이중성, 집단적 가학-피학심리 *sado-masochism*의 폭발적 노출의

---

5) 안수길의 「벼」(1940)에 대해서는 논란의 여지가 있다. 필자가 확인한 이 작품은 1973년 정음사 간행의 『한국단편문학전집』의 한권인 『벼』에 수록된 것인데, 이것은 작가의 수정을 거친 것이 분명하다. 그런데 이 텍스트를 근거로 하면 안수길의 「벼」는 만보산 사건과는 직접적 관련이 없다. 첫줄이 "1929년 여름이었다"로 시작하는 이 작품의 무대 배경과 상황은 만보산을 모델로 한 것이 분명하지만, 작품 안에서의 서사내용들은 31년의 만보산 사건과는 관련이 없다. 그런데 김윤식은 이 작품을 만보산 사건을 다룬 것으로 해설하고 있다(김윤식, 『염상섭 연구』, 서울대 출판부, 1987. 631쪽). 김윤식이 이 글에서 인용하고 있는 「벼」의 텍스트는 1944년에 간행된 안수길 창작집 『北原』에 실려 있는 것이다. 김윤식이 인용하고 있는 소설의 끝 구절, "총은 하늘을 향하여 놓은 것이었다. 사람은 아무도 상하지 않았다"라는 부분은 1973년 정음사판에는 나오지 않는다. 1940년의 「벼」가 수로분쟁으로부터 촉발된 무력 충돌인 만보산 사건을 다룬 것이라면 1973년의 「벼」는 완전히 다른 작품이다.

6) 민충환의 「農軍」論(민충환, 『이태준 문학 연구』, 깊은샘, 1988)은 '만보산 사건'이 「농군」의 제재가 되었음을 소상히 밝히고 있다. 그러나 이 논문은 만보산 사건에 관한 극히 일방적이고 주관적인 주장 및 '민족문학/친일문학'의 단순한 이분법을 바탕으로 입체적인 작품 해석과는 거리가 먼 것이 되고 말았다.

한 사례이며 「농군」 역시 그 맥락 속에 있다. 둘째는, 만주사변 이후 폭증하는 '만주 유토피아니즘'과 식민지 조선의 관계. 잘 아는 바와 같이, 만주는 식민지 기간 내내 제국주의에 대한 저항의 무대이자 공간이었다. 그것이 사실인 만큼, 또한 만주는 피식민지인으로서의 조선인이 제국의 '일등국민'으로 도약할 수 있는 현실을 제공하는, 또는 그런 현실을 꿈꾸게 하는 공간으로 작용한 것도 사실이었다. 말을 바꾸면, 만주라는 공간, '만주국'이라는 실체야말로 식민지 조선인에게는 '식민지적 무의식'과 '식민주의적 의식'[7]이 고스란히 실현되는 장소였다. 「농군」은 물론 그 맥락 속에 있다. 이것을 분석하는 것이 이 논문의 두 번째 과제이다.

2.

1931년 4월 만보산에 이주한 37호(戶) 210명의 조선 농민들은 도착하자마자 20여 리(里) 거리에 있는 이통하(伊通河)를 절단하여 수로를 파기 시작했다. 중국인의 항의가 일어나고 중국 경찰이 현지를 떠나라고 여러 차례 통고하였으나 농민들은 응하지 않았다. 더욱이 공사장 중간 지대는 중국 농민 41호의 소유지였는데, 조선 농민들은 아무런 양해도 없이 중국인 소유의 토지를 파헤치고 물길을 내었다. 분쟁이 일어날 수밖에 없었다.[8]

논농사를 짓지 않는 중국 농민들로서는 밭이 물에 잠김으로써 농사를 망치는 결과가 될 뿐 아니라 통행조차 어려워지므로 날벼락이 아닐 수 없

7) 코모리 요이치(小森陽一), 송태욱 역, 『포스트콜로니얼』, 삼인, 2002. 참조.
8) 박영석, 『만보산 사건 연구』, 아세아문화사, 1978, 86쪽.

었다.[9] 결국 장춘현(縣)정부에 대한 중국 농민의 탄원, 이러한 탄원을 받은 중국 관헌 쪽의 조선 농민에 대한 압박이 계속되었고, 조선 농민들은 일본 영사관 경찰에 보호를 요청하여 6월 2일에는 일본 영사관에서 파견된 경찰관이 현장에 와서 조선 농민을 보호하기에 이르렀다. 본격적인 충돌이 있기 직전까지 "중국 농민과 관헌의 계속적인 항의 속에서도 장춘 일본 영사관 경찰의 보호하에 韓農은 공사를 진행시키고 있었다."[10]

마침내 7월 1일 중국 농민 4백여 명이 약 2리(里) 정도 완성된 수로를 파괴하고 토지를 원상대로 회복시켰다. 그러자 주둔하고 있던 일본 경찰이 사격을 가하였다(일본 경찰은 기관총으로 무장하고 있었다). 중국 농민들은 대피하였고 사상자는 없었다. 다음날인 7월 2일 새벽부터 중국 농민들이 수로를 매몰하려 하자 증강된 일본 경찰 병력이 무장 시위를 벌이고, 장춘의 일본 영사관과 중국 현 정부 사이에는 서로 정당성을 주장하는 항의 문서가 오갔다.

만보산에서 일어난 사건은 이것이 전부다. "兩日간의 韓中 農民의 충돌과 양측의 항의 문서의 왕래는 그렇게 큰 문제는 아니었"[11]고, "특별할 것이 없는 사건이었다. 비슷한 일들이 과거에도 헤아릴 수 없이 자주 일어났었다."[12]

그러면 무엇이 문제인가? 문제는 만보산에서가 아니라 조선에서 일어났다. 1931년 7월 3일 『조선일보』는 장춘 지국장 김이삼(金利三)의 보도

---

9) 중국 농민의 이러한 사정은 조선 농민들 스스로도 인정하고 있는 사실이었다. 뒤에 이태준의 「이민부락견문기」를 언급하면서 다시 밝히도록 한다.
10) 박영석, 앞의 책. 96쪽.
11) 위의 책. 97쪽.
12) Louise Young, *Japan's Total Empire*, University of California Press. 1998, 39쪽.

로 3단짜리 기사를 게재하였다. 제목만을 옮기면 다음과 같다.

三姓堡 同胞 受難 益甚. 二百餘名 又復被襲. 完成된 水濠工事를 全部 破壞. 中國 農民 大擧 暴行. 引水工事 破壞로 今年 農事는 絶望![13]

만보산에서의 사건을 중국 농민에 의한 습격 사건으로 보도한 이 기사는 그러나 예고편에 지나지 않았다. 다음날인 7월 4일자의 『조선일보』 사회면은 온통 이 사건 기사로 뒤덮였고 호외까지 발행되었다. 수로(水路) 사진과 함께 지면을 뒤덮은 기사들의 큰 제목만을 옮기면 다음과 같다.

中國 官民 八百餘名과 二百 同胞 衝突 負傷.

駐在 中警官隊 交戰 急報로 長春 日本 駐屯軍 出動 準備.

三姓堡에 風雲 漸及.

對峙한 日, 中 官憲 一時間餘 交戰. 中國 騎馬隊 六百名 出動. 急迫한 同胞 安危.

巡警도 五十名 暴民에 合力.

三姓堡 同胞를 또다시 包圍. 日本 警官 十二名 急行. 交通은 杜絶.

再次 襲擊說. 通信 一切 不通으로 騎馬 警官隊가 連絡.[14]

주먹만한 활자들로 이러한 제목들이 돌출하면서 긴박감을 조성하는 지면에 일반 기사의 활자보다 훨씬 큰 활자로 뽑혀진 머리기사는 다음과 같다.

---

13) 『조선일보』, 1931. 7. 3.
14) 『조선일보』, 1931. 7. 4.

이일 새벽에 중국관민 사백여명이 대거하야 수전개척중의 삼성보(三姓堡) 조선 동포 촌락을 습격하고 관개공사의 수호(水濠)를 전부 파괴매립(破壞埋立)하엿다함은 작보한 바와 갓거니와 이로 말미암아 삼성보에 잇는 이백여명의 동포와 중국관민 팔백명 사이에는 충돌이 생기어 조선 농민 다수가 살상되어 당지에 주재 중인 일본 경관 중국인 간에 교전(交戰)되엇다. 이 급보를 접한 장춘(長春)의 일본인 관헌은 급거히 현장으로 출동하고 계속하야 일본 군대가 출동 준비중에 잇다.[15]

명백한 오보, 왜곡이었다. 이 오보가 불러일으킨 결과는 참혹한 것이었다. 이 기사가 실린 같은 지면에는 인천 시내에서 중국인들에 대한 습격 사건이 벌어져 6명이 검거되었다는 기사가 실려 있거니와, 이 사건을 시작으로 중국인 화교에 대한 습격 사건이 엄청난 규모로 번지기 시작했다. 7월 2일부터 30일까지 전국적으로 30여 군데가 넘는 곳에서 중국인에 대한 습격과 집단 폭행이 벌어지고, 견디다 못한 화교들은 중국 영사관으로 긴급 대피하거나 서둘러 귀국하는 사태가 벌어졌다. 가장 피해가 컸던 곳은 평양이었다. 『조선일보』 7월 7일자의 보도에 따르면, 평양에서의 유혈 참사로 행방불명 49명, 부상 819명, 가옥파괴 479호의 피해가 발생했다. 사태가 진정된 후, 일본 정부, 중국 정부, 국제연맹의 리튼 조사단이 각각 보고서를 내었는데, 그나마 객관적이라고 할 수 있는 리튼 보고서에 따르면, 이 사건으로 인한 조선 거주 중국인의 피해는 사망자 127명, 부상자 393명, 재산 손실 250만 원에 달했다.[16]

---

15) 『조선일보』, 1931. 7. 4.
16) 박영석, 앞의 책, 101쪽.

어떻게 해서 이런 일이 벌어졌는가? 당시의 『조선일보』를 보면, 사건의 직접적 계기가 되었던 오보에 대한 어떤 해명도 없다. 오히려 처음 며칠간은 조선인 군중들의 화교 습격 사건을 "동포 수난에 격분. 시내 도처에서 충돌"이라는 식으로 제목을 뽑거나, "기관총을 휴대한 중국 군대 행진. 만보산 방면에 가는 듯"과 같은 기사를 게재하거나, 화교에 대한 폭행사건이 극심해지던 7월 7일에는 "우려되는 在滿 同胞"라는 커다란 타이틀 아래, '만보산 문제로 감정이 격화된 중국 당국이 만주의 우리 동포를 몰아내고 있다'는 선정적인 기사를 게재하거나 함으로써 사태를 부추기는 듯한 인상마저도 주고 있다. 한편으로는 7월 6일자의 사설을 통해서는 정확하지 않은 정보를 근거로 벌이는 감정적인 집단행동을 자제할 것을 당부하고 있기도 하다. 사태가 진정 국면으로 접어들면서 『조선일보』는 피해화교를 위한 모금 운동을 벌이기도 한다.

이 사태를 둘러싼 몇 가지 의문들, 예컨대 이 사건이 처음부터 일제 당국의 교묘한 음모에 의해 진행된 것이었는가, 하는 점은 이 글의 주제에서 벗어난 것이므로 여기서는 논하지 않겠다.[17] 다만, 전쟁 상태도 아닌 지역에서 군인도 아닌 민간인에 의한 폭력으로 127명의 사망자와 393명의 부

---

17) 다만 국내 유일의 연구서인 박영석의 『萬寶山事件研究』가 이 사건을 철저하게 일제의 음모론으로 규정하는 것에는 의문이 많다. 조선일보의 오보 당사자인 김이삼이 일본 영사관의 사주를 받아 한·중간의 유혈충돌을 일으키게 했다든가, 김이삼이 피살되기 직전 협박에 의해 발표한 '사죄문'의 진실성 등은 이 책의 저자 스스로도 크게 신빙성 있는 것으로 여기지 않는 부분이다.(113-114쪽.) 관동군이 이 사건을 9월 18일의 군사행동, 즉 만주사변의 한 계기로 삼았다는 것은 많은 연구서가 동의하는 바이지만, 이 사건이 없었어도 만주사변은 벌어졌을 것임도 물론 사실이다. 즉, 이 사건이 처음부터 관동군, 혹은 조선총독부의 계획과 방조에 의해서 이루어진 것이었다고 보는 것은 지나친 해석이다. 박영석은 '왜곡보도→국내에서의 화교탄압→중국에서의 한인 탄압→일본군의 개입'이라는 도식을 유지하고 있으나, 왜곡보도가 화교탄압으로 이루어질 것이라고 예상하는 것 자체가 너무나 결과론적인 비약이다. 만보산 사건은 당시의 만주 일원에서 흔하게 벌어지던 사소한 분쟁이었고, 그것이 국내에 허위과장 보도됨으로써 전혀 예상하지 않았던 사태를 빚은 것으로 보는 것이 온당하지 않을까?

상자를 내었다는 것은 그 폭력의 정도가 어떤 것이었던가를 짐작케 한다. 그러나 어떻게 해서 이러한 사태가 벌어졌는가를 공론의 장으로 끌어내는 일은 식민지 기간 내내 그리고 해방 이후 단 한 번도 이루어지지 않았다. 사건은 공적 기억 *public memory*에서 사라졌다.

당시의 기사를 검토해 볼 때 눈에 띄는 것은 이 사건이 처음부터 '민족적 수난 의식'에 호소하고 있다는 점이다(가장 많이 눈에 띄는 단어는 '동포'와 '수난'이다). 만주에 이주한 조선 농민들이 중국 당국으로부터 이러저러한 압박을 겪고 있었던 것은 사실이며(그러한 압박이 어디에서 기인하였는가는 차치하더라도), 당시의 신문과 잡지는 '중국 당국에 의한 재만 동포의 구축(驅逐) 사건'을 일상적으로 보도하고 있었다. 피식민지인의 '수난자', '피해자' 의식을 강하게 자극하는 이러한 사건들은 만보산 사건의 허위 보도로 인하여 순식간에 '동포애'로 무장한 가학적 폭력으로 전화하였던 것이다.

우리의 논점과 관련하여, 이 사건에 관한 한, 적어도 다음 몇 가지는 명백하게 확인해 두어야 한다. 첫째는, 걷잡을 수 없는 군중의 폭력 사태와는 달리, 사건을 수습하고자 하는 국내의 각종 사회단체, 만주에서의 조선 독립운동 단체 등의 활동에 의해 이 사건의 진상은 곧바로 널리 알려지게 되었다는 점이다. 즉, 『조선일보』의 허위 보도에 의해 과장되었을 뿐, 만보산에서 실제로 심각한 불상사는 없었다는 점이 며칠 사이에 잘 알려지게 되었고, 점점 심해지는 폭동 사태를 어떻게 진정시키고 수습할 것인가 하는 것이 중대한 문제로 되고 있었던 것이 당시의 실정이었다. 둘째는, 이 사건에서 만보산의 조선 농민들은 자신들의 행동에 정당성을 주장할 근거를 갖고 있지 못하다는 점이다.[18] 수전(水田) 경작을 위한 조선 농민들의 수로(水路) 공사는 어느 모로 보나, 중국 농민들의 재산권과 생존권에 대한 명백한 침해이며 폭력이었다. 셋째, 그럼에도 불구하고 조선 농민들이 이러한 행동을 계속할 수 있었던 것은 그들이 일본 공권력의 보호 아래 있는 신분이었기 때문이라는 점. 이 문제는 뒤에 상세히 논하겠지만, 우선 간단히 말하자면, 만주에서의 조선 농민 부락과 그들의 경작은 단순히 농업생산 활동의 의미만을 갖는 것이 아니다. 조선인 이민을 포함하여 일본인 농업 이민의[19] 활동은 만주에 진출한 일본 제국주의 군사력의 첨병으로 기능하였다는 점, 요컨대 만주 이민의 복잡한 정치-경제-군사적 의미에 주목해야 하는 것이다.

이러한 점을 고려하지 않고 만보산 사건 혹은 넓게는 만주 이민을 오로지 자민족중심주의의 관점에서 파악하는 것은, 사실 자체에 대한 존중심의 결여라는 점을 떠나서도, 제국주의의 질서와 논리를 강화하고 재생산하는 긴요한 바탕이 된다는 점에서도 크게 조심할 일이다.[20] 『조선일보』의 허위보도로 촉발된 중국인 화교에 대한 살상 행위는 제국주의 피지배 집

---

18) 사건 발생 이전 일본 영사관측과 중국 영사관측의 공동조사에서도 조선 농민들의 차지(借地)는 허가받지 않은 것이라는 사실이 확인되었다. 한편 사건 이후, 중국 동북지방의 조선 독립운동자들로 구성된 「吉林韓僑萬寶山事件討究委員會」가 자체 진상조사를 통하여 발표한 문건에 따르면, 만보산의 농민들은 "토지에 대한 계약은 있었지만 아직 商租에 대한 중국 관청의 허가를 받지 못한 상태였으며, 수로 공사도 중국인의 양해 없이 개착하였으므로 분쟁이 일어나게 되었다." 박영석, 앞의 책, 117-118쪽.

19) 만주로 이민한 조선 농민의 국적은 일본이다. 따라서 중국 당국은 조선 농민과의 일상적인 분쟁을 해결하는 가장 중요한 문제로서 재만 조선인의 중국으로의 '귀화'를 주장하곤 했다.

20) 그 점에서 김윤식이 일찍이 최서해의 「홍염」을 가리켜 "관념적"이라고 비판하면서 "청국인의 처지에서 보면 어떠한가. 땅 빌려 주고, 영농 자금까지 빌려 준 것에 대한 계약상의 이행을 했을 뿐인데 집이 불살라지고 죽임까지 당한다는 것은 참으로 어처구니없는 일이 아닐 수 없다. 만일 최서해가 좀더 깊이 있는 작가라면 이 점을 최소한 염두에 두어야 했을 것이다. 그렇지 않고 일방적으로 문 서방 편에 서서 작품을 썼다는 것은 그 작품이 온전한 것이라 할 수 없다. 그의 체험이 관념적인 수준에 지나지 않는다는 것은 이런 이유에서이다"라고 지적한 것은 만주 이민 문학에 관한 한, 자민족중심주의의 관점이 절대적인 한국문학 연구의 풍토에서 참으로 희귀하고 선구적인 통찰이 아닐 수 없다. 김윤식, 앞의 책, 627쪽.

단의 정신분열적 가학성이 극단적으로 표현된 사례였다. 더불어, 이 사건의 책임을 일제의 간교한 음모로 돌리는 것 역시 사건을 은폐하는 것 못지 않게 떳떳하지 못한 행위이다. 이른바 '식민 잔재 청산'의 근본 취지가 식민지 범죄의 책임을 가리고 유사한 사건들의 재발 방지를 보장하자는 것이라면, 한국 사회는 어떤 식으로든 이 사건을 공론화했어야 한다. 그러나 9월 18일 관동군의 군사 행동으로 시작된 만주 사변의 발발과 그 이듬해의 이른바 '만주국'의 건국 등으로 이어지는 긴박한 사회 정세의 변화에 따라 이 사건은 망각 속으로 사라져 갔다.[21] 따라서 순전히 기억이라는 차원에서만 보면, 이태준의 「농군」은 그런대로 의미를 지닌 것일지도 모른다. 그러나 중요한 것은 기억 행위 그 자체가 아니라, 무엇을, 어떻게, 왜 기억하는가 하는 점이다.

「농군」에서 만보산의 기억은 제국주의자의 시선으로 재현된다. "신세계"에 도착한 조선 농민의 앞을 가로막는 것은 추운 날씨나 험악한 자연환

---

21) 방송 극작가이면서 청소년 소설을 많이 썼던 조흔파(趙欣坡)의 『만주국』이라는 저서가 있다. 1970년에 육민사(育民社)라는 출판사에서 간행된 500쪽이 넘는 이 책은 만주국의 형성부터 몰락까지를 야사(野史) 형식으로 엮은 책이다. 더러 허구적인 삽입도 있긴 하지만 주요한 역사적 사실과 흐름을 쉽게 파악할 수 있는 장점이 있다. 이 가운데 만보산 사건에 관한 언급이 있다. 작가 역시 이 사건을 관동군의 의도적인 음모의 결과로 보고 있지만, 그러나 다음과 같은 발언은 아마도 이 사건에 관한 한국인 스스로의 발언으로서는 보기 드문 것이 아닐까 한다. "소동은 중국인이 많이 살고 있는 인천에서 시작되었다. 하루 이틀 사이에 서울, 원산, 신의주로 번지더니 5일에는 평양에서 최고조에 달했다. 일본인은 이 사건을 허울좋게 「배화(排華)소동」이라고 불렀으나 이는 명실공히 「중국 거류민 대량 학살 사건」이다. 〈중략〉 중국인 노동자를 죽여서 처넣은 시체가 신전골 흙구덩이 속에 군데군데 쌓이고 전족(纏足) 탓에 걸음을 못 걷는 임신부를 갈구리로 배를 가르는 둥, 산비(酸鼻)의 참상은 이루 헤아릴 길이 없었다. 행길에 즐비한 주인 없는 비단가게의 창고는 습격을 받아 끌어낸 피륙이 전차 공중선에 빈틈없이 걸리어 교통이 차단되었고 거기서 얻은 물건을 폭도들은 호주머니에 넣고 각각 집으로 흩어졌다. 〈중략〉 이렇게 되니 공인된 살인이요, 묵허(黙許)받은 강도질이다. 그러고도 명색은 만보산 사건의 보복이라고. 동포의 복수를 대행하는 민족의 명령이라고……, 명분은 떳떳하나 내용은 비굴과 우열(愚劣)에 통한다. 얼른 보면 노동판의 일자리를 그네들에게 빼앗긴 앙갚음 같기도 하나 실상은 강자에게 공인받은 객기(客氣)의 소산이다." (조흔파, 『만주국』, 육민사, 1970, 143~145쪽.)

경보다도 무지하고 야만스런 "토민(土民)", 즉 중국 농민들이다. 조선 농민들의 수리 공사를 방해하는 "토민들"의 "이유는 극히 단순한 것"이니 자기들의 밭이 침수가 되어 농사를 못 짓게 된다는 것이다. 중국 농민들에게는 사활이 걸린 문제가 이 작품의 화자에게는 "극히 단순한 이유"로 비칠 뿐이다. '너이들도 그 물을 끌어다 베농사를 지으면 도리혀 이익이 아니냐 해도", 쌀밥을 먹으면 배가 아프기 때문에 그럴 수 없다는 무지하고 야만스런 "토민들". 그러면 먹지 말고 시장에 내다 팔면 크게 이익이 나지 않느냐, 우리가 농사 기술을 가르쳐 주고 장사도 주선해 줄테니 그리 하자 해도 "소귀에 경 읽기"인 "토민들". 「농군」을 일관하는 기본 관점은 이것이다.

그런데 중국 농민을 "토민"으로 바라보는 이 시선은 누구의 시선인가? 벼 농사도 지을 줄 모르고, 장사에도 서툴고, 시시때때로 "갈가마귀떼처럼 수십명씩 무데기가 저서 새까맣게 몰려"와서 폭력을 휘두르고, "악에 바친" 농민들이 낫과 식칼을 들고 덤벼들면 "제각기 사방으로 흩어져 달아"나는 야만스런 "토민들". 이들과 맞서서 험난한 개척의 행진을 계속하는 조선 농민의 간난신고를 그리는 「농군」의 이 시선은 누구의 시선인가? 코모리 요이치는 일본 메이지 국가의 홋카이도(北海道) 개척사에 대해 다음과 같이 말한다.

아이누에 대한 호칭은 그때까지 '이진'(夷人, 미개인) 혹은 '에조난'(蝦夷人)이었다가 막부 말에 '토인'(土人)으로 바뀌었다. 〈중략〉 스스로가 '문명'이라는 증거는, 주변에서 '야만'을 발견하고 그 토지를 영유함으로써만 손에 넣을 수 있다. '아이누'는 최초의 '야만'으로 발견되었던 것이다. 우선이 지역의 아이누 사람들을 러시아와의 관계에서는 '외국인'이 아니라며 감싸 안았고, 또한 샤모(和人, 일본인)와 차별화하기 위해 '구토인(舊土

人)'이라는 배제의 호칭을 부여했다.[22]

만주의 농민들을 '토민'으로 호칭하는「농군」의 시선이, 홋카이도를 식민지화하는 과정을 통해 스스로를 문명의 전도사로 위치 지운 일본 근대국가의 식민지주의를 그대로 복습하고 있는 것임은 긴 설명을 필요로 하지 않는다. 다른 예를 보자. 국가주의와 제국주의에 대한 날카로운 비판의식을 선구적으로 드러낸 작가로 성가가 높은 나쓰메 소세키(夏目漱石)가 1909년 남만주철도회사의 총재인 친구 나카무라 제코(中村是公)의 초청을 받아 만주 일대를 여행하고 쓴 기행문『滿韓여기저기(滿韓ところどころ)』(1909, 10-12.『朝日新聞』)가 있다. 그런데 이 예민한 반국가주의자에게도 만주의 중국인은 더럽고 미개한 '토인'으로 보였다. 코베(神戶)를 떠나 대련(大連)에 도착한 소세키의 눈에 비친 중국인 '쿠리'(苦力)들의 첫인상은 "하나를 보아도 더럽고, 둘이 모이면 더 보기가 괴롭다. 무리가 되면 더욱 꼴사납다."[23] 중국인에 대한 소세키의 이러한 발언들, 예컨대 "본래부터 무신경하고 예부터 이런 진흙물을 마시고도 태연하게 아이를 낳고 오늘까지 번성해 왔다"라는 폭력적 발언의 배후를 박유하는 다음과 같이 분석하고 있다.

> 〔소세키의 이런 발언들〕은 만철 조사부의 "우리들은 도저히 마실 수 없는 더러운 물을 태연히 마시고도 아무 이상도 없다"라고 하는 말과 얼마나 흡사한가. 여기에서 아무렇지도 않게 쓰여진 "예부터 이런 진흙물을 마시고도"라는 말의 정보원(情報源)이 소세키 자신이 아님은 말할 것도 없지만,

---

22) 코모리 요이치, 앞의 책, 31-32쪽
23) 나쓰메 소세키(夏目漱石),『滿韓ところどころ』, (『漱石全集』, 第12卷, 岩波書店, 1994), 234쪽.

120

더러운 물을 마시는 것을 혐오하고, 그리고 마지막으로는 "정말로 더러운 국민"이라고 규정하는 데에서 우리는 제국주의를 지탱하는 위생의식 = '문명'의 담론이 소세키의 발언에 침투되어 있는 현장을 볼 수 있는 것이다.[24]

그러나 중국인 농민들을 '토민'으로 멸시하는 식민지 조선인의 시선은 더욱 분열적일 수밖에 없다. 일본 제국주의의 식민지주의적 시선 아래서 조선인은 또 하나의 '토민'일 뿐이다. 그 엄연한 현실의 중압을 벗어나는 하나의 방법은 또 다른 '야만'을 발견함으로써 자신에게 가해진 억압을 전이 혹은 투사하는 것일 터, 제국주의 지배하의 조선인에게 '만주'는 그렇게 발견되었다. 그러니 만주에서의 조선인의 위치 또는 만주를 바라보는 조선인의 시선이 일본 제국주의자의 그것과 그대로 동일한 것일 리 없다. 다시 말해, 만주경영의 첨병으로서 아시아주의의 이상을 종교적 열정으로 수행하던 수많은 일본 제국주의자들, 예컨대 관동군 참모부의 장교들, 만철 조사부로 몰려든 구(舊)좌파들, 농본주의적 이상에 불타는 온갖 혁명적 사상가들의 시선에는 조선인과 같은 피식민지인이 가질 법한 복잡성과 분열적 상황이 개입되지 않는다.

만주에서의 조선인의 위치란 무엇인가? 항일투쟁에 나서지 않는 한, 한편으로는 제국주의의 피지배자이면서 또 한편으로는 그 제국의 힘을 뒤에 업고 타자의 삶을 위협해 들어가는 존재가 만주에서의 보통 조선인이 처한 현실이다. 이 기묘한 현실로부터 복잡한 의식의 분열, 메우기 힘든 틈새가 생겨난다. 그 분열이나 틈새가 어떻게 나타나고 무엇을 만들어내는가를 탐구하는 것은 만주를 배경으로 한 한국 소설을 읽을 때 반드시 염두

---

24) 朴裕河, 「インディペンデントの陥穽−漱石における戰爭·文明·帝国主義」, (『日本近代文学』, 58集, 1998. 5), 89쪽.

에 두어야 할 사항이다.

「농군」과 관련하여 그것을 말할 수 있을까? 만보산 사건의 진상이 이미 명백해진 시점에서, 사실을 굳이 왜곡하면서까지 '수난받는 피해자로서의 조선 농민 대(對) 야만스런 가해자로서의 중국 군벌과 농민'이라는 구도로 사건을 형상화하는 데에는, 실은 가해자인 자신의 미묘한 위치를 부정하고자 하는 욕구, 피해와 가해의 이중적 위치가 동시에 혼재하는 데에서 오는 의식의 착종을 수난자로서의 자기확립을 통해 방어하고자 하는 욕구가 매개되었던 것이 아닐까?

이 점에서 일본의 프롤레타리아 농민작가 이토 에노스케(伊藤永之介, 1903~1959)의 「萬寶山」(『改造』, 1931. 10.)은 흥미로운 대조를 제공한다. 작품의 말미에 '1931. 7. 25'라는 날짜가 부기되어 있는 것을 보면, 이 소설은 사건이 일어난 직후에 쓰여진 것이다. 조판세(趙判世)라는 농민을 주인공으로 사건의 전말과 추이를 상세하게 전하는 이 중편은 그 점에서 소설이라기보다 이 사건의 성실한 보고서로 읽힌다. 좌파 농민작가답게 소설은 시종일관 빈농계층의 험난한 일상과 그에 대한 동정의 시선을 유지하고 있지만, 일본 영사관 경찰력의 보호 아래 있는 조선 농민의 현실을 있는 그대로 그려냄으로써 최소한 일방적인 피해자로서의 조선 농민이라는 구도로부터는 벗어나 있다.

이태준이 「농군」을 쓰면서 이토의 소설을 보았는지는 확인할 수 없지만, 「농군」의 창작에 선행 텍스트가 따로 있었다는 사실은 소설 「농군」을 이해하는 데 결정적이다. 그 선행 텍스트는 바로 이태준 자신이 쓴 것이다. 「농군」을 발표하기 1년 3개월 전인 1938년 4월 8일부터 21일까지 총 11회에 걸쳐서 이태준은 『조선일보』에 「이민부락견문기」(移民部落見聞記)

라는 기행문을 발표한다(이 기행문은 1941년에 간행된 이태준의 수필집 『무서록』에 「만주기행」이라는 제목으로 약간 수정되어 수록된다. 큰 차이는 없으므로 같은 텍스트로 읽어도 무방하다. 이 논문에서는 「만주기행」을 텍스트로 사용한다).[25] 이 기행문은 「농군」의 밑그림 같은 것이면서 「농군」의 창작 과정과 작가 의식을 한 눈에 보여주는 자료다. 「이민부락견문기」(「만주기행」)의 여정을 몇 개의 단락으로 나누어 보면 다음과 같다.

1. 평양에서 봉천(奉天)행 밤차에 승차. 다음날 아침 봉천에 도착.[26]
2. 봉천 중심가의 '야마토 호텔'에 들러 아침 식사를 하고 봉천 박물관, 자선기관인 동선당을 구경하고 오후에 신경행 특급 '아세아' 호를 타고 신경(장춘)으로 출발.
3. 저녁에 신경 도착. 만선일보로 가서 염상섭, 박팔양 등을 만나 밤의 신경을 유람. 댄스홀, 중국인 기방(妓房), 백계 러시아인들의 '카바레' 등을 구경.
4. 신경서 하루를 더 묵고 이튿날 아침 차로 만보산 장자워프를 향해 출발. 점심 무렵 장자워프 마을에 도착. 농민과 대담 후 오후 세시 마을을 떠남.

길지 않은 기행문을 굳이 이렇게 나눈 것은 위의 각각의 단락들에서의

---

25) 『무서록』에 실린 「만주기행」의 원텍스트가 「이민부락견문기」라는 사실은 사에구사 도시카츠(三枝壽勝), 「이태준 작품론」, 『史淵』 117집, 九州大學, 1980). 여기서는 심원섭 역, 『사에구사 교수의 한국문학 연구』, 베틀 · 북, 2000, 414쪽.
26) 이 논문에 나오는 중국의 지명과 인명, 연호 등은 중국어 발음, 즉 펑티엔(奉天), 지린(吉林), 신징(新京), 창춘(長春), 완보오산(萬寶山), 따리엔(大連), 뤼순(旅順), 난징(南京), 러허(熱河), 지엔따오(間島), 허이룽장(黑龍江), 장쭈어린(張作霖), 양징위(楊靖宇), 따퉁(大同), 캉더(康德) 등으로 표기하는 것이 타당하겠으나, 편의상 한국어 한자 독음 방식으로 표기한다.

내용이 「농군」의 창작 과정에 깊이 연관되어 있기 때문이다. 첫 번째 단락을 이끄는 것은, 차창으로 내다보는 대륙의 "거대한 공간"에 대한 무한한 동경과 흥분이다. "끝없는 지평선", "거대한 공간", "그런 대륙, 그런 공간을 향해 내 차는 밤을 가르고 달아난다. 처음으로 '그에게 간다'는 것은 그가 사람이거나 자연이거나 몹시 이쪽을 흥분시키는 모양으로 자정이 넘어도 잠이 오지 않는다." 당시 만주행 열차의 이름이 "노조미(のぞみ＝희망)"였다는 사실을 이 대목에서 상기하는 것도 이해에 도움이 될 것이다.

아무튼 거대한 대륙을 가로지르는 열차에 앉아 차창 너머로 "토민들"의 농가를 바라보는 이태준의 시선은 문명인의 그것이다. "처마가 없이 창 없는 벽이 올라가 지붕을 끊어버린" 농가들, "남의(藍衣)의 토민들", "아득한 안개", "질펀한 밭이랑" 등 차창 너머로 보이는 광경들에 대한 묘사는 「농군」에 와서는, 밤새 열차를 타고 새벽에 봉천에 도착한 창권의 눈을 통해 "희끄무레 떠오르는 안개", "집웅 낮은 이곳 사람들의 부락", "푸른 옷 입은 사람들" 등의 표현으로 다시 나타난다. 그러나 이 단락에서 「농군」의 표현으로 직결되는 부분은 아마 다음의 대목일 것이다.

> 이 차창에 앉아 저 변두리없는 흙을 내다보며 순전히 흙으로써 감격하는 사람은 흙을 주지 않는 고향을 버린 우리 이민들일 것이다. 처음엔
> "땅도 흔하다!"
> 하고 놀랄 것이요 다음엔 밭머리마다 연장을 들고 반기는 표정이라고는 조금도 없이 지나가는 차를 힐끔힐끔 쳐다보고 섰는 푸른 옷 입은 사람들을 볼 때에는
> "그래도 모다 임자 있는 밭들이 아닌가!"
> 하고 피곤한 머릿속엔 메마른 생활의 꿈이 어지러웠을 것이다.[27]

이 대목이 「농군」에서는 이렇게 변용된다.

『밭들 봐! 야, 넓구나 참!』
안해도 또 바루 와 내다본다
『아이, 벌판이 그냥 밭일세!』
〈중략〉
집웅 낯선 이곳 사람들의 부락이 지나간다. 길에는 푸른옷 입은 사람들이
나타나기 시작한다. 멀-거니 서서 지나가는 차를 구경하는 것이겠지만 창권
이에겐 이상히 무서워 보인다.
『밭이 암만 많음 어쨌단 말이야? 다 우리 임자 있어, 뭐러 오는 거야?』
하고 흘겨보는 것 같다.

두 번째와 세 번째 단락, 즉 야마토 호텔에 들러 아침을 먹고 봉천 박물
관과 동선당을 구경하고 오후에 신경으로 가서 염상섭 등과 함께 신경의
밤거리를 유람하는 이태준의 눈길에서는 흡사 식민지 도시에 온 식민지
모국의 지식인 같은 한가로운 에그조티즘이 배어나온다. "전승기념비가
가운데 놓인" "백악의 전당" 야마토 호텔의 "클락에 가방과 외투를 맡겨
놓고" "벽안 신사 숙녀들이 향기로운 커피와 빛 고운 과실들을 먹는" 식당
에서 "신선한 아침 메뉴"의 식사를 하고, "신경행 특급 '아세아'의 급행권
을 뷰로에 부탁해 놓고" 박물관을 찾아 나서는 이태준의 여유롭고 호사스
런 발걸음의 쾌활함은, 바로 직전 봉천역에서 마주친 초라한 행색의 이민
동포들 그리고 필시 인신매매단에 팔려 가는 듯싶은 '젊은 계집들'에 대

---

27) 이태준, 「만주기행」, (『무서록』, 깊은샘, 1994), 164쪽.

해 느끼던 "골육감(骨肉感)"과 기묘한 이질감을 불러일으킨다. 그러나 그 이질감은 아마도, "심록색의 탄환과 같은 유선형" 신경행 쾌속열차 '아세아'의 승차감을 "새 이발기계로 머리를 깎는 때 같은 감촉"으로 느끼고, 백계 러시아 소녀가 가져다주는 한잔의 커피를 마시며 "독한 낭만"을 향수하는 이태준의 시선 아래서는 오히려 이질적인 것이라기보다는 박물관의 진열품처럼 다채로운 볼거리의 한 목록일지도 모른다.

인신매매단의 행렬과 당대 최고의 서양식 호화 호텔, 거대한 박물관과 빈민구호기관, "잠깐 모인 손님 속에 노인(露人), 만인(滿人), 독인(獨人), 희랍인"들이 섞이는 국제 도시 신경 밤거리의 이국적 풍경이 스치듯이 묘사되는 이 기행문을 일관하는 것은 이 여정을 '독한 낭만'으로 감각하는 이태준의 에그조티즘이다. 이 시선으로 1938년 당대의 현실을 투시하는 안목을 기대하기는 애초부터 무리일 것이다.

결국 이 기행문의 마지막 단락인 조선인 이민 부락의 탐방도 이 시선의 연장에서 진행된다. 목적지인 장자워프 마을에서 한 농민과 대화를 나누고 머문 시간은 고작해야 세 시간이 채 안 된다. 그러나 이 농민과의 대화에서 나오는 내용들이 「농군」에서 그대로 재현된다. 그리고 이 부분이 선행 텍스트로서의 「이민부락견문기」와 소설 「농군」과의 관계를 보다 선명하게 드러내는 부분이다.

그것을 분석하기 위해 몇 가지 문제를 살펴보자. 첫째, 이 기행문이 『무서록』에 재수록될 때 이태준은 「이민부락견문기」라는 원래의 제목을 「만주기행」으로 바꾸고 문장을 더러 손보고, 글을 여러 단락으로 나누어 각각 소제목들을 붙였다. 장자워프 마을에 도착하여 농민과 대화를 나누는 단락의 소제목은 「배는 부른 마을」이다. "인전 뱃속은 아무걸루든지 채웁니다만…" 이라는 농민의 말에서 따 온 것이다. 다시 말하면 이 기행문은 만주 개척의 성공 사례를 보고하는 것이고, 「농군」 역시 그 연장에 있는 것이다.

둘째, 만보산 사건에 대한 정확한 내용을 이 농민의 입을 통해 전하면서도 소설 「농군」에서는 전혀 다른 방식의 서사화가 이루어졌다는 사실이다. 그것은 무슨 까닭일까? 우선 기행문에서의 내용을 보자. 이 농민은 조선 농민의 수전 개척이 중국 농민들에게는 치명적인 것임을 알고 있고 그것을 인정하고 있다.

> "오시면서 보셨지만 여긴 벌판이 모다 장판방 같지 않어요? 그러니까 논에서 나오는 물이 빠질 데가 없습니다. 저 가구픈 대로 사방으로 흩어지니까 그 옆에 있는 밭들이야 사실 결단이죠."
> "그럼 그 사람네두 밭을 논으로 풀면 좀 좋아요?"
> "그 사람넨 수종할 줄 모릅니다. 그러구 무슨 사람들이 이밥을 먹으면 반찬이 따로 들 뿐 아니라 배가 아프답니다그려. 그러구 베농살 지어놓는대야 베를 어디 갖다 팔아야 할지도 모르구요… 그저 저이 먹을 것을 저이 밭에서 소출시키는 걸 기중 안전하게 생각하니까요." [28] (강조-인용자)

현지의 조선 농민 스스로 자신들의 행위가 만주 농민들의 농사를 "결단내는" 행위임을 말하고 있는 것이다. 그리고 이태준은 이 사실을 기록하고 있다. 그런데도 소설에서는 이러한 인식이 전혀 반영되지 않았을 뿐만 아니라, 앞서 살펴 본 바와 같이, 수전도 할 줄 모르고 장사 수완도 없는 무지한 "토민들"이 막무가내로 조선 농민들의 수로 공사를 방해하는 것으로 그려져 있는 것이다.

---

28) 위의 글, 177-178쪽.

기행문에서의 보고와 소설에서의 형상화가 가장 크게 차이를 보이는 것은 만보산 사건을 증언하는 다음 부분에서이다.

> 그러나 그때 그들의 총알에 명중된 사람은 하나도 없다 한다. 멀리서 위협하느라고 탄환이 공중으로만 지나가게 쏘아 그런지 한 사람도 상한 사람은 없었고 몇 청년들이 잡혀 가 여러 날 갇히었다가 나왔을 뿐인데 오히려 조선에서 피차에 살상이 생겼다는 것은 여간 유감이 아니라고 한다.
> 아무튼 군대출동은 별문제로 하고 만일 그 토민들이 살생을 즐기는 사람들이었다면 그 토민들의 몽둥이에라도 희생자가 없지 못했을 것이라 한다.[29]

'만보산에서는 상한 사람이 없었는데 오히려 조선에서 살상이 생겼다', '토민들이 살생을 즐기는 사람들이었다면 그 토민들의 몽둥이에 희생자가 났을 것'이라는 등의 현지 농민의 말을 사실대로 기록하는 기행문과, 중국 경찰의 발포로 조선 농민이 다치고 죽는 것으로 사건이 그려지는 소설 사이의 거리는 다만 다큐멘터리와 허구의 장르적 차이로만 설명될 수 있는 것이 아니다. 이 차이는 무엇인가.

「이민부락견문기」에 따르면, 장자워프 마을은 이제는 '배는 부른 마을'이 되었다. "이민 부락으론 기중 자리 잡힌 편"이고 "시찰단이 오면 흔히" 들르는 동네가 되었다. 만주국에서 발행하는 '채표'(복권의 일종-인용자)에 당첨되는 것이 농민들의 유일한 생활의 낙이요, 꿈이다. 그런대로 평화롭고 넉넉한 일상이다. 그것을 돌아보는 이태준의 시선 역시 그의 이 여정이 줄곧 그러했듯이, 평화롭고 한가하다. 국경지대나 마찬가지인 지역의

---

29) 위의 글, 178-179쪽.

특성상 "언제 어떤 정리를 당할지 추측할 수 없는" 불안이 있긴 하지만, 그것이 전체의 정조를 흔들 정도는 되지 않는다. 기행문의 결말은 이민부락을 감싸고 있는 이 평화와 여유의 분위기를 대단히 상징적으로 전달한다.

> 수굿하고 걸어 아까 그 봇도랑의 마을로 오니 8,9세짜리 소년 셋이 수수깡 속과 껍질로 안경을 하나씩 만들어 쓰고 수수깡 속을 권련처럼 하나씩 물었다 뽑았다 하며 이런 노래를 부르고 노는 것이다.
> '유꾸리 천천히 만만디 다바꼬 한 대 처우엔바'
> 나중에 알고 보니 '처우엔바'는 담배를 피우자는 만주말이었다.[30]

일본어, 한국어, 중국어가 아이들의 입에서 자연스럽게 혼용되는 이 장면이 '오족협화' 슬로건의 구현을 드러내고 있음을 짐작하기란 어렵지 않다.(언어의 순서가 만주국에서의 각 민족의 현실적 서열을 따르고 있음은 작가의 의도일까? 우연의 일치일까?) 이 마지막 장면에서의 공들인 문학적 수사는 「이민부락견문기」의 최종적인 목적이 평화롭고 질서 잡힌 '현재'의 만주를 보여주는 데 있음을 드러낸다.

> 멧새 한 마리 날지 않는다. 어린아이처럼 타박거리는 내 발소리뿐, 나는 몇 번이나 발소리를 멈추고 서서 귀를 밝혀 보았다. 아무 소리도 오는 데가 없었다.[31]

「이민부락견문기」는 위의 구절로 끝난다. 나아가 이태준은 「만주기행」

---

30) 위의 글, 180쪽.
31) 위의 글, 같은 곳.

에서는 다시 한 줄을 추가하여 마지막 문장을 이렇게 끝냈다.

　　그 유구함이 바다보다도 오히려 호젓하였다.[32]

　이 평화와 고요의 장면은 중일 전쟁의 전운에 감싸인 만주의 현실을 가리고, 결국 '만주국'의 협화(協和)적 이상을 충실히 재현하고 있는 것에 다름 아니다. 관동군의 강력한 무력을 바탕으로 한 진압 작전의 결과 '마적'(馬賊), '비적'(匪賊), '공비'(共匪) 등으로 불렸던 만주국 체제의 방해자들은 30년대 말에는 만주 일대에서 거의 소멸하였다. 1932년 여름 최대치 30만에 달했던 비적은 1930년대 말 수백 명으로 감소하였고, 최후의 무장 항일세력이었던 동북항일련군(東北抗日聯軍)은 1939년 겨울의 대추격 끝에 궤멸하였다. 위장에는 솔잎, 주머니에는 한시 몇 줄을 남긴 지도자 양정우(楊靖宇)의 사체가 발견된 것은 1940년 2월 말이었다.[33]

　혼란은 사라졌고 평화가 도래하였다. 만주국의 지배자들은 '왕도 낙토'의 건국이념과 과거 군벌 체제의 혼란을 극적으로 대비시켰다. 새 만주국의 '왕도'와 '복지'의 이념을 선전하기 위한 가장 적절한 도구는 과거 군벌 체제의 '가정'(苛政)과 '학정'(虐政)에 대한 기억이었다. "이런 맥락에서 이미 소멸한 군벌 체제는 살아 있는 교육 자료로서, 세상의 모든 악을 짊어진 희생양으로서, 사람들 앞에 다시 나타나게 되었다."[34]

---

32) 위의 글, 같은 곳.
33) 한석정, 『만주국 건국의 재해석』, 동아대 출판부, 1999, 66쪽.
34) 위의 책, 126쪽. 이러한 현상은 만주에서만 일어났던 것이 아니다. 일본에서는(당연히 조선에서도), 마적이 들끓는 위험하고 황량한 만주 벌판이라는 일반적 이미지가 만주 사변 이후 '풍요'와 '복지'의 낙원이라는 것으로 바뀌었다. 이 점에 대한 자세한 설명은 Louise Young, Colonizing Manchuria: The Making of an Imperial Myth, Stephen Vlastos (ed.), *Mirror of Modernity-Invented Tradition of Modern Japan*, University of California Press, 1998. 참조

'악정(惡政)과 혼란의 과거＝군벌 체제'라는 문구의 대쌍으로 '선정(善政)과 평화의 현재＝만주국'이라는 문구가 자리 잡은 담론 형태가 만주국 프로파간다의 기본 구도였던 것이다.

이태준의 소설 「농군」과 기행문 「이민부락견문기」가 이 구도 위에 서 있는 것임은 많은 설명을 요하지 않는다. "유구하고 호젓한" 만주의 '현재'가 「이민부락견문기」를 통해 보고되는 것이라면, 어두웠던 '과거', 혼란과 신고(辛苦)로 점철된 '과거'는 소설 「농군」을 통해 재현되는 것이다. 그리고 그 '과거'의 재현은 허구임을 핑계로 과장과 왜곡의 혐의를 벗는다. 모든 과거의 회상이 흔히 그러하듯이, 과거의 어둠이 깊으면 깊을수록 '현재'의 빛은 더욱 밝을 터이다. 그런 점에서 소설 「농군」은 기행문 「이민부락견문기」의 밝음을 더해 주는 '어둠의 기록'이다. 그러나 그것은 어디까지나 '과거'라는 사실이 강조되지 않으면 안 된다. 소설 「농군」의 첫머리에 작자가 군이 "이 소설의 배경 만주는 그 전 장작림의 정권 시대"임을 밝힌 이유는 여기에 있는 것이다. '지금은 이런 혼란 즉, 군벌이나 토민들의 횡포는 사라졌다. 이제는 살만 한 상태가 되었다'라는 언설이 1939년의 시점에서 행해지는 것이다. 이 '현재'의 평화와 성취를 큰 것으로 하려면 '과거'의 어둠은 더욱 깊어야 하는 것. 그에 따라 뻔히 다 아는 만보산 사건의 진상이 소설 속에서는 심하게 과장되었던 것이다.

이렇듯 「농군」은 그 선행 텍스트인 「이민부락견문기」와 함께, '왕도낙토'와 '오족협화'를 바탕으로 하는 '만주이데올로기'의 문학적 구현인 것이다. 이 작품을 한국 민족문학의 성과로 보거나, 이태준의 발전적 변모의 징표로 읽는 해석들은 수정되지 않으면 안 된다. 이 문제를 보다 깊이 있게 검토하기 위해서 우리는 이제 이 논문의 두 번째 과제, 즉 30년대의 식민지 조선에서 '만주'와 '만주 이민'이 지니는 의미, 그리고 그것과 식민지 문학과의 관계를 논해야 하는 지점에 와 있다.

3.

> "넓군요, 만주는. 나비 모양 같아요. 그렇죠? 아버지."
>
> 앞에 펼쳐진 극동 지도를 보는 순간 지로(二郎)가 말했다. 그렇게 말해도 아버지로서는 잘 알 수가 없었는데,
>
> "아, 그렇구나. 나비가 일본을 향해 날고 있는 모습이네."
>
> 라는 이치로(一郎)의 설명을 듣고 보니, 과연 동쪽의 짙게 칠해진 장백 산맥으로부터 동쪽 국경까지가 쭉 뻗은 몸통이 되고, 우수리강과 흑룡강이 만나는 시베리아의 하바로브스크가 나비의 눈이 된다. 남쪽 관동주(關東州)의 대련(大連)이나 여순(旅順) 부근이 꼬리, 서부 국경에서 열하성(熱河省) 쪽으로 걸쳐 날개를 활짝 펴고 있는 모양이라고 보지 못할 것도 없다.
>
> "하하하. 과연. 멋진 큰 나비가 아시아 대륙에서 일본을 향해 훨훨 날아오고 있구나. 좋구나."
>
> ─나가요 요시로(長與善郎), (『滿洲の見學』, 新潮社, 1941, 7쪽).

날개를 활짝 펴고 훨훨 날아드는 한 마리 나비의 밝고 가볍고 화려한 이미지, 일본에게 만주는 그렇게 상상되었다. '아버지가 너희들만 할 때의 일본은 대만도 삿뽀로도 갖지 못한 작은 섬나라에 지나지 않았으나 이제는 조선을 병합하고 나아가 만주를 합해 대제국이 되었다'고 하면서, 중학생인 두 아들을 데리고 만주로 여행을 떠나는 나가요 요시로(長與善郎)[35]의 『만주견학(滿洲の見學)』은 만주를 향해 펼쳐졌던 그 숱한 상상과 모험

의 이야기들의 한 작은 사례이다.

만주를 포함하는 대제국의 비전은 일본의 수많은 우익 장교들, 개혁 관료, 좌익 및 우익 혁명가들의 상상력에 불을 당기고 이 과거의 원수들을 한 침대에 끌어들였다. 우익 범아시아주의자인 오카와 슈메이(大川周明), 반전(反戰)시인으로 널리 알려진 요사노 아키코(與謝野晶子), 코민테른의 첩자였던 좌파 혁명가 오자키 호츠미(尾崎秀實), 무정부주의자 오스기 사카에(大杉栄)를 살해한 헌병장교 아마카스 마사히코(甘粕正彦) 등이 제국을 위해 연합하는 이 기묘한 사태는 상상하기 어려운 것이었지만 사실이었다. 지식인들은 만주국을 통해 새로운 식민지의 도시 유토피아를 꿈꿨고, 농촌 개혁가들은 그들대로 농본주의적 파라다이스를 꿈꿨다. 그런가 하면 일부 사업가들은 비틀거리는 자본주의 경제의 회복제로 만주를 생각했고, 급진 장교들은 자본주의 자체를 무너뜨리는 수단으로서 만주를 꿈꿨다. 만주는 거대한 합작 프로젝트였고 모든 계층이 참여하는 대산업이었다.

1931년의 만주사변을 기점으로 만주는 '마적이 출몰하는 황폐하고 살

---

35) 나가요 요시로(1888-1961)는 일본 상류사회 출신으로 무샤노코지 사네아츠(武者小路實篤), 시가 나오야(志賀直哉) 등과 함께 시라카바(白樺)파의 동인으로 출발, 시라카바파의 인도주의 논객으로 활약하면서 소설과 희곡을 창작했다. 창작집 『陸奥直次郎』(1918), 『春の訪問』(1921), 희곡집 『孔子の歸國』(1920), 평론집 『青銅の基督』(1923) 등이 있으며, 시라카바파의 가장 전투적인 존재로 명성을 얻었다. 만년에는 동양사상으로 기울어 많은 작품을 남겼다.(日本近代文学館 編, 『日本近代文学大事典』第二巻, 1977, 549-550쪽.) 나가요 요시로는 1944년 중국 남경에서 열린 「제3회 대동아 문학자 대회」에 무샤노코지를 대신해서 일본 대표단의 단장으로 참석한다. 이 대회에 이광수와 함께 조선대표로 참석했던 팔봉 김기진은 "그 대회에 모인 7, 80명의 문학자들 가운데 언어, 행동, 자세, 주제, 그밖에 모든 점에서 인간 같은 인간, 문학자 같은 문학자로 생각되었던 인간은 세 사람 정도였다"고 회고하는데, 그 하나가 바로 일본의 나가요 요시로였다고 한다. 나머지 하나는 북경대학 교수 錢陶孫, 다른 하나가 이광수였다는 것이다. 김팔봉은 이 대회에 이광수와 동행하고 나서 새삼스럽게 그를 재인식하게 되었다고 한다. 이 셋 이외의 일본, 중국의 문학자들은 문학자로도 인간으로도 보이지 않았다고 말한다.(가와무라 미나토(川村 湊), 『満洲崩壊—「大東亜文学」と作家たち』, 文藝春秋社, 1997, 31쪽.)

기 힘든 황무지'의 이미지를 벗고 풍요의 땅으로 다시 태어났다. 수많은 출판물과 라디오, 영화 등의 대중매체에서 만주는 "마르지 않는 보물 단지", "개발을 기다리는 광활한 처녀지", "샘솟는 자원의 땅"으로 묘사되었고 만주 벌판을 달리는 유랑마차의 이미지는 대중의 꿈을 자극했다. 거대한 애국주의 *jingoism*가 대중매체들을 통해 전파되었고, 이념의 좌우를 가릴 것 없이 거의 모든 지식인이 가담했다. 요사노 아키코는 1928년 만철의 초대로 40일 동안 만주를 여행하고 난 뒤, 일본 주도하의 만주 개발에 감명을 받고 일본의 제국주의적 사명을 확신하게 되었다. 1932년 아키코의 남편인 요사노 텟칸(與謝野鐵幹)은 만주사변의 "육탄 삼용사"를 기리는 서정시를 발표하고, 아키코 역시 전쟁 찬양시를 발표했다.[36] 산더미처럼 묻혀 있는 철광석, 번쩍이는 금 덩어리, 연기를 피워 올리는 석탄더미, 황야를 달리는 말, 나지막이 우는 소, 터벅터벅 걷는 낙타, 풀을 뜯는 양, 대두(大豆), 목화, 밀, 사탕수수를 낳는 비옥한 대지─이렇듯 만주를 '풍요의 뿔' *cornucopia*로 기호화하는 것은 만주사변 이후 일본 언론 매체의 관습적 레토릭이 되었다. 일본이 이 보물단지의 뚜껑을 여는 순간 풍요가 해안을 뒤덮을 것이었으니,[37] 이 '생명선'을 지키기 위한 전쟁이야말로 '세계최종전쟁'[38]이 아닐 수 없었다.

---

36) 『흐트러진 머리』(みだれ髮)(1901)로 이름 높은 일본 근대 문학 초기의 시인이며 가객인 요사노 아키코(與謝野晶子)(1878-1942)는 1904년 러일전쟁에 참가한 남동생에게 보내는 편지 형식의 반전시 「네 목숨을 버리지 말아다오」(「君死にたまふことと勿れ」)를 발표하였다.

37) 이상에서의 서술은 루이즈 영(Louise Young)의 앞의 책, 이곳저곳을 참조하여 요약한 것이다. 만주에 대한 이미지가 1931년 만주 사변을 기점으로 획기적으로 변화하는 것에 대해서는 루이즈 영의 앞의 논문 Colonizing Manchuria: The Making of an Imperial Myth, 참조.

38) 만주사변으로부터 만주국 건국으로 이르는 滿蒙領有案의 입안자인 관동군 참모 이시하라 간지(石原莞爾)는 일연종(日蓮宗)의 독실한 신도로서 인류의 미래를 최종적으로 판가름할 일본과 미국과의 '세계최종전'을 예언했다.

그리하여 '만주'는 당대의 모든 이념과 사상의 총집결처, 거대한 실험장이 되었다. 만주국 건설의 이념 아래 공산주의자와 제국주의자, 농본주의자와 자본가, 기독교와 불교, 왕도주의(王道主義)와 가톨릭[39], 천황제와 근대주의, 국가주의와 초국가주의가 서로 동거하고 뒤엉키고 갈등했다. 만철 조사부로 모여든 전향 마르크스주의자들의 코뮨주의와 이시하라 간지(石原莞爾)의 '세계최종전론' 및 동아연맹론, 다치바나 시라키(橘撲)의 동양적 대동사상에 기반한 '농본주의적 사회주의' 등의 각축과 동상이몽은[40] 만주에의 꿈이 결국은, '몰락을 향한 신생(新生)에의 열정'이라는 아이러니를 처음부터 배태하고 있었던 것임을 말해 준다.

식민지 조선 사회가 이 신생에의 열정 및 총동원 시스템의 자장 바깥에 있을 수는 없었다. 루이즈 영은 만주사변이 만주 관련 책이나 오락물에 대한 폭발적인 수요를 불러일으킴으로써 일본의 오락 산업과 출판계에 "천

---

39) 국제연맹의 만주국 불승인 결정에도 불구하고 만주국을 국가로 승인한 곳은 일본을 제외하면 가톨릭 교황청(바티칸 공국)과 가톨릭 국가 산살바도르였다. 가와무라 미나토, 앞의 책, 88쪽.
40) 다치바나 시라키(橘撲)가 주도한 『滿洲評論』그룹은 이른바 '합작사 사건'을 통하여 투옥되고 그들 중 일부는 옥사하였다. 이시하라 간지도 관동군 내부에서 도조히데끼(東條英機) 등의 통제과 주류와의 권력 투쟁에서 패배하여 거세되었다. 다치바나의 '합작사 사건'을 중심으로 한 농본적 사회주의의 기획, 이시하라 간지의 '세계최종전론'에 입각한 동아연맹론, 그리고 이들의 만주국 내부에서의 노선투쟁과 패배 과정에 대해서는 임성모, 『만주국 협화회의 총력전 체제 구상 연구-'국민운동' 노선의 모색과 그 성격』(연세대 박사학위 논문, 1997)이 가장 상세하고 요령 있게 설명하고 있다. 한석정의 『만주국 건국의 재해석』은 1932년부터 36년까지 만주국 초기의 정책과 국가효과에 대한 탁월한 분석이다. 만주국 이데올로기의 복합성과 혼재성에 대해서는 가와무라 미나토의 앞의 책이 좋은 참조가 된다. 만주 사변의 기획자로서의 이시하라 간지의 생애와 사상에 대해서는 Mark R. Peattie, *Ishiwara Kanji and Japan's Confrontation with the West*, Princeton University Press, 1975. 참조. 만주를 중화학 공업의 기지로 삼아 그것을 바탕으로 강력한 군사 제국의 구축을 꿈꾸었던 이시하라의 구상에 대해서는 고바야시 히데오(小林英夫)의 「滿洲国の形成と崩壊」(小林英夫 篇, 『日本帝国主義の満洲支配』, 時潮社, 1986) 참조.

국의 만나 *manna*"가 되었음을 말하고 있거니와[41], 규모의 차이는 있어도 조선에서도 사정은 마찬가지였다. 만주사변 이후 30년대 내내 일간신문은 물론이고, 『삼천리』, 『동광』, 『비판』, 『별건곤』, 『사해공론』 등의 잡지, 그리고 『綠旗』, 『思想と生活』, 『文獻報國』, 『內鮮一体』 등의 이른바 국책잡지 등에서 다룬 만주 관련 기사들, 만주 소갯글들, 만주 기행문, 만주 정세 분석 논문들의 수효는 헤아릴 수 없이 많다. 이태준의 「이민부락견문기」와 「농군」이 그러한 맥락 속에 있음은 물론이다. 30년대 이래 조선에서의 '만주 붐 *boom*'을 짐작케 하는 흥미로운 사례 두 가지만 들어 보자.

「京城帝大豫科學友會」가 1941년에 발간한 『滿洲旅行調査報告書』라는 133쪽 분량의 책자가 있다. 경성제대 교직원과 예과의 전체 학생 약 500명이 봉천에 있는 「滿洲醫大」를 방문하여 4일 동안에 걸쳐 각종 조사 연구 및 친선 행사를 한 결과를 묶은 책자이다. 이 책자에 따르면, 경성제대 예과와 만주 의대 간의 상호 교환 행사는 1933년부터 시작되었고, 37년의 중일 전쟁으로 중단되었다가 41년에 재개되었다. 문과는 일본인의 대륙 발전 상황, 교통 산업 정황, 고궁 박물관, 국립 박물관, 사고전서(四庫全書) 등의 조사, 이과는 봉천, 무순의 각종 공장 및 탄광 견학, 지하 수질(水質), 지방병(病), 동식물 등의 조사 연구를 행했다. 또한 양교 학생 간의 운동 경기, 군사 강연, 좌담회 등의 행사도 가졌다. 그 결과를 묶은 논문집 형태의 책자인 이 보고서는 조선 유일의 제국대학의 교과 과정 속에 만주가 깊이 자리 잡고 있음을 보여 준다.

---

41) 숱한 대중 오락물과 멜로드라마. 대중가요들이 전쟁의 참상을 가리고 호도하는 데에 기여했고, 영화사들은 배우와 감독을 파견하여 기록 영화를 제작하면서 역사를 대중오락용 볼거리로 만들었다. 조작된 전쟁 영웅 영화들이 제작되었고, 오락 산업은 제국의 신화 만들기의 수행자 *agent*가 되었다. Louise Young, *Japan's Total Empire*, 70쪽 및 74-75쪽 참조.

또 하나의 사례를 보자. 1938년 4월 13일『조선일보』4면의「연예 오락」기사이다.

> 高麗 映畵社에서 "福地萬里" 製作
> 故 沈薰氏 夫人 安女史도 出演
> 조선 영화계는 금년 드러서 비상한 활기를 띠여오든바 이번 고려 영화사에서는 다대한 비용과 노력으로『복지만리』(福地萬里)라는 영화를 촬영하게 되엿다.
> 이 영화는 무대를 중북부 조선 급 만주, 동경 등지로 하야 충분한 실지 답사 우에서 작품을 구성하야 개봉하게 되엿다 한다.

'복지만리(福地萬里)'라는 표현에서 우러나오듯이, 끝없이 뻗은 풍요의 땅 만주의 이미지는 조선에서도 이렇게 대중적으로 확산되어 있었다. 그리고 이 기사가 실리는 동일한 지면에 바로 이태준의「이민부락견문기」가 연재되고 있었던 것이다.

만주국은 '오족협화'의 이념을 기본으로 하고 있었다고 널리 알려져 있다. 그것이 실제로 어떻게 실현되었는가는 별문제로 하더라도, 이른바 '협화'의 물질적 기초는 '인구'(人口), 즉 '국민'의 창출이었다. 어떻게 국민을 만들 것인가. 만주국은 흔히 '국민 없는 국가'로 불린다.[42] 여기에서 중요한 문제로 되는 것이 바로 '이민 정책'이다. 만주국 건국 이후 일본 제국주의의 대규모 농업 이민은 '20년간 백만 호(戸) 송출 계획'에 따라 집행

---

42) "만주국에서 '국민'은 만주국 자체가 그러했듯이, 창출되어야 할 과제로서만 존재했을 뿐 '현실'로서 존재한 적은 없었던 것이다." 임성모, 앞의 글, 196쪽.

되었다.[43] 이제 우리는 조선 농민의 만주 이민이 일본 제국주의의 만주 식민지화 과정과 어떤 연관 속에 있는가를 살필 지점에 와 있다.

한 논자는 농업 이민이 제국주의 지배의 방어벽이 되는 사정을 다음과 같이 설명한다.

> 농업 이민은 일반적으로 말하면, 토지 소유를 기반으로 하는 식민지 이주 및 정착이기 때문에 식민지 인민의 반(反)제국주의 운동에 최대의 방벽(防壁)이 된다. 식민지에 정착한 농업 이민은 자기가 취득한 토지를 포기하고 싶지 않으므로 최후까지 식민지를 사수하려 하고, 식민지 인민과 대결하려 하기 때문이다. 이것은 토지에 뿌리를 내린 농업 이민이야말로 제국주의의 식민지 지배를 최후까지 지지하는 세력임을 의미한다. 일본인 만주 농업 이민도 본질적으로는 이러한 성격의 이민이었다.[44]

만주의 신천지에 정착한 한 사람의 농부는 만주의 생명선을 방어하기 위해 싸우는 한 명의 병사, 만주국의 개발을 위해 사용되는 한 포대의 시멘트와 같이 모두 총체로서의 제국에 촘촘하게 그물처럼 연결되어 있는 것이다.[45] 한편 만주의 농업 이민은 중대한 군사적 기능을 지니고 있는 것

---

43) 이시하라 간지는 만주국 건국 후 향후 20년 안에 만주국을 인구 5천만의 국가로 만들고, 일본인 인구를 전체의 10퍼센트로 할 구상을 가지고 있었다고 한다. 이시하라를 중심으로 한 관동군 참모부의 이른바 滿蒙領有計劃'에 따른 만주국 건설의 기획은 만철 조사부의 협력을 얻어 이미 1929년에 상당한 정도로 준비되고, 1931년 6월 즉, 만주사변 발발 직전에는 만주국의 일년 예산안까지 작성되어 있을 정도였다. 이런 사실에 비추어 보면, '만보산 사건' 같은 사소한 분쟁이 만주사변의 한 계기가 되었다는 주장은 역사적 인과관계를 지나치게 자의적으로 해석하는 경우일 것이다. 위의 내용에 대해서는 야마무로 신이치(山室信一), 『キメラ—滿洲国の肖像』, 中公新書, 1993, 27-29쪽.
44) 淺田喬二, 「滿洲農業移民政策の立案過程」, (滿洲移民史硏究会 編, 『日本帝国主義下の滿洲移民』, 竜渓書舎, 1976), 3쪽.

138

이기도 했다. 만주의 농업 이민은 두 가지의 군사 기능을 하고 있었으니, 첫째는 북만주에서 시베리아 국경을 따라 일본인 이민 부락을 건설함으로써 소련에 대한 인간 방벽을 구축하는 전략적 의도를 따르는 것이었다. 둘째는 중국의 반일(反日) 게릴라 전에 대비하여 농민들을 준(準)군사 조직화하는 것이었다. 실제로 이민 부락은 관동군에 군사적으로 복무하였고,[46] 자체 무장과 전투 능력을 구비한 집단으로 기능하고 있었다.

그렇다면 조선인 농업 이민은 어떠했는가? 조선인 이민은 이러한 일본인 농업 이민과 어떤 차이를 가지고 있는가? 기본적으로 당시의 조선인 이민은 일본 국적의 일본 국민이었다. 따라서 위에서 지적된 농업 이민의 일반적 성격에서도 예외가 아니었다. 그러면서도 조선인 이민은 일본인 이민에 비해 이중의 억압 아래 있었다. 만주에 이민한 조선 농민은 자신의 의지와는 상관없이 중국 당국으로부터 '일제의 앞잡이'로 인식되고 있었다. 이러한 사정은 1921년 조선총독부가 재만 조선인에 대하여 학교 설립 등의 보조금을 지급하고, 주요 지역에 직원을 상주시키고 보조금을 주어 조선인회를 설립하게 하는 등의 정책을 시행하면서부터 시작되었으나, 이후 일본 제국주의의 만주 침략이 본격화되면서 만주에서의 조선 농민의 입장은 더욱 악화되었다.[47] 다음의 글을 보자.

이 기간[1910-1922]의 특징의 하나는 종래에 주를 이루었던 북선(北鮮) 이민에 남선(南鮮) 이민의 수가 더해진 것으로서, 그 한 계기가 되었던 것은 동척(東拓-동양척식회사)의 영업 개시에 따라 농민들이 토지로부터 유리

45) Louise Young, 앞의 책, 14쪽.
46) 위의 책, 46쪽.
47) 依田憙家, 「滿洲における朝鮮人移民」, (『日本帝国主義下の満洲移民』), 497-499쪽.

된 것이다. 동척이 그 영업을 개시한 1910년 이래 1920년에 이르는 10년 간, 일본 내지에서 이민을 끌어들인 수는 겨우 3,900호(戶)에 지나지 않지만, 그 사이에 16만 정보(町步)에 달하는 토지 매수 때문에 강제로 퇴거 요구를 받은 조선 농민은 2만 3천9백 호에 이른다. 결국 일본 이민 1호(戶)를 들이기 위해 7호의 조선 농민을 이동시켰던 것이다. 토지로부터 쫓겨난 이들 농민들에게는 만주만이 유일한 활로였다고 할 것이다. 〈중략〉 여기서 중국 관헌의 조선 농민에 대한 박해의 실례를 거론할 지면은 없으나, 거주 방해, 퇴거 강요, 부당 과세, 귀화 강제(동시에 높은 수수료를 지움), 수전(水田) 몰수, 수확물 등의 착취, 어려움을 틈 타 처(妻)나 딸을 빼앗기, 불법 투옥, 불법 살해, 기타 모든 것이 행해지고, 1928년에만도 조선인 학교 폐쇄가 123교, 퇴거 강요가 400여 군데에 달하고 있다.

조선 농민의 역사적 수난에 대한 성실한 보고서로 보이는 이 글은, 그러나 조선인이 쓴 것도 아니고, 조선인의 입장에서 쓰여진 것은 더구나 아니다. 위의 글은 이타야 에이세(板谷英生)[48]라는 일본인이 1943년에 간행한 『滿洲農村記(鮮農篇)』이라는 책에서 인용한 것이다. 이타야는 수개월에 걸쳐서 만주의 조선인 이민 부락을 찾아다니며 세세한 기록을 남겼는데 그 목적은 "새로운 아세아의 지도이념을 찾고자 함"이라는 것이다.

아마도 범아시아주의의 신봉자, 혹은 타치바나 계열의 '합작사 운동'의

---

48) 이타야 에이세의 본명은 이타야 아키라(板谷曄). 1903년생으로 아버지를 따라 조선 전라남도 영산포에 이주하였다가, 조선총독부의 식민정책에 반발하여 일본으로 건너와 메이지 대학 중퇴. 이후 동경에서 사진관을 경영하면서 조선에서의 거주 경험과 총독부 정책에 대한 반발로 농촌 조사 사업에 종사. 『東北農村記』, 『滿洲農村記(鮮農篇)』을 내었으나 출판과 동시에 발매 금지를 당했다. 종전 후 농장 경영 등을 하다 1978년에 사망하였다.(가와무라 미나토(川村 湊), 『滿洲崩壞-「大東亞文學」と作家たち』, 106쪽)

일원일 듯싶은 이타야의 이 책은(따라서 발간 즉시 발매금지 처분을 받았고 책 중간중간에 삭제된 부분들도 있다.) 전체적으로 조선인에 대한 오리엔탈리즘("그들은 내지인이 잃어버린 무엇인가를 지니고 있다"), 극단적인 국가주의, 대동아공영에 대한 종교적 신앙 등으로 일관하고 있지만, 동시에 일본 제국주의 군사력의 보호 아래 있는 '제일선 부락'의 현실에 대한 세밀하고 자세한 사실들을 보여 주는 자료로서의 가치를 지니고 있다. 만주에서의 조선 농민의 처지는 다음과 같은 서술이 잘 드러내고 있다.

> 사변 후 수년간 지방의 혼란은 참담한 것이었다. 특히 동변도(東邊道) 일대는 〈중략〉 계속하여 공산비(共産匪)까지, 마치 진흙탕을 휘저은 것처럼 소란하였다. 현재 만주 각지에서 볼 수 있는 수천, 수만의 토치카는 주로 그때 만들어진 것들이다. 농가가 집결되고 부락이 방벽으로 둘러싸이게 된 것도 그때부터이다. 치안이 파괴되었을 때 치안 공작을 담당했던 일본, 만주, 조선의 유능한 사람들이 많았었는데, 누구보다도 성실했던 것은 조선 농민들이었고 그 때문에 그들은 몹시 곤란한 입장에 처하게 되었다. 비적(匪賊)들로부터는 "일본의 주구"라든가 "일본 제국주의의 앞잡이"라든가 하는 식의 눈흘김을 받게 되었다. 한편으로 토벌대로부터는 항상 의심의 눈초리를 받고 '통비 용의자'로 몰리기도 하는 것이다.[49]

1932년 2월 중국 국민당 회의는 조선인의 만주 및 몽고로의 이주를 금할 것을 결의하고 '선인구축령'(鮮人驅逐令)을 발하기에 이르렀다.[50] 근본

---

49) 이타야 에이세(板谷英生), 『滿洲農村記』(鮮農篇), 大同印書館, 1943, 91쪽.
50) 야마무로 신이치, 앞의 책, 38쪽.

적으로 재만 조선인이 처한 이러한 곤경은 일본 제국주의의 만주 침략에서 기인한 것이지만, 어쨌든 이것이 조선 농민의 현실이었음도 부정할 수 없다. 조선 농민의 만주 이민 역시 일본 농민의 경우와 마찬가지로 제국주의의 지배 전략 속에서 추진되고 시행되었던 것임은 말할 것도 없다. 다만 조선인 농민의 경우 그 사정이 더욱 열악하고 이중의 억압 아래 놓여 있었다는 것이다.

이타야의 이 책에는 매우 흥미로운 장면들이 많이 나온다. 험난한 자연환경과 '비적(匪賊)'의 습격에 맞서 마을을 건설해 낸 조선 농민부락의 과거와 현재는 조선 농민에 대한 저자의 지극한 동정과 연민의 시선에 의해 그려지고 있는데, 그때의 문체와 시각을 식민지 조선에서 조선인 작가에 의해 생산된 농민소설의 그것과 구분하기는 지극히 어렵다. 그런가 하면 만주국 협화회복을 입은 또 다른 조선인 마을 지도자의 다음과 같은 발언은 이 당시 대부분의 만주 방문 기록들이 어떤 프로파간다의 기능을 하고 있었는가를 대표적으로 보여준다.

만주사변 이삼년 전부터 사변후의 혼란기에 걸쳐, 당시 지나 관헌이 우리에게 가한 박해가 얼마나 지독했던 것인가는 새삼 말씀드릴 것도 없을 것입니다. 거주방해, 퇴거강요, 귀화강제, 수전몰수, 수확물 기타 재산의 탈취 등은 괜찮은 편이고, 처나 딸을 빼앗고, 제멋대로 감옥에 집어넣고, 죽이고, 아무튼 개도 참을 수 없는 굴욕이 매일같이 가해졌습니다. 지나측에서 보면 '한국인은 일본의 주구－일본 제국주의의 앞잡이'이니, 모두 증오의 대상이었겠죠. 康德 원년(1934-인용자) 무렵부터 차차 치안이 회복되고 그런 일도 점점 없어졌습니다만, 그래도 흩어졌던 鮮農이 복귀하고 부락이 다시 모이고 어느 정도 안정이 되어 일을 할 수 있게 된 것은 康德 4년, 사변후 5, 6

년 지난 다음부터올시다. 우리들은 이런 고난을 겪고 여기의 토지를 개척하고, 물을 끌어 들여 만주인들이 버리고 돌보지 않은 습지나 황무지를 아름다운 논으로 만들었습니다.[51]

만주국 건국 이후 모든 혼란이 바로잡히고 이제는 질서와 안정이 구가되고 있다는 이 담론이 당시의 만주 방문 기록들을 일관하는 것이었음을 여기서 다시 확인할 수 있다. 한편, 중국 농민을 바라보는 조선인 농민들의 시각은 앞서 「농군」에서도 잘 나타나 있지만, 그것 역시 당시의 한 습관적 인식이었음이 이 책에서도 드러난다. 다음 대목을, 앞서 살핀 나쓰메 소세키의 기행문과 대조하여 읽어 보면 이 습관적 인식의 뿌리깊음을 쉽게 알 수 있을 것이다.

> 만농(滿農)은 대개 무식해서 자기 이름을 쓸 수 있는 자가 겨우 오륙명밖에 안 된다. 교육을 전연 받지 않은 저들 사이에서 그 오륙명은 훌륭한 재능을 타고 난 것이다. 그러나 그것은 남자들만이고 여자는 하나 남김없이 문맹이다. 마을 한가운데를 뒤져도 목욕탕도 없다. 鮮農의 말에 따르면 "저 놈들은 태어날 때 생긴 때(垢)를 죽을 때까지 안 떼낸다"는 것이다. 정말 놀랠 일은 어린애가 죽으면 그것을 집 부근에 던져 놓고 돼지나 개가 뜯어먹어도 태연하게 보고 있는 습관인데, 개중에는 직접 돼지우리에 집어넣는 자마저도 있다고 한다. 그것도 일종의 애정의 표현일지 모르나, 도저히 눈뜨고 보기 힘든 것이다.
> 삼사일 부락에 있는 동안 이런 얘기를 두세명의 鮮農이 나에게 말해 주었는

---

51) 이타야 에이세, 앞의 책, 287-288쪽.

데, 그 말하는 품이나 태도로 보아 저들은 마음 속 어딘가에 滿農에 대한 민족적 멸시를 지니고 있는 듯했다. 저들 역시 목욕을 한 기억이 거의 없다고 해도 좋을 정도인 자들이지만, 그래도 滿農에 비한다면 문화적으로는 꽤 높은 단계에 있다는 자신이 분명해 보였다.[52]

제국주의에 의해 발매 금지를 당한 이 책의 전체를 일관하는 제국주의적 폭력. 이것은 결코 예외적인 것이 아니다. 제국주의의 담론과 질서는 일방적이고 강압적인 물리적 폭력에 의해서만 작동하는 것이 아니다. 그것은 그 구조 안에 존재하는 모든 인간의 내면을 타고 그 속에서 변주된다. 그 사실을 외면하고 제국주의의 지배를 지배/피지배, 저항/굴종, 가해/수난의 단순한 이항대립적 구도로 파악하는 한, 제국주의는 영원히 번성한다.

따라서 만주의 조선인 이민을 이해하는 데에 있어서 무엇보다도 긴요한 일은, 제국주의 지배의 그러한 면모를 포함하여 일본 제국주의의 전체적인 연동을 고려하는 바탕 위에서 만주 이민과 이주 농민의 성격을 파악하는 것이다. 만주사변 이후 급격하게 고조되기 시작한 '만주 유토피아니즘'은 식민지 조선에서도 거대한 이민의 행렬을 만들어 내었다. 농민은 농민대로, 지식인은 지식인대로, 장사꾼은 장사꾼대로 만주가 주는 환상과 꿈에 취했다. 그 신생에의 열정이 순식간에 몰락과 붕괴를 맞을 때까지 식민지의 사회 역시 깨어나지 못했다. 식민지 조선인에게 만주와 만주국은 아마도 대리(代理)해방의 공간이었다. '유사(類似) 해방감'과 '의사(擬似) 제국주의자'로서의 포즈가 가능한 곳. 만주는 그런 곳이었다.

---

52) 위의 책, 273-274쪽.

식민지 사회에서 누가 이 허망한 도취로부터 각성되어 있었을까? 그것은 대답하기 어려운 질문이다. 그러나 이태준의 「농군」이 그 질문과 아무런 관련이 없다는 것은 지금까지 살펴본 것만으로도 충분할 것이다.

4.

식민지 문학의 성과는 그러한 식민지적 무의식으로부터 얼마나 거리를 두는가에 따라 판별되는 것일지도 모른다. 만주 이민 문학의 경우도 마찬가지이다. 만주의 조선 농민이 처한 복잡하고 모순적인 위치에 대한 성찰 없이, 만주 이민의 삶을 농민 개척담(開拓談)의 수준으로 묘사하는 정도의 문학이 '만주 유토피아니즘'으로부터 벗어나기는 어려울 것이다. 또는 제국주의와의 정치경제적 의미 연관을 배제한 채 만주 이민을 오로지 피수탈자로서의 농민계층이라는 관점에서만 접근하는 것도 몰역사적인 이해 방식일 것이다.

만주라는 공간에서 벌어진 수십 년의 드라마, "한국 현대사의 블랙박스"[53] 만주국의 정체가 단순 무쌍한 도식으로 손에 잡힐 리 없다. 자신의 땅으로부터 유리되어 수만 리 이역에서 목숨을 걸고 생존의 투쟁을 벌이는 농민, 그러나 그 투쟁이 동시에 제국주의의 버팀목이 되기도 하고 또는 타자의 삶을 위협하는 것일 수도 있었던 현실, 현실이란 또 실상 언제나 그러한 것이겠는데, 그 모든 것을 투시하는 문학만이 식민지의 구조와 질서를 깨는 문학으로 나아갈 수 있을 것이다.

---

53) 한석정, 앞의 책.

그러나 뜻밖에도 식민지 현실을 그리는 우리 문학은 자주 그러한 감각을 잃기 일쑤다. 아마도 식민지 현실의 중압감이 오히려 그 현실에 대한 냉정한 직시를 거부하게끔 하고 매사를 단순한 이분법으로 파악하게끔 했을 터이지만, 그러한 사태는 창작에서만이 아니라 작품을 독해하는 데에서도 흔히 일어나곤 한다. 이태준의 「농군」과 그 읽기가 이런 현상의 전형적인 사례라 할 것이다. 「농군」은 당대에 한창 유행하는 관습적 이념을 생각 없이 좇은 태작일 뿐, 식민지적 삶의 모순과 이중성을 드러내기에는 턱없이 부족한 작품이다. 그럼에도 불구하고 그 동안 이 작품에 부여되어 온 과도한 평가들과 무신경한 오독(誤讀)은, 다시 한 번 식민지적 무의식을 생각게 한다. '만주국'은 아직, 있다.

(『상허학보』, 2002)

다시 『무정』을 읽는다*

　우리 세대의 많은 연구자들에게 이광수(李光洙)나 『무정』은, '그래서는 안 될 것'을 보여주는 본보기로 존재했다. 그와 그의 작품은 자주 부정되기 위해 인용되었고, '청산'을 말하기 위해 거론되었다. 예컨대, 1970년대에 어떤 시인이 '이광수를 한국 신문학사의 첫머리에 놓는 것의 수치와 모욕'에 대해 말했을 때, 그것은 한국 문학사를 바라보는 새로운 세대, 즉 이른바 한글세대의 지배적인 감성을 솔직하게 드러낸 것이었다. 이러한 발언의 바탕에는, 자신의 기원에 가로놓인 굴종과 변절의 얼룩을 지워내고 인간적 존엄과 위의를 갖춘 내력담(來歷談)을 새롭게 구성하고자 하는 욕구─그 자체로서는 지극히 인간적인 것일 수도 있는─가 자리 잡고 있었다. 말할 것도 없이, 이러한 욕구는 집단적 기억의 장에서 언제나 가장 큰 호소력을 지닌다. 박해와 수난으로 점철된 자기상(自己像)이 강하면 강할수록 이 욕구 역시 강해질 것임도 자명한 일이다.

　그러나 있을 수 있는 인간적 욕구가 하나의 강박이 될 때, 그로부터 기

---

* 이 글은 필자가 교주(校註)한 『바로잡은 '무정'』, (문학동네, 2003)의 서문 일부를 발췌한 것이다.

묘한 맹목(盲目)과 전도(顚倒)가 발생한다. 사실과 기억들은 이상적 자아 상의 구축을 위해 새로운 조정, 배치, 해석, 축소, 확대, 동원, 배제, 억압의 과정을 겪는다. 나아가 이 과정은 강력하고 순결한 자아상을 확보하고자 하는 집단적 열망에 기초한 "도덕"의 이름으로 수행된다. 그러나 "도덕"이 집단적 익명성의 옷을 입는 순간, 그것이 할 수 있는 것은 폭력 이외 어떤 것도 없다. "도덕"은 절대적으로 개인에 속하는 것이다. 집단적 도덕의 명 령은 추상이고 익명이며 그런 한에서의 폭력, 또는 폭력에의 가능성이다.

자신의 기원과 내력에 대한 쉼 없는 정화(淨化)의 욕망, 선명하고 안정 된 자기동일성 *identity*에의 집착이 집단적 도덕의 이름과 결합하는 곳에 서, '역사'라는 거울은 진정한 '나'의 모습을 비추지 못한다. 비춰지는 것 은 도덕적 명령의 후광에 감싸인 찬란한 '우리'의 모습일 뿐이다. 그것이 '내가 보고 싶은 나'일 뿐, 실제의 나일 리 없음은 말할 것도 없다. 그런데 많은 경우, 학문은 이러한 일을 한다.

이 욕망과 집착의 다른 한편에는, 박탈과 결손으로 얼룩진 식민지의 기 억, 오염과 분열로 가득 찬 문화적 잡종(雜種)으로서의 자화상이 자리 잡 고 있다. 이 기억들은 몸에 달라붙어 떨어지지 않는 끈적끈적한 오물들이 며 도망치는 순간 다시 당도하는 악몽들이다. 안정된 자기동일성의 기반 을 흔드는 이 오염의 기억으로부터 벗어나기 위한 손쉽고도 단순한 심리 적 위안은, 그것을 '나 아닌 것'으로 명명하는 것, 다시 말해, 그것을 나의 기원으로부터 삭제 또는 단절시키는 것이다. 어떤 오염과 분열이 있을지 라도 그것은 일시적인 일탈이나 왜곡이었을 뿐, 순결하고 영원한 '나'-그 것의 이름이 무엇이든, 예컨대, '민족', '민중', '겨레', '조국', '프롤레 타리아트', '인민' 등등-가 존재하는 한, '나'는 분열되지 않을 것이다. 이렇듯 '나'의 연속성을 보증하기 위한 이름들이 호명되는 한편에서,

'나'와의 단절을 선언하기 위한 '나 아닌 것'들이 동시에 불려 나온다. 연속과 단절은 그러므로 결국 동일한 메커니즘의 양 측면일 뿐이다. 그러나 '나 아닌 것'으로 명명된 그것들은 과연 나 아닌 다른 것이었을까?

영광과 위엄으로 가득 찬 집단적 기억의 장에서 이러한 질문은 용납되지 않는다. 그 세계는 선명한 만큼 단순하고 단순한 만큼 강력한 이분법, 즉, '저항/굴종, 자주/사대, 민족/외세, 통합/분열, 절개/변절, 순결/오염' 등으로 나뉜 세계이다. 전자는 연속을 보증하기 위해, 후자는 단절을 선언하기 위해 호출된다. 전자는 도덕의 표상이며 후자는 비도덕의 징표이다. 다른 세계란 없다. 다른 세계를 상상할 가능성이 원천적으로 차단됨으로써 여기서는 세계의 이러한 구조를 질문하는 것 자체가 이미 후자의 항목에 속하는 것이 된다.(그러므로 이 이분법의 세계는, 이 세계의 '바깥'을 상상하는 것 자체가 이 세계의 '안'으로 빨려들어가 버린다는 점에서, 놀랍게도, 뫼비우스의 세계-그러나 물론 평면적인-이다.)

그러나 '이것'이 아니면 '저것'만이 존재하는/존재한다고 가정되는 세계에서 사실상 '이것'과 '저것'의 차이는 생각보다 크지 않다. 심지어 그것들은 같은 것이기조차 하다. 그러나 이분법의 평면 위에서 이 사실은 인식되지 않는다. 분열되고 오염된 근대적 자아의 초상을 넘어 강인하고 통일된 집단적 주체의 상을 그리기, 결손과 박탈로 얼룩진 근대 국가의 식민지적 흔적을 지우고 자생적 발전의 경로를 재구성하기, 이것이 이 평면적 세계를 지배하는 학문과 과학의 목표이자 임무가 된다. 모든 역사적 자료와 사실들은 이 임무를 위해 다시 배치되고 해석된다.

그러면 끊임없이 '나 아닌 것'들을 걸러내고 정화하는 이 무한한 노고의 종착역에서 우리는 마침내 통합된 흠 없는 '나'를 만날 수 있을까? 물론 불가능하다. 왜냐하면 '나'(근대적 자아)는 이미 분열의 소산이며, 근대

국가는 애초부터 식민지/적이기 때문이다. '나'의 자기동일성의 확증을 위해 호명되어 '나'로부터 삭제되고 배제된 '나 아닌 것'들이야말로 실은 움직일 수 없는 '나'의 일부라는 사실은 이 평면적 이분법의 세계에서는 인식되지도 용납되지도 않는다. 오로지 순결한 '나'를 구성하기 위해 끊임없이 '나 아닌 것'들이 생산되고 그 경계가 확정될 뿐이다. 그러나 실은 아무것도 생산하지 않고, 아무것도 확정하지 않고, 아무것도 말하지 않고, 아무것도 넘어서지 않는 이 단순 무한 운동의 끝없는 반복이야말로 진정한 '차이'를 무화시키고, 그럼으로써 어떤 변화도 불가능하게 만든다. 이분법의 세계야말로 모든 기성 체제의 가장 강력한 수호자이며 '청산'되어야 할 '식민지적 잔재'인 것이다.

'나 아닌 것'의 존재를 드러냄으로써 '나'의 자기동일성을 확증하는 데에 이광수만큼 빈번히 호출되고 거명된 존재도 달리 없을 것이다. 그렇다면 이광수와 그의 작품을 둘러싼 숱한 담론들과 그 담론들의 소통의 방식은 이 평면적 이분법의 세계를 얼마나 벗어난 것이었을까? 그의 '변절'을 둘러싼 '옹호론/단죄론'의 저 희극적으로 진지하고, 내용 없이 무겁고, 활기차게 지루하고, 쌓이되 부피 없는 '논쟁'들을 상기해 보는 것만으로도 그 대답은 충분할 것이다.

이광수와 그의 작품에 관한 논의들이 모두 깊이를 결여한 것이었다고 말하려는 것이 아니다. 논의 자체의 내용이 아니라, 모든 논의를 결국 단순한 이분법의 세계로 환원시키고 마는 사회적·집단적 욕망의 구조가 문제인 것이다. 이 욕망의 원인이자 결과인 '순결한 자기'에의 집착이 존재하는 한, 어떤 논의도 이 세계로부터 빠져나올 수 없다. 한국 현대 문학의 연구는 이 집단적 욕망의 어느 쪽에 서 있었던가? 아무리 후하게 말한다

하더라도, 그 욕망을 거스르는 편에 있었다고 말할 수는 없다. 보다 냉정하게 말한다면, 그 욕망을 부추기고 스스로 그 욕망에 사로잡혀 있었다고 해야 할 것이다.

이러한 진술이 한국 현대 문학 연구사에 대한 지나친 과장이 아니라면, 앞서 말했듯 나 자신도 그러한 혐의로부터 결코 자유로울 수 없다. 이제 나는 내 자신이 딛고 섰던/선 자리를 의심하고 되돌아보지 않을 수 없다. 무엇을 의심하고 어떻게 되돌아볼 것인가?

70년대의 한 시인의 개탄과는 달리, 이광수를 한국 문학사의 첫머리에 놓는 것은 수치도 아니고 자랑도 아니다. 나는 문학사 따위는 아무래도 좋다고 생각한다. 그런 것은 없어져도 상관없다고 생각한다. 달리 말하면, 이광수와 그의 작품을 다시 읽고 이해하는 일은 문학사를 다시 쓰거나 하는 따위의 일과는 아무런 상관이 없다. 중요한 것은 '문학사적 관점'에서 '나 아닌 것'으로 삭제되고 배제된 것들이 실은 더도 덜도 아닌 '나' 자신이라는 사실과 정직하게 대면하는 일이다. 『무정』에 관해서 말하자면, 수많은 이형식들, 수많은 박영채들, 수많은 김선형들, 수많은 김장로들, 수많은 배학감들, 수많은 신우선들, 수많은 김병욱들이 바로 다름 아닌 '나', 현대의 '한국인'의 모습이라는 사실과 대면하는 것이 무엇보다 중요하다는 말이다.

다른 예를 들어 보자. 이형식과 신우선의 대화가 "요-오메데또오", "이 이나즈께", "나루호도" 등 일본어의 한글 표기로 시작되는 데서 알 수 있듯이, 그리고 이미 이인직 등의 신소설에서도 그러하고 그 밖의 많은 식민지 시대의 작품에서도 그러하듯이, 현대 한국어의 문어(文語)가 일본어의 압도적인 영향 밑에서 혼성(混成)된 것이라는 사실은 부정할 수 없는 것이며, 또 그다지 특별한 것도 놀라운 것도 아니다. 오히려 놀라운 것은, 이러한 사실이 '국어'의 순결과 정화(淨化)라는 욕망 앞에서 꾸준히 외면되고 은폐되었다는 점, 그리고 그 외면과 은폐가 매우 성공적이어서 이제는 그 사실(현대 한국어의 혼종성)이 매우 놀라운 것, 불편한 것으로 받아들여진 다는 점이다.

그러나 어떤 '국어'도 순결하지 않다. 혼성되지 않은 언어는 없다. 오염되고 불순한 '나 아닌 것'들을 기억으로부터 배제하고 삭제하면서 순결하고 단일한 '나'를 구축하려는 욕망만이 있을 뿐이다. 『무정』에 대한 연구자 자신의 엄중한 존재론적 투사가 요구되는 순간은, 어떤 이데올로기적 평가의 사리가 아니라 바로 이 대목이라고 나는 생각한다. 텍스트가 스스로 드러내는 '나' 자신의 모습을 외면하고, 『무정』의 작가가 걸어간 '훼절'의 길을 오로지 도덕적으로 단죄하는 것만으로 시종하는 자들은 저 평면적 세계의 욕망에 휘둘린 저열한 폭력배에 지나지 않는다.

식민지와의 싸움, 제국주의와의 투쟁은 이 애초부터 분열된 '나', 오염된 '나'와의 싸움이다. 그 싸움은 물론 분열과 오염을 넘어 또다시 순결하고 통일된 '나'를 구축하기 위한 것이 아니다. 그런 것은 없다는 것, 그런 욕망이야말로 제국의 욕망이며 우리는 그것의 포로였다는 것을 깨달을 때에 비로소 식민지와 제국의 세계를 넘어선 다른 세계의 상상이 가능할 것이다.

『무정』의 가치는 그런 욕망의 포로인 '나', 분열되고 오염된 '나'의 모습을, 때로는 작가의 의도와도 상관없이, 소설이 그대로 드러내고 있는 데에 있다. 저항이 없다고 해서, 영웅적 승리가 없다고 해서 작품을 폄하하는 것이야말로 앞서 말한 평면적 이분법의 세계로 들어가는 첩경이다. 『무정』에서 그려지는 것은 분열과 혼종과 모순으로 뒤범벅된 근대 초기의 '나'의 자화상이다. 이 말은 『무정』이라는 작품의 내용만을 두고 하는 말이 아니다. 오히려 『무정』의 내용보다는 『무정』이라는 작품을 둘러싸고 행해진 담론들과 그 담론들의 소통의 역사가 우리의 근대를 고스란히 반영하고 있다는 뜻에서이다. 『무정』이 이념적 평가나 도덕적 심판과는 다른 자리에서 논의되어야 하는 까닭은 거기에 있다.

『무정』의 계보*

왜 『무정』의 '판본' 인가

　"경성학교 영어교사 리형식"이 "김장로의 딸 선형"의 "가정교사로 고빙"되어 그 첫 수업을 하기 위해 "나려쏘이는 륙월볏혜 쌈을 흘니면셔 안동 김장로의 집으로" 나아가는 『무정』의 첫 장면은, 잠시 후면 밀폐된 방 안에서 젊은 여자와 처음으로 단둘이 마주앉게 될 상황에 처한 "슌결흔 청년" 이형식의 은밀한 흥분과 "수졉은 싱각"을 다음과 같이 박진감 있게 묘사한다.

> 가온데 칙상을 하나 노코 거긔 마조 안자셔 가르칠가 그러면 입김과 입김이
> 서로 마조치럇다 혹 져편 히샤시가미가 늬 니마에 스칠찍도 잇스럇다 칙상
> 아러에셔 무릅과 무릅이 가만히 마조다키도 ᄒ렷다 이러케 싱각ᄒ고 형식은
> 얼골이 붉어지며 혼ᄌ 빙긋 우셧다 아니ﾉﾉ? 그러다가 만일 마음으로라도

＊ 이 글의 원문은 『민족문학사연구』 20호(2002. 6)에 실려 있다. 이 원문을 수정하여 『바로잡은 무정』, (김철 校註, 문학동네, 2003)의 「해제(解題)」로 삼았다. 여기에 실은 것은 그 「해제」이다.

죄를 범호게되면 엇지호게 올타? 될수잇눈디로 칙상에서 멀리 써나 안잣다 만일 져편 무릅히 닉게 다커든 쌈작 놀라며 닉 무릅흘 치우리라 그러나 닉 입에서 무슨 넘시가 나면 녀자에게 딕호야 실례라 덤심후에는 아직 담비는 아니먹엇건마는 호고 손으로 입을 가리오고 입김을 후 닉어불어본다 그 입 김이 손바닥에 반스되여 코로 들어가면 넘시의 유무롤 시험홀슈잇슴이라

성적 기대감("가슴속에는 이상호게 불길이 확확 일어눈다")과 도덕적 강박 ("두 주먹을 볽근 쥐고 젼신에 힘을주어 이러호 약호 성각을 쎄어바리려호나") 사이에서 늘 어쩔 줄 몰라 하는 이형식의 유약하고 우유부단한 내면은 이 소설의 전편에 걸쳐 거듭 나타나거니와, 실로 그것은 소설의 첫 장면에서부터 이렇듯 풍부하게 예시되어 있는 것이다.

그런데, 주인공의 이러한 내면을 비추던 소설의 시점은 "미스터리 어디로 가는가" 하는 쾌활하기 이를 데 없는 신문기자 신우선의 등장과 함께 새로운 위치로 이동한다. 맥주나 한 잔 하자는 신우선의 제의를 거절한 이형식은 이유를 묻는 신우선의 질문에 "원악 졍직호고 닉약호" 탓에 "조곰이라도 거짓말을 못호야 한참 쥬져쥬져호다가" 결국 '영어 개인 교수'의 일을 털어놓는다. 우리가 주목하는 것은 다음의 장면이다.

「녀자야」
「요-오메데쏘오 이ᄉ 나즈쎄(약혼호 사룸)가 잇나보에 그려 움 나루호도(그러려니) 그러구두 닉게는 아모 말도 업단말이야 에 여보게」 호고 손을 후려 친다
형식이 하도 심란호야 구두로 쌍을 파면서
「안이야 져 자네는 모르겟네 김장로라고 잇느니…」

「올치 김장로의 쌀일세 그려 응 져 올치 작년이지 졍신녀학교를 우등으로 졸업ㅎ고 명년 미국 간다는 그 쳐녀로구면 베리 솟」

「ㅈ네 엇더케 아는가」

「그것 모르겟나 이야시쿠모 신문긔쟈가 그런데 언제 엥게지멘트롤 ㅎ얏는가」

「안이오 쥰비롤 ㅎ다고 날더러 미일 한시간식 와 달나기에 오늘 쳐음 가는 길일셰」

「압다 나를 속이면 엇졀터인가」

1917년 1월 1일 『매일신보』에 연재가 시작된 장편 『무정』의 당시 원문을 그대로 인용한 위의 글에서, 눈여겨볼 대목은 "요- 오메데쏘오", "이이 나즈쎄", "나루호도", "베리 솟", "이야시쿠모", "엥게지멘트" 등의 말이다. 이 말을 하고 있는 당사자는 '대패밥 모자를 제껴' 쓴 채 '활개를 치며' 안국동 네거리를 내려오고 있는 당대의 한량 신우선이다. 신우선의 실제 모델이 소설가 심훈의 형으로서 휘문의숙을 졸업하고 『매일신보』의 기자로 있던 천풍(天風) 심우섭(沈友燮)임은 잘 알려진 사실이거니와, 1910년대 중반 신식학교를 졸업하고 최신의 직업에 종사하고 있는 20대 식민지 청년의 약간은 경박하기도 한 행동거지를 단 몇 마디의 대화로 이토록 생생하게 드러내는 것은 작가 이광수의 천재가 아니면 불가능한 일이었다.

그런데 1956년 '광영사(光英社)'에서 출간된 단행본 『무정』에는 위의 장면이 다음과 같이 바뀌어 있다.

『여자야』

『참,　좋은　일일세　　(약혼한 사람)이 있나보에그려。움

그러구도 내게는 아무 말도 없단 말이야。 에, 여보게。」하고 손을 후리친
다。

형식은 하도 멋슥하여 구두로 땅을 파면서,

『아니야 저, 자네는 모르겠네, 김 장로라고 있느니…』

『옳지, 김장로의 딸일세그려 응, 저, 옳지, 작년이지, 정신여학교를 우등으
로 졸업하고 명년 미국 간다는 그 처녀로구면。 베리 굳』

『자네 어떻게 아는가』

『그것 모르겠나。 적어도 신문기자가。 그런데, 언제 엥게지멘트를 하였
는가』

『아니어, 영어 준비를 한다고 날더러 매일 한시간씩 와 달라기에 오늘 처음
가는 길일세。』

『압다, 나를 속이면 어쩔 테인가』[1]

"요-오메데또오"를 "참, 좋은 일일세"로 바꾸고, "이이나즈께"와 "나루
호도"를 지우고, "이야시쑤모"를 "적어도"로 번역하여 집어넣는 이런 식의
변개(變改)는 물론 이 장면에만 국한된 것은 아니다. 가령 『매일신보』 연
재 119회에서의 다음과 같은 문장을 보자.

---

1) 이 인용문의 앞 부분, 즉 "참, 좋은 일일세 (약혼한 사람)이 있나보에그려。 움 그러구도"
라는 부분에 보이는 여백에 주의하기 바란다. 이 여백들은 1953년 박문출판사 발행 『무정』의 활
판 지형을 그대로 사용하면서, 원문의 일본어 표기만을 한국어로 바꾸거나 일본어를 지우는 과
정에서 생겨난 것이다. 즉, "요오 오메데또오 이이나즈께 (약혼한 사람)"이라는 부분이 "참, 좋은
일일세 (약혼한 사람)"으로 대체되는 과정에서 생겨난 여백이다. 또 "나루호도 (그러려니)"라는
부분은 완전히 탈락됨으로써 그대로 공백으로 남았고, '이야시쑤모'가 '적어도'로 바뀌면서 여
백이 생겼다. 이 어색한 편집은 이 다음의 단행본, 즉 1962년 삼중당 간행의 『이광수 전집』 제1
권의 『무정』에서 깨끗하게 '처리' 되었다.

하녀들과 반쪼가 「이랏샤이」를 부르고 네 사롬은〔'을'의 오자-필자주〕북
편끗 하쎄조마(八疊間)로 인도혼다

이 문장을 다음과 같이 바꾸어 버린 편집자의 과도한 친절 또는 '폭거'
(?)를 어떻게 이해할 것인가.

려관하인들은 우리를 이층팔조다다미방으로 인도한다。

왜, 그리고 어떻게 이런 일들이 벌어졌는가? 그리고 그것이 의미하는
바는 무엇인가? 이 질문에 답하기는 쉽지 않다. 이 사태에는 층위가 매우
다른 여러 문제들이 복잡하게 얽혀 있다. 뿐만 아니라, 원 텍스트를 작가
이외의 사람이 의도적으로 손을 대어 바꾸는 이런 행위가 한국 현대 문학
연구에서 가장 많이 연구대상이 되어 왔던 작가의 대표적인 작품에서 빈
번하게 이루어졌다는 사실은 이상하게도 그다지 주목되지 않았다. 그리고
그것이 크게 문제되지 않았다는 그 사실 자체가 또한 한국문학 연구의 한
맹점을 드러내고 있는 것일지도 모른다.

1917년 『매일신보』에 연재된 장편소설 『무정』은, 현재까지 우리가 확인
한 바로는, 식민지 기간 동안 출판사를 바꾸면서 여덟 차례 간행되었다.
해방 이후에는 1953년에 박문출판사에서 상·하권으로 나뉘어 간행되고,
1956년에는 광영사에서, 그리고 1962년에는 삼중당에서 20권짜리 『이광
수 전집』의 제1권으로 발간되었다. 그 뒤 30여 년 동안 『무정』은 숱한 출
판사에서 숱하게 간행되었다. 그리고 이 과정에서 『무정』은 작가의 손을
떠나 출판업자와 편집자의 의도에 따라 이리저리 변개되었다.

그렇다면 대체 어느 판본을 『무정』 연구의 텍스트로 사용할 것인가? 50

년이 넘도록 한국 현대 문학 연구에서 이 질문은 정면으로 내세워지지 않았다. 산발적인 문제제기가 없었던 것은 아니다.[2] 그러나 『무정』 연구사에서 그것은 크게 기억되는 것이 아니다. 대부분의 연구는 62년 삼중당 간행의 『이광수 전집』을 텍스트로 사용하였다. 그러나 그것은 위에서 예로 든

---

2) 『무정』의 원전에 관한 최초의 문제제기는 김종욱(金鍾旭)의 「우리는 얼마나 틀린 「無情」을 읽고 있나」(『문학사상』, 1976, 10-11)에서 이루어졌다. 김종욱의 이 글은 『매일신보』의 원문과 1953년의 박문출판사본 그리고 1962년의 삼중당본 세 가지를 대상으로 1회부터 30회까지의 차이점을 대조한 것이다. 처음으로 이 문제를 제기하고 나아가 실제로 각 판본 사이의 차이점을 밝혔다는 점에서 이 글의 의의는 지대한 것이나, 극히 소략한 해설에서도 많은 오류가 눈에 띄고, 한 사람의 작업으로서는 한계가 있을 수밖에 없지만, 30회까지밖에는 대조하지 못했다는 점, 그나마도 빠진 부분이 많다는 점을 한계로 지적할 수 있다.

전명수(全明洙)의 『無情』의 板本 硏究』(고려대 교육대학원, 1984)는 이 문제에 관한 현재까지의 유일한 학위논문이다. 그러나 이 논문은 문제의식의 선구성에도 불구하고 『매일신보』 연재본과 1978년 간행의 '어문각' 본만을, 그것도 연구자가 임의로 정한 몇 가지 기준에만 맞는 차이점을 추출하는 방식으로 시종함으로써 『무정』 판본의 비교에는 별로 도움을 주지 못하는 것이 되고 말았다.

"『이광수 전집』은 모두 현대표기로 바뀌어져 텍스트 연구용으로 부적당하다"는 김윤식의 지적(『이광수와 그의 시대』, 한길사, 1986)에도 불구하고 사정은 별로 나아지지 않았다. 보다 자세한 지적은 사에구사 도시카츠(三枝壽勝)에 의해 이루어졌다: "이 전집[삼중당/우신사본-인용자]에는 약간의 문제가 없지 않다. 수록된 작품에 빠진 것(특히 일본어 작품)이 있는 것 말고도 ①본문 결정의 원칙이 드러나지 않고 정본도 불분명, ②편집자에 의한 본문의 변경, ③전집 편집에서의 복자 처리, ④원문이 국한문(國漢文)인 것을 현대어로 번역한 것 등 정본으로 하기에는 문제가 많다."(「『無情』における類型的要素について」, 『朝鮮學報』, 1985, 10. 참조)

이 문제에 관한 최대의 업적은 오노 나오미(小野常美)의 「이광수 『무정』을 읽는다」(「李光洙 『無情』を讀む」, 『朝鮮學報』, 1997, 4)일 것이다. 이 논문은 『무정』 전반부의 이형식의 5일간의 행적을 그의 오산학교 교사로서의 체험과 연결시키는 꼼꼼한 실증적 분석과 함께, 『無情 校異』라는 부록을 통해 『무정』 연구사 최초로 『무정』의 판본들 사이의 차이를 가장 폭넓고 정교하게 대조하고 있다. 한 개인의 작업으로는 초인적인 노력을 필요로 하는 이 판본들의 비교를 오노 나오미는 놀라운 집중력으로 해내고 있다. 여기에 동원된 판본들은 지금까지 간행된 『무정』의 모든 주요 판본들을 망라하고 있다. 그러나 판본의 주요 비교 대상을 연재본과 1918년의 초판본 그리고 1925년의 '6판본'으로 한 것까지는 정확한 것이라 하겠으나, 해방 후의 비교 대상을 1979년의 '우신사 보급판'으로 삼은 것은 이해할 수 없다. 물론 그가 다른 판본의 존재를 몰랐던 것은 아니다. 그러나 앞으로 밝히겠지만 해방 후의 『무정』 판본의 변화들에서 주요한 결절점을 이루는 판본은 1953년의 박문출판사본과 1956년의 '광영사' 본 그리고 1962년의 삼중당본이다. '우신사' 본으로는 1979년의 '보급판' 보다는 1990년의 개정본 그리고 1992년의 『'정본' 무정』이 중요한 변화들을 보여주는 판본이다.

권희돈의 『소설의 빈자리 채워읽기』(양문각, 1993)는 『무정』의 출판사항에 관해 국내 연구 중 가장 많은 지면을 할애하여 언급하고 있으나, 대부분이 오류다(이 점에 대해서는 뒤에 언급한다).

56년 광영사 간행의 『무정』을 그대로 계승한 것이었을 뿐만 아니라, 그 판본의 어색한 부분이나 미처 손보지 못한 부분들까지를 말끔하게 '처리'한 것이었다. 현대 독자의 가독성을 높이는 데에는 적합한 것이었을지 모르나 연구용 원전으로서는 사용할 수 없는 것이었다. 그런데도 심지어는 이 판본들을 바탕으로 이광수의 '문체'를 논하는 사태까지 벌어졌다.[3]

한국문학 연구의 가장 중요한 원천(源泉)의 신원 및 그 신원의 변화에 대한 이러한 무감각이 낳은 결과는 무엇인가? 말할 것도 없이 그것은 연구의 방법과 내용에서의 협소함과 도식성이다. 이 글의 첫머리에서 인용

---

3) 김우종(金宇鍾)의 「이광수론」(『作家論』, 동화문화사, 1973)이 그 대표적인 사례이다. 이 글은 "대부분의 개설서에 김동인의 공적으로 기록되어 있는 현대문체가 이광수에게서 시도되었다"고 주장하는 글인데 그 주장은 "충분한 설득력을 갖고 있다"고 평가되었다.(김현, 「이광수 문학의 전반적 검토」, 『작가론 총서 1. 이광수』, 문학과 지성사, 1977). 김우종이 이 글에서 "근대소설적인 문체를 처음으로 이 땅에 확립해 놓은 선구적인 역할"로 들고 있는 것은 춘원이 "〈완료형〉과 〈진행형〉을 적절히 병용하였다"는 것이다. 김우종에 따르면, "〈수십인 하인도 부리는 것이다〉라든가 〈재산가로 두세째에 꼽히는 사람이다〉라는 것은 김장로가 현재 그러한 상태의 진행 속에 놓여 있는 인물이니까 진행형으로 표현한 것이다. 그리고 〈이리 오너라 하였다〉는 형식이 한번 그렇게 하고 끝나 버린 동작이니까 〈하였다〉라는 완료형으로 표현해 놓은 것이다."
이런 주장은 물론 한국어 문법에 관한 기초적 지식조차 지니지 못한 데에서 나온 억설이다. '~것이다'나 '~이다'는 동사가 아니므로 '진행형'이 될 수도 없으려니와, 한국어의 시제에서 진행형이란 구미어에서처럼 단순히 규정될 수 있는 것이 아니다("나는 내일 간다"에서 "간다"는 진행형이 아니다). 임의의 문법 체계를 만드는 황당함보다 더 한 것은 이 글이 문학 작품의 '문체'를 논하면서 '원문'에 대한 어떠한 관심도 보이지 않고 있다는 점이다. 인용된 구절들을 원상태의 것과 대조하면 그 점은 분명해진다. 〈수십인 하인도 부리는 것이다〉나 〈재산가로 두세째에 꼽히는 사람이다〉라는 문장들은 이전 판본들에서는 모두 '것이라'와 '사람이라'로 되어 있다. 그러던 것이 56년 광영사본에서 '것이다'와 '사람이다'로 바뀐 것이다. 물론 그것은 편집자가 바꾼 것이다. 그럼으로써 어떤 의미의 변화가 일어났는가? 위의 문장에서 "재산가로 둘셋재에 꼽히는 샤롬이라"는 그 뒤의 문장, 즉 "집도 꽤 크고 줄힝랑죠차 십여간이 늘어잇다"와 연결되는 문장으로서, "사람이다"로 종결되는 것이 아니라 "사람이라서", 즉 이유를 나타내는 연결어미로 쓰인 것이다. 광영사본의 편집자는 모든 "~더라", "~이라", "~라라"의 "라"를 무조건 "다"로 바꾸고, "~이로다" 등의 "로"를 지워서 "~이다"로 바꾸는 일에 집요하게 매달렸다. 어찌나 집요했던지 하지 않아도 될 부분에서까지 "라"를 "다"로 바꾸거나 "로"를 지움으로써 이상한 결과를 초래한 경우도 있다. 가령, "형식의 말소리는 떨렸더라"(29회)를 "형식의 말소리는 떨렸더다"라는 이상한 형태로 오기한 것은 바로 그러한 집념으로 가득 찼던 광영사본에만 나타나는 하나의 사례이다. 앞에서 말했듯, 62년의 삼중당본은 이 광영사본을 저본으로 하고 있다. 그러므로 『무정』의 '문체'를 논하는 한, 이 판본들을 텍스트로 삼는다는 것은 심한 난센스다.

한 『무정』의 첫 장면으로 다시 돌아가 보자.

'정신 여학교'의 '우등 졸업생'이자 부호의 딸인 '선형'을 만나러 가는 순간의 주인공의 심리는 복잡하고 혼란스럽다. 야릇한 기대와 호기심의 한편에는 자신의 처지에 대한 열등감과 그러한 열등감을 짐짓 엄숙함과 권위로 덮어 보려는 안간힘이 있다. '나는 가르치는 자요, 저는 배우는 자'이니 '저편에서 먼저 내게 인사를 하거든 그제야 나도 인사를 하는 것이 마땅하지 아니할까' 하는 권위의식이 고개를 내미는가 하면, 좁은 방 안에서 젊은 여자와 마주앉아 있는 자신의 모습을 상상하며 혼자 얼굴을 붉히고 빙긋이 웃어보는 청년다운 순진함이 어쩔 수 없이 솔직하게 드러나는 것이다. 그러나 그것은 이내 '마음으로라도 죄를 범하면 어찌하나' 하는 엄숙한 경계심에 의해 억눌린다. 그러나 이 억눌림이 자연스럽지 못할 것임은 자명하다. 이 부자연스러움이 낳는 것은 무엇일까? 다음 문장을 보자. '만일 저편 무릎이 닿으면 깜짝 놀라 내 무릎을 치우리라'는, '깜짝 놀랄 것'까지를 미리 다짐하는 매우 이상한, 그러나 주인공의 공상벽(空想癖)을 보여 주기에는 더할 수 없이 적절한 표현이 나오는 것이다.

이렇듯 간단치 않은 내면을 지닌 주인공의 앞에 '대패밥 모자를 제껴 쓴', '단순하고' '쾌활한' 신우선이 나타난다. 햇빛이 뜨거운 1916년 유월 한낮 식민지 조선의 서울 안국동 네거리에서 만난 젊은 신문기자와 영어 교사의 행로는 '맥주' 아니면 '청요리'이다. 어쨌거나 '개인교수'의 상대가 '여자'라는 단 한마디 말에 바로 '약혼'을 운운하면서 호들갑을 떠는 신우선의 모습은 그에게 부여된 외면 묘사와 더불어 이 작품의 주요 인물인 그의 성격을 독자에게 각인시키는 데에 조금도 부족함이 없다.

그런데 당대 지식청년들의 일상을 생생하게 재현하면서 두 주요 인물의 성격을 확연하게 대조적으로 보여주는 이 첫 장면에서, 신우선이 그 대화

중에 섞어 쓰는 일본어와 영어 단어가 이 생생한 묘사에 얼마나 큰 기능을 하는 것인지는 새삼 말할 것도 없다. 더더구나 대화뿐 아니라 지문에서도 흔히 사용되는 일본어의 한글 표기-그것은 식민지 시대의 모든 작가들이 한 것이었다-가 한글 소설 문체의 확립에 어떠한 기능을 하였는가는 실로 한국 현대문학 연구의 큰 주제가 될 만한 사안이다.

그러나 앞에서 보았듯이, 『무정』에 가해진 터무니없는 덧칠과 손질은 작품을 꼼꼼히 읽고 섬세하게 의미를 찾아낼 수 있는 가능성을 크게 봉쇄하고 말았다. 일본어 표기만이 문제였던 것은 아니다.[4] 대부분의 『무정』 연구가 '원전'에 대한 감각을 상실하고 해방 이후의 판본, 특히 삼중당본을 텍스트로 삼음으로써 많은 연구 방법의 가능성이 위축되고 말았다. 하나만 예를 들어 보자. 『매일신보』 29회의 다음 구절.

> 우션은 경성학교쥬 김남쟉의 아들 김현슈와 비명식 량인이 월향을 쳥량리로 다리고 갓단 말을 월향의 집에셔 듯고 월향은 오늘 져녁에는 김현수의 손에 드러가는 줄을 짐작ᄒ얏다 그러셔 우션은 쌜리 경찰셔에 가셔 형소에게 말을 ᄒ야 후원을 쳥ᄒ고 김현수의 계교를 셰트리려ᄒ얏다

배학감과 김현수에게 겁탈을 당할 위기에 처한 영채를 구하러 신우선과

---

4) 『무정』에서의 일본어 표기를 한국어로 모두 바꾼 것은 56년의 광영사본이며, 62년의 삼중당본과 79년의 우신사본이 그대로 이것을 따랐다. 이렇게 된 데에는 특별한 사정이 있다. 광영사는 이광수의 부인인 허영숙이 설립한 출판사인데(이광수와 허영숙의 이름 한 자쎅을 따서 출판사 이름으로 삼았다-이 사실은 김윤식 교수의 시사를 따랐다), 여기에서 많은 변개가 이루어졌다. 일본어 표기에 유난히 민감하게 반응한 것은 당시의 사정을 생각하면 이해할 만한 일이다. 그러나 일본어는 지우고 '베리 굿', '엥게지멘트' 같은 영어 단어는 그대로 남겨 놓은 데에는 또 어떤 의식이 작용하는 것일까? 흥미로운 대목이 아닐 수 없다. 광영사본의 기여는 뜻밖에도 이런 데에 있을지도 모른다.

이형식이 바삐 움직이는 이 장면에서 밑줄 친 부분을 유의해 보라. 신우선이 '경찰서에 가서 형사에게 말을 하여 후원을 청' 하는 것이다. 그런데 1918년 신문관에서 처음으로 간행된 『무정』의 초판본에는 이 부분이 "종로경찰서에 가서 리형수에게 말을 ᄒᆞᅇ" 로 바뀌어 있는 것이다. 이것은 작가가 바꾼 것이다. 그 이후의 모든 판본이 이 부분을 '종로 경찰서의 이형사' 로 표기하고 있음은 물론이다. 그러므로 『매일신보』의 원문과 비교하지 않는 한, 이 변화 자체는 물론이려니와 이 변화의 의미 또한 당연히 감지되지 않는다. 그러나 이 변화는 자못 중대한 의미를 담고 있다.

작가는 왜 '경찰서', '형사' 라는 단어를 '종로경찰서', '리형사' 로 바꾸었는가? 간단히 말하면, 배학감과 김현수가 영채를 데리고 '청량사' 로 나가 술을 마시는 것은 '경찰서의 형사' 가 출동할 일이 아닌 것이다. 신문기자 신우선이 사적으로 아는 '종로 경찰서의 이형사' 에게 사적으로 부탁해야 가능한 일인 것이다. 작가는 그 점을 알고 있었다.[5]

이 부분에 유의할 때, 『무정』에는 '경찰' 이 아주 중요한 기능을 하고 있음을 알 수 있다. 영채의 행방을 찾으러 평양으로 떠나는 이형식은 '평양경찰서' 에 '부인 하나를 보호하여 달라' 는 '전보' 를 보낸 뒤 기차를 탄다. 평양에 도착한 형식은 곧바로 경찰서에 들러 영채의 소식을 묻고, '순사' 는 '역에 나가 보았으나 그런 부인은 보지 못하였다' 고 답한다. 『무정』의 저 유명한 마지막 장면, 즉 삼랑진 수해 현장에서의 음악회 장면에서도 '경찰' 은 중요한 기능을 한다. 형식 일행이 자선 음악회의 '허가' 와 '원조' 를 청하는 곳은 '경찰서' 이며, 시내를 돌며 자선 음악회의 개최를 알리는 것은 서장이 파견한 '순사' 들이다. 삼랑진 역 대합실에서 열린 자선 음

---

5) 이 부분의 지적은 오노 나오미, 앞의 글, 참조.

악회에서 '눈물을 주르르' 흘리는 연설과 함께 병욱 일행을 청중에게 소개하는 인물도 '경찰서장'이다.

우리는 『무정』을 통해 식민지 조선에 실현되는 제국주의 경찰 제도의 한 면모를 읽어낼 수도 있을 것이다. 어디 그뿐이랴. 철도, 기생(妓生), 학교, 병원, 술, 놀이, 음식 등 일상과 풍속 및 근대의 온갖 제도와 관련된 여러 소재들이 『무정』한 작품 속에 숨은 보석처럼 스며들어 있음을 발견할 수 있다. 그리고 그 발견은 단어 하나, 문장 하나에 대한 현미경적 세심함으로부터 비롯되는 것이다. 그러나 출판업자와 편집자에 의한 작품의 변개가 아무렇지도 않게 이루어지는 상황, 나아가 그 사실이 망각되고 더욱이 그렇게 변개된 작품을 '원전'으로 삼아 연구가 진행되는 상황에서 현미경적 세심함을 기대하기란 어림도 없는 일이다. 결국 소설 읽기와 해석이 걸핏하면 거칠고 성마른 '주제'와 '이념' 분석으로 편중될 수밖에 없음은 우리의 지난 연구사가 입증하는 바이다.

『무정』의 계보: 아홉 개의 판본들

그렇다면 『무정』의 정본(定本)은 어떤 것인가? 어떤 기준으로 그것을 확정할 것인가? 우리는 다시 이 질문 앞에 서 있다. 이 질문에 답하기 위해서는 지금까지 나온 『무정』의 판본들을 모두 모아서 일일이 대조하고 확인한 뒤, 최초 텍스트로부터 최근 텍스트까지의 변화 양상을 확인할 수 있는 종합적인 판본이 만들어져야 한다. 이 책은 그러한 작업의 결과물이다.

우리는 모두 아홉 개의 판본을 대조하고 그 차이들을 확인하였다. 어떤 것을 정본으로 할 것인지 아직은 단정할 수 없을 것이다. 다만 우리는 기왕의 『무정』의 판본들을 최대한 수집하고, 그 판본들의 서지 사항과 특징들을 정리하고, 각 판본들 사이의 차이를 최대한 정확하게 드러내 보이는 작업을 했을 뿐이다. 달리 말하면, 우리는 일단 『무정』의 계보를 구성한 것이다. 『무정』의 '정본'은 그것들 가운데 어느 것에, 혹은 그것들 '사이'에 있을지 모른다.

모두 몇 종의 『무정』 판본이 존재하는가는 정확히 말하기 어렵다. 식민지 시기의 간행 목록 가운데 아직 확인되지 않은 사실들이 있고, 해방 이후의 것들에도 그런 부분이 있기 때문에 그러하다. 그러나 판본들 사이의 변화 양상을 보여주는 주요 판본들은 충분히 확정할 수 있고 그 계보의 구성도 가능하다.[6]

---

6) 『무정』의 일본어 번역본도 『무정』 연구의 중요한 참조가 될 것이다. 『무정』은 서울에서 발행되던 『朝鮮思想通信』이라는 일간(日刊) 잡지에 昭和 3년, 즉 1928년 8월 2일부터 이듬해인 1929년 5월 9일까지 이수창(李壽昌)이라는 사람의 일본어 번역으로 연재되었다. 『朝鮮思想通信』은 大正 15년, 즉 1926년 5월 15일에 창간된 일간 잡지로 주로 조선 문제에 관심이 있는 일본인을 상대로, 조선에서 간행되는 일간지를 일어로 초역해서 게재했다. 발행처는 『朝鮮思想通信社』, 발행 겸 편집인 伊藤卯三朗, 인쇄인 馬木達雄으로 1930년 『朝鮮通信』으로 개제(改題)하고, 1941년 5월까지 발행되었다(『무정』의 일본어 번역본에 관한 내용은 大村益夫, 布袋敏博 編, 『朝鮮文學關係 日本語文獻目錄 1882. 4-1945. 8』, 綠陰書房, 1997).

이 번역본에서도 매우 흥미로운 사실을 발견할 수 있다. 예컨대, 이 번역본의 첫 문장은 "경성학교 영어교사 이형식"을 "京城H學敎 英語敎師 李亨植"으로 표기하고 있다. '경성학교'가 어째서 '경성H학교'로 되었을까? 이 번역이 이루어지던 당시의 어떤 한글 판본도 '경성학교'를 '경성H학교'로 표기하고 있지 않다. 그런데 일본어 번역자는 무슨 근거로 영문 이니셜 H를 삽입한 것일까? 만일에 이광수가 애초에 '경성학교'를 '경성H학교'로 표기했다가 어떤 사정에 의해 아예 『매일신보』의 연재본에서부터 H라는 글자를 삭제했던 것이라면, 그러다가 일본어 번역본에서는 그것을 되살려 놓은 것이라면, 이것은 매우 복잡한 해석상의 문제들을 야기하는 것이다.

이 일본어 번역본에만 있는 '경성H학교'를 필자는 '휘문학교'로 추정한다. 그렇게 추정할 수 있는 근거는 풍부하다. 『무정』의 첫 장면은 서울 안국동 네거리에서 전개된다. "오후 두 시 사년급 영어 수업을 마친" "영어교사 이형식"이 서 있는 "안동" 네거리 근처에 있던 당시의 학교는 '휘문의숙'이며, 그 자리에서 이형식이 만나는 신문기자 '신우선'은 '휘문의숙'의 일 회 졸업생 '심우섭'이 그 모델이다. 『무정』의 배학감과 김교주의 아들 김현수의 난봉질은 휘문의숙의 설립자였던 민영휘(閔泳徽)의 아들들을 둘러싼 세간의 소문을 연상시킨다(민영휘 아들들의 난봉질에 관한 소문들은 황현(黃玹)의 『梅泉野錄』에까지 기록될 정도였다. H학교를 휘문학교로 추정할 수 있는 그 밖의 근거들에 관해서는 이 글에서는 이 정도로 줄인다).

아무튼, 이광수가 심우섭으로부터 휘문학교의 교주와 그 아들들을 둘러싼 소문들에 관해 듣고 (혹은 이미 널리 알려진 소문들을 바탕으로), 휘문학교를 모델로 하여 '경성H학교'를 설정한 것

'정본'을 확정하기 위해서는 최초의 텍스트로부터 최근의 텍스트까지를 모두 검토하고 그 각각의 텍스트들에 대한 정확한 정보와 특징들을 밝혀야 한다. 이 정보나 특징들이 '정본'의 확정을 위해 의미 있는 것들이어야 함은 말할 것도 없다. 『무정』의 경우 이에 해당하는 것들로 우리가 비교 대상으로 삼은 것들은 앞서 말했듯이, 다음의 아홉 판본이다.

i) 『매일신보』 연재본(1917년 1월 1일-6월 14일 『매일신보』 126회 연재)

ii) 초판본(1918년 7월 신문관·동양서원 발행)

iii) 6판본(1925년 12월 회동서관·홍문당서점 발행)

iv) 박문본(1953년 1월 박문출판사 발행)

v) 광영사본(1956년 광영사 발행)

vi) 삼중당본(1962년 4월 삼중당 발행)

vi) 우신 개정본(1990년 우신사 발행)

이라면, 여기에는 몇 가지 문제가 있다. 첫째, '경성H학교'가 '휘문학교'를 가리키는 것임을 누구나 알 수 있는 당시의 상황에서 H라는 글자가 삭제되어 '경성학교'로 표기되었다면, 그것이 누구의 의도였든, 즉 말썽을 피하기 위한 작자 자신의 의도였든, 혹은 다른 누구의 의도였든 간에, 그것은 한국 현대소설의 창작과 유통의 과정에 개입된 당대 사회적 세력들의 맨얼굴을 보여주는 첫 번째의 사례로서 분석될 만한 것이다. 한편 일본인 독자에게는 '경성H학교'라는 이름이 '휘문학교'를 연상시킬 개연성이 적기 때문에 '경성H학교'라는 원문이 그대로 복원된 것이라면, 그것 또한 흥미로운 번역상의 쟁점을 불러일으키는 것이다. 이 경우 과연 무엇이 원본*original*인가?

둘째, '경성H학교'가 '휘문학교'를 가리키는 것이라면, 지금까지의 『무정』에 관한 많은 해석들은 수정되어야 한다. 대개의 연구들은 작가 이광수의 '오산학교 교사' 체험이 『무정』의 '영어교사 이형식'으로 나타난 것으로 읽었다. 오노 나오미의 앞의 글은, 『무정』 전반부 5일간의 이형식의 행적을 이광수의 오산학교 교사 체험의 직접적인 반영으로 읽는 대표적인 글이다. 물론 이광수의 오산학교 교사 체험이 『무정』 및 그 밖의 작품들에 큰 영향을 끼쳤음은 부정할 수 없는 사실이다. 그러나 『무정』의 '경성학교'가 '오산학교'가 아니라 '휘문학교'를 모델로 한 것이라면, 『무정』의 이형식은 작가 자신의 직접 체험보다는, 당대의 실제 사건이나 소문들을 근거로 한 취재와 허구적 구성에 크게 의존한 것이 된다. 그렇게 될 경우 작품의 해석에도 많은 다른 시각이 생겨날 것이다.

vi) 우신 정본(1992년 우신사 발행)

ix) 동이본(1995년 1월 (주)두산 동아 발행)

이 아홉 판본들 가운데 우리는 최초의 『매일신보』 연재본(이하-연재본)을 이 책의 본문으로 삼고, 나머지 여덟 판본에서의 변화 양상을 연재본과 일일이 대조하여 표시하였다. 이제 이 판본들의 내용과 특징들을 하나씩 설명하기로 한다.

연재본

『무정』은 1917년 1월 1일부터 그해 6월 14일까지 『매일신보』에 연재되었다. 이 신문 연재본이 『무정』의 최초 텍스트임은 의문의 여지가 없다.[7] 그런데, 연재본을 검토하면서 제기되는 문제는 '또 다른 『무정』'의 존재이다. 이 의문은 김영민에 의해 처음으로 제기되었다.[8] 김영민에 따르면, 현재 우리가 보고 있는 『매일신보』 연재본 외에 또 다른 『무정』, 즉 '국한혼용체'의 『무정』이 있다는 것이다. 그가 근거로 들고 있는 것은 『무정』이 연재되기 직전인 1916년 12월 26일부터 네 차례에 걸쳐 『매일신보』에 실린 『무정』의 광고문이다. 여기에서 『무정』은 한글과 한문을 혼용하는 서한문체로 쓰여졌다고 소개되어 있는 것이다. 그 광고문을 그대로 옮기면 다음과 같다.

---

7) 『매일신보』 연재의 『무정』 원문은 현재 국내에서는 「한국 연구원」만이 소장하고 있다. 이 원문을 열람하고 대조하는 데에 적극적인 지원을 해 주신 「한국 연구원」의 천부택 실장께 감사를 드린다.

8) 김영민, 「한국소설의 문체와 근대성의 발현」, (『매지논총』 16집, 연세대학교 매지학술 연구소, 1999).

新年의 新小說

無情　春園 李光洙氏作

新年브터一面에連載

從來의小說과如히純諺文을用치안이ㅎ고諺漢文交用書翰文體를用ㅎ
야讀者를敎育잇는靑年界에구ㅎ는小說이라實로朝鮮文壇의新試驗이
요豐富ᄒ內容은新年을第俟ᄒ라

『무정』앞 부분 약 70회분의 원고가 이미 작성되어서 편집자에게 보내
진 상태였음을 감안한다면 이 광고문이 말하고 있는 것은 대체 무엇일까?
김영민의 추정대로 『무정』의 원고 검토자와 광고문 작성자가 서로 다른
데에서 온 혼선일지도 모르나, 그렇다 하더라도 네 번씩이나 나간 광고문
의 내용이 확인되지 않았다는 것도 이상한 일이다. 더구나 이 광고문의 내
용이 틀린 것이 아니었음은 『무정』이 발표된 이후 「소설 문체 변경에 대하
여」라는 해명성 기사가 나간 사실로도 알 수 있다. 김영민은 이러한 사실
들을 들어 "『무정』은 두 가지 판본이 존재한다고 보아야 할 것이다. 이광
수가 처음에 썼던 국한문 혼용본 『무정』과 나중에 쓴 순한글본 『무정』이
모두 존재하는 것"이라고 말한다.[9] 이 주장을 부정할 수 있는 근거는 없
다. 만일에 현존하는 한글본 『무정』 외에 국한문혼용의 또 다른 『무정』이
존재한다면 『무정』 연구는 근본에서부터 새로운 관점을 취하지 않을 수
없을 것이다.

---

9) 김영민, 위의 글, 76쪽.

초판본 (新文館·東洋書院 1918. 7. 20.)

『무정』의 단행본 초판에 관한 사실들을 분명히 해 두는 것은『무정』의
정본 확정을 위해 가장 긴요한 일이다.『무정』의 초판 단행본은 육당 최남
선이 경영하던 출판사「신문관」에서 1918년 7월 20일에 발행되었다. 세
로쓰기 1단 조판에 본문은 총 623면, "누가 마음 잇는이며 누가 늣김 잇는
이며 누가 입 잇는이뇨"로 시작되는 서문을 '한샘'이라는 필명으로 육당
최남선이 썼다. 정가는 1원 20전,「동양서원(東洋書院)」이 함께 발행소로
되어 있다.[10]

이 초판본은 춘원이 직접 교열한 것이다. 앞으로 보겠지만, 이후의 판본
은 작가가 고친 것인지 아니면 편집자가 교정하는 과정에서 고친 것인지
를 확정할 수 없다. 그러나 이 초판본만큼은 작가가 직접 교정을 보고 문
장을 추가로 삽입하고 한 것이 분명하다. 지면 관계상 하나만 예를 든다.
『매일신보』연재 17회의 원문에서 작가는, 기생이 된 영채의 모습을 상상
하는 형식의 심란한 상태를 "영치가 엇던 남즈와 희학ᄒᆞ는 모양이 눈에 보
인다"라는 짧은 문장으로 표현했다. 이것이 초판본에서는 "남즈에게 안겨
자는 모양이 눈에 보인다. 형식이 영치의 자는 방에 들어가니 영치는 엇던
사나히를 꼭 쎠안고 고개를 번젹들고 형식을 보며 히히히ᄒᆞ고 웃는 모양이
보인다"라는 묘사로 바뀌었다. 이런 개작은 물론 작가가 아니면 할 수 없
는 것이다. 단순한 오자나 탈자의 교정이 아니라, 작가가 아니면 할 수 없

---

10) 이 초판본의 판권면은 新文館과 東洋書院을 '發行所'로 병기하였다. 동양서원은 서점인데 당
시의 관행으로는 서점과 출판사를 겸한 곳이 많았다.『靑春』지의 광고란에는 서점 광고가 자주
실렸다. 그 가운데 '東洋書院' '廣益書舘' '滙東書舘' 등의 이름도 보인다. 이 초판본 원본의 소
재는 현재로서는 불명확하다. 연세대 도서관에 영인본이 있다.『동서문학』이 운영하던「한국현
대문학관」소장의 원본은 "초판본으로 추정"한다고 그 문학관의 소개 책자에 적혀 있으나, 우
리가 확인한 바로는 그것은 초판본이 아니라 '6판본'이다. 표지와 판권면이 떨어져 나갔기 때
문에 아마 초판본으로 '추정'한 듯하다.

는 문장의 추가, 의미가 분명히 다른 단어로의 대체 등이 이 초판본에는 여러 군데 있다. 따라서 이 초판본에는 작가가 직접 개입하였음을 단정할 수 있다.

『무정』의 초판본에 관한 기왕의 논고들에서의 몇 가지 혼란을 여기서 바로잡고자 한다. 먼저 '1918년 광익서관본'의 존재 여부이다. 여러 논자들이 광익서관에서 발행한 『무정』 초판본을 거론하였다. 김종욱은 "단행본으로는 1918년 7월 광익서관에서 낸 것이 인쇄본으로는 가장 오래된 것"이라고 하여 '광익서관본'이 존재한다고 주장하였다.[11] 권희돈 역시 다음과 같이 서술하였다.

> 「무정」의 최초의 단행본은 1918년 6월 「신문관」에서 나왔다. 〈중략〉 「신문관」 판에 이어서, 다음달 7월에는 「광익서관」, 「회동서관」, 「홍문서점」 등에서 다투어 간행하였다.[12]

「신문관」본 『무정』의 발행일을 1918년 6월로 단정한 것은 『청춘』지의 광고만을 보고 직접 실물을 확인하지 않은 데서 말미암은 오류이다. 「신문관」 발행의 초판본은 1918년 7월에 나왔다. 그런데 위의 논자들에 따르면

---

11) 김종욱, 앞의 글, 366쪽. 한편 김윤식은 『무정』의 계보를 다음과 같이 기록하고 있다. "『무정』의 단행본은 1917년 6월에 5호 활자(6백30면)로 나온 것이 처음이고 1918년 7월에 나온 홍문서점 및 회동서관을 비롯, 박문서관(1935, 이곳에서만 1939년에 2판을 냄), 광영사(1957), 삼중당 (전집 1962), 우신사 (전집 1979) 등의 순으로 된다." (김윤식, 앞의 책, 613쪽) 여기에는 많은 오류가 있다. '1917년 6월'은 '1918년 7월'이며, '6백30면'이 아니라 '6백23면'이다. 한편 '홍문서점 및 회동서관'의 『무정』 간행은 최대한 빨리 잡아야 1920년 1월이다. 박문서관의 출간은 1935년이 아니라 1934년이다. 1939년에 2판을 낸 것이 아니라 1938년에 '8판'을 찍어냈다. 광영사본은 1957년이 아니라 1956년이다. 한편 1992년에 우신사(又新社)가 펴낸 『정본 무정』은 '1918년 7월 20일 광익서관에서 낸 『무정』 초판본'을 참조하였다고 말하고 있다.

12) 권희돈, 앞의 책, 61쪽.

같은 달에 「광익서관」, 「회동서관」, 「홍문서점」 등에서도 '다투어' 나왔다는 것이다. 「회동서관」과 「홍문당서점」이 발행자로 병기되어 나온 『무정』의 판본은 다음에 우리가 언급할 '6판본' 인데, 이것은 아무리 빨리 잡아도 1920년에나 나오는 것이다.

1918년 7월 간행의 초판본 『무정』은 「신문관·동양서원」본 이외에는 달리 없다고 보인다. 당시의 출판 관행상 같은 책을 여러 출판사에서 동시에 간행하는 것이 크게 어색한 것은 아니었다 하더라도, 그것은 대체로 판권이나 저작권의 개념이 있을 수 없는 고소설의 경우였던 것으로 보인다.[13] 1918년 '광익서관본'은 존재하지 않는 것이 아닐까 하고 추정할 수 있는 또 다른 근거는, 이광수 자신의 회고이다. 1934년에 쓴 「나의 문단생활 30년」이라는 글에서 춘원은 다음과 같이 말한다.

또 내가 문인으로서 고료도 상당이 받았다 하겠습니다. 그 중 『무정』이 가장 많이 팔리었으나 그 판권을 어떤 친구가 나의 승낙도 없이 팔아 먹었기 때문에 『무정』과는 그야말로 무정하게 되었고[14]

이 진술에서 추정할 수 있는 것은 『무정』의 발행에 판권의 개념이 처음

---

13) 이주영(李周映)의 『구활자본 고전소설 연구』(도서출판 월인, 1998)는 이 문제에 관한 유용한 정보를 제공한다. 이 책에 따르면 '한 출판사가 단독으로 발행한 작품을 재판 이후 여러 출판사가 공동으로 발행하는 경우'는 "저작권을 인정받기 어려운 작품들의 경우"이다(95쪽). 즉, 인기 있는 고소설의 경우이다. 『무정』의 경우는 작가 자신의 회고에서 보듯, 저작권이 분명하였다. 더구나 영세한 서점상이 출판을 겸업하기 때문에 출판에만 전념하지 못하는 문제점을 해소하기 위하여 신문관에서는 우편 판매 제도를 적극 홍보하고 있었다고 한다(97쪽). 신문관은 출판, 인쇄, 판매를 모두 갖춘 대형 출판사였다. 그런 신문관에서 자신이 첫 간행한 책을 다른 출판사에서도 함께 간행하도록 허용했을 것으로는 믿기 어렵다.

14) 이광수, 「나의 문단생활 30년」, 『신인문학』, 1934. 7.(『이광수전집』, 16권, 삼중당, 1963, 406쪽에서 재인용)

부터 존재하고 있었다는 것이다. 다시 말해서, 초판본부터 '어떤 친구가 승낙도 없이 판권을 팔아 먹는' 경우는 있을 수 없으므로 최소한 초판본은 판권의 소유가 엄격했을 것이라는 점이다. 그렇다면 1918년 7월「신문관」 발행의 초판본이 엄연히 존재하는데, 다른 출판사의 또 다른 초판본이 그것도 같은 날짜에 존재한다는 것은 있을 수 없는 일이 아니겠는가.

6판본 (滙東書舘·興文堂書店 1925. 12. 25.)

이 판본을 '6판본'으로 부르는 것은 이 책의 판권면(版權面)의 기록에 따른 것이다. '발행소'는「滙東書舘」과「興文堂書店」으로 병기되어 있다. 발행 주체가 바뀌었음에도 이 책의 판권면은 초판 이래의 발행 사항을 그대로 적고 있다. 이에 따르면『무정』의 발행 횟수와 날짜는 다음과 같다.

大正 7년(1918) 7월 20일 初版 발행

大正 9년(1920) 1월 11일 再版 발행

大正 11년(1922) 2월 20일 3版 발행

大正 11년(1922) 5월 5일 4版 발행

大正 13년(1924) 1월 24일 5版 발행

大正 14년(1925) 12월 20일 6版 인쇄

　　　　　　　　12월 25일　　발행

(괄호 안의 서기 연도는 필자가 삽입-이하 같음)

정가는 1원 80전으로 초판본보다 60전이 올랐고 세로쓰기 1단 조판에 면수는 559면으로 20면 이상이 줄었다. 초판본과의 차이도 여러 군데서 나타난다. 그렇다면 1918년의 초판본으로부터 1925년의 이 '6판본'까지의 경과는 어떠한 것인가? 신뢰할 만한 증언에 따르면 이 6판본은 1922년 5월에 간행된 4판본과 완전히 똑같다는 것이다.[15] 그렇다면 적어도 4판본, 즉 1922년 5월 발행의 단행본도 「회동서관」에서 발행하였고, 또 초판본과의 일정한 차이가 이 판본에도 있음이 분명하다. 그러나 발행 주체의 변경과 초판본과의 차이가 어디에서 시작하였는지, 즉 1920년 발행의 '再版'부터인지 아니면 1922년 2월의 '3版'부터인지는 지금으로서는 확인할 수 없다.

무리한 추정을 하자면, 3판과 4판 사이의 시간적 간격이 두 달 남짓인데 비해, '再版'과 '3版' 사이의 그것은 2년이 넘는다는 점으로 보아 아마도 '3版'이 발행되는 시점에서 어떤 변화, 즉 판권 소유의 변화 같은 것이 일어난 것이 아닐까? 또 앞서 인용한 춘원의 회고, 즉 어떤 친구가『무정』의 판권을 팔아먹었다는 1934년의 회고를 바탕으로 추정하자면, 아마도 '再版'까지는 「신문관」이 발행하고 '3版'부터 판권의 소유자가 바뀐 것이 아니었을까? 그런데 4판본과 6판본은 동일한 것이므로, 결국 3판본부터 6판본까지를 같은 것으로 볼 수 있지 않을까? 그리고 이 판본은 작가의 개입이 없는 상태에서 만들어진 판본이 아닐까? 그러나 이 모든 추정들은 '再版'과 3판본의 실물을 확인하지 않는 이상 단정할 수 없는 것이다.

아무튼 어디에서 시작되었는지는 불명확하지만, 6판본(=4판본)이 초판본과 차이를 보이는 것은 확실하다. 어디가 어떻게 달라졌는지를 몇 가지만 예로 들어 설명하기로 한다. 37회에서의 다음 장면을 보자.

---

15) 우리는 '4판본'을 직접 확인하지 못하였다. 그러나 이 판본을 소장하고 있는 사에구사 도시카츠 교수는 '4판본'이 '6판본'과 같음을 증언해 주었다. 6판본의 원본은 동경외국어대 도서관 소장.

형식은 잠간 앗가 즈긔가 김장로 집에서 션형과 <u>우션</u>을 더ᄒᆞ얏던 성각을 ᄒᆞ고 곳 우션이가 즈긔의 지금 가ᄂᆞ 일에 도음이 될것을 싱각ᄒᆞ얏다

여기서 밑줄 친 '우션을' 이라는 말은 '순애를' 이라는 말의 잘못이다. 초판본에서도 여전히 '우션' 로 되어 있던 것이 이 6판본에서 비로소 '순애를' 로 바뀌었다. '우션' 의 이름만을 '순애' 로 고쳐 넣은 것이다. 그 뒤의 판본에서는 모두 '순애를' 로 바로잡았다. 이런 정도의 교정은 굳이 작가가 아니라도 편집자도 할 수 있는 일일 것이다. "슯히 울엇는가"의 "슯히"를 "심히"로(16회), "한권 읽지 안이ᄒᆞ얏스냐"에서의 "읽지"를 "사지"로(18회), "디리력ᄉ과의 션과롤"의 "션과"를 "전과"(20회)로, "평양으로 가랴고 쟉뎡ᄒᆞ고"의 "쟉뎡ᄒᆞ고"를 "생각하고"(8회)로 바꾼 것은 모두 이 6판본에서 처음 이루어진 것이다. 이런 교정이 편집자의 임의에 의한 것인지 작가의 개입에 의한 것인지는 아직 단정하기 어렵다. 그러나 이 6판본은 초판본과 분명한 차이를 보인다는 점에서, 또 식민지 시대에 간행된 초판본 이외의 새로운 판본이라는 점에서 매우 중요한 가치를 지닌다.

이 6판본에 이어서 흥미로운 것은 박문서관(博文書舘) 발행의 '8판본'의 존재다. 위의 6판본 판권면의 기록에서 보듯, 당시의 출판 관행은 쇄(刷)의 개념을 갖고 있지 않았다. 같은 책을 새로 찍어도 새로운 '판(版)'으로 계산한 것 같다. 따라서 4판에서 6판까지의 내용상 아무 변화가 없어도 그것을 '쇄(刷)' 로 부르지 않고 그대로 '판' 으로 불렀던 것이다.

박문서관의 '8판본' 에 그 점이 잘 나타나 있다. 이 책은 6판본과 완전히 똑같다. 다만 판권면만이 다르다. 발행소가 「박문서관」으로 바뀌었고 발행자의 이름이나 인쇄자 이름 등이 바뀌었다. 그러나 발행 사항은 6판본

의 내용을 그대로 하고 그 뒤를 이어서 다음과 같은 내용을 덧붙였다.

昭和　9년(1934)　8월 30일 7版 발행
昭和 13년(1938) 11월 20일 8版 인쇄
11월 25일　　발행

　6판(1925)에서 7판(1934)까지에는 상당한 시간적 거리가 있다. 7판의
발행자가 「박문서관」일지는 단정할 수 없지만 「회동서관」일 가능성은 더욱
적을 것으로 생각된다. 아무튼 「박문서관」은 최소한 1922년 이래의 「회동
서관」의 4판본(=6판본)의 지형을 그대로 이어받아서 '8판'을 발행한 것이
다. 즉, 4판본=6판본=8판본인 것이다. 8판본의 내용은 6판본과 같으므
로 비교 판본으로서의 의미는 지니지 못한다. 그러나 이 8판본은 판권면의
기록을 통해, 식민지 기간에 걸쳐 간행된 『무정』의 전체 발행 일지를 일목
요연하게 보여주고 있다는 점에서 자료로서의 가치를 지니고 있다.
　그런데 「박문서관」은 해방 후에 「박문출판사」로 이름을 바꾸고 해방 이
후 최초로 『무정』을 발행하였다. 그리고 바로 이 박문출판사 발행의 『무
정』에서부터 매우 중요한 변화들이 일어나기 시작했다. 이제 그것을 살펴
보자.

박문본 (博文出版社, 1953. 1. 30.)
　박문출판사는 신활자체로 새로 조판한 『무정』을 상, 하편 둘로 나누어
발행하였는데 상편의 발행일은 1953년 1월 30일, 하편은 2월 10일이다
(이후의 모든 『무정』은 신활자체이다). 1회부터 66회까지를 세로쓰기 2단 조
판으로 수록한 상편(上篇)은 209면, 67회부터 마지막회까지의 하편은

233면, 정가는 권당 15,000원(圓)이다. 내용을 검토하기 전에, 판권면의 기재 사항을 통해 몇 가지 사실을 먼저 확인하자. 이 책의 판권면에는 발행 사항이 다음과 같이 간략하게 기록되어 있다.

단기 4251년(1918) 7월 20일 초판 인쇄
단기 4286년(1953) 1월 30일 9판 발행

이것이 뜻하는 바는 「박문서관」을 이은 「박문출판사」가 앞서 1938년의 '8판'에 이어 1953년에 '9판'을 내었다는 것이다. 9판을 내면서 1918년 「신문관」 초판의 발행일을 적고 '8판'까지의 발행 사항은 생략한 뒤, '9판'의 발행 날짜를 적은 것이다. 발행자가 바뀌었어도 이전의 발행 사항을 그대로 잇는 관행은 이미 앞서의 「회동서관」이나 「박문서관」에서도 나타났던 것이다. 결국 이로써 『무정』은 식민지 기간 동안 여덟 번 간행되었으며 해방 이후에는 박문출판사에서 1953년에 처음으로 간행하였음을 알 수 있다.[16]

이 판본을 '박문본'으로 부르기로 한다. 이 박문본은 물론 해방 전의 박문서관본을 그대로 이은 것이다. 그러나 이 '박문본'의 중요성은 기존의 『무정』을 처음으로 현대 표기법으로 바꾸어 출판한 것이라는 점에 있다. 이 과정에서 어쩔 수 없는 오류들이 발생했긴 하지만, '박문본'은 기존의

---

16) 전명수의 논문이 "1948년도 박문출판사에서 발행한 「무정」 상, 하권"이라고 적고 있는 것은 오류일 가능성이 높다(전명수, 앞의 글, 8쪽). 1953년 박문출판사본의 판권면을 보면 박문출판사는 1950년 11월 1일에 출판사 등록을 한 것으로 되어 있다. 한편 오노 나오미는 이 책의 발행일을 1953년 2월로 적으면서, 상권의 65장, 66장이 떨어져 나갔다고 하고 있다. 이것은 국립중앙도서관 소장의 책을 보았기 때문이다. 따라서 상권의 발행 날짜를 적을 수 없었던 것이다. 낙장이 없는 원본은 서울대 도서관 백사문고 소장.

판본을 최대한 따르고 편집자의 자의적인 개입을 최소화하려 애쓴 성실한 판본이다.

"경험이라"를 "경험이다"(24회)로 바꾼 몇 개의 예외가 있긴 하지만, 박문본에서는 원문의 일본어 표기나 "~이라", "~이로다" "~더라" 등의 어미를 그대로 살려 두었다. 그러나 다음과 같은 사례들은 편집자의 과도한 개입 또는 무심한 실수가 빚은 오류들이다.

> 교육학의 원리와 죠선의 시셰에 맞는것이라ᄒ얏다 → 한국의(20회)
>
> 그ᄯᅢ에 형식은 셜기도ᄒ고 분ᄒ기도ᄒ나 → 싫기도(67회)
>
> 영치는 어렷슬ᄯᅢ부터 무셔워ᄒ던 어뷔나 귀신을 보는듯ᄒ야 → 어부(13회)
>
> 머리ᄶᅡ고 모직 두루막이 입은 사롬이 → 모시(14회)
>
> 그는 붕비간에도 독셔가라는 칭찬을 → 동배(24회)
>
> 길ᄭᅵ 큰 들믜나무아러 와셔 저는 펼셕 주저안젓습니다 → 돌배나무(9회)
>
> 션형은 ᄌ긔와 년치가 비젓ᄒ 여자를 볼ᄯᅢ에는 반다시 그 얼골을 → 영채가 (116회)
>
> 량반이 엇던게로구면 → 있던게로구면(25회)

위의 경우에서 '붕배'(朋輩)와 '동배'(同輩) 정도가 비슷한 뜻을 지녔을 뿐, 나머지는 서로 다른 뜻을 지녔거나 다른 사물을 가리키는 단어들, 혹은 바꿈으로써 전혀 다른 뜻이 되거나 하는 말들이다. 이것들은 모두 현대 표기법으로 바꾸는 과정에서 저질러진 실수들인데 문제는 이 실수들이 1956년의 광영사본 그리고 1962년의 삼중당본에서도 고쳐지지 않고 그대로 이어졌다는 점이다.

광영사본 (光英社, 1956)

앞서 말했듯 광영사는 이광수의 부인 허영숙이 세운 출판사이다.[17] 『무정』은 1956년 『春園撰集』의 제5권으로 간행되었다. 그런데 이 광영사본은 편집자가 거의 '개작' 수준의 손질을 한 판본으로 '정본'과는 아주 거리가 먼 것이며 연구용 텍스트로도 사용할 수 없는 것이다. 세로쓰기 2단 조판에 상편 263면, 하편 227면으로 정가는 1,200환(제1차 화폐개혁이 1953년 2월에 실시되었다)인 이 광영사본에서 어떤 변화가 일어났는지를 살펴보자.

따로 명기된 바는 없지만, 아마도 53년도 박문본의 지형을 그대로 이어받아 새로이 손질을 한 듯한 이 광영사본의 편집 원칙은 ① 모든 고어체 어미, '~이라', '~이더라', '~러라', '~이로다' 등을 현대어법으로 바꾸기, 즉 '~라'를 '~다'로 바꾸고 '~로다'의 '로'를 지워서 '~다'로 만들기, ② 일본어의 한글 표기를 없애거나 한국어로 번역하여 넣기였던 것같다. 몇 가지 사례를 검토하자. 먼저 ①의 경우.

> 1) 샤룸이라 → 사람이다(2회)
>
> 2) 예술가로고나 → 예술가 구나(92회)
>
> 3) 떨럿더라 → 떨렸더라(29회)
>
> 4) 「네 옷에는 니가 만터라」 후고 크게 소리를 → 「네 옷에는 이가 많다」 하고 크게 소리를(67회)

전체에 걸쳐 이런 손질이 이루어지지만, 여기 예로 든 것은 전형적인 사

---

17) 『무정』 단행본에 삽입되어 있는 광고에 따르면, 광영사는 56년 현재 『春園撰集』으로 『무정』 외에도 『마의태자』, 『흙』, 『유정』 등 무려 19권의 춘원 작품들을 간행하였고 춘원의 막내딸 이정화(李廷華)가 쓴 『아버님 춘원』도 간행하였다. 나아가 24권을 더 속간할 것을 예고하고 있다.

레들이다. 1)은 어미 '~라'를 '~다'로 바꾼 사례이다. 이전 판본들에서 모두 '~라'로 되어 있던 것을 이 광영사본에서 '~다'로 바꾼 것이다. 2)는 '~로'를 지우는 과정에서 그 자리가 여백으로 남은 것이다. 광영사본에는 이런 흔적들이 무수하다. 더구나 이 경우, 즉 '예술가로구나'의 '로'는 고어체도 아니다. 덮어놓고 '로'를 지우는 과정에서 하지 않아도 될 일을 한 예이다. 3)은 앞서 말했듯, '~라'를 '~다'로 바꾸면서 엉뚱한 말이 되어 버린 경우이다. 4)는 뜻이 아주 달라지지는 않았지만, 원문대로 '많더라'로 하는 것이 옳은 것임에도 무조건 '라'를 '다'로 바꾸는 과정에서 일어난 착오의 예이다.

'~더라', '~(이)라', '~로다' 등과 '~다'의 차이는 말할 것도 없다. 광영사본은 『무정』의 어미들을 모두 이와 같이 바꿈으로써 『무정』의 문체 연구에 큰 지장을 초래하고 만 것이다. 다음 ②의 경우, 즉 대화 중의 일본어 표기를 한국어로 바꾸어 넣은 사례는 앞에서 예시했으므로 여기서는 생략한다. 그러나 이렇게 함으로써 『무정』 원문이 지니고 있는 일상생활의 박진감 넘치는 생생한 표현들은 모두 사라지고 말았다.

그런가 하면 "총독부의 고등보통교육령"이라는 구절의 "총독부"를 "조선"(20회)으로 고친 것 역시 편집자의 과도한 개입의 한 사례이다. 광영사본에서 이루어진 이러한 편집자의 개입은 『무정』의 원문을 크게 훼손하는 것이었다. 고어체의 잔재나 일본어의 흔적이 작가에게 누가 되는 것이라고 생각했던 것일까? 진정으로 작가와 작품의 가치를 기리고 선양하는 길은 원문 그대로를 보존하는 것이라는 의식은, 전쟁 중에 사라진 작가에 대한 애틋한 가족애 앞에서 빛을 내기 어려웠을지도 모른다.

삼중당본 (三中堂, 1962. 4.25)

　삼중당에서 간행한『이광수 전집』(전 20권)은 그 자체로서 한국 문학사의 일대 사건이라 할 만하다. 어떤 한국 작가도 1962년 현재 20권짜리 전집을 갖지 못하였다.『이광수 전집』은 1962년 4월 25일부터 발간되어 1963년 11월 5일에 연보와 총색인을 수록한 마지막 책이 발간됨으로써 유례없는 규모와 내용을 갖춘 전집으로 완성되었다. 제1권에는『무정』과 함께 장편『개척자』, 그리고「문학이란 何오」와 같은 논설문들,「어린 희생」,「金鏡」과 같은 단편들이 수록되었다. 세로쓰기 2단 조판에 전체 면수 575면,『무정』은 7면부터 318면까지이다. 편집위원의 한 사람인 백철이 해설을 썼고 정가는 2,500환이었다.[18]

　한편 이 전집의 편집 원칙에 대하여 주요한의「후기」는 주목할 만한 발언을 하고 있다. "原文에 충실할 것인가 時體에 맞도록 개정할 것인가, 혹은 外國語가 揷入된 경우 이를 그대로 둘 것인가 번역할 것인가 原形과 번역을 倂記할 것인가 – 이런 문제들이 발생될 때마다 편집위원들과 상의하여 방침을 결정하지 않을 수 없었다." 요컨대, 원문 그대로는 수록하지 않았다는 뜻이다. "作者 자신의 수정인가 출판업자가 任意로 고친 것인가 판단하기 힘든 경우"에는 "최선의 방법이라고 생각되는 방향으로 처리"하였다는 것이다.[19] 그러면 그 결과는 어떠한 것이었는가?

　한마디로, 삼중당본은 광영사본에서 이루어졌던 '개작' 수준의 편집자

---

18) 이 전집의 발간에 이광수의 부인 허영숙의 전폭적인 지원과 자료 제공이 있었음을 역시 편집위원의 한 사람이었던 주요한은 「후기」에서 밝히고 있다.

19) 주요한,「후기」,(『이광수 전집』권 20, 삼중당, 1963. 312-313쪽). 한편 춘원의 친일작품을 이 전집에 넣지 않은 것에 대해서 이 글은 흥미 있는 발언을 하고 있다. "日帝 末期에 정치적 압력으로 인하여 쓰여진 몇 개의 文章에 대하여 다루는 方法이 문제였다. 明白히 作品으로서의 가치가 없는 것으로 생각되는 것들은 本全集에서 除外하였다. 〈중략〉 이런 것은 作家로서의 春園 硏究보다도 日本의 植民政策의 연구 자료로서 別途로 다루어져야 할 줄로 생각한다."

개입을 한 걸음 더 밀고 나간 것이었다. 우선 광영사본에서 일본어를 고치거나 지우면서 여백으로 남았던 부분을 삼중당본은 말끔하게 처리했다. 삼중당본의 『무정』을 보는 한, 대패밥 모자를 제껴 쓴 신문기자 신우선의 활달한 너스레를 실감나게 떠올릴 가능성은 줄어든다. 또한 광영사본의 '~이라' '~이로다'의 어미 바꾸기를 삼중당본 역시 계속하였다. "길이로라고"의 "로"를 지워서 "길이 라고"(22회)가 되었던 광영사본의 구절은 삼중당본에 와서 "길이라고"로 바뀌어 마치 처음부터 그랬던 것처럼 보이게 되었다. 이런 사례는 무수히 많다.

삼중당본의 또 하나의 큰 문제는 어떤 판본에도 없는 말을 편집자가 임의로 넣거나 수정한 부분들이 많다는 점이다. "서생이구나"를 "서생이 아니냐"(40회)로, "무슨 허물이나 있으리니"를 "무슨 허물이 반드시 있으리니"(40회)로 아무 근거도 없이 바꾸었다. 배학감과 김현수가 영채를 데리고 놀러 나간 '청량사'를 '청량리'(39회)로 하거나, "행실이 단정하지 못한"을 "행실이 다정하지 못한"(23회)으로, "종조부"를 "증조부"(63회)로, "우리도 내리자. 저이들도 내리시는데"의 "저이들도"를 "저희들도"(118회)로 바꾼 것은 있을 수 있는 실수라 하더라도, 그에 따라 문장의 의미가 달라지거나 말이 안 통하는 결과를 낳고 말았다. 그런가 하면 "성질이 완패하고"를 "성질이 괄괄하고"(18회)로 바꾼 것도 편집자의 지나친 개입이다. "학생들이 잘 모르오리다"를 "학생들이 왜 그걸 모르겠소"(23회)로 바꾼 것은 문맥상 그렇게 바꾸는 것이 옳기는 하다. 그러나 과연 그래도 되는 것일까?[20]

---

20) 삼중당본에서 편집자의 교열이 썩 잘된 사례가 하나 있다. 영채가 병욱을 열차에서 처음으로 만나는 88회에서의 한 문장이다. 연재본을 인용하면 이렇다(밑줄은 필자): 영채는 사랑스러온 얼굴이다 남미가 잘 달맞다 하얏다 연재본에는 쉼표나 마침표가 사용되지 않았다. 이후의 판본

거의 모든 국문학도가 이 삼중당본을 텍스트로 『무정』을 연구하고 논문을 썼다. 『무정』의 판권과 저작권이 불분명한 탓도 있었겠지만, 70년대 이후 『무정』은 많은 출판사에서 숱하게 간행되었다(그 목록은 이 논문에서는 생략한다). 그리고 그때에 저본이 된 것은 대개 삼중당본이었다. 이제 우리가 살펴볼 세 개의 판본들은 그 중에서 특별히 비교의 대상이 될 만한 것들이다.

우신 개정본 (又新社, 1990. 8. 10.)

1979년 9월 우신사는 삼중당본과 똑같은 『무정』을 간행했다. 그러다가 1990년에 가로쓰기 조판의 새로운 『무정』을 다시 간행했다. 이것을 '우신 개정본'으로 부르기로 한다. 편집 책임자나 편집 원칙도 명기되어 있지 않은 이 책은 『무정』의 회 구분 표시를 일체 없애고 전체를 하나로 이어 붙이는 이상한 편집을 했다. 그러나 기왕의 삼중당본을 대체로 따르면서도 초판본이나 박문본을 참조하여 교정을 본 흔적이 있다. 이 교정 중에 잘된 곳이 있다. "외가에는…외숙모와 내종형 두 사람과 내종형 자녀들만 있었다"(7회)라는 문장에서 "내종형"을 "외종형"으로 바로잡은 것이다. 이것은 그 이전의 어떤 판본들에서도 교정하지 못했던 것이다. 그러나 바로 이것이 또 실수를 낳았다. 30회에 나오는 "표종형"은 외종형과 같은 말이므로 그대로 두어야 했을 것을 공연히 "외종형"으로 고치고 말았던 것이다. 이 판본을 '우신 개정본'으로 부르는 것은, 삼중당본과 똑같았던 79년도 우

들은 이 문장에 쉼표나 마침표를 제대로 표기하지 못하였다. 광영사본에서의 이 문장을 보자: 영채는 사랑스러운 얼굴이다. 남매가 잘 닮았다 하였다. 구두점을 잘못 찍음으로써 전혀 엉뚱한 뜻의 문장이 되고 말았다. 이 잘못들은 삼중당본에서 비로소 다음과 같이 바로잡혔다 : 영채는, 사랑스러운 얼굴이다. 남매가 잘 닮았다 하였다.

신사의 『무정』이 이 판본에 와서 변화되었고, 또 2년 후인 1992년에 역시 우신사에서 간행하는 『정본 무정』과도 구별되기 때문이다.[21]

우신정본 (우신사, 1992. 2.)

이 판본은 "『매일신보』와 초판본을 대조한 정본 결정판"이라는 문구와 함께 처음으로 자세한 편집원칙을 제시하면서 『定本 무정』이라는 제목으로 간행되었다. 해방 이후의 판본에서 『무정』의 일본어 표기 부분이나 "~이라", "~이로다" 등의 어미가 그대로 복원된 것은 이 책이 처음일 것이다. 그 점에서 '우신정본'의 자료로서의 가치는 매우 높다. 문장부호나 행갈이가 의미를 크게 변화시키는 부분에 유의해서 기왕의 잘못을 바로잡은 것도 있다.

> 「애 슌이야 가셔 풍금이나 타자 앗가 비혼 것 니져바리지나안엇는지」
> 「응 아직 가셔 풍금이나 타거라」ᄒ고 부인이 몬져 일어선다 (78회)

위의 대화에서 기존의 어떤 판본도 대화의 내용에 맞게 따옴표나 행갈이를 바로 하지 못하였다. 이 논문에서 검토하고 있는 아홉 개 판본 가운데 이 우신정본만이 유일하게 이 부분을 다음과 같이 바로잡았다.

> "애 순애야, 가서 풍금이나 타자. 아까 배운 것 잊어버리지나 않았는지."
> "응, 아직."
> "가서 풍금이나 타거라."

---

21) 1992년에 문학사상사가 낸 『무정』 역시 이 우신 개정본과 똑같은 것이다. 판권과 저작권의 혼란을 드러내는 한 사례일 것이다.

하고 부인이 먼저 일어선다.

그러나 이러한 미덕에도 불구하고 이 책의 큰 결함은 초판본을 참조하였다는 편집자의 말과는 달리 초판본의 내용을 전혀 반영하지 않았다는 점이다. 초판본에는 앞서 보았듯이 작가가 새로 추가한 문장들이 수없이 많다. 이 경우에 어떤 것을 따를 것인가. 적어도 연재본과 초판본 사이의 차이를 드러내 주었어야 했다. 그러나 우신정본은 이 부분에서 초판본의 내용을 전혀 반영하지 않았다. 현대어 표기로 바꾸면서 생겨난 오탈자(誤脫字)들이나 우신 개정본에서의 오류들을 그대로 답습한 것 정도는 이 결함에 비하면 그다지 큰 것이 아닐 것이다.

동아본 (두산동아, 1995. 1.)

「한국소설문학대계」의 한권으로 나온 이 책은 연재본을 원본으로 삼아 초판본에 추가된 내용을 괄호 속에 병기하는 편집 원칙을 택했다. 현재로서는 가장 충실한 『무정』의 판본이라고 할 수 있다. 그러나 편집 원칙이 제대로 일관성 있게 지켜지지 않았다. 초판본과의 차이를 정확히 보여주는 문장이 있는가 하면 어떤 곳에서는 초판본을 전혀 반영하지 않고 오히려 다른 판본의 오류를 답습하는 경우도 있어서 대단히 혼란스러운 양상을 보인다. 좀더 치밀한 대조를 거쳐 완성했어야 할 판본이다.

결어

『무정』 판본의 변화 양상은 우리 사회가 자신의 문화적 재화를 어떻게 관리하고 유지해 왔는가를 적나라하게 보여주는 하나의 사례이다. 참담한 자괴감 없이 그것을 바라보기 어려울 것이다. 『무정』은 그 내용으로서뿐만 아니라, '책' 그 자체의 구체적 물질성으로서 우리가 지나온 근대의 난폭하고 거친 면모를 압축적으로 증거하고 있는 것일지도 모른다. 그렇다면 그것은 회피와 외면의 대상이 아니라 정직하게 대면해야 할 '나' 자신의 모습이기도 한 것이다. 그런 점에서, "만지면 만질수록 그 증세가 덧나는 그런 상처"[22]를 가진 문학사는 불행한 것이 아니라 오히려 행복하기까지 하다. 그러나 상처를 직시하는 의지와 성찰력 없이 그것이 행복이 될 리 만무하다. 『무정』의 연구사는 우리에게 그런 의지와 성찰력이 충분했던가를 자문케 한다.

텍스트에 대한 우직하면서도 섬세한 천착의 작업이야말로, 오늘날 학문의 영역까지도 점거한 통탄할 만한 천박함과 경망함의 풍조를 이겨낼 수 있는 유력한 하나의 자세임을 믿는다. 당연한 말이지만, 사태는 『무정』하나에서 끝나는 것이 아니고, 또 이광수의 작품에만 해당되는 것이 아니다. 한국 현대 문학의 모든 텍스트는 지금의 내가 선 자리를 밝혀 주는 위치도(位置圖)이며 또한 내가 지나온 길을 보여주는 경로도(經路圖)이다. 이 위치도, 경로도를 정확하고 분명하게 확정하는 작업이야말로 내 자신의 현재와 미래를 위해 그 무엇보다 중요한 일이 아닐 수 없다. 그리고 그 작업에서 필요한 것이 성실함 이외에도 작가와 텍스트에 대한 진정한 경의(敬意)이어야 할 것임을, 바로 이 텍스트의 역사는 말해 주고 있다.

---

22) 김 현, 앞의 글.

한국 현대문학 연구 현황에 관한 하나의 약도

한 통계에 따르면 2003년 현재 한국에는 200개가 넘는 4년제 대학이 있고, 이 대학들의 거의 대부분에는 '국어국문학과'가 있다. 석사, 박사를 배출하는 대학원 과정 역시 대부분의 학과에 개설되어 있다. 여기에서 국어국문학 관련 논문이 한 해에 몇 편씩 생산되는지 정확한 통계는 나와 있지 않지만, 최소한 수백 편에 이를 것임은 짐작하기 어렵지 않다(이 수많은 연구자들의 취업 문제 또한 심각한 지경에 이르고 있다).

결국 연구 논문의 생산 현황만을 보면 엄청난 '호황'이면서, 동시에 연구자들의 취업 현황을 보면 암담한 '불황'이라는 것이 현재 한국의 국어국문학이 처한 현실이라고 할 것이다. 그러나 이 '호황'에는 여러 가지 복잡한 사정이 숨어 있다. 한국 '현대 문학'의 연구 현황을 살펴보기 위해서는 우선 이 사정부터 짚어볼 필요가 있다.

'조선(한국)어문학'이 대학 제도 안에서 하나의 학문 분과로서 자리 잡은 것은 1926년의 '경성제국대학'의 설립이었다. '경성제국대학 법문학부 조선어학 조선문학 전공'의 주임교수는 오쿠라 신페이(小倉進平; 어학)

와 다카하시 토루(高橋亨; 문학)였는데, 이들은 조선어와 조선 문학을 근대 학문의 체계와 방법으로 정리하고 해석한 최초의 학자들이었다. 이들의 지도 아래 경성제대 졸업생들이 낳은 대표적인 연구 업적은 김태준(金台俊)의 『조선한문학사(朝鮮漢文學史)』, 『조선소설사(朝鮮小說史)』, 조윤제(趙潤濟)의 『조선시가사강(朝鮮詩歌史綱)』, 김재철(金在喆)의 『조선연극사(朝鮮演劇史)』, 구자균(具滋均)의 『조선평민문학사(朝鮮平民文學史)』, 고정옥(高晶玉)의 『조선민요연구(朝鮮民謠研究)』 같은 것들인데 이 저서들은 이후 한국 문학 연구의 주요한 이정표가 되었다.

대학의 울타리 바깥에서 이루어진 한국 현대 문학에 관한 식민지 시기 최대의 연구 업적으로는 임화(林和)의 『개설 신문학사(槪說 新文學史)』(1939)를 꼽을 수 있을 것이다. 그러나 앞서 말한 연구들과 임화의 이 연구와의 차이는 그것이 대학 제도 안에서 이루어졌는가 아니면 밖에서 이루어졌는가 하는 점에 있는 것이 아니다. 경성제대 출신 학자들에 의한 조선 문학의 연구는 모두 상고(上古) 이래 조선 말까지의 문학을 그 대상으로 하는 것이었다. 김태준의 『조선소설사』가 그 증보판(1939)에서 '신문학'을 약간 추가하기는 했지만, 역시 그 저서의 주요 대상은 과거의 문학이었다. 그런데 임화의 이 연구는 바로 자기 당대 contemporary의 문학, 즉 이인직의 '신소설'을 거쳐 이광수의 문학, 그리고 그 스스로가 중심에서 활동하고 있었던 프롤레타리아 문학으로 이어지는 '신문학'을 문학사적 관점에서 체계화하고 정리하는 것이었다. 그 점에서 임화의 연구는 한국 현대 문학에 관한 최초의 학문적 연구 성과라고 할 수 있다.

한편 임화는 이 글에서 이후의 한국 문학 연구자들을 끝없이 괴롭힌 난제 중의 난제, 즉 '조선 신문학의 역사는 일본 명치·대정기(明治·大正期) 문학의 이식의 역사'라는 유명한 '이식문학론'을 제출했다. 그러나 이 명제가 한국 문학 연구의 뜨거운 논란거리로 떠오른 것은 그 글이 쓰여진 때로부터 30년 이상의 시간이 흐른 뒤였다.

일본 제국주의의 식민지 지배가 종식된 이후 한국의 4년제 대학의 수효는 급증했다. 그러나 대학에서의 '국문학' 연구란 여전히 근대 이전, 즉 식민지 시기 이전까지의 한문학이나 국문(한글)문학을 가리키는 것이었다. 지금 이 글의 논제인 '현대 문학', 즉 20세기 이후의 문학에 대한 연구는 대학의 제도 안에서 아직 학문적 시민권을 얻지 못하고 있었다. 대학의 국문학 전임 교수들 중에 작가나 시인들이 소수 있었으나, 그들은 학자로서보다는 학생들의 창작 활동을 지도하거나 현장 비평에 종사하는 것으로서 그 소임을 다 하고 있었다.

이러한 사정은 60년대 말까지 지속되었다. 이때까지의 현대 문학 연구는 가령 백철(白鐵)의 『신문학사조사(新文學思潮史)』(초판 1946) 같은 저서에 주로 의지하고 있었다. 이 책은 식민지 시기의 문학을 서양의 문예사조사의 관점에서 서술한 것이었는데 주로 저자 자신의 경험을 바탕으로 한 것으로서 객관적이고 과학적인 문학사 서술이라고 보기에는 아무래도 무리가 있는 것이었다(그나마 1949년에 나온 개정판에서는 프롤레타리아 문학에 관한 서술이 전부 삭제된 채 출판되었다. 반공 체제하의 남한에서 좌파나 사회주의 운동에 대한 공개적인 언급이나 연구는 원천적으로 금지되었고 이러한 상황은 1980년대 초까지 계속되었다). 아무튼 60년대까지 이 저서는 대학의 강의실에서 쓰인 대표적인 교재의 하나였다.

한편 60년대까지의 현대 문학 연구에서 특기할 만한 것은 임종국(林鍾國)의 『친일문학론』(1966)이다. 임종국은 대학에 소속되지 않은 이른바 재야학자로서, 좌파 문학 못지않게 금기시되었던 일제하의 '친일작가'와 작품들을 실증적으로 조사, 탐구함으로써 당시의 문학계에 일대 충격을 주었다. 그러나 '친일문학'이 본격적인 학문 연구의 대상이 되기에는 아직 더 많은 시간이 필요하였다.

1972년에 서울대 교수 김윤식(金允植)이『한국근대문예비평사』를 출간하고, 또 불문학 전공의 평론가 김현(서울대 교수)과 함께『한국문학사』를 저술한 것은 한국 현대 문학 연구의 역사에서 여러 가지 중요한 의미를 지닌다.『한국근대문예비평사』는 식민지 시기의 비평들을 체계적으로 정리하고 평가한 것으로서, 특히 오랫동안 금기로 되어 있던 프롤레타리아 문학 이론들을 공개적으로 자세하게 규명한 것이었다. 한편『한국문학사』는 한국 근대 문학의 기점을 18세기로 설정하면서, 임화의 '이식문학론'을 극복하겠다는 취지 아래 한국 근현대 문학의 '자생적 발전 코스'를 서술하는 것이었다.

이 저서들의 출간은 이제 한국의 학문 제도 안에서 근대 이후의 한국 문학에 대한 연구가 하나의 독자적인 영역으로 그 지위를 확보했음을 의미하는 것이었다. 70년대 한국 대학에서의 국문학 연구는 여전히 근대 이전의 문학 연구, 즉 '고전문학' 연구가 압도적인 우위를 점하고 있었지만, 점차로 근대 이후의 문학 연구, 즉 '현대문학' 연구에서도 연구자의 숫자나 연구 논문들이 증가하면서, 대학에서의 국문학 연구가 '고전문학 전공'과 '현대문학 전공'으로 확연하게 구분되는 관행도 굳어지게 되었다. 이 저서들은 이러한 현상을 잘 보여주는 것이었다.

또한『한국문학사』는 임화의 이른바 '이식문학론'을 극복해야 한다는 것을 가장 핵심적인 문학사 기술 방법론으로 내세웠는데, 이 선언은 이후 한국 현대 문학 연구가 '주체적 민족주의'를 주도적인 이념으로 삼아 진행될 것임을 예시하는 것이었다. 타율적이고 종속적인 역사 이해의 방식-

그것은 일본 제국주의에 의해 강요된 '식민사관'으로 명명되었다—을 벗어나 주체적이고 자생적인 역사 발전의 관점으로 자국의 근대 문학을 이해해야 한다는 것은, 70년대 이래 한국 학계를 지배한 '시대정신' 같은 것이었고, 『한국문학사』는 그것의 대표적인 성과 중의 하나였다. 이와 더불어, 서구로부터 유입된 마르크시즘적 구조주의나 프랑크푸르트 학파의 이론들이 한국 현대 문학 연구에 큰 활기를 불어넣었던 사실들도 기억해야 할 것이다.

1980년대에 들어서면서 상황은 크게 바뀌었다. 광주에서의 학살을 배경으로 등장한 전두환 징권은 유화책의 하나로 대학 정원을 크게 늘이고, 마르크시즘을 비롯한 좌파 이론 및 작품들의 출판 금지를 해제하는 조처를 취했다. 한편 70년대 박정희 정권에 대한 저항을 이끌었던 지식인·학생 중심의 민주화 운동은 거대한 규모로 조직화한 노동 운동과 결합하면서, 80년대의 한국 사회를 유례없는 혁명적 열기로 휩싸이게 했다. 대학에서의 학문 연구는 한국 사회의 변혁을 위한 '학술 운동'으로 이해되었고, 혁명의 목표와 방법을 둘러싼 논쟁이 줄을 이었다. 망각 속에 잠겨 있던 한국의 좌파 혁명 이론과 역사를 재조명하는 것도 '학술 운동'의 주요한 임무로 인식되었다.

이러한 변화는 한국 문학 연구에서도 예외가 아니었다. 우선 국문학과의 전공 영역의 비율에서 완전한 역전이 일어났다. 현대 문학 전공자와 전임 교수들의 수효가 급증하면서 학위 논문을 비롯한 각종 연구물들에서 현대 문학의 연구가 대종을 이루게 되었다(이렇게 된 데에는 또 다른 사정도 개재되었음을 감안해야 한다. 즉, '고전문학' 전공자로서는 필수적인 한문의 해독 능력을 지닌 세대가 거의 단절되었다는 점이다).

양적인 증가와 함께 연구의 내용과 방법에서도 큰 변화가 일어났음은

190

물론이다. 앞서 말한 바와 같이, 문학 연구에서도 사회주의 문학 이론과 작품들을 복원하고 재조명하는 연구들이 활발하게 진행되었다. 조선프롤레타리아예술동맹(KAPF 1924-34.)을 중심으로 하는 식민지 시기의 문예 운동을 연구하고 자료들을 복원하는 한편, 해방 이후의 작가나 작품들을 계급론적 관점에서 분석하고 평가하는 연구들이 80년대 중반 이후 한국 현대 문학 연구에서 지배적인 경향이 되었다. 그러나 물론 이런 주류적 경향 이외에도 한국 작가와 작품을 다양한 이론과 방법을 통해 해석하는 많은 연구들, 예컨대 해체주의 이론을 바탕으로 한국 문학을 해석하는 경향도 또 하나의 흐름을 형성하고 있었다. 그런 점에서 80년대야말로 한국 현대 문학 연구의 르네상스기였다고 해도 과언이 아닐 것이다.

90년대 사회주의 세계의 붕괴와 소련의 몰락은 한국의 학계와 지식 사회에도 커다란 영향을 끼쳤다. 기존의 마르크시즘적 세계관을 기반으로 한국 근대사와 근대 문학을 이해하던 방식은 현존 사회주의 국가들의 붕괴 및 전 지구적 자본주의화라는 세계사적 현실 앞에서 심각한 회의와 반성에 직면하게 되었다. 급격한 이데올로기적 동요와 혼란을 거쳐, 90년대 중반 이후 현재까지 한국 현대 문학 연구에는 대체로 다음과 같은 문제들이 새롭게 부상하게 되었다.

첫째, 문제의 초점을 근대성 *modernity* 자체에 대한 분석으로 전환하는 학문적 움직임이 대두했다. 미셸 푸코의 저작이 이 과정에서 많은 영향을 끼쳤거니와, 거대 담론의 이데올로기적 편향성으로부터 벗어나 근대적 주체의 형성 과정을 보다 미시적인 차원에서 분석하고자 하는 시도들이 새로운 경향으로 등장한 것이다. 이에 따라 식민지 시기의 문학 작품들을 근대 자본주의의 일상과 풍속사의 관점에서 해석하는 연구 결과들이 나타나기 시작했다. 한편 '국문학'의 제도성을 문제로 삼는 연구들도 등장했다. 한국 근대 문학의 학문적 제도와 기구의 형성 과정을 탐구의 대상으로 하는 것은 기존의 연구에서는 매우 낯선 것이었으나 이제는 눈에 띄는 하나의 흐름을 형성하고 있다. 이 연구들이 장차 어떠한 결과를 낳을 것인지 아직은 속단할 수는 없지만, 기존의 연구에서는 볼 수 없었던 획기적이고 참신한 결과들을 기대해도 좋을 듯하다.

둘째, 90년대 중반 이후 일어난 변화로서 보다 중대한 것은 한국 문학 연구에서의 '탈민족주의적' 경향이다. 연구의 방법론이나 그것이 기반하고 있는 이념이 무엇이든 간에 이전의 한국 문학 연구를 지배하고 있던 절대의 명제는 '민족주의'였다. 심지어는 유물사관적 관점으로 한국 문학사를 해석하는 연구도 한편으로는 그것을 '민족해방사'와 연결시키고 있었던 것이다. 이 절대의 명제에 의심과 도전의 시선이 던져지고 그것이 공공연히 발화되는 것은 한국 사회에서 90년대 중반 이후에 시작되었다. 세계화의 흐름과 포스트콜로니얼리즘의 이론들이 이러한 경향에 박차를 가했음도 사실이다. 그러나 70년 이상에 걸친 한국 문학 연구의 역사가 이러한 변화를 필연적으로 요구하게 되었음도 또한 사실이다.

아무튼 이러한 변화에 힘입어, 또는 이러한 변화의 결과로 한국 문학의 연구에는 종전에 없던 새로운 연구들, 즉 한국의 근대 문학을, 이른바 상상의 공동체로서의 민족 국가 *nation state*의 형성 과정과 연관하여 탐구하는 탈내셔널리즘적 연구들이 등장하였다. 한국 문학의 근대성과 파시즘과의 친연성에 관한 연구들, 민족 서사 *nation narrative*로서의 한국 소설들에 대한 연구들, 식민지의 '저항 민족주의'가 지닌 제국주의적 속성을 분석하는 연구 등이 이러한 관점에서 이루어진 최근의 주목할 만한 성과들이다. 물론 이 연구들에 대한 강한 반발과 비판도 또한 현재 한국 문학 연구의 한 축을 이루고 있다. 그러한 비판과 반비판이 서로의 활력을 북돋아, 이 참혹한 반(反)휴머니즘의 시대에 진정한 인문학 *Human science*의 가치를 발휘할 수 있기를 바라는 것은 비단 한국 문학 연구자만의 소망은 아닐 것이다.

(『日本近代文學研究』, 2004)

3부

부모미생전(父母未生前), 아비에게 길을 묻다
— 영화 「수취인불명」의 미로(迷路) 찾기

더럽혀진 자궁: 어미와 누이

세 명의 아비가 있다. 첫 번째 아비는 검은 피부의 이방인이다. 모든 이 방인 주둔 병사가 그러하듯이, 그는 한때 존재했지만 더 이상 여기에 없 다. 이제 그는 우편 봉투 속에만 있다. 그가 남겨 놓은 여자는 주둔군이 쓰 다 버린 우체통처럼 생긴 붉은 버스 안에 살면서, 그에게 가 닿지 않는 편 지를 쓰는 일에 모든 희망을 건다. 돌아오는 것은 물론 비탄과 절망뿐이 다. 그러니까 이 아비는 주둔군 *post*이며, 우편물 *post*이며, 남아 있는 자들 의 절망과 비탄의 저 뒤에 *post* 있는, 지나가 버린 *post* 아비이다.

두 번째 아비는 죽었다. 아니 죽었다고 생각되었다. 그가 죽었다고 생각 되었을 때 그는 남아 있는 자들에게 훈장과 연금(年金)을 남겼다. 남은 자 들은 그 연금으로 살았다. 어느 날 그는 살아 있는 것으로 믿어졌다. 그러 자 훈장과 연금은 박탈되었고, 감시와 억압이 그 자리를 대신했다. 아비가 죽으면 남은 자는 살았고, 아비가 살면 남은 자는 죽었다. 그런데 누가 누 구를 죽였는가? 그것을 묻는 것은 부질없는 짓이다. 죽은 아비가 남은 자

197

들을 살리고, 산 아비가 남은 자들을 죽음으로 내모는 것은 물론 아비의 뜻도 아니고, 그 누구의 계획도 아니다. 아비란 원래 그런 것이고 삶은 그렇게 주어진 것일 뿐이다. 이를테면, 어린 여동생을 겨눈 장난감 총의 탄환이 그녀의 한쪽 눈을 멀게 했던 일에 어떤 의지나 필연이 없듯이 말이다.

이 두 아비들의 불가시성(不可視性)은 그들의 절대성의 원천이다. 그들의 존재는 아니, 부재는 남은 자들의 삶 전체에 드리워져 있다. 그에 비하면 세 번째의 아비는 유일하게 그 육체를(불구의!) 드러낸다. 이 아비의 육체성은 절뚝이는 다리에서만이 아니라, 그가 쉼 없이 드러내는 탐욕과 허세에서 더욱 생생하게 현전한다(탐욕과 허세만큼 생생한 것이 달리 있을까). 그러나 이 생생한 가시성은 그를 오히려 조롱과 경멸의 대상으로 전락시킨다. 끊임없이 자신의 남성성을 과시하고 확인하고 인정받고자 하는 그의 욕구는 잠시 충족되는 듯하지만 곧 사라진다. 그의 과장된 허세는 유약하고 겁 많은 소년인 그의 아들이 난폭한 남성성을 회복하는 순간 사라지는데, 이 흥미로운 역할의 전도에 대해서는 차차 논하자.

당연한 말이지만, 자식이 없으면 아비가 아니다. 아비와 자식은 이 점에서 서로를 지탱하고 보완하는 '타자'이다. 김기덕 감독의 『수취인불명』은 이 세 아비들과 그 자식들 사이의 타자성의 관계로 이루어진, 또는 그 관계를 묻는 영화로 보인다. 어떻게? 이제 그것을 보기로 하자.

『수취인불명』을 움직이는 주요한 모티프는 '불구', '훼손', '결손'의 모티프이다. 어린 시절 오빠의 장난감 총에 맞아 한쪽 눈을 잃은 '은옥'(반민정)의 형상이나 6·25 전쟁 중에 한쪽 다리를 잃은 '김중사'(명계남)의 형상이 가장 전형적인 것이겠지만, 은옥의 방을 엿보다 눈을 찔린 '창국'(양동근)과 화약총의 오발로 한쪽 눈을 다친 '지흠'(김영민)이 은옥과 함께 셋

이서 각자 한 눈에 반창고를 붙이고 걷는 장면에서 이 모티프는 절정에 달한다. 그러나 명백하게 가시적인 육체적 불구 또는 훼손만으로 불구의 모티프를 말할 수는 없을 것이다. 흑인 혼혈아 창국은 이미 그 태생 자체로도 심한 사회적 불구의 상태에 처해 있다. 그는 어떤 곳도 갈 수 없고 아무것도 할 수 없다. 그가 할 수 있는 일은 오직 그의 어미의 애인인 '개눈'(조재현)을 도와 개를 밀도살하는 일뿐이다. 사정이 조금 나아지는 순간이 있긴 하지만, 별다른 희망은 없다. '김중사'의 아들 '지흠' 역시 마찬가지이다. 이유가 설명되지는 않지만, 그는 그 또래의 정상적인 환경, 즉 학생의 신분을 지니지 않고 있다. 그는 나중에 그가 살해를 기도하게 되는 두 명의 고등학생들("나도 학교 다녔으면 너희들보다 이년 위야"라고 지흠이 말할 때 그의 사회적 결손 상태는 극적으로 드러난다.)에게 끊임없이 폭행을 당하고 있는데, 이러한 그의 유약하기 이를 데 없는 남성성의 결여는 그의 아비인

'김중사'로부터도 경멸을 받는다. 지흠 역시 결손의 존재인 것이다.

이 '불구'의 모티프를 1970년대 한국의 '민족적' 현실에 대한 알레고리로 읽어내는 것은 한국의 문화적 환경 속에서는 아주 손쉬운 일이다. 한국의 문학 작품이나 문학적 담론에서 육체적 불구의 비유는 흔히 '민족적' 현실을 가리키는 것으로 사용되어 왔다. '민족의 위기와 수난'은 자주 육체의 훼손과 오염으로 비유되었다. 오염된 육체를 정화(淨化)하고 불구의 신체를 정상으로 회복하는 것은 그러므로 민족적 재생(再生)의 갈망과 연결되었다. 제국주의 열강의 위협이 강화되는 애국계몽기에 나온, 민족적 각성을 촉구하는 수많은 계몽적 언설 중에 「소경과 앉은뱅이 문답」 같은 우화가 그 대표적인 사례이겠거니와, 이후 식민지 지배의 현실은 수많은 '불구'의 형상을 낳았다. 「벙어리 삼룡」, 「백치 아다다」의 주인공을 비롯하여 식민지 시기, 특히 1920-30년대의 수많은 소설들은 수난받고 억압받은 피해자로서의 민족 형상을 '소경', '절름발이', '귀머거리', '벙어리', '병신', '꼽추' 등의 형상으로 그려냈다.[1]

민족 공동체의 수난을 육체화 하는 상상력은 전쟁과 분단의 역사 속에서 더욱 강화되었다. 하근찬의 유명한 단편 소설 「수난이대」는 일제하의 강제 징용으로 팔을 잃은 아버지와 6·25 전쟁에서 다리를 잃은 아들의 선

---

1) 최경희의 한 논문은 이 문제에 관한 정치한 분석을 보여준다. 그녀에 따르면, 개인적으로 특별한 신체적 장애를 지닌 작가도 없고, 식민지 기간 동안 특별히 장애인이 증가했다는 통계도 없는데, 20-30년대 한국 소설에서 육체적 '불구'를 등장시키는 사례가 급증했다. 흥미로운 것은, 일제 말기의 친일 소설들에서 일제의 군인으로 복무하는 행위가 기왕의 '불구'를 극복하고 정상적인 남성을 회복하는 것으로 형상화되었다는 것이다. 나아가 이 담론은 전통적이고 보수적인 여성 역할 담론('현모양처'론)과 결합하였다. Kyung-Hee Choi, Masculinity and Pro-Japanese Discourse: From the Trope of Impaired Body to Military Manhood, Between colonialism and nationalism : Power and subjectivity in Korea 1931-1950. Conference at University of Michigan, 2001. 5.)

명한 대비를 통하여 수난의 '민족사'를 압축적으로 보여주었거니와, 이렇듯 수난의 이미지를 육체적 훼손의 형상으로 연결시키는 수사법은 일상의 언설들, 예컨대 '허리 잘린 국토', '역사의 피울음' 등과 같은 관습적 표현에서도 흔히 나타나는 것이었다.

그런데, 이렇듯 민족 수난의 역사를 육체적 훼손이나 불구의 상태로 상징화 하는 이러한 상상력에서 특히 문제적인 것은 그때의 훼손된 육체가 주로 여성의 육체라는 점이다. 간단히 말하면, '더럽혀진 역사', '침략 당한 민족'은 '더럽혀진 어머니', '훼손된 누이'의 형상으로 상징화되는 것이다. "모든 것을 송두리째 빼앗긴 약한 민족의 비참함은 주로 몽고, 일본, 소련군, 미군 할 것 없는 외세의 적들에 의해 짓밟힌 여성들의 처참함과 죽음을 통해 극화"되며, "적에게 신체를 침투당한 여성들"의 "더럽혀진 자궁"은 공포스럽고 위험한 것, 따라서 남성=국가권력에 의해 정화되고, 필요하다면 깨끗하게 도려내야 하는 대상이 된다.[2] 수많은 민족주의 담론들은 그렇게 성화(性化)된 여성들의 정화(淨化)를 통한 민족의 성화(聖化)를 꿈꾼다. 물론 그것이 얼마나 끔찍한 폭력인가에 대해서는, 일찍이 '침략자'들이 그러했듯이, 전혀 무감각한 채로.

『수취인불명』의 흘러 넘치는 '불구'와 훼손의 이미지들을 그러한 관습적 코드로 읽어내는 것은 앞서 말했듯 손쉬운 일이다. 배경은 1970년대의 미군 기지가 자리잡은 한 마을이다. 마을과 조금 떨어진 야산 기슭에 버려진 미군 버스에 역시 미군에 의해 버려진 여자가 흑인 혼혈의 아들과 함께 살고 있다. 반쯤 실성한 상태의 여자는 아들에게서 일상적으로 폭행 당한다. 이것만으로도 결손과 훼손의 이미지는 넘쳐나고 그것은 관객들에게

---

2) 권명아, 「여성 수난사 이야기와 파시즘의 젠더 정치학」, (김철, 신형기 외 『문학 속의 파시즘』, 삼인, 2001), 284–286쪽.

그대로 미국 군대의 주둔이 야기한 민족적 현실의 한 현장으로 접수될 개연성이 크다. 특히 '개눈'을 살해한 '창국'이 어머니를 따뜻한 물로 '목욕' 시키면서 자기 나름의 최후의 의식을 행하는 장면에서 '더렵혀진 어머니'의 이미지와 그 정화(淨化)의 욕망은 절정의 표현을 얻는다.

물론 가장 큰 훼손의 이미지는 여고생 '은옥'이 지니고 있을 것이다. 한쪽 눈의 실명, 강간, 미군 병사의 도움에 의한 시력의 회복, 미군 병사와의 성적 결합 등으로 이어지는 그녀의 운명은 어김없이 '훼손된 누이'의 전형으로 보인다. 그리고 그것이 민족적 결손의 메타포로 연결되는 것 또한 자연스럽다. 영화의 끝 무렵에서 '지흠'이 화살로 미군의 급소를 쏘아 맞추는 장면에 이르면, 이 '훼손된 누이'는 마침내 무력감을 떨치고 남성을 회복한 동족(同族)의 연인으로부터 구원을 받는 여인의 형상으로 전화된다. 그리고 이 순간, 남성 관객들은 영화의 서사가 진행되는 동안 은옥의 이미지로부터 내내 받고 있던 불편한 느낌을 해소하게 되는 것이다. 즉, 나(=남성=민족)는 은옥의 한쪽 눈을 멀게 했던 철없는 '오빠'(=남성=민족), 창녀가 된 누이의 호주머니를 노리는 뻔뻔하고 파렴치한 '오빠', 이국 병사의 품에 안기는 연인을 무력하게 바라보아야만 하는 나약한 지흠(=남성=민족)의 형상으로부터 느끼는 남성=민족으로서의 무력감과 자괴감을 일거에 씻어내는 것이다. 은옥 어머니의 구원 요청을 받고 나타난 세 명의 마을 어른들이 미군 병사를 향하여 활을 겨누다가 미군이 쏜 권총 소리에 놀라 달아나는 순간 지흠이 나타나 그의 급소를 활로 쏘아 맞추는 장면은, 비록 만화적 묘사로 넘치는 것이기는 하지만, 불구와 결손으로 점철된 이 영화의 남성 형상들 가운데 유일하게, 그리고 처음으로 온전한 남성성이 회복되는 장면이며, 이것을 통하여 나=남성=민족 관객은 그동안 내내 자신을 짓누르고 있던 불구와 훼손, 무력감의 느낌으로부터 해방되는 것이다.

그 점을 분명하게 보여 주는 것은 지흠과 그 아비 '김중사'의 관계이다. 나약한 아들에 대한 그의 일관된 경멸과 냉담은 물론 자신의 육체적 결손에 대한 콤플렉스를 포함하고 있는 것이지만, 그 태도가 바뀌는 것은 창국의 죽음 이후 지흠이 복수를 결심하고 활을 잡는 순간이다. 아들에게 활쏘기를 가르치는 장면에서 탐욕스럽고 허풍스럽던 그의 모습은 자상하고 너그러운 아비=교사의 모습으로 바뀐다. 마침내 아들이 미군을 쏘아 경찰에 잡힌 순간 그는 그의 자부심의 최후의 근거였던 훈장을 내어놓고 아들 대신 죄를 청한다. 아들은 아버지의 훈장을 다시 그의 가슴에 달아 준다. 이제 나약한 아들의 남성성은 회복되었고, 헛되고 때늦은 명예였던 훈장(=국가)은 아들에 의해 인정 받음으로써 아비의 명예는 진정한 것이 되었다. 아비의 불구, 아들의 유약, 헛된 명예, 아비와 아들 사이의 불화, 이 모든 균열과 갈등은 마침내 남성(=민족=국가)의 회복을 통해 봉합되고 해결되었다. 남성=민족=국가 만세!

'아비를 죽이면 그곳이 보일까?'

그러나 이것이 다일까? 민족주의의 관습적 코드를 따라 『수취인불명』을 읽어내는 것으로 이 영화 보기는 끝날 수 있을까? 그렇지는 않은 것 같다. 무언가 석연치 않은 것이 있다.

표면적인 수준에서 『수취인불명』이 익숙하고 낯익은 민족주의적 담론의 형태를 따르고 있음은 의문의 여지가 없을 듯하다. 그러나 영화는 묘한 방식으로 이 담론의 질서를 비켜나간다. 예컨대, 영화의 첫 장면, 즉 은옥이 한쪽 눈을 실명하게 되는 불의의 사고(事故)는 그녀의 '불구'를 민족 현실의 알레고리로 읽어낼 가능성을 크게 봉쇄한다. '누이'의 '훼손'은 단지 우연한 장난에서 시작되었을 뿐이다.[3] 이것이 뜻하는 것은 무엇일까? 은옥의 가정은 한국 전쟁으로 인한 수많은 '결손' 가정, 즉 한국 전쟁 중에 전사한 아비를 둔 가정의 하나이다. 민족주의적 담론이 은옥의 실명을 민족 현실의 알레고리로 읽는다면, 그 '결손'의 원인을 어린아이의 우연하고도 철없는 장난으로 표상하는 작가의 의도는 실상 대단히 파격적이고 공격적인 것이다.

보다 심각한 문제는 다른 데에 있다. 은옥의 아비는 죽은 것으로 생각되었다가 어느날 갑자기 산 자가 되었다. 그와 동시에 은옥의 가족은 국가 유공자 가족으로부터 국가의 감시를 받는 준범죄자가 되었다. 이 순간 은옥과 아비의 역할 전도가 일어난다. 은옥의 아비는 죽은 상태로서 즉, 연금과 훈장으로서 이 가족의 가장이었다. 그것이 박탈되는 장면에서 강간에 의한 은옥의 임신 사실이 밝혀진다. 어머니의 손에 이끌려 중절 수술을 한 그녀는 미군 병사의 도움으로 눈 수술을 받고 시력을 회복하면서 그의 성적 파트너가 된다. 어머니에게 용돈을 조르던 은옥의 오빠는 이제 미군을 상대하는 누이에게 돈을 요구한다. 죽은 아비에게서 나오던 국가의 연금은 시력을 되찾은 누이의 '화대'로 바뀌었다. 그러나 가족 구성원 누구에게서도 이러한 현실에 대한 특별히 비통한 표현은 나오지 않는다. 그런가 하면, 이 모든 과정에서 은옥 역시 '심청이'가 아니다. 미군 병사와의 결합은 시력을 회복하고 싶은 그녀 스스로의 욕망에서 비롯된 것일 뿐이다.

---

3) 미군 병사의 은근한 유혹에 직면해 있는 은옥이 학교에서 돌아 오는 길에 목격하는 '누런 개'와 '흰 개'의 교미 장면은 아마도 천승세의 단편 「황구의 비명」(1974)의 모티프를 차용한 것은 아닐까? 그러나 그렇다 하더라도 내용은 질적으로 다르다. 은옥은 지흠에게 그 장면에서 '성욕'을 느꼈음을 고백한다. 이 장면이 「황구의 비명」에서의 모티프를 차용한 것이라면 그것은 「황구의 비명」류의 유치하고 저열한 인종주의적 발상에 대한 통렬한 풍자가 아닐 수 없다.

이 글의 첫머리에서 말했듯, 아비=국가란 원래 그런 것이다. 그것은 알량한 은혜를 베푸는가 하면 순식간에 가차없는 처벌과 응징을 자행하기도 한다. 애초에 누이의 실명이 그렇듯이 거기에 어떤 이유나 논리가 있는 것이 아니다. 이유나 논리와는 상관없이 삶은 그냥 진행될 뿐이다. 은옥과 죽은 아비의 역할 전도를 대하는 이 가족의 태도는 그런 것이다. 여기에 민족 현실의 비통한 메타포가 개입할 여지는 없다.

한편 은옥은 어떻게 정화되는가? 그녀의 정상으로의 회복은 어떻게 이루어지는가? 이 점에서 『수취인불명』은 또 한번 민족 담론의 기대를 기묘하게 비껴간다.

은옥에게 있어 시력의 회복이란 곧 미군 병사와의 성적 결합을 의미하는 것이므로 그것은 어떤 '정화' (淨化) 혹은 극복의 의미로 해석되기 어렵다. 그것은 오히려 바야흐로 더 깊은 훼손 혹은 불구의 이미지로 연결될 수 밖에 없다. 정상적인 육체로의 회복이 오히려 훼손이 되는 이 기묘한 역설적 상황은 이 '불구' 의 의미를 처음부터 다시 생각하게 한다. 더구나 이 '불구' 의 상황은 결말에서 또 한번의 역전을 맞는다. 미군 병사의 폭력에 못 견딘 그녀는 스스로 자신의 눈을 찔러 '불구' 의 상태로 돌아가는 것이다. 그것이 그녀 식의 '정화' 혹은 '회복' 인 것이다. 과연 그녀는 '원래대로' 한쪽 눈을 가린 채로 유치장에 갇힌 지흠과 눈물의 재회를 하는 것이다.

스스로 눈을 찔러 '본래의' 불구 상태를 '회복' 하는 은옥의 행동은 민족주의적 기대 지평에서 보자면, 주체적 자기 갱신의 몸부림으로 보일 수도 있을 것이다. 그러나 그러한 결단이 의당 지닐 법한 어떠한 숭고함도 장엄함도 전혀 보이지 않는다는 점에서 거기에는 주체적 자기 갱신의 결단적 행위와는 다른 무언가 어색한 부분이 있다. 요컨대, 그것은 갱신이나 재생을 향한 행위라기 보다는 막다른 자기 파괴에 가까운 것으로 보인다. 그렇다면 그것은 자신의 '불구'의 기원, 즉 자기 존재의 기원 그 자체에 대한 부정일지도 모른다. 그리고 바로 이 지점, 즉 모든 기원에 대한 강력한 부정의 정신을 드러내는 데에서 김기덕의 작품은 민족 담론의 안이한 회로를 벗어나 그만의 독특한 사유를 드러내고 있다. 흑인 혼혈아 '창국'은 그 점을 극명하게 드러내는 인물로 보인다.

아들의 사회적 삶을 불가능하게 하고 그를 처참하게 하는 기원으로서의 아비의 존재. 그것이 창국과 그 아비의 관계이다. 아비의 존재를 상기하는 것이 그대로 억압이 되는 현실. 그러나 아비의 존재가 그의 신체에 그대로 새겨져 있는 한 그것을 피할 길은 없는 것이 그가 처한 현실이다. 그러나 어미는 그 현실을 끊임없이 일깨운다. 아비에게 가 닿지 않는 편지를 쉴 새 없이 부치고 아들의 모습을 사진으로 찍어 보낸다. 어미에 대한 아들의 폭력은, 아비와 아들과의 관계, 즉 그 기원을 소거(消去)하고자 하는 아들의 욕망의 결과이다.

그 욕망은 물론 실현될 수 없는 욕망이다. 그의 신체에 새겨져 있는 차별과 소외의 표지가 사라지지 않는 한 그의 사회적 삶은 불가능하고 그는 영원히 소외되어야 한다. 차별과 소외는 어디에서, 왜 발생하는가? 사회는 왜 '불구자'를 차별하는가? 그것은 '불구'의 가시성이 끊임없이 자기 자신의 기원과 정상성을 되비추고 그에 대해 의문을 던지기 때문이다. '나(=너)는 어디에서 왔는가?' '나(=너)는 왜 저기에 있지 않고 여기에 있는가?'를 묻게 하는 존재는 불편한 존재이다. 혈연적 동질성으로 묶인 집단에서 혼혈의 존재, 잡종의 출현이 일으키는 혼란은 그 존재를 차별하고 격리시킬 확실한 근거가 된다. 그것은 한눈에 보이기 때문에 더욱 그러하다. 육체적 불구 역시 마찬가지이다. 그것은 당연한 것의 당연성, 정상적인 것의 정상성에 의문을 갖게 한다. 안정된 상투성의 기반이 흔들릴 때, 집단적 동일성의 기초가 의심스러워질 때, 사회적 폭력은 오랜 역사적 경험의 무게를 업고 작동한다.

창국이 맞닥뜨려야 하는 이 사회적 폭력의 표상이 아마도 그의 어미의 애인인 '개눈'일 것이다. 어미의 애인이라는 점에서 그는 말하자면 일종의 의붓아비인 셈인데, 창국의 삶은 그로테스크한 폭력의 집행자인 이 의붓아비에게 종속되어 있다. 다른 길은 열리지 않는다. 이 의붓아비는 결국 창국이 어쩔 수 없이 살아가야 할 이 사회의 표상인지도 모른다. 그의 폭력을 피해 도망쳤다가 다시 돌아온 창국에게 그는 증오와 폭력만이 살아남는 길임을 가르친다. '개를 잡을 때 중요한 것은 개와의 눈싸움이다. 눈을 부릅떠서 우선 기를 죽이는 것이다.' 이 폭력의 화신은 창국에게 폭력을 행사하면서 동시에 그가 살아가야 할 현실의 조건을 냉엄하게 일깨우는 교사이기도 하다. 그것을 벗어날 길이 없다는 것을 창국은 안다. 그는 개를 잡기 위해 몽둥이를 든다.

이 의붓아비에 대한 증오가 극대화 되는 것은 그가 창국의 기원을 일깨우는 순간이다. 이 의붓아비야말로 주둔군 병사에게 여자를 빼앗긴 원주민 남성의 콤플렉스를 적나라하게 드러내는 전형적 인물이다. "너 왜 니 엄마 때려? 때리지 마라. 너한테는 엄마지만 나한테는 애인이다. 네가 낳기 전부터." 이 순간 창국의 증오와 분노는 폭발한다. 창국은 막 배운대로 눈을 부릅뜨고 그를 노려본다. '개눈'은 그 눈길을 피한다.

이 폭력에 대한 창국의 대응은 간단한 것이다. 그는 의붓아비를 죽인다. 그는 그를 거부한 사회를 같은 방식으로 거부했을 뿐이다. 물론 그것은 아무런 해결책도 아니다. '나(=너)는 어디에서 왔는가?' '나(=너)는 누구인가?'라는 질문은 그에게는 끔찍한 폭력인 동시에 또 가장 절실한 것이

다. 의붓아비를 죽인들 그 대답
이 나올 리 없다. 그럼 진짜 아
비가 대답할까? 이것은 아비가
대답할 질문이 아니다. 창국은
머뭇거리지 않는다. 의붓아비
를 죽인 뒤 그는 어미를 씻기고
스스로를 지운다. '묻지 마라.
기원 따위는 없다', '정상으로
의 회복? 엿이나 먹어라', 논바
닥에 쳐박혀 하늘을 향해 두 다
리를 뻗어 올린 창국의, 죽어서
도 '불구'인 신체는 그렇게 말
하고 있는 것으로 보인다.

　민족주의 담론은 기원에 관한 질문을 봉쇄하고 그것을 단 하나의 회로
로 답하는 질서라는 점에서 '나(=너)'의 폭력적인 아비, 어쩌면 가짜(의
붓) 아비일지도 모른다. 『수취인불명』은 자기파괴적 부정을 통해 이 아비
를 거부하는 몸부림을 실현하고 있는 듯하다. 이것만으로도 『수취인불명』
이 이룬 성취는 의미있는 것이다. 그러나 그것이 썩 성공적으로 되었다고
말하기는 어렵다. 영화는, 숱한 잡동사니가 이리저리 뒤엉킨 채 쌓여 있는
어지러운 미로를 작가도 관객도 헤매고 있는 듯한 느낌을 안겨 준다. 아비
를 지우고 자기 자신을 지우고자 하는 강렬한 욕구와, 동시에 아비에게로
돌아 가고자 하는 또 다른 욕구 사이에서 작가는 헤매고 있는 것처럼 보인
다. 그것이 가능할까? 아비에게 길을 묻는 한, 기원은 발견되지 않을 것이
다. 기원과 정체(正體)에 대한 질문에 불교의 한 수사법은 '부모 생기기 전

〔父母未生前〕'의 나(=너)를 보라고 가르친다. 이 형용 모순의 어느 지점에 길은 있을 것이다.

……땅 속으로 들어간 '틔기'의 눈은 그 곳을 찾았을까?

(『수취인불명』, 삼인, 2002)

민족-민중문학과 파시즘

— 김지하의 경우*

한국-일본 '사이'에서의 민족주의 비판을 위하여

언제 어디서나 '밖'을 비판하는 것은 쉬운 일이다. 진실로 어려운 것은 '안'을 비판하는 일이다. 끊임없이 '안'과 '밖'의 경계를 확인하지 않으면 안 되는 사회, '밖'으로부터의 위협과 수난의 역사를 잠시도 잊어서는 안 되는 사회, 그럼으로써 '안'의 '안전함'과 '따뜻함'을 다짐해야 하는 사회, '안'과 '밖'의 경계가 어떻게 그어지는가, 그 경계의 어느 쪽에 속하는가에 따라 삶의 전부가 결정되는 사회, 그런 사회에서 '안'에 대한 진정한 비판이 나오기는 지극히 어렵다. 한국 사회는 무수히 많은 '안'과 '밖'의 경계선으로 얽혀 있다. 실로 현대 한국에서의 삶은 이 거미줄처럼 얽힌 경계선에 포획되어 있는 삶이다. 가장 확실하고 든든한 경계선, 가장 많은 '우리'를 확보하고 있는 '안'의 경계선은 물론 '민족'의 경계선이다. 한국

---

* 이 글의 최초 원문은 1998년 대산문학재단이 주최한 『한국현대문학 100주년 기념 심포지움』에서 발표되었으며, 『현대한국문학 100년』(민음사, 1999)에 실렸고 나의 책 『국문학을 넘어서』(국학자료원, 2001)에도 수록되었다. 여기에 덧붙인 서문은 이 논문이 일본의 『現代思想』(2001, 12)에 번역·게재될 때에 일본 독자들을 위하여 쓴 것이다. 그 서문과 함께 일부 수정한 본문을 다시 싣는다.

민족주의에 대한 안으로부터의 비판이 한국의 지식인들 사이에서 이제 겨우 시작되었다는 사실은 그 선이 얼마나 질기고 단단한 것인가를 말해 준다.

그러나 어려움은 거기에서 그치는 것만이 아니다. 한국 민족주의에 대한 비판에는 몇 겹의 어려움이 있다. 첫째는 '지구화' *globalization*의 문제이다. 폐쇄적 민족주의의 경계를 허물고자 하는 노력은, 마찬가지로 기존의 '안'과 '밖'의 경계를 순식간에 허무는 자본주의적 지구화의 전략과 흔히 겹치거나 혼동된다. 민족주의에 대한 비판자들은 이 오해를 뚫고 나가야 하며, 민족주의가 실은 자본주의적 지구화의 또다른 얼굴임을 일깨우는 작업을 동시에 수행해야 한다. 물론 이 어려움은 비단 한국 민족주의에 대한 비판에만 국한된 것은 아니다.

보다 미묘하고 복합적인 두 번째의 어려움이 있다. 그것은 한국과 일본의 '특수한' 관계에서 발생하는 어려움이다. 모든 담화는 그것이 어디에서 발화되는가에 따라 의미의 굴절 내지는 변용을 겪는다. 한국과 일본에서의 민족주의 비판은 특히 그러한 경우에 속한다. 여기 하나의 에피소드가 있다: 몇 년 전에 내가 재직하고 있는 학교에 일본에서 활약하고 있는 한국 출신의 대학 교수가 와서 강연을 한 적이 있다. 일본의 이른바 '자유주의사관' 론자들을 비롯한 극우 민족주의를 비판하는 강연이었는데, 대단히 전문적이고 수준 높은 강의여서 나 역시 큰 가르침을 받았다. 그런데 대부분 대학원생들이었던 청중은 격렬한 반일(反日)감정에 기초한 민족주의적 정서의 재확인이라는 형태의 반응을 보이고 있었다. 일본 민족주의에 대한 비판이 한국 민족주의의 강화를 불러 일으키는 이 기묘한 아이러니는 한국에서는 전혀 희귀한 일이 아니다. 그리고 이와 똑같은 일이 일본에서도 일어나지 말라는 법은 없을 것이라고 나는 생각한다. 한국 민족주의에 대한 비판이 보다 미묘하고 복합적인 어려움을 안고 있다는 것은 바로 그런 까닭에서이다.

그러나 그렇다고 해서 비판을 멈출 까닭은 없다. 한국전쟁 중에 태어나서 오로지 한국 안에서 교육받고 자란 나는, 현대 한국인의 인간적-정신적 성숙을 가로막는 가장 큰 장벽이 민족주의라고 생각하는 지식인 중의 한 사람이다. 이런 생각은 물론 이러저러한 비판에 부딪치고 있고, 또한 그 비판들 중의 상당수는 귀 기울여 들을 만한 타당한 비판들이기도 하다.

한편 앞서 말한 어려움과 관련하여 나는 민족주의에 관한 비판적 담론들이 한국과 일본의 '사이'에서 활발하게 논의되어야 한다고 생각한다. 1965년의 이른바 '한-일 국교(國交)정상화' 이후 계속되어 온 한국과 일본의 지적-문화적 교류의 실상에 대한 정확한 통계나 지식을 나는 갖고 있지 않다. 그러나 아마도 그 어떠한 교류에서도 '민족주의'가 의제 *agenda*가 되었던 적은 없었을 것임이 분명하다고 나는 생각한다. 그러나 동시에, 표면으로 드러나지는 않았어도 거의 모든 교류에서 늘 그 밑에 단단하게 도사리고 있었던 것은, 심정적으로든 이론적으로든, 역시 '민족주의'의 문제였던 것임에 틀림없다고 생각한다. 그럼에도 불구하고 모두들 이것을 건드리지 않고 넘어갔던 데에서, 앞서 말한 바, 한쪽에서의 민족주의 비판이 다른 한쪽의 민족주의를 강화하거나 고무하는 역설이 생겨날 수 있었던 것이 아닐까?

한국 민족주의의 문제는 필연코 일본과의 관련 속에 있다. 한국과 일본의 새롭고도 바람직한 관계를 구상하는 모든 사람들에게 민족주의의 문제는 더 이상 회피할 수 없는 문제이다. 나의 이 보잘 것 없는 논문은 물론 그런 문제를 염두에 두고 쓰여졌던 것은 아니다. 지금에 와서 읽어 보면 대단히 거칠고 여기저기 빈 틈 투성이임을 숨길 수 없다. 그러나 보잘 것 없는 글이나마 이것이 민족주의를 넘어선 새로운 세계를 구상하는 사람들에게 조금이라도 생각의 계기를 제공할 수 있다면 필자로서는 더할 수 없는 영광일 것이다.

1.

> 인간이 자신의 혈통에 안주하는 것은 그 속에 존재하는 잔혹한 장난을 보지
> 않는 것이다.
>
> - 가라타니 고진(柄谷行人)

70-80년대 민족-민중문학론의 그 숱한 '논쟁' 들을 지금 다시 읽어 보면, 선뜻 답이 떠오르지 않는 의문에 부딪치게 된다. 알다시피, 논쟁은 민족문학의 (소)시민성을 벗어나 그 중심을 민중성으로 전이시켜야 한다는 논의로부터 촉발되어, 노동자 계급의 당파성을 핵심적 잣대로 내세우는 이론을 거쳐, 우리 민족이 여전히 식민지적 굴레에 묶여 있다는 인식 아래 민족해방의 대의에 복무할 것을 주장하는 이론으로까지 분화되어 나갔던 것이다. 그런데, 그 논의들의 방대함과 산만함, 그리고 엄청나게 교조적이고 이론편향적인 태도에도 불구하고, 정작 그 논의들의 공통적인 출발점이라고 할 수 있는 '민족'이나 '민중'에 대해서는 어떤 원론적인 논의도 찾아보기가 어렵다. 민족문학의 개념을 정초하는 데에는 백낙청 교수의 다음과 같은 언급이 아마도 하나의 고전적 경구로 기억될 수 있을 것이다.

> [민족문학]은 민족의 주체적 생존과 그 대다수 구성원의 복지가 심각한 위협에 직면해 있다는 위기의식의 소산이며 이러한 민족적 위기에 임하는 올바른 자세가 바로 국민문학 자체의 건강한 발전을 결정적으로 좌우하는 요인이 되었다는 판단에 입각한 것 〈중략〉 민족문학의 개념은 철저히 역사적 성격을 띤다. 즉 어디까지나 그 개념에 내실을 부여하는 역사적 상황이 존재하는 한에서 의의있는 개념이고, 상황이 변하는 경우 그것은 부정되거나

보다 높은 개념 속에 흡수될 운명에 놓여 있는 것이다.[1]

이 글은 "따라서 민족이라는 것을 어떤 영구불변의 실체나 지고의 가치로 규정해 놓고 출발하는 국수주의적 문학론"과 자신을 "근본적으로 다르다"고 말한다. 여기서 민족문학은 '반식민-반봉건 의식'을 내용으로 하는 '근대문학'으로 정의된다. 그런데 정말 민족문학(론)에서의 '민족'은 '민족을 영구불변의 실체로 규정하는 국수주의'와 '근본적으로' 다른 것이었을까?

앞으로의 논의의 공평성을 위해서는, 우선 민족문학의 개념이 이와 같이 천명되는 70년대 한국 문학의 '역사적 상황'이 감안되어야 할 것이다. 이 시기의 민족문학론은, 식민지 시대 이래 저항의 역사 속에서 성장해 온 한국 문학의 전통을 '민족문학'이라는 개념으로 수렴시키면서, 동시에 그것을 바탕으로 당시의 현실, 즉 박정희 정권의 유신 통치에 맞선다는 정치적 요구를 담고 있는 것이었다. 따라서 이때의 '민족문학'이라는 용어가 가리키고 있었던 것은 이광수, 최남선 류의 민족우파 또는 타협적 민족주의자가 말하던 '민족문학'은 분명히 아니었다. 그것은 염상섭 등의 중도파나 한용운, 이상화 등의 비타협적-저항적 민족주의, 그리고 당시에는 강력한 금기로 존재했던 카프 중심의 프로레타리아 문학의 진보적 전통, 나아가 해방 직후 문학가 동맹의 '민족문학 건설'의 테제까지도 암묵적으로 감싸 안으면서, 가장 가까이는 60년대의 이른바 '참여문학'의 전통을 자신이 계승하고 있는 역사적 실체로 선언하는 것이었다. 이것이 70년대 민족문학(론)의 역사적 상황이었다.

---

1) 백낙청, 「민족문학 개념의 정립을 위해」, (『민족문학과 세계문학』, 창작과 비평사, 1974), 125쪽.

또 한편, 이 역사적 상황이라는 것에는 진보적 이념의 논의나 실천이 원천적으로 봉쇄되었던 한국의 정치적 상황, 즉 극우 반공주의의 현실이라는 것도 포함되어 있었다. 요컨대, 극우 민족주의나 국가주의와 '공통의 용어'나 개념을 사용하면서 한편으로는 그 국가주의와 정면으로 부딪쳐야 했던 것이 한국 민족문학의 피할 수 없는 한 현실이었다는 점, 이것은 민족문학의 이러저러한 개념상의 한계나 모순을 지적하는 자리에서도 늘 염두에 두지 않으면 안 되는 문제일 것이다. 이러한 역사적 상황을 감안한다면, 한국의 민족문학이 국수주의나 국가주의와의 혼동의 위험에도 불구하고 그 개념을 통하여 한국 근대문학의 최량의 전통을 수호하고 견지하려 했던 역사적 사실은 그것대로 평가되어야 할 것이다.

그러나 그렇다고 해서 민족문학론이 안고 있었던 개념의 혼란과 그로부터 빠져 들어간 자폐적 함정이 해소되는 것은 물론 아니다. 우선 위의 인용문으로 되돌아가 논의를 시작하자.

이 글은 민족문학의 개념을 '민족의 주체적 생존이 심각한 위협에 직면해 있다는 위기의식의 소산'으로 파악하고 있다. 이러한 언명은 이른바 '민족'의 탄생과 '민족의식'의 형성이, 전통적 공동체 붕괴의 위협으로부터 시작된 것이라는 일반적 상식에서 크게 어긋나 있는 것은 아니다. 그러나 이 글은 이러한 일반적 정의로부터 곧바로 한국 민족주의의 특별한 성격을 강조하는 방향으로 나아간다.

그 점을 논하기에 앞서, 민족문학론은 "역사적 상황의 변화에 따라 부정될 수 있는 것이기 때문에 국수주의의 그것과는 다르다"고 말하는 것은 해결될 수 없는 형용 모순임을 먼저 밝히고 넘어 가도록 하자.

"민족문학이 부정되고 더 높은 개념에 흡수되는 상황의 변화", 즉 "민족문학의 개념에 내실을 부여하는 역사적 상황의 변화"란 무엇인가. 그것은 아마도 민족문학 개념의 토대가 되었던 민족적 위기의 소멸일 것이다. 다시 말해 '민족적 위기의 소멸 → 민족주의 및 민족문학 개념의 소멸'인 것이다. 그런데 사실상 민족적 위기와 민족주의란 이렇게 선명한 선후관계에 있는 것이 아니라 같은 사물의 다른 측면에 지나지 않는다. 전근대적 삶의 질서와 체계에 대한 위협으로부터의 방어의식이 '발견'해 낸 것이 '민족'이었다면, 민족적 위기가 민족주의를 낳은 것이 아니라 민족주의를 통해서 민족적 위기를 자각한 것이다. 달리 말하면, 민족주의란 이미 언제나 민족적 위기의식을 포함하고 있는 개념인 것이다. 따라서 '민족적 위기의 소멸 → 민족문학 개념의 소멸'이라는 구도는 마치 거울을 마주 세워 놓은 것 같은 형태로서 여기서는 그 어느 것도 소멸되지 않고 영구히 반복될 뿐이다. 이것이 '민족을 영구불변의 실체나 지고의 가치로 규정'하는 국수주의와 어떻게 '근본적으로' 다를 수 있을까?

다시 앞서의 논의로 돌아가서, 이 글이 민족 개념의 일반적 정의로부터 한국 민족의 특수성을 강조하는 방향으로 나아간다는 것에 대해 살펴보자. 이 글은, 민족문학이 곧 근대문학이며 우리의 경우 그것은 일제의 침략에 맞선 반식민-반봉건 운동과 직결되는 것임을 말하고 나서, 이러한 외부적 자극에 의해 근대나 민족의식의 자각이 이루어졌다고 해서 그것이 일종의 민족적 열패감 또는 민족허무주의로 귀결되어서는 안될 것임을 다음과 같이 말하고 있다.

이것은 한국에는 본래 〈근대적인 의미에서의〉 민족의식이 없었고 따라서 일본을 통한 서양의 영향으로 비로소 근대적 민족의식이 싹트고 근대적 문학이 생겨났다는 이야기와는 근본적으로 다른 발상이다. 한국에서의 민족의식

발달에 끼친 서양문물의 영향을 부인하려는 것은 아니나, 〈민족주의〉 또는 〈민족의식〉의 문제를 항상 서구의 〈민족국가〉*nation state*를 기준으로 논한다는 것은 우리의 역사적 현실과 동떨어진 이야기로 시종하기 쉽다. 그것은 우리도 만시지탄이 있으나 하루 속히 영국이나 프랑스가 일찍이 가졌던 민족국가 의식을 배우도록 해야겠다는 부질없는 조바심이 아니면, 선진국의 역사에서 이미 과거지사가 된 것을 이제 새삼스레 해서 무엇하랴는 식의 민족주의 무용론을 낳기가 십상이다. 그리고 이들 중 어느쪽으로 기울든 간에 그 밑바닥에는 반만년 역사 운운하면서도 우리는 〈민족의식〉 하나 제대로 못가진 민족이었구나 하는 일종의 민족 허무주의가 자리잡고 있는 것이다.[2]

서구의 민족국가를 기준으로 민족주의나 민족의식을 논하다 보면 결국 선진국을 빨리 따라 잡아야 한다는 "부질없는 조바심" 아니면 민족주의 무용론으로 이어진다는 이 글의 주장에서 강하게 감지되는 것은, 이른바 '이식문화론' 또는 '타율적 근대화론'에 대한 강한 거부감, 그리고 이러한 거부감을 바탕으로 새롭게 등장한 '자본주의 맹아론'과 '자생적 근대화론'의 초조한 자기 정립의 욕구이다. '민족', '민족국가', '민족의식'은 물론, 당연히, '근대'의 산물이며 또 무엇보다도 서구의 경험에서 나온 것이라는 사실은 여기서는 무시 또는 회피되고 있다. '민족이 민족주의를 낳는 것이 아니라 민족주의가 민족을 낳는다"[3]든가, '민족'이란 인쇄 자본주의의 발전이라는 물질적 기초를 토대로 상상된 근대의 산물에 지나지 않는다[4]는 연구 결과도 이런 주장 앞에서는 무언가 불순한 저의를 숨기고 있

---

2) 위의 글, 126-127쪽.

3) Ernest Gellner, *Nations and Nationalism* (Oxford: Basil Blackwell. 1983). 55쪽.

4) Benedict Anderson, *Imagined Communities* (London & New York: Verso, 1991).

는 것처럼 보인다. 또한, 타율성 이론에 맞서 자생적 주체성이나 특수성을 강조하는 행위 자체가 이미 서구적 근대를 절대의 보편으로 상정하고 있는 것이라는 사실도 아직 자각되지 않는다. 결국, '한국에는 본래 〈근대적인 의미에서의〉 민족의식이 없었고 일본을 통한 서양의 영향으로 비로소 근대적 민족의식이 싹텄다'는 이야기는 서구를 기준으로 하는 것으로서, 우리의 역사적 현실과는 동떨어진 것이라는 것이 이 글의 주장이다.

그러나 민족, 민족국가, 민족주의를 논할 때에 그것을 어디까지나 '서구적 근대'의 의미에서 논하는 것은, 무엇보다도 우리의 역사적 현실을 있는 그대로 보기 위해서, 그럼으로써 불필요한 민족적 열패감이나 허무주의를 갖지 않기 위해서, 또 동시에 근거없는 국수주의를 배격하기 위해서도 절대로 긴요한 일이다. 다시 말해, 서구적 근대를 유일하게 완성된 모델로 상정하고 그것에 비추어 '미달'된 자신의 모습을 개탄하는 '부질없는 조바심'에 가득찬 열패감이나, 혹은 그와 정반대의 태도 (이것 역시 실은 동일한 심리구조의 산물이긴 하지만) 즉, 자신이 본래부터 남다른 근대적 면모를 충분히 갖추고 있었다는 하는 자기 과장, 또는 자신의 '특수성'을 강조함으로써 스스로 서구적 보편으로부터 벗어났다고 주장하는 것 등은 실제에 있어서는 모두 서구 중심적 근대주의의 내부를 결코 벗어날 수 없는 논리일 뿐이다. 서구와는 달리 자기 자신이 얼마나 특수한가를 끊임없이 확인하고 그것을 통해 자신의 동일성을 증명하고자 하는 이 욕구야말로 사실은 가장 뿌리깊은 서구 중심주의의 한 변형인 것이다. 사카이 나오키(酒井直樹)는 이른바 보편주의와 특수주의가 이율배반의 관계가 아니라 사실은 상호보완하는 것임을 말하고 나서 일본의 예를 들어 그것을 다음과 같이 지적하고 있다.

일본이 서양과 얼마나 다른가를 고집하는 것도 실은 타자의 시각에서 자기를 보고자 하는 억누를 수 없는 충동으로부터 오는 것이다. 물론 이것은 서양의 시각에 따라 일본의 동일성을 정립하는 것이며, 그렇게 함에 따라 보편적 대조항으로서의 서양의 중심성을 확립하게 되는 것이다.[5]

우리의 경우에도 예외가 아니다. 이미 서구적 경험과 기준에서 도출된 민족, 민족주의, 민족국가의 개념을 자신의 논리적 근거로 삼으면서, 또 한편으로는 언제나 '우리의 민족주의는 서구와 다르다', '서구의 기준으로 우리의 민족주의를 평가하면 안된다'는 식의 이상한 어법이 아무런 회의없이 통용되어 온 것만큼 한국 민족주의의 혼란과 착종—그러나 그 실제에 있어서는 가장 강하게 서구중심주의에 사로잡힌, 이른바 '서구중심적 반서구중심주의' *Eurocentric Anti-Eurocentrism*의 전형—을 잘 드러내는 사례는 달리 없을 것이다[6]. 그런 의미에서, 민족, 민족국가, 민족주의

---

5) 酒井直樹, 『死産される日本語·日本人』, 東京, 新曜社 1996, 23쪽.

6) 다음과 같은 글은 그러한 혼란과 착종이 얼마나 거칠고 극단적인 자기 중심주의의 위험 앞에 노출되어 있는지를 보여주는 하나의 표본적인 사례로 기억될 만하다. "민족 또는 민족주의에 관련된 많고 많은 논의의 대부분은 한국사회의 특성이나 역사적 구체성을 고려하지 않고 다민족국가인 미국, 인종과 문화의 교배가 극심했던 구라파를 토대로 생산된 이론들을 차별없이 한국의 민족이론이나 민족주의 담론에 적용해왔다는 특징을 갖는다. 특히 민족주의에 대한 비판적 이론가들은 "민족주의야말로 국제적으로나 국내적으로나 인종이라는 억압과 배제, 집단적 학살과 전쟁을 야기하는 원천"이라고 비판하는 홉스봄류의 민족주의 부정론에 논거를 두는 것이 보통이다. 이러한 발상에는 의심스러운 바가 한 두 가지가 아니지만 무엇보다도 한국 민족주의가 억압과 배제, 집단적 학살과 전쟁을 야기하는 원천일 수 있겠는가 하는 점이다. 나치 민족주의가 "학살과 전쟁을 야기한 원천"이었던 사실은 역사적으로 경험했던 것이기도 하지만 그런 사례로 모든 민족주의를 일반화할 수 없다는 것은 실로 자명한 일일 것이다. 한국이 '민족'이라는 말을 통해서 정치적 영향력을 형성하기 시작한 것은 국권상실기인 19세기 말에서 애국계몽기시대였다. 그리고 식민지시대가 이어지고, 민족분단을 맞게 되면서도 민족주의 논의는 그치지 않았다. 한국의 민족주의는 타민족을 침략하고 지배하는 데 목적을 둔 것이 아니라 상실한 국권을 회복하자는 것이고 와해 위기를 맞았던 민족을 되살리자는 것이었고 자신의 언어와 문화와 역사를 지키자는 것에 뜻이 있었다. 공격적 침략적 파괴적 민족주의가 아니라 수세적 방어적 자기보존적인 민족주의의에 불과했던 것이다"(홍기삼, 「민족어와 민족문학」, 한국 현대문학 100년 심포지움 발제문).

등이 '서구에서조차' 18세기 후반 내지 19세기에나 형성된 하나의 우연적/인위적 구조물에 지나지 않는 것일 뿐만 아니라, 무엇보다도 그 민족주의의 역사적 전개가 보여주는 바, 타자의 억압과 배제를 통한 자기동일성에의 강한 집착이 사실상 근대적 질곡의 핵심을 이루어 왔음을 확인하는 것이야말로, 바로 그 근대적 질곡을 온몸으로 겪고 있는 한국인의 근대적 삶을 해방하는 하나의 길이 될 수 있는 것이었다. 그렇다면 민족 구성원 대다수의 삶과 나아가 세계문학에의 기여를 기획하는 70년대의 민족문학론에 내장되어 있는 이 민족주의는 민족문학론이 해결해야 할 하나의 이론적/실천적 모순이 아닐 수 없었다. 그리고 민족문학론이 '보다 높은 개념으로 흡수'되는 것은 바로 이 모순의 지양을 통해서 가능했을 것이었다.

그러나 사태는 전혀 그렇지 못했다. 민족적 위기가 지금도 여전히 존재하고 "그 어느 때보다 심각한 것"이기 때문에, 민족주의는 오히려 이 글을 이끌고 있는 가장 강력한 정서가 되며 민족주의에 대한 어떠한 의심이나 경계도 거부된다.

> 이것은 〔민족허무주의-인용자〕 전혀 역사적 사실과 부합되지 않는 생각이다. 〈중략〉 우리에게는 삼국통일 이후의 주어진 역사 속에서 우리 민족의 독자적 생존을 지켜 줄 만한 민족의식은 여하간 있었다. 또 그랬기 때문에 오늘날 우리가 한국인으로 살면서 민족의식을 논하고 민족문학을 말할 수 있는 것이다.[7]

이 말을 '민족을 영구 불변의 실체로 규정하는 국수주의적 민족주의'와

---

7) 백낙청, 앞의 글, 127쪽

구별하기는 지극히 어렵다. '근대 이전의 민족의식'이라는 개념의 비약도 문제이지만, '오늘날의 한국인'을 아주 당연하게 '삼국 통일 이후의 주어진 역사 속에서의 민족'과 동일시 하는 이러한 발상이야말로 단일 민족의 신화나 민족 유기체설에 강박된 국수주의로부터 그리 멀리 있는 것이 아니다.[8] 그러나 이 글은 식민지의 경험을 겪은 우리가 국수주의를 과도하게 경계하는 것은 일종의 허장성세라고까지 말한다.

> 진정한 민족문학은 여하한 감상적 또는 정략적 복고주의와도 양립할 수 없으며 그것은 또 결코 국수주의에 흐를 수도 없다. 아니, 식민지 또는 반(半)식민지 상황에서 국수주의의 위협을 과도히 경계하는 것 자체가 그릇된 현실감각의 소산일 수 있다. 엄격한 의미의 국수주의는 히틀러의 독일이나 뭇솔리니의 이탈리아 및 군국 일본 등 스스로가 열강의 틈에 낄 수 있는 정치, 경제적 독자성 위에서만 가능한 것이지 식민지 통치자 또는 이른바 다국적 기업의 이해관계에 어긋나지 않는 한도내의 국수주의란 일종의 허장성세에 지나지 않는 것이다. 〈중략〉 그 올바른 극복의 길은 오직 참다운 민족주의의 실현뿐이다. 국수주의를 두려워 한 나머지 민족주의 자체를 경계하고 민족문화-민족문학의 이념 자체를 부인한다면 이는 본말을 뒤집는 꼴이며, 사이비 민족주의자들에게 그럴듯한 반론의 구실이나 주어 민중의 정신을 더욱 산란케 하고 민족적 각성을 지연시키는 결과나 가져올 뿐이다.[9]

한국의 민족주의는 피해와 억압의 기억을 자신의 정체성 확립의 주요한 심리적 기제로 삼아 왔다. 요컨대, 피해자로서의 역사적 경험과 기억은 한

---

8) 이 점에 관하여는 이 진, 『우리는 단군의 자손인가?』(한울, 1999) 참조.
9) 백낙청, 앞의 글, 136-137쪽.

국의 근대민족 구성에 핵심적인 정서적 자질이었다고 할 수 있다. 마루아 마 마사오(丸山眞男)는 일본의 민족주의를 가리켜 "처녀성을 잃은 민족주의"라고 말한 바 있지만, 한국의 민족주의에서는 그 반대의 이미지, 즉 자신을 한없이 순결하고 무구한 것으로 형상화 하는 심리가 끊임없이 지속되어 왔다. 이러한 민족주의는, 제국주의 국가의 민족주의와는 다른 형태로, 피억압자의 억눌린 욕구를 자극하는 측면을 다분히 지니면서 하나의 집단적 형태로 자리잡는다.[10]

그것은 내부의 갈등과 모순을 민족 지상의 감상*sentiment*으로 봉합하면서 강제적 통합의 유용한 도구로 작용하는 한편, 외부에 대하여는 일종의 보상심리의 성격마저 띠는 배타적 공격성으로 드러나기도 한다. 피학대의 경험과 기억이 민족주의와 국가주의의 외피를 쓰고 더욱더 잔혹한 배타적 공격성으로 드러나는 사례는 얼마든지 있고, 그것은 피해자나 약자로서의 위치로 면죄될 수 있는 것이 아니다. 한국의 현대사에서 그런 실례는 얼마든지 발견할 수 있다. 굳이 이런 피학대의 경험이 왜곡된 형태의 가학성으로 나타나는 경우를 들지 않더라도, 한번도 '제대로 된' 민족국가를 가져 보지 못했다는 역사적 박탈감 같은 것은 한국의 민족주의가 유난히 관념적이고 신성불가침의 이데올로기로 화하는 주요한 요인이 되었다고 보인다.[11] 이런 시각에서 보면, 식민지 또는 반식민지 상황에서의 국수주의는 허장성세에 지나지 않는다거나 그것에 대한 과도한 경계가 그릇된 현실감각의 소산이라는 것이야말로 근거없는 단정이며 그릇된 현실감

---

10) 이 점에 관한 보다 상세한 분석은 김철,「김동리와 파시즘-「황토기」를 중심으로」, (한국문학연구회,『현대문학의 연구』12집, 국학자료원, 1998) 참조.

11) 같은 글 참조. 한편 최근에 한국 민족주의의 이러한 성향에 대한 진지한 의문과 문제제기들이 이루어지고 있어서 주목된다. 역사학과 인류학의 분야에서는 이 전, 앞의 책과 임지현,『민족주의는 반역이다』(도서출판 소나무, 1999)를 보라. 또한 국문학의 경우에는 한수영,「민족주의와

각의 소산일 수 있는 것이다.

도대체, '민족'이란 무엇인가, 그것으로 지칭되는 대상의 외연과 내포는 무엇인가, 더 나아가, '민족'은 실체인가, 그것을 중심으로 사유하고 실천한다는 것은 무엇인가, 하는 질문은 이른바 민족문학 진영의 내부에서 심각하게 제기된 적이 없다. '민족'은 의문의 여지가 없는 것으로 전제되어 있고, 어디까지나 문제가 되는 것은 '민족문학'을 어떻게 확대하고 그 중심을 어디에 세울 것인가 하는 것 등이었다. 앞서 말했듯이, 70년대라는 시점을 생각하면 이것은 전혀 이해 못할 바도 아니다. 진보적 이념의 논의나 실천이 원천적으로 봉쇄되어 있는 현실에서는, 차라리 '민족'의 개념을 일종의 공백으로 남겨놓던가 아니면 탄력적이고 유연한 상태로 비워놓고 그때 그때의 현실적 요구에 맞추어 나가는 것이 '전략적' 효과를 지닌 것일 수도 있었다.

그러나 그렇다 하더라도 언제까지나 그런 상태를 계속할 수는 없는 것이었다. 현실적 필요에 의한 임시변통의 용어라 하더라도 시간이 흐르면 그것은 독자적인 내용을 갖는 하나의 개념틀이 되거나, 혹은 그렇게 되기를 요구하는 사태에 이르기 마련이다. 민족문학론은 어떻게든 이 요구에 답했어야 했다. 그러나 민족문학론은 그 제일급의 이론가조차 처음부터 그것을 '민족주의적'으로 고착시키고 실체화 하고 있었다. 단일민족의 신화나 연속적 유기체로서의 민족관념이 지닌 허구성, 그러한 관념이 반성되지 않고 실체화 될 때의 위험성에 대한 경고는 민족문학론자들에게서는

문화」, 고미숙, 「18세기에서 20세기초 민족담론의 변이양상」, (한국문학연구회 주최 학술심포지움 『한국문학과 민족주의』, 1999) 등이 있다.

전혀 제기되지 않았다[12]. 요컨대, '민족문학'의 '기원'은 '은폐'되고 말았던 것이다.

한국의 현대 사상사에서 마르크시즘이 하나의 강력한 금기였던 것과 마찬가지로 민족주의 역시 다른 의미에서 금기였다고 할 수 있다. 전자는 말하면 안 되는 금기였고, 후자는 말할 필요도 없이 당연한 것으로 전제되었다는 점에서 금기였다. 민족문학론은 하나의 금기에 도전하면서 내부에서는 또 하나의 금기를 스스로 강화하고 있었다. 여기에서 민족문학론의 이론적 질곡이 시작되었다. 그러나 질곡은 그것만이 아니었다.

> 다음으로 이러한 민족문학은 민중에 기초한 민중문학에 의해 구체화되는 것이다. 그 생활상 대외종속적이고 불균형한 분단의 사회구조와 외세의 가장 직접적이고 집약적인 피해자로서 그것에 대해 가장 대립적일 수밖에 없고 그런 만큼 가장 민족적인 존재라는 맥락에서 민중이야말로 민족 해방의 주체가 되기 때문이다. 부연하자면 민족 구성원들의 인간다운 삶의 요구와 이를 저지하는 외세와 파행적 사회구조 간의 대립-갈등이 민중의 패배로 귀결되면서 가장 직접적-집약적으로 드러나고 있는 민중의 삶의 현실이야말로 오늘의 가장 전형적인 민족적 삶의 현실이며, 그 현실 속에서 인간다운 삶을 속박 내지 박탈 당하고 있는 민중들이야말로 오늘의 가장 전형적인 민족적 존재이므로 민족문학은 주어진 사회적 틀 속에서 비인간적 삶을 강요당하는 민중들의 삶의 현실을 토대로 그러한 삶의 한복판에 응어리진 민중

---

12) 이 문제에 관한 유일한 의미있는 문제제기는, 내가 알기로는, 정과리의 「민중문학론의 인식구조」, (『스밈과 짜임』, 문학과 지성사, 1988)에서 이루어졌을 뿐이다.

들의 고통과 요구를 형상화 해내는 민중문학으로 구체화 될 때 참 민족문학
으로 설 수 있다는 것이다.[13)]

　　"~이야말로", "가장 직접적", "가장 집약적", "가장 전형적", "가장 대립
적", "가장 민족적" 등의 어사가 끊임없이 반복되고 강조되면서 80년대의
가파른 현실을 타고 넘는 이 글에서 전면에 드러나는 것은 '민중적 이상'
에 대한 쉼없는 열정과 헌신의 자세이다. 이 열정에 대한 인간적 경의와는
별도로, 우리는 여기에서 한국 민족문학론의 기본적 구도, 즉 민족주의＝
낭만주의＝민중주의의 밀접한 연관을 읽을 수 있다.
　　민족-민중문학은 흔히 리얼리즘을 그 창작방법으로 하면서 이른바 낭
만주의와는 대립되는 것으로 여겨져 왔다. 그러나 창작의 미학적 원리를
무엇으로 하든 간에, 민족-민중문학(론)을 이끈 강력한 정서적 자질은 낭
만주의였으며 이 사실은 지금까지 그다지 강조되거나 분석된 적이 없다.
벌린(Isaiah Berlin)은 낭만주의를 영구불변의 인간적 태도로서가 아니라,
아직까지도 우리에게 영향을 미치는 특정한 역사적 변화로 이해해야 한다
고 말한다. 그는 낭만주의를 1760-1830년에 걸쳐 유럽인의 의식에 일어
난 갑작스러운 단절과 변화로 설명한다. 가장 큰 변화는 내면적 삶의 발견
이라고 할 수 있었다. 신념을 위한 희생(순교), 가치에 대한 헌신 같은 것
에 최대의 중요성을 부여하는 삶의 방식이 등장했고, 이것은 주정주의
*emotionalism*로의 거대한 전환, 원시적이고 먼 것에 대한 갑작스런 관
심, 국가에 대한 숭배, 초인, 천재, 영웅에 대한 찬미, 심미주의 등을 불러
일으켰다.[14)] 80년대의 한국 민중문학이 이러한 낭만적 열정에 깊이 이끌

---

13) 채광석, 「민족문학과 민중문학」, (『민족, 민중 그리고 문학』, 지양사 1985), 88쪽.

리고 있었다는 것은 크게 사태를 왜곡하는 것은 아닐 것이다.

한편 가라타니 고진은 리얼리즘이 실은 낭만파적인 전도에서 비롯된 것임을 밝히면서[15] 리얼리즘과 낭만주의의 대립이란 무의미한 것이라고 말한다. 그에 따르면 일본 근대문학에서의 '상민' (常民)의 발견도 사실은 이와 같은 전도에 의해 보이게 된 풍경이다. 마르크스주의 문학에서의 프로레타리아의 발견 역시 마찬가지이다. 내면의 발견, 즉 내적 인간의 등장이 풍경을 발견하게 하고 그 풍경 속에 프로레타리아도 포함되는 것이라는 맥락에서 본다면, 낭만주의와 민중주의 그리고 민족주의의 밀접한 관계는 보다 선명하게 이해될 수 있을 것이다. 요컨대 그것들은 서로가 서로를 비추는 거울인 것이다.

민중문학(론)의 낭만성 및 주정적(主情的) 성향과 연관하여 그 인민주의적 속성도 앞으로의 논의를 위해서 지적되어야 하겠다. 절대 다수의 소박한 인민들 속에, 그리고 그들의 집단적 전통 속에 선(善 virtue)이 존재한다고 믿는 인민주의는 하나의 특정한 원리라기 보다는 어떤 신드롬으로 설명된다.[16] 인민주의의 사고 속에서 모든 악의 근원은 근대의 산업화이며 이방(異邦)의 음모자들이다. 기계와 문명이 공동체의 조화로운 삶을 파괴했으며 외부의 음모자들에 의해 순박한 삶의 질서가 교란되었다는 현실 인식은 모든 인민주의적 사고의 공통 기반이다. 이러한 파괴와 야만이 존재하지 않았던 시대로의 회귀를 꿈꾸는 원시주의 *primitivism*, 회복되어

---

14) Isaiah Berlin, *The roots of romanticism*, (Princeton University Press, 1999). 1-20쪽.

15) "풍경이 일단 눈에 보이게 되면, 그것은 곧바로 원래 외부에 존재했던 것처럼 보인다. 사람들은 그러한 풍경을 모사하기 시작한다. 그것을 리얼리즘이라고 부른다면, 실은 그것이 낭만파적인 전도에서 비롯된 것임을 알아야 할 것이다". 가라타니 고진, 박유하 옮김, 『일본 근대문학의 기원』, 민음사, 1997. 41쪽.

16) Peter Wiles, A Syndrom, Not a doctrine, G. Ionescu & E. Gellner, (eds.) *Populism*, (London, Weidenfeld and Nicolson, 1969). 166쪽.

야 할 이상적 공동체로서의 농촌을 모범으로 삼는 농본주의 등은 인민주의를 이끄는 핵심적 정서가 된다.

따라서 인민주의는 특정한 정치적 강령이 아니라 오히려 반(反)정치적인 운동이며, 인민들 사이의 우애와 협조 및 공동체에의 귀속의식을 통해 공동체의 재건을 목표로 삼는 운동이다. 그러므로 품성론(品性論 theory of personality)이야말로 인민주의의 전형적인 특징이 된다. 결국 인민주의는 정치나 경제 심지어는 사회에 대한 것도 아니고 인간의 도덕 감정, 인격에 관한 것이 된다. 이데올로기로서의 인민주의는 완결성이 있는 것도 아니고 정교한 체계를 갖춘 것도 아니다. 인민주의는 그 자체로서는 아무런 힘을 발휘하지 못한다. 문제는 그것이 다른 이데올로기와 결합했을 때이다. 그것은 자주 민족주의와 결합하고 또 더러는 마르크시즘과도 결합한다.[17] 물론 파시즘으로 전화하기도 한다.

민족-민중문학(론)의 핵심적 이념이었던 민족주의, 민중주의 그리고 낭만주의는 민족-민중문학 '운동' 의 역사 속에서 거의 객관화 되지 않았다. 그 이유는 무엇이었을까? 그것이 특별히 객관화 될 이유가 없었다고 하는 것이 아마도 이유일 것이다. 한국 사회의 일상적 삶의 직접성으로부터 얻어지는 '체험적 실감' 이야말로 더없이 훌륭한 교과서였으니, 필요한 것은 그 현실의 한 복판을 뒤집는 직접적 실천의 동력을 끌어 모으는 것이었을 뿐 그 힘의 연원이 어디이며 그 정체가 무엇인가는 특별히 중요하지 않았다. 파시즘의 가혹한 탄압에 맞서는 인간적 고투의 문학적 실현이었던 민족-민중문학 운동에 있어서도, 의심의 여지없는 실체로서의 '민족

---

17) 이상의 설명은 Donald MacRae, Populism as an Ideology, 위의 책, 153-165쪽 참조.

(의 영원성, 단일성, 그리고 그것의 회복)과 '민중'(의 순결성, 무구성(無垢性), 위대함)에 대한 믿음이야말로 이론과 실천의 유일한 원천이었던 것이다. 그러나 상대방을 움직이는 힘 역시 민족과 민중이었다는 사실은 심각하게 의식되지 않았다. 파시즘적 국가 권력과 이에 맞서는 지식인 엘리트 사이에는 뛰어 넘을 수 없는 차이가 있는 것으로 생각되었다. 그러나 정말로 그러했을까?

내가 말하고자 하는 것은 이 차이가 전혀 없었다거나 착각이었다는 것이 아니다. 다만 민족-민중문학(론)의 논리와 실천의 구조가, 지금까지 보았듯이, 완고한 민족주의 및 인민주의적 낭만성에 기초하고 있는 한, "탈식민지 국가의 권위주의와 민족주의적인 지적 엘리트 사이의 공범관계가 내셔널한 문화의 본질주의와 배타성을 강화하도록 작용"[18]하는 것에 대한 자각과 경계는 거의 이루어질 수 없었다는 사실이다. 그리고 이러한 자각이 부재한 곳에서 파시즘에 대한 저항이, 외적인 전선(戰線)의 형태와는 상관없이, 그 내부에서 파시즘과 뒤섞이고 그것과의 진정한 차이를 모호하게 하는 사태 역시 언제나 가능한 것이었다. 결국 파시즘이 민족-민중주의 내부에서 자신의 거처를 마련하는 전략과 방법, 그 구조와 계기에 대한 성찰과 자각이 부재했던 데에서 한국의 민족-민중문학은 그 자신의 고단한 역사에도 불구하고 헤어날 길 없는 모순과 배리에 빠지고 말았던 것이다.

---

18) 강상중 지음, 이경덕-임성모 옮김, 『오리엔탈리즘을 넘어서』, 도서출판 이산, 1997, 13쪽.

2.

그리고, 그 모순과 배리의 한 극점에 김지하가 있다. 자신의 명망과 문화적 '권력'을 최대한 활용하여 최근의 김지하가 펼쳐 보이고 있는 것은, 놀랍게도 그 자신이 오래 동안 맞서 싸워 왔던 파시즘 바로 그것이다. 한국 민족-민중문학의 깊이와 높이를 보장하던 시인이 스스로 파시즘의 총화로서 그 모습을 드러내고 있는 여기에 민족-민중문학이 걸어 온 모순과 배리의 한 귀결점이 있다.

이 글의 목표는 김지하를 파시스트로 '고발'하는 것이 아니라, 민족-민중문학과 파시즘의 결합 지점을 밝히고 그 결합의 방식을 탐구하는 것이다. 다시 말해, 민족-민중문학(론)에서 지양되지 못한 폐쇄적 민족주의와 인민주의적 낭만성이 어떻게 파시즘의 담론으로 화하는지를 밝히는 것이다. 먼저 다음의 인용을 보자.[19]

> 일본의 타카하시 이하오라고 〈중략〉 그 사람 얘기를 들어보면, 그 사람이 조선사를 공부하면서 놀랐다는 거예요. 그 사람이 보기에 성배 민족이 있다는 거라. 로마시대에는 이스라엘 민족이었죠. 그런데 현대에는 새로운 성배 민족이 동아시아에서 나온다는 거예요. 이 민족은 굉장히 영적인 민족이지만 오래 고난을 받고 그 고난 속에서 잉태된, 새 세계에 대한 꿈을 가진 민족이라는 거죠. 그런데 가만 생각해 보니까, 일본 민족은 아니라는 거야. 일본

---

19) 이 글에서 사용되고 있는 자료는 『사상기행』 1,2권(실천문학사, 1999) 및 최근에 김지하가 여러 신문이나 잡지 등에서 행한 대담 기록들이다. 『사상기행』의 제1권에서 기록되고 있는 것은, 출간 연도와는 상관없이, 1984년 겨울의 일이며 제2권은 1998년 11월에 행해진 시인 황지우와의 대담 기록이다. 이 사실은 우리로 하여금 김지하의 '사상'을 연속성의 관점에서 바라볼 수 있게 해 준다. 다시 말해 그의 이러한 행위들은 갑작스러운 '돌출'이 아니라는 뜻이다.

민족은 침략을 했잖아요. 그런데 조선사를 읽다 보니까, 동학을 읽다 보니까 '아, 이 민족이다' 이렇게 됐다는 거야. (김지하 인터뷰- '인간성에 대한 새로운 인식이 중요하다', 『문학동네』, 1998, 가을, 31쪽).

우리 민족은 사명과 과제를 가진 민족이에요. 뛰어난 전통, 영적인 전통을 가지고 있지만 오랜 고난 아래서 수난만 당해 온 고난의 민족이라고. 한 문명의 쇠퇴기에는 반드시 인류의 새 삶의 원형을 제시하는 민족이 나타나는데 이 민족을 성배(聖盃)의 민족이라고 그래요. 로마가 지중해 세계를 지배했을 때는 이스라엘 민족이었죠. 오늘날은 한민족이라구. (『사상기행』 2. 62쪽).

공자가 한국사람이다, 한문은 우리가 만들었다, 주역도 우리가 만들었다, 이게 사실은 사실이거든요. (『사상기행』 2. 90쪽)

확신에 찬 파시스트란, '민족갱생'이라는 극도의 신화적 이데올로기에 대한 친화성 속에서 자신의 내적 혼돈을 벗어날 수 있는 표현을 발견한 자'이다.[20] 자민족의 위대했던 고대사를 상기시키는 한편으로 그 영광의 재현은 자신들만을 통해서 이루어진다는 선민의식을 강조하는 것 역시 이태리, 독일, 일본, 영국, 프랑스 등의 국가를 막론하고 파시스트들의 상투적인 역사 이해 방식이었다.[21] 김지하의 파시즘적 결합점이 가장 두드러지

---

20) Roger Griffin, *The Nature of Fascism*, (Routledge, 1991), 9쪽.
21) 다음과 같은 글은 흥미로운 대조를 제공할 것이다. "……우리가 오늘날 인류 문화로서, 즉 예술, 과학 및 기술의 성과로서 눈앞에 보는 것은 거의 모두 전적으로 아리안 인종의 창조적 소산이다. 바로 이 사실은 아리안 인종만이 시초부터 고도의 인간성의 창시자이며, 그렇기 때문에 우리들이 '인간'이라는 말로 이해하고 있는 것의 원형을 만들어냈다는, 근거가 없다고 할 수 없는 귀납적 추리를 허용하는 것이다. 아리아 인종은 어느 시대에나 그 빛나는 이마에서 항상 천재의 신성한 섬광을 번쩍이고, 또 고요한 신비의 밤에 지식의 불을 밝히고, 인간으로 하여금 이

게 나타나는 곳은 이러한 '민족 재생 신화에 기초한 신인간론'이다. 위의 인용문에서 보듯, 김지하에게 있어 우리 민족은 "성배의 민족"이며 "고조선의 신시(神市)는 깨달은 사람들의 공동체"이다. 그들은 "신이면서 인간, 신선, 깨달은 사람, 수련한 사람들로서 신적인 우주적 지혜를 가지고 우주와 소통하는 생활, 즉 정신적 생활을 중심에 두었"던 사람들이었으며 우리는 그런 민족의 후예인 것이다. 단군사상이란 무엇인가? "유학과 유태교와 기독교와 힌두교와 불교 이 모든 것을 가지고 있는 게 신선도, 더 정확하게는 단군사상과 풍류도"라는 것이다. (『사상기행』 2권, 80-81쪽). 그런데 현대는 병이 깊이 든 시대로 이 병을 치유할 길은 "원시반본"의 정신, 즉 단군사상을 되살리는 것이다.

현대는 쇠퇴의 정점에 와 있으며 근본적인 혁신을 필요로 하고 있다는 이러한 재생 신화는 파시즘의 기본적 에토스로서 줄곧 사용되어 왔다. '새로운 인간'이라는 개념은 파시즘 운동의 중요한 신화적 요소였다. 이것은 낡은 영웅 신화의 정치화된 버전으로서의 신인간론, 의식혁명론 등을 낳는다.[22] 다음의 인용을 보자.

……새로운 시작을 어디서 할 것이냐? 〈중략〉 율려가 필요한 것 아니냐?

지상의 다른 생물의 지배자가 되는 길을 오르게 한 그 불이 항상 새롭게 피어 오르게 한 인류의 프로메테우스이다" (아돌프 히틀러, 서석연 옮김, 『나의 투쟁』, 범우사, 1989, 300쪽). 한편 케드와드(Kedward)는 "사실상 아리안 인종 같은 그런 것은 없다"고 말한다. 아리안이란 고대 인도에서 쓰이는 언어의 하나였다. 그런데 19세기에 아리안의 행위와 미덕에 관한 대중적 이야기들이 아리안을 하나의 인종으로 탄생시켰다. 아리안의 신화는 이렇게 해서 독일인의 의식 속에서 성립되었다. 아리안 인종주의는 일종의 원시주의 운동으로 간주된다. 안개 속에 가려진 과거와 막연한 대지, 역사적으로 잘 알려지지 않은 사람들에 대한 신화와 영웅주의가 원시적 생명력에의 동경, 독일 국가주의, 초자연적 신비주의와 결합하였다. (H.R. Kedward, *Fascism in Western Europe 1900-1945*, New York University Press, 1969 참조).

22) Roger Griffin, 앞의 책.

거기에서부터 음악, 예술로 발전하고, 새로 나타난 문화에 의해서 새로운 사회이론, 사회 정치 경제 도구가 나타날 때 동양, 동북 아시아로부터 새로운 문화운동이 시작돼 금융 자본주의의 폐해, 문명 말기에 처한 세계의 위기를 극복하기 위한 대안을 내놓아야 할 것이 아닌가…… (『문학동네』 인터뷰, 30쪽)

이 인용문에서 자연스런 독서를 방해할 정도로 집요하게 반복되는 어휘는 '새로운' 이라는 형용사이다. 위의 대담에서 김지하는 끊임없이 "새로운 변혁", "새로운 질서", "새로운 인간", "새로운 음악", "새로운 시작", "새 문화", "새로운 이론", "새로운 삶", "새로운 문명", "새로운 풍류", 심지어는 "새로운 신인간주의" 등의 어휘들을 반복한다. 그런데 과연 무엇이 '새로운' 것일까?

파시즘은 언제나 스스로를 타락한 현대에 대한 대안적 문화로 상정하면서 자신을 인간혁명, 정신혁명, 도덕혁명의 담당자로 정의해 왔다[23]. 서양 기계 문명의 몰락이 눈앞에 다가 왔으며 새로운 빛은 동방에서 온다는 담론 역시 독일과 이태리 및 일본 파시즘의 공통된 주장이었다. 이태리 파시즘은 자신을 로마 제국의 계승자로 선언하면서 서구 제국과 일정한 구분을 지었으며 독일의 나찌 역시 독일 민족의 신화를 고취하면서 그것을 서구로부터의 탈피 혹은 극복이라고 불렀다.[24] 슈팽글러의 『서양의 몰락』은

---

23) Zeev Sternhell, Fascist Ideology, Walter Laqueur (ed.) Fascism: A Readers Guide, (University of California Press, 1976) 337쪽.
24) "(독일 국가주의의) 반서구적인 이데올로기는(……) 동방과 슬라브인, 러시아와 도스토에프스키와 직접적으로 연결될 때 비로소 본원적인 의미를 갖는다. 도회민 또는 부르조아지, 그리고 서방인과 진정으로 대립되는 것은(……) 기사도 아니고 기독교의 병사도 니체의 금발 야수도 아닌 동방인과 농민, 이상화된 제정(帝政)시대의 농민, 특히 신앙적인 인간이었다". J. F. 노이로르, 전남석 역,『제3제국의 신화』, 한길사, 1981, 264쪽.

232

1차대전 이후 페시미즘으로 가득찬 유럽 특히 독일의 절망적인 기분에 일치했고 나찌는 이러한 분위기를 자신의 집권에 적절히 이용했다. 30년대 일본 파시즘의 이론가들도 '서양의 몰락'이라는 담론을 통하여 '일본 정신, 일본 전통으로의 회귀'라는 국수주의적 인식의 계기를 발견하면서, 태평양 전쟁을 서양 제국주의에 대항하는 동양의 성전(聖戰), 이른바 '근대의 초극'으로 규정하였다.[25]

　1984년 겨울 김지하와 그의 일행이 "서세동점의 어둠 속에서 빛처럼 등장했던 최수운과 강증산의 주체적 민중사상"의 흔적을 찾아 남도를 여행하는 기록물 『사상기행』(1권)에서의 지배적인 정서 역시 그와 유사하다. 이제 과학과 물질 위주의 서양 문명은 그 한계에 달했으며 인류 문화의 새로운 출발을 알리는 '개벽'이 한반도의 남쪽(남조선)에서 시작된다는 희망과 낙관이 이들의 발길을 이끈다[26]. 서양과 동양을 구분하는 기준은 대체 무엇인가, 이런 초보적인 질문조차 물론 발해지지 않는다. '우리 것', '우리 전통'에 대한 배타적 우월감, '민중적인 것'에 대한 무조건적 이상화 역시 거의 제어되지 않는다. 위대한 고대사에의 집착과 민중적 저항에 대한 영웅신화적 해석, 거기에다 넘치는 애국주의는 이 책의 첫 장면, 즉 '백제의 서울' 부여에 도착하면서부터 시작된다. (이 부분은 기록자 이문구의 서술이다).

---

25) 竹山護夫, 「日本ファシズムの文化史的背景」, (淺沼和典(外) 編, 『比較ファシズム研究』, 東京, 成文堂, 1981), 314–370쪽.
26) 극단적인 쇠퇴와 타락의 담론으로부터 재생의 신화를 거쳐 광적인 문화적 낙관주의로 나아가는 것은 일찍이 유럽 파시즘의 한 전형적인 경로였다. 기존의 체계와 가치관이 붕괴했다는 위기감을 극복하는 재생의 신화들은, 예컨대 밀교나 카톨릭 부흥운동, 슬라브 민족운동 같은 것들을 통해 표현되었다. Roger Griffin, 앞의 책, 참조.

국토와 민족을 최초로 유린한 외세는 유서깊은 고도에 도독부를 두어 식민 통치를 기도하였으나, 유민들의 결사적인 저항에 밀려나면서 이 문화선진국의 문물을 철저히 소각하고 깨뜨리고 도둑질 하여 종국에는 사료(史料)의 폐허화를 이룩하고 말았다. 〈중략〉 당군에게 짓밟혀 7주야를 두고 불탔던 당시의 부여는 12만 1천3백호에 70만 인구의 대도시였다. 오랑캐가 성을 깨뜨리자 도성의 부녀자들은 부수산성의 마다른 벼랑에 이르러 금강에 몸을 던짐으로써 깨끗이 삼한의 절조를 지켰다. 어찌하여 유독 궁녀들만이 몸을 던지고 그 인원도 겨우 3천을 헤아려 마감하였겠는가. 왕실과 귀족과 백성의 신분을 떠나 수만의 여인이 오로지 한번 죽어 당의 노예로 살기를 거부하였으리라는 것은 아이들도 능히 알 만한 일이었다. (『사상기행』 1. 33-34쪽).

나-당 연합군의 당을 '외세' 나 '식민통치' 로 보는 것이야말로 20세기적 국가 개념으로 고대 사회를 바라보는 전형적인 시대착오이다. 7세기의 부여가 '인구 70만의 대도시' 였다고 하는 근거 없는 과장도 문제려니와, '어찌 3천명뿐인가. 수만명의 여인이 당의 노예로 살기를 거부하여 강물에 몸을 던져 절조를 지켰다' 는 대목의 전원옥쇄(全員玉碎)식 국가주의의 태연한 발설도 이 여행의 전과정이 막무가내의 주관과 감정에 이끌려 진행될 것임을 예고한다.

여행은 『정감록』, 『토정비결』등의 "예언"을 민중시대의 도래와 민중적 소망의 표현으로 해석하면서 이어진다. 풍수사상이나 『정감록』등의 비결(秘訣)에 심취하는 신비주의적 태도는 이미 그 자체로 파시즘과의 폭넓은 접점을 드러내는 것이지만[27], 그보다도 주목할 것은 이것이 보여주는 자연관이다. 민족을 연속적인 유기체로 보고 그 안에서 민족의 '원형' 이나

'고유성'을 발견하려는 사고는, 인간의 정신과 본질이 자연 환경의 직접적 반영물이라는 사고와 깊이 연결되어 있다. 인간은 자기를 둘러 싼 산천의 '기'를 벗어날 수 없으며 그것이 그를 결정하는 것이다. 민족적 원형, 민족적 고유성에 대한 확고한 믿음은 이러한 사고의 확대된 형태이다.

한편 인간과 자연의 분리불가성(분리됨의 불행, 일치됨의 평화)에 대한 굳은 신념은, 자연으로부터의 일탈, 자연의 파괴가 모든 불행의 원천이며, 동시에 자연과의 일치와 조화, 생명 존중의 삶만이 그 해결책임을 역설한다. 그런데 정말 인간은 자연과 일치할 수 있을까? 자연과 하나가 된다는 것은 자연과 인간 사이에 조화로운 관계를 수립한다는 것인데, 그것은 자연 그 자체와는 대립하는 것이다. 왜냐하면 자연 그 자체는 대립과 갈등을 원리로 하고 있기 때문이다. 역설적으로 말하면, 자연과 대립할 때에 우리는 자연과 '하나' 되는 것이며 그 원리를 자기 것으로 하게 되는 것이다.[28] 요컨대, 원리상 불가능한 '자연과의 하나됨'이라는 이상을 상정하는 이 자연관 속에서는, 자연의 타자성 자체가 인식되지 않는다. 그러므로, 자연과 인간의 일치라는 관념적 이상이 표현하는 자연주의, 인간의 '자연스런 삶'이란 사실상 인간의 시선 아래 자연을 복속시키는 전도된 인간중심주의에 지나지 않는다. (문학 양식으로서의 '기행문'도 이러한 사고를 잘 보여주는 양식이다. 그것은 자연 사물이나 풍경을 여행자(관찰자)의 주관과 시선 아래 복속시키려는 욕망의 산물이며 그런 의미에서 가장 근대적인 문학 양식의 하나라고 할 수 있다).

이러한 자연관의 구체적 현실에서의 기능은, '인간 대 인간'의 문제가

---

27) 신화, 또는 신화의 조작을 통한 파시스트 이데올로기의 신비주의적 속성은 모든 이데올로기의 불합리성의 원천이 된다. Roger Griffin, 앞의 책, 27쪽.

28) Andrew Hewitt, *Fascist Modernism*, (Stanford University Press, 1993) 141쪽.

곧잘 '인간 대 자연' 의 문제로 환원된다는 것이다. 그것은 인간적, 사회적 삶의 있을 수 있는 모순과 분열을 은폐하면서, 그것의 치유를 자연적 조화의 이상, 유기체적 전체의 아름다움 등에서 구하게 만든다. 생명이 약동하는 삶의 아름다움, 원시적이고 자연적인 생의 찬미, '구경적 삶의 형식' (김동리), '몸' 의 강조 등, 이른바 삶의 미학화라는 파시즘 특유의 원리들은 바로 이런 자연관에서 유래하는 것이다.[29]

그런데 이 자연관 혹은 생명사상이 민족주의와 결합하면서 보이는 극도의 배타주의나 적개심은 상상을 초월한다. 『사상기행』의 다음과 같은 장면을 잠시 읽어 보자. 금산사에 들른 일행은 '우리나라가 세계를 지배할 수 있게 해 주는 미륵보살님을 모셔야 한다' 고 주장하는 노파를 만난다[30].

---

29) "인간이 자연의 철칙에 반항하기를 시도하면 그 자신 인간으로서의 존재를 전적으로 힘입고 있는 원칙과 투쟁하는 처지에 빠지게 된다. 그래서 자연에 반대하는 인간의 행동은 자기 자신의 파멸로 귀착될 수 밖에 없다.〔……〕 인간은 어떠한 점에 있어서도 자연을 정복한 일은 없으며 기껏해야 자연의 영원한 수수께끼와 비밀을 덮어 감추고 있는 엄청나게 거대한 베일의 이쪽 끝, 혹은 저쪽 끝을 잡아 들어올리고 있는 데 지나지 않는다". 이것은 히틀러의 『나의 투쟁』의 일절이다. 히틀러의 이 말은 물론 다위니즘을 기초로 곧바로 인종주의로 비약하는 것이지만, 이러한 자연주의적 사고는 파시즘의 원시주의, 본능주의, 직관주의, 생기론(生氣論) 등의 바탕을 이루었다. 이성보다는 감성, 논리보다는 직관을 중시하는 사고는 또한 육체를 중시하는 사고를 낳았다. '건전한 신체에 건전한 정신' 이라는 구절 역시 히틀러의 이 책에서 사용된다. 육체에 대한 숭배와 파시즘의 관계는 H.B. Segel, *Body Ascendent*, (The Johns Hopkins University Press, 1998)을 참조하기 바란다. 파시즘이 엄격한 규율과 권위주의로 육체에 가하는 억압 역시 육체 숭배의 다른 표현일지도 모른다. 그러나 파시즘은 또한 극단적인 정신주의적 성향을 띠기도 한다. 이 점에서 보면 파시즘은 서로 상반되는 성향들의 종합이라는 견해가 타당한 것이겠다.

30) 무려 20페이지에 걸쳐 이루어지는 이 '노파' 와의 대화 장면은 이 책 전체에서 아마도 가장 비이성적이고 무분별한 기록일 것이다. "옛날에는 우리 대한민국이 세계 가운데 대한민국인데, 앞으로 미륵님 세상은 대한민국 가운데 세계라고 봐야 해요. 그렇게 우리나라가 좋아져요", "스님들도 대한민국 사람들이니까 '미륵' 하고 나오면 불 일어나듯 일어나야 할 텐데 전부 석가세존만 부르니 석가세존 가지고 되느냔 말이야"라는 노파의 말에 김지하는 "너무 심각하네. 썩을 대로 썩어서 악취가 나는군요"라고 대꾸한다. "여기는 문수가 아녀. 여기는 전부 토착불교야.〔……〕 전부 한국 부처님이야 〔……〕 단군은 한국 사상밖에 안되고 '미륵' 해야 세계를 하

일행은 그 노파에게서 일제 때 일본 총독이 금산사 경내에 기념 식수한 은행나무 때문에 미륵님의 기운이 빠졌다는 얘기를 듣는다. 은행나무를 제거해야 할텐데 방법이 없다는 노인의 한탄에 김지하는 이렇게 말한다.

> 나무 껍질 조금 벗겨 가지고요. 농약방에 가면 나무 죽이는 약이 있어요. 그걸 주사기로 뽑아 가지고 몇 군데 주사를 놓으면 뿌리까지 바싹 말라 죽어요. 그래가지고 없애 버리는 게 낫죠. (『사상기행』 1. 241쪽)

아무렇지도 않게 행해지는 이런 말 속에서, 모든 것을 자신의 시선 아래 복속시키는 자연관으로부터 기인한 철저한 자기중심적 민족주의를 읽기는 어렵지 않다. 한편, 자민족의 위대한 과거를 상기시키고 그 영광된 부흥을 위한 신화를 현재화 하기 위해서라면 그것이 꼭 단군이어야 할 필연성은 어디에도 없다. 그리고 그것이 근대 이래의 파시스트들이 언제나 사용한 방법이었다면 김지하가 불러 낸 단군 역시 전혀 새로운 것이 아니다. 새롭기는커녕 그것은 신화를 사실화 하려는 욕구 속에서 오히려 신화적 상상력을 제거하고 세속화 시킴으로써 우리가 그 신화를 통해서 키울 수 있는 모든 문화적, 문학적 가능성을 질식시켰다. ('북한의 단군릉 조성을 배

나로 놓고 통일하는 거지. 우리는 역사 이래 남의 나라한테 죄지은 게 없거든. 침략만 당했지. 이제 우리가 세계를 지배할 수 있는 세상이 바로 미륵님 덕택으로 온다 이거요. 인제는 미륵님 세상이야'라는 말에는 "참 좋네요. 우리나라가 세계를 지배하다니……" 라고 대답한다. 이 대답은 의례적인 맞장구 아니면 비아냥의 뜻으로 읽히지는 않는다. 그만큼 이 노파와의 대화는 시종일관 진지하다. 그 뿐 아니라, 무언가 정상적인 정신 상태로는 보이지 않는 이 노파의 광신적 애국주의에도 일행은 심각하게 반응한다. 다음의 대화에서 '민중적'이란 대체 무슨 뜻일까? "스님들은 인도식으로 믿고, 나는 한국식으로 믿으니까 암말도 말고. 그래서 막 크게 읽어. 『현무경』한권 다 읽어"// "현무경 참 어려워요"// (……)// "무조건 믿고서 현무경을 다 외우는 거라. 그래야지. 현무경 이치를 다 알려고 그러면 안 되는 거야"// "진짜 민중적인 것 같습니다". (『사상기행』1. 226-245쪽).

워야 한다'고 김지하는 말한다. 단군의 뼈와 두개골이 발견되었다고 하는 마당에
무슨 상상력이 발동하겠는가?) 일찍이 70년대에 박정희 정권은 충무공 이
순신의 성인화 작업을 벌였다. 그것을 통하여 파시즘 권력은 자신의 부당
성을 은폐하는 한편으로 민중 스스로의 상상력에 의한 역사의 발견을 가
로막았다. 그러한 작업을 통하여 소외된 것은 당연히 이순신 자신과 민중
의 역사적 상상력이었다. 이순신의 그런 박제화를 비판하는 희곡『구리 이
순신』의 작가가 김지하였다.

　김지하가 일본 극우파의 위험을 경고하는 것도 심한 자가당착에 속한
다. 한 인터뷰에서 그는 다음과 같이 말한다.

> 일본 극우파가 종전 50년 동안 숨어서 국수 교육을 해왔다는 게 속속 드러
> 나고 있다. 최근 일본을 재무장하는 법률이 하나둘씩 제정-통과되면서 문
> 화쪽에도 그 영향이 일파만파로 번지는 추세다. 〈중략〉 한 일본 지식인 친구
> 가 내게 앞으로 여섯달 뒤, 내년 중반기에 들어서면 그 위험이 더 가중될 것
> 이라고 경고했을 정도다. 물론 내가 주장하려는 단군정신이 일본이 펴고 있
> 는 공격적 민족주의와 같은 선상에서 논의될 수는 없다. 우리 민족담론은
> 그보다 훨씬 높다. 이 세계와 우주의 미래를 걱정하는 보편성을 띤 것이다.
> ("신시로의 긴 여행을 떠나자",『한겨레 21』, 1999년 9월 16일자. 91쪽)

　일본 극우파가 50년 동안 "숨어서" 국수 교육을 해 왔다? 김지하의 화
법의 중요한 특징인 근거없는 허언(虛言), 무책임한 방언(放言), 터무니없
는 과장벽 등은 나중에 논하기로 하자. 그는 자신이 말하는 단군정신이 일
본의 공격적 민족주의와는 다르며, '우리 민족 담론은 그보다 훨씬 높'고
'보편적'인 것이라고 한다. 그 근거는? 나로서는 잘 모르겠다.

오히려 그가 말하는 단군 정신이 일본의 극우 민족주의와 아주 유사하다는 것은 일본 극우파에 관한 약간의 상식만 있어도 쉽게 발견할 수 있다. "영성으로 가득 찬 신선과 선인들의 세계인 신시(神市)"의 주인공이었던 우리 민족은 "천손족(天孫族)의 후예"이며 그것은 『환단고기』, 『천부경』등의 역사서에 의해 증명되는 것이니, 이제 남은 것은 "민족을 넘어 아시아 전체를 휩쓸었던 이 문명에 대해 관심을 가지는 것"이라는 말과[31], 천손강림(天孫降臨)의 신화를 바탕으로 '아마테라스오미카미(天照大御神)'의 신칙에서 유래한 '황통연면(皇統連綿)'의 천황을 중심으로 '신주(神州)' '신국(神國)'의 영원성을 『일본서기』, 『고사기』등의 사서로 보증하면서, 나아가 '아시아 전체를 하나'로 하는 '팔굉일우'(八紘一宇)의 대업을 이룬다는 일본 극우 민족주의의 말들[32] 사이에 대체 무슨 차이가 있을까?

모든 파시즘이 공통적으로 보여주는 머나먼 고대 신화에의 집착에는, 현재의 타락의 직접적 원인인 최근의 과거와 급격하게 단절하면서 동시에 '진정한' 과거와의 연결을 통하여 '새로운' 재생을 꿈꾸는 심리적 메커니즘이 투영되어 있다. 이것은 파시즘을 그 외양상 한편으로는 복고적 보수주의로 또 한편으로는 신생의 기운으로 가득 찬 혁신주의로 보이게 한다. 그리하여 파시즘은 철저한 반(反)근대적 태도와 급진적 근대 지향의 태도를 동시에 지닌다. 근대 사회가 전통적 공동체의 가치와 유대를 파괴했다는 인식

---

31) "국가를 창건하는 목적을 홍익인간, 이화세계에 두는 민족은 없어요...이런 목표를 가지고 세워진 민족이고 국가이기 때문에 우리 민족은 이미 민족을 넘어가는 거죠.[……] 아니 우리는 한 걸음 더 나가야 해. 환인, 환웅까지도 다 인정해서 아시아 전체를 휩쓸었던 이 문명에 대해 관심을 가져야 해요". (『문학동네』대담).

32) 윤건차,「내셔널 아이덴티티의 탐구–요시다 쇼인론」, (하종문·이애숙 역, 『일본–그 국가, 민족, 국민』, 일월서각, 1997). 18-54쪽 참조.

은 파시즘의 대중적 기반이 된다. 이때에 파시즘은 급진적 반근대의 선봉이 된다. 그리고 그 대안으로서 (그러나 물론 실질적 대안은 전혀 되지 않는) 민족 전통과 신화에의 회귀를 내세운다. (그러나 실은 그것이야말로 백퍼센트 근대의 산물인 것이다). 그런가 하면 이태리 미래주의의 예에서 보듯, 파시즘은 현대의 기계 문명과 과학에 대한 무한한 믿음을 표현하기도 한다.

그러나 실현되는 것은 아무 것도 없다. 있는 것은 끊임없는 혁신의 충동과 그로부터 나오는 예측할 수 없는 돌발적인 행동 뿐이다.[33] 김지하는 "1만 4천년 전의 마고(麻姑)를" 찾는 한편 "5만년 후의 미래를 보고 있다"고 말한다. 아득한 과거와 미래를 향한 이 시선에서 실종되는 것은 물론 현재이다. 미래를 향한 끊임없는 혁신의 충동과 아득한 신화의 실재화라는 이 기묘한 이중주가 실제로 드러내는 것은 '현재'의 '끊임없는 지연'이라는 파시즘의 독특한 시간관이다. 타락의 정점으로서의 '현재'는 '위대했던 과거'의 빛에 견주어 부정되고, '언젠가 올 미래'의 빛에 견주어 희생된다. 이 시간관에서 현재 *present*는 결코 재현 *re-present* 되지 않는다. 위대했던 민족의 과거가 현실에서 쉽게 실현될 리는 없다. 그것은 메시아적 숭고의 형태로, 종말론의 형태로 끊임없이 연기되면서 새로운 인간, 새로운 지도자에 대한 갈망을 낳는다.[34]

---

33) 이 끊임없는 혁신 충동은 파시즘의 이상주의나 청년적 열정에의 호소라는 특징으로 나타나거니와, 그것은 동시에 파시즘의 즉각적 행동주의, 비합리적 충동의 기반이 되기도 한다. 김지하는 젊은이나 아방가르드에 대한 기대를 자주 내비치거니와, 그의 끊임없는 혁신 충동은 가령, "나를 쫓아오던 사람들은 내가 닮을 만하면 도망간다고 해요. 한참 쫓아가면 다른 것을 하고 있고…. 나는 항상 개척하는 사람에 속합니다" 라든가 (『문학동네』 대담) "난 지금도 뭐가 될지 몰라. 난 럭비공이야. 늘 모험하는 사람이니까, 구도자니까. 난 머물면 썩어…" (월간 『말』 대담, 1999, 9) 라는 그 자신의 말에도 잘 나타나 있다.

34) 김지하는 그가 꿈꾸는 새로운 지배의 형태에 대해 이렇게 말한다. "초계급적인 새로운 지배가 나와야 합니다. 사카하르 같은 사람은 이렇게 얘기하는데 초계급적인 영성적인 혁명가, 즉 자기 내부에 영적이면서도 지적인 수련을 받은 사람들은 부패와 손을 안 잡아요. 자기 내부에서

결국 아득한 과거를 상고하고 아직 도착하지 않은 미래를 전망하는 이 시간관에서 현재의 구체적 갈등이나 모순은 당연히 시야에서 사라진다. 그리하여 '역사'를 말하면서 '역사'를 부정하고, 역사의 바깥에서 역사를 전망하는 파시즘적 역사관은 이러한 시간관을 바탕으로 하면서, 현실의 고통을 과거의 영광된 기억이나 곧이어 다가올 찬란한 미래에의 기약으로 위무한다. 그럼으로써 "대중의 눈을 사회 기구의 근본적 모순으로부터 돌리게 하고, 현실의 기구적 변혁 대신에 인간의 머릿 속에서의 변혁, 즉 사고 방식의 변혁으로 메우려 하는" 파시즘의 "반혁명적 본질"[35]이 실현되는 것이다.

한편, 김지하의 발언이 거의 전부 강연이나 대담 등의 형식으로 이루어져 있다는 것은 특별한 주목을 요한다. 강연의 형식은 전통적인 계몽의 양식이며 기본적으로 교사-학생의 모델이다. 『사상기행』은 이 형식의 극대화이다. 여기에서의 담화는 입증, 논증, 분석되는 것이 아니라 교시되고 주장되고 설파된다. 말은 그것의 내용으로서가 아니라 그것의 스타일, 분위기, 극적 효과 등에 의해 힘을 얻는다. 더 나아가 "확증, 반증, 예증 등의 자료에 얽매이는 것은 이미 문필가의 기질에 미흡한 것"(『사상기행』1권)이

행복해 하는 사람은 절대로 부패와 손을 안 잡아. 휴머니티에 대한 사명감이 있는 사람들이기 때문에. 그러니까 자기 내부에 신성과 우주를 가진 사람들은 절대로 부패하지 않는다고. 이런 사람들이 사람을 사랑하고 노동자를 사랑하고 이렇게 해서 개혁에 참가하고 교육을 하면서 ⋯⋯"(『문학동네』대담, 39쪽). 이러한 발언의 자의성과 추상성을 따지는 것은 우스운 일이다. 다만, 일반적으로 파시즘 권력이 흔히 의지(意志)와 수사(修辭)에서는 지극히 인민주의적이면서 실제에 있어서는 권위적이고 엘리트주의적이라는 분석이 이 발언에도 적절히 적용될 수 있다는 점을 지적하고자 한다.
35) 마루야마 마사오(丸山眞男), 김석근 역, 「일본 파시즘의 사상과 운동」, (『현대정치의 사상과 행동』, 한길사, 1997), 78쪽.

라는 이상한 신념에 따라 그의 발언은 자주 근거없고 무책임한 허언(虛言), 방언(放言)들로 흘러 넘친다.

단군을 실존 인물로 본다는 그의 주장에 대한 국사학계의 반론을 그는 '이병도식 식민사관'으로 매도하면서 '상고사의 올바른 교육'을 소리높이 외친다. 한국 사학계의 움직임에 대한 약간의 귀동냥만 있어도 한국사 연구의 현안을 '식민사관의 극복'으로 파악하는 무지는 발생하지 않는다. 이것은 그가 자신의 대학 시절인 60년대의 인식 수준에서 한치도 나아가지 못했다는 증거이다.

"요즘 우리나라 지식인들이 제일 존경하는 사람이 네 사람이야. 마르크스, 니체, 푸코, 한나 아렌트. 시민사회 운동의 이론적 배경이 한나 아렌트에게서 나와요. 이 네 사람이 다 고대로 돌아가서 배웠다고"(『문학동네』대담 및 월간 『말』 대담). 김지하는 이들의 고대 회귀를 본받아 "인류의 시원인 1만 4천년전까지 올라가자"고 말한다. 그는 최근의 여러 대담에서도 이 말을 반복하고 있다. 마르크스, 니체, 푸코, 한나 아렌트가 고대로 돌아가서 배운 것이 그렇게 신기하고 대단한 일인가? 히틀러도 무쏠리니도 언제나 고대를 들먹였다. 그 네 사람이 고대로 돌아가서 배운 것만 보이고, 그들이 한결같이 파시즘과 전체주의에 저항했던 것은 안 보이는가?

그러나 여기서 문제는 "우리나라 지식인들이 제일 존경하는 사람이 그 넷"이라는 일방적이고 주관적인 주장이다. 누가, 언제, 어떻게, 그것을 확인해 보았는가? 이렇듯 근거없는 일반화와 자의적인 재단[36], 그리고 그것

---

36) 일찍이 히틀러 유겐트를 '우리가 배워야 할 조직과 훈련의 방식'이라고 말하면서 "군인의 정신 훈련"과 "국민도덕의 원천을 밝히기 위해"『화랑외사』를 쓰고 '국민윤리'를 제창하는 한편, '5월 동지회'의 부회장으로서 '5·16 혁명 과업의 완수'를 주장하였던 범보 김정설에 대해 김지하는 "때를 잘못 만난 천재, 연구할 필요가 있는 중요한 사람"으로 추켜 세운다. (『문학동네』대담). 그런가 하면, 이승만은 "완전히 미국 사람, 우리나라가 미국의 한 주가 되기를 바랐던 사

으로부터 나오는 단정적이고 선언적이고 비약적인 화법은 우주적 규모의 공간과 5만년의 시간을 넘나드는 그의 거대 콤플렉스[37]와 더불어 그 발언 전체를 기묘한 원맨쇼, 즉 일인극의 공간으로 만든다.[38]

　그나마 이 일인극의 '볼거리' *spectacle*가 매우 빈약하고 초라하다는 것은 그 자신을 위해서나 다른 사람들을 위해서도 다행이다. 연극성의 모델은 스펙타클에 빠져드는 현대 대중의 존재와 그것을 이용하여 권력을 획득하고 유지하는 파시즘의 정치학으로서 주목받아 왔다.[39] 현대 사회에서의 다양한 스펙타클의 활용들은, 현대의 파시즘이 전근대적 전제주의와는

람"이었는데 그 이승만이 "줏대 있는 사람들"을 "전부 쓸어버렸다"고 분개한다. "서재필 못 오게 하고 쫓고 김구, 몽양, 철기 이범석, 안호상 전부 쓸어버리잖아." (『사상기행』 2권, 66쪽). 그러나 이승만이 완전히 미국사람이라고 분개하는 그는, 이승만이 '쓸어버렸다'는 서재필이 생애의 거의 전부를 '필립 제이슨'이라는 미국사람으로 살았으며 조선 독립운동가로 단 한번도 고난을 당해 본 일이 없는 사람이라는 점, 3.1 운동 직후 필라델피아에서 열린 한인연합대회의 의장으로서 회의의 벽두에 미국 국가를 부르게 하는 등 철저하게 미국인으로 행세하였던 사실, 요컨대 '줏대'와는 거리가 멀어도 아주 먼 사람이라는 사실을 모르고 있음에 틀림없다. (이 점에 관한 좀더 자세한 설명은 주진오, 「유명인사 회고록 문제 있다-서재필 자서전」, 『역사비평』, 1991, 가을호, 참조). 한편 앞서의 김범보와 더불어 한국의 대표적인 공식 파시스트인 철기 이범석과 안호상을 높이 평가하는 대목에서는 그가 차라리 자신의 사상을 파시즘이라고 선언하는 것이 훨씬 정직한 일이 아닌가 하는 생각이 든다.

37) 그의 이 거대 콤플렉스는 파시즘의 '숭고미'와 연관하여 따로 분석될 만한 주제이다.

38) 월간『말』과의 대담에서 그는 91년의 이른바 '분신정국'에서의 그의 『조선일보』 기고문에 대해 언급하면서 이렇게 말한다. "그러나 이걸 또 알아줘요. 난 그때 군부에도 채널이 있었어. 그 당시 의정부 남쪽에 3개 기갑 여단이 포진하고 있었다고. 왜 그랬을까. 진압과정을 생각해 봐. 피바다라고. 걔들 이미 광주사태를 겪은 애들이라고. 기관총밖에 나올 게 없어". 나는 당시의 그의 글에 대해서 아직도 전혀 동의하지 않지만 지금 그것을 문제삼을 생각은 없다. 다만 위의 인용문에서 그가 보이는 어처구니없는 자기 과장과 허언은 반드시 기록해 둘 필요가 있다. 서울에서의 시위가 격화될 때 진압군으로 들어오기 위해 '의정부 남쪽에 3개 기갑 여단이 포진'하면서 주둔한다는 것이 현실적으로 가능한 일인가. 의정부 남쪽 어디에 전차와 보병으로 이루어진 3개 기갑 여단이 주둔할 곳이 있는가. 게다가 그만한 병력과 장비의 이동이라면 굳이 '군부의 채널'을 통하지 않고서라도 의정부 일대의 어린애들까지 다 알 만한 사실이 된다. 이 터무니없는 연극적 자기 과장! 일촉즉발 피바다의 위기를 자신이 옥목을 각오를 하고 막아냈다는 식의 이 비극적 자기 과장의 습관은 그의 발언 전체를 지배하는 특성이다.

39) 이 점에 관한 정치한 분석은 Andrew Hewitt, 앞의 책, 참조.

달리 권력의 인격화로서의 '지도자'의 카리스마 심지어는 메시아적 숭고미에 의존하고 있음을 설명해 준다.

　빈약하고 초라한 스펙타클의 구성을 지니고 있지만,『사상기행』을 하나의 문학적 기록으로 볼 때 그것은 보기 드물게 독특하고 흥미로운 양식을 보여준다. 모든 인물과 사건과 행로가 김지하 개인에게로 집중되고 그의 판단과 해설에 따라 결정되는 이 기록에서 김지하의 '지도자'로서의 아우라는, 기록자의 빼어난 묘사력에 힘입어 그런대로 성공적인 수준으로 생성된다. 또한 앞서 말했듯이, 사물과 풍경이 관찰자의 주관과 시선 아래전적으로 복속되는 '기행문'의 단성적 성격 역시 이 기록물의 보기 드문내용과 형식의 일치에 기여한다. 그러나 이 일치는 물론 불행한 일치이다. 그것은 모든 차별화된 영역들을 재통합시키는 근대화의 원리, 사물을 유기체적 전체로 파악하는 전체주의의 원리, 우리의 근대적 삶에 이미 깊이침투한 전체성의 원리를 반영하고 그것을 충실하게 따르고 있다.

　그러나 읽는 것은 어디까지나 독자의 몫이고 그의 자유이다. 김지하가꿈꾸는 대로 영광스런 고대사의 새로운 부활에 가슴 설레는 독자도 있을것이다. 그러나, 동서고금을 종횡무진으로 휘젓고 싶어하는 거의 병적인현학 강박증이 "확증, 반증, 예증 등의 자료에 얽매이는 것은 이미 문필가의 기질에 미흡한 것"이라는 신념과 결합하여 빚어내는 숱한 자의적인 해석이나 근거 없는 확신들 그리고 무수한 자가당착들을 접할 때마다, 나 같은 독자는 이 어처구니없는 예언자적 포즈에서 오히려 모종의 풍자나 패러디를 읽는다.

　그리고 나는 그것이 최선의 독법이라고 믿는다. 적어도 다음과 같은 공포를 피하려면: 황지우는 김지하와의 대담을 마치면서 그를, 아주 잠깐의 빛나던 시간을 제외하고 평생을 정신의 어둠 속에 잠겨 있던 불우한 광기의 천재 휠덜린에 비유했다. 그것은 아마 김지하의 존재를 통해서 그나마의 자부심과 희망을 간직할 수 있었던 후배 세대가 뒤늦게 바칠 수 있는 최소한의 헌사일지도 모른다.

그러나…… 끔찍하지 않은가, 백주대로를 활보하는 광기라니. 그것이 아무리 휠덜린의 것이라도.

아홉장의 편지가 전하는 것

— 한무숙의 「이사종의 아내」에 대하여

아무도 본 적은 없지만, 기생 황진이(黃眞伊)를 모르는 한국인은 없다. 진이의 미색에 반한 동네 총각이 상사병을 앓다 죽었는데, 상여가 그녀의 집 대문 앞을 지나면서 꼼짝을 하지 않았다. 마침내 그녀가 나가 한잔 술로 그 영혼을 달랬더니 상여가 다시 움직였다—이런 설화를 모르는 한국인도 거의 없을 것이다. 그런가 하면, 그녀의 유혹에 넘어가 평생의 면벽(面壁) 수도(修道)를 하루 아침에 도로아미타불로 날려 버린 지족(知足) 선사는 단 한번의 실수(사실이든 아니든)로 영구불멸의 망신살이 뻗친, 역사상 가장 불운한 수도승의 예로 기억될 만하다. 박연폭포, 황진이, 서경덕(徐敬德)을 흔히 '송도(松都) 삼절(三絶)'이라 부르는데, 서경덕은 지족 선사와는 달리 황진이의 육탄 공세를 끄떡없이 이겨냄으로써 그녀로부터 '마음적으로' 존경을 얻음과 동시에 명성도 함께 얻었다는 이야기 또한 널리 알려진 설화의 하나이다.

지옥의 고통 속에 빠지는 한이 있더라도, 몸과 마음이 부르는 바를 따라 절세가인과의 황홀한 하룻밤을 취할 것인가, 아니면 '마구니'의 공격을 물리친 부처의 이름을 얻는 대신 식어빠진 숭늉같은 나날을 보낼 것인가, 이 만만치 않은 인생사의 난제는 황진이가 살았다는 16세기(그녀는 대체로 1520년대에서 60년대에 걸쳐 생존했다고 전해진다) 이래 수많은 한국인의 즐거운 상상의 소재가 되어 왔고, 당연히 숱한 예술 작품들의 모티브가 되었다.

황진이를 문학 작품의 소재로 삼았던 최초의 문인, 더구나 그로 인해 필화(筆禍)까지 입은 문인은 이미 황진이 당대부터 있었으니 백호(白湖) 임제(林悌 1549-87)가 그러하다. 그는 서도병마사의 직을 받아 부임하러 가는 길에 그녀의 무덤에 술을 올리고 "청초 우거진 골에 자는다 누웠는다" 어쩌고 하는, 오늘날에도 유명한 시조 한 수를 읊었다가 부임도 못하고 파직을 당했다고 하니, 그녀와 관련된 문학판의 일들은 연조가 꽤 오래되었고 죽어서까지도 여러 남성들의 신세를 고달프게 만든 여인으로는 아마 그녀만한 인물도 없는 듯하다.

알다시피 황진이 스스로가 문학사에 기록되는 뛰어난 문인이다. 그녀가 남긴 작품으로 현존하는 것은 시조 6수, 한시 4편이 있는데, 그 중에서도 가장 유명한 것은 아마도 "동짓달 기나긴 밤 한 허리를 둘헤 내어"로 시작되는 시조일 것이다. 이 시조의 빼어난 언어 운용과 시적 이미지의 조합, 그 상상력의 깊이에 관해서는 이미 훌륭한 분석들이 많이 있으므로 여기서는 생략하기로 한다. "청산리 벽계수(碧溪水)야 수이 감을 자랑마라" 하는 시조도 널리 인구에 회자되는 작품인데, 이것은 조선 왕조의 종실인 귀족 벽계수(碧溪守)의 이름을 가지고 한 일종의 말놀이 *pun*으로서 역시 격조가 높고 은근한 맛이 심금을 울린다. 이 시조의 등장 인물 벽계수는 이 뿌리칠 수 없는 유혹에 기꺼이(?) 넘어가 종친으로서의 근엄한 지체를 여지 없이 구겼다 전한다.

이렇듯 설화는 그녀와 관계된 많은 남성 명사들의 이야기를 전하는데,

그 남성들 중에 그녀와 오래 동안 동거하며 부부의 연을 맺은 남성은 당대의 명창이며 춤꾼인 무관 이사종(李士宗)이라고 한다. 황진이와 이사종의 관계는 기생과 한량으로서가 아니라 서로의 기량을 알아주는 예술적 동지로서의 결합이라는 점이 특히 많은 이들의 눈길을 끄는 요인이 되었다. 그뿐 아니라, 그녀가 이사종에게 3년 간의 계약 동거를 제안하고 그것을 지킨 후 세상과의 연을 끊고 지취를 감추었다는 일화 역시 이사종과 그녀와의 관계를 신비화 하는 데에 큰 몫을 했다. "동짓달 기나긴 밤……" 으로 시작되는 시조는 이사종에게 바친 것이라고도 한다.

서슬 푸른 신분 질서의 벽, 숨막히는 주자학적 도덕률의 금압, 이 중세의 캄캄한 어둠 한 복판에서 황진이와 그 주변의 남성들이 벌이는 아슬아슬한 유혹과 일탈의 이야기들은 그녀가 죽은 지 400년이 넘어 지난 지금까지도 마르지 않는 창작의 원천으로서 많은 작가들의 상상력을 자극해왔다. 그 중에서 특히 나의 눈을 끄는 것은 한무숙(韓戊淑) 씨의 소설 「이사종의 아내」(1976)이다.

대부분의 작품들이 황진이와 그 '관계 당사자' 간의 애틋한 혹은 짜릿한 애정담을 다룬 것들임에 반해, 이 소설은 그 당사자들의 뒤에 가려진 인물, 즉 황진이와 살림을 차린 이사종의 아내의 시점을 취하고 있다. 다시 말해, 이 소설은 황진이와 이사종의 애정 관계에서 가장 소외된 그늘속의 인물, 즉 이사종의 본처(本妻)의 시점으로 그들의 애정담을 말하게 하는 독특한 기법을 취하고 있는 것이다. 황진이와 이사종의 관계를 다룬 작품은 드물지 않다. 그러나 이사종의 아내를 전면에 내세운 작품은 없다. 이 소설의 남다른 점은 여기에서 출발한다.

그러나 이사종의 아내를 서술자로 내세웠다는 사실만으로 이 소설의 특별함을 꼽는다면 그것은 공평치 못한 일일 것이다. 무엇보다도 이 소설을

248

특별한 것으로 기억하게 하는 핵심적인 요소는 이 소설이 취한 형식의 독특함과 특별한 한국어의 구사에 있다. 소설은 이렇게 시작된다.

외 한마님 전 소(疏) 상살이
통곡 통곡하오며
외 한아바님 상사(喪事)는 무슨 말씀을 아뢰리까. 춘추 높으시오나 평일에 기력 강건하옵시니 환후(患候)가 비록 침중(沈重)하옵시나 회춘(回春)하옵시기 바랬삽더니 천천만(千千萬) 몽매(夢寐)밖, 흉음(凶音)이 이를 줄 어찌 뜻하였아오리까. 졸지에 거창하옵신 일을 당하옵시니 영년 해로하옵신 정리 차마 측량치 못하옵나이다.

이것이 20세기 후반에 쓰여진 현대소설의 문장이라는 사실 앞에서 독자는 우선 당황할 수밖에 없다. '한마님'이 '할머님'의 고어이며 '한아바님'이 '할아버님'의 고어임은 쉽게 짐작할 수 있다. '소(疏)'는 '상소(上疏)'에서와 같이 임금에게 올리는 글을 가리키는 말이나 웃어른에게 올리는 편지의 의미로도 쓰였던 듯하다. '상살이'는 '상사리'(上白是)라고도 쓰는데, '사뢰어 올립니다'라는 뜻으로 웃어른에게 올리는 편지의 첫머리나 끝에 붙이는 관용어이다.

자세히 읽어보면 이 문장은 외할아버지의 상(喪)을 당한 외손녀가 외할머니에게 보낸 문안 편지의 첫머리임을 알 수 있다. 편지는 계속해서 이렇게 이어진다.

수의범백(壽衣凡百)은 상제(喪制) 판비(辦備)하올 줄 아오나 양례(襄禮)는 어느때로 완정(完定) 택일(擇日)하압섰는지 외오 있사오니 즉시 나가서

뵈옵지 못하와 출가외인이라 하옵더라도 정례(情禮)와 인사(人事)가 아니
온지라 통박통박(痛駁痛駁)하오이다.

촉처(觸處)에 유한지통(遺恨之痛)을 어찌 관억(寬抑)하오시랴 하정(下情)
에 못내 일컷사오며 애훼망극(哀毁罔極)중 기후(氣候) 안녕 부지(扶支)하
오서 큰 병환이나 없으신가 일념(一念)이오며 내내 기력 천만 부지하압심
바라압나이다.

갑자 납월 초엿샛날 외손녀 살이

갑자년 납월(臘月:음력 섣달) 어느 대가댁 외손녀가 외할아버지의 상을
당했다. 출가외인이라 "외오(외따로, 멀리)" 있어서 장례에도 참석치 못했
다. 편지는 외할머니를 위로하고 부디 건강을 챙기시라는 외손녀의 문안
인사를 담고 있다. 이른바 내간체 문장의 전형이다. 특별한 내용도 없고
흥미를 끌만한 사건도 없다. 더구나 어려운 한자와 고어 투성이의 옛 문장
을 참을성 있게 읽어나갈 현대 독자는 별로 없을 듯하다. 놀랍게도 소설은
이런 편지 아홉편으로 이루어진 독특한 구성을 보여준다.

두 번째 편지는 을축년, 곧 첫 번째 편지를 보낸 이듬해, 그러니까 외할
아버지의 일년상을 맞아 다시 외할머니에게 보낸 문안편지이다. 첫 번째
편지와 마찬가지로 의례적인 인사말, 관용적인 어투로 일관하는 짧은 문
안 편지이다. 곧이어 그 다음해, 즉 외할아버지의 삼년상을 맞아 병인년에
보낸 짧막한 안부 편지가 이어진다. "한마님께옵서 여막(廬幕)에서 일보
(一步) 출입 없으시며 기년(朞年)을 거듭 하옵셨단 말씀 그 정렬(貞烈) 정
전(貞專)하옵심 만고의 거울되오시며 정문(旌門)안에 우러러 뵈올 뿐"이
라는 말에서, 화자의 외할머니가 남편의 삼년상을 꼬박 곁에서 지켰다는
사실, 이 집안이 보통 집안이 아니라는 사실이 어렴풋이 짐작된다. 문제는

그 다음 편지부터이다.

외손녀는 삼년상을 마친 외할머니에게 여섯 달쯤 후에 다시 편지를 보낸다. 이번 편지는 그 전의 편지들과는 달리 단순한 문안 인사만 담고 있는 것이 아니다. 실은 외할머니에게 무언가 털어놓고 싶은 말이 가득한 것이다. '수다'를 칠거지악으로 금하는 엄한 규율의 무게가 몸을 짓누르는 한편으로 가슴 속에 쌓인 원한과 슬픔을 풀어내지 않고는 견딜 수 없는 사정이 마침내 할머니에게 보내는 문안 편지 속에, 그것도 삼년을 기다린 끝에 폭포처럼 쏟아져 내리기 시작한다.

대체 무슨 사연일까? 조선 사대부가(家) 여성 교양의 최정점에 있을 이 여성은 결코 한 숨에, 노골적으로, 직접적으로 말하는 법이 없다. 의례적이고 관용적인 극진한 문안 인사 ("복중 일기 고로압지 못하온데 외 한마님께옵서 기체후 일행 강건하옵신 문안 아옵고저 하나이다") 이후 편지는 서외조모(庶外祖母)의 방문이 있었음을 알린다. 서외조모라면 외할아버지의 첩(妾), 그러니까 지금 이 편지를 받는 외할머니에게는 '시앗'이 되는 셈이다.

> 서외조모 전일과 달리 숙연하와, "대방마님께서 무료해 하시니 지척에서 지성껏 뫼시고 싶은데 이서방댁 의향은 어떠허시우" 하옵기, "그러허시우. 할미씨(서조모를 칭함) 음성이 고우시고 할머님께서두 이제 안력이 전 같지 않으시니 좋아하시는 책두 읽어 드리구 가곡(歌曲) 시창(詩唱)두 들려드리시구려" 하였나이다.

남편이 죽은 후, 늙은 첩이 본처를 가까이 모시고 싶다는 생각을 외손녀에게 말하는 장면이다. 본댁의 정실 외손녀에게 '해라'를 못하고 '이서방댁'이라고 부르는 첩의 지위, '할미씨'라고 부르며 '하게'를 하는 손녀의 모습도 한 눈에 드러난다. 또한 가곡이나 시창을 한다는 것으로 보아 이 서조모는 기생 출신임을 암시한다. 외손녀가 이 서외조모의 방문을 알린 데에는 특별한 뜻이 있다.

> 한마님께오서 숙덕(淑德) 유여(裕餘)하오시며 관용하심이 바다와 같사와 소시부터 일절 투색(妬色)이 없으셨기, 서외조모의 경모(敬慕)함이 지극하와 아름답더이다.

'시앗'에 대한 질투가 일체 없어 마침내 그 '시앗'으로부터 존경을 받고 늘그막에는 '가까이서 뫼시는' 관계가 된 첩과 본처의 모습, 그것을 "아름답더이다" 하고 칭송하는 외손녀의 이 극진한 언사는 한 시대의 율법이 공적(公的) 언어 수행의 영역에서 어떻게 관철되는가를 여지없이 보여주는 사례로서 읽히지만, 그러나 그보다 중요한 것은 이 대목에서 외손녀가 굳이 '서외조모'의 이야기를 꺼낸 까닭이다. "할머님의 덕이 실로 높으시다"고 극진한 칭송을 바치고는 있지만, 속셈은 따로 있는 것이다. 겸손(謙遜), 경애(敬愛), 사양(辭讓)의 극치를 보여주는 긴 문장이 다시 이어진 이후 마침내 손녀는 "답답 곤욕지사(困辱之事) 허다하와 수다 무려하옴을 무릅쓰고 감이 알외오니 여기오셔 노하지 마옵소서."라는 말을 시작으로 "풍류 남아의 내자(內子)되어" 겪는 자신의 서러운 신세를 줄줄이 엮어낸다. 이미 이 편지의 수신자인 외할머니는 손녀의 입에서 '서외조모'가 언급되는 순간 자신의 일평생이 그대로 떠올랐을 터, 외손녀의 하소연을 자기 일처럼 들을 청자로서의 준비를 완벽하게 갖추게 된 것이다.

이제 외손녀는 쌓이고 쌓였던 "하정(下情)"(아래 사람의 사정)을 마음껏 쏟아낸다. 남편 이사종은 "달을 불러 노닐고 나비와 함께 꽃을 희롱한다는 풍류 남아"로서 "육척 장신이 장승 같"아 "춤을 추면 백학이 나는 듯 선인(仙人)이 노니는 듯" "장안 창기(娼妓)가 한가지로 따르고", "연일연락(連日宴樂)의 주육(酒肉)에 잠겨" 지낸다. 이렇듯 남편이 술과 여인들을 찾아 풍류를 즐기는 사이에 아내인 자신은 그 준비를 위해 "반비(飯婢) 찬비(饌婢)(음식 준비하는 노비) 신세를 면치 못한다". 다음의 인용은 이 소설에서 가장 아름다운 묘사의 하나로 손꼽을 만한 장면이다.

> 오늘 밤도 사랑(남편을 말함)에서는 어느 장화(墻花)를 꺾고 있아온지 귀가 치 아니하옵고 존고(尊姑, 시어머니)께서는 사직골 작은 소고(小姑, 시누이)댁에 행차하시어 준행 남매만 어미와 집에 머물고 있아와 오래도록 지필묵을 대하고 있아옵니다. 곁에서 오묵이가 반은 졸며 보선 볼을 대고 있아옵고 밖은 적막칠야이옵니다. 오묵이가 문득
> "나리마님 보선은 참 야릇하게 떨어지지 오니까. 볼보다 굼치가 더 많이 떨어져 와요"
> 하옵니다. 백학같이 선인같이 춤추는 그 모습이 안전에 떠오르매 사람과 춤은 남이 보고 춤으로 하여 심히 떨어진 보선 굼치만 지어미가 다스리고 있나이다.

깊은 밤, 남편은 오늘도 어느 기생과 즐기고 있는지 모르는데 시어머니도 출타하여 집에는 어린 남매와 하녀만이 남았다. 화자는 하녀와 함께 남편의 버선을 꿰매고 있다. 남편은 춤꾼이다. 보통 사람들과는 달리 남편의 버선은 뒤꿈치가 먼저 떨어진다. 이 사실을 지적하는 하녀의 말에 아내는 자신의 신세를 자각한다. 자신은 남편이 춤추는 모습을 한번도 보지 못한 것이다. '사람과 춤은 남이 보고 춤으로 하여 심히 떨어진 보선 굼치만 지

어미가 다스린다'는, 이 절제될 대로 절제된 표현은 화자의 착잡한 심정을 어떤 백마디의 말보다 더 깊이있게 전달하고 있다. 한국 소설의 명장면을 들라면 나는 기꺼이 이 문장을 들 것이다.

아무튼 한번 터지기 시작한 하소연은 이제 멈출 줄을 모른다. 석달 후에 보낸 다섯 번째 편지에서 마침내 "요물(妖物)" 황진이와 남편의 이야기가 나온다. 남편은 "방종은 하되 중심은 잃은 일이 없는" 사람이었건만, "근자에 와서 요사한 계집에 빠져 심혼이 혼미하고 몸이 있되 넋이 없고 구름 위에 뜬 듯 살고 있사오니 어이한 조화이온지 측량부지"라는 것이다. 남편이 정신을 잃음과 함께 아내의 언어도 그간의 정숙과 겸양의 너울을 벗어던지고 증오와 공격의 언어로 돌변한다. "이 구미호(九尾狐)가 어느 악신(惡神)의 고임을 받고 있아오온지 시재가 놀라온데 후안부치(厚顔不恥)로 차마 얼굴이 뜨거워 외설 망측스러운 사구(辭句)를 어지러이 하고 있사오니", "투기는 칠거지악에 드는 것이온적 강작(强作)으로 참사오나 맺히고 맺힌 한이 가슴에 응어리졌"다는 표현과 함께, "한마님 진정 이 몸은 목석이 아니오옵니다"라는 절규가 터져 나온다.

계속해서 이어지는 편지는, 놀랍게도 이 정숙한 부덕의 화신인 화자가 "요사스런 구미호"에게 결국 무릎을 꿇고 마는 사정을 서술한다. 황진이와 살림을 차리고부터 남편은 "인품이 달라지고 전에 없이 조용해"지고 "오히려 자상해"졌을 뿐만 아니라, "요망한 것이 제법 너그러운 체 자주 사랑(남편)을 본제(본댁)에 머물게 하니" 남편은 살림 차리기 전보다 오히려 외박이 줄었다. 그러니 주위 사람들, 예컨대 시어머니를 비롯해서 동기나 친척들도 모두 황진이를 칭찬해 마지 않는다. "체체하고 습습하고 상냥하고 온 그런 계집이 천하에 있겠느냐"는 시어머니의 말, "그런 시앗이 어디 있우. 시앗복두 타고 나야던데"라는 주위 사람들의 말은 날카로운 비수가 되어 화자의 가슴에 꽂힌다. "한마님께서는 아시옵나이다. 사리밝고 투기 없고 체체한 시앗 가진 본댁네 마음이 어떠하온가를 아시옵나이다. 차라리 간악하고 발칙하고 방자하게 구오면 이렇듯 외롭고 슬프지는 아니하올 것이오이다. 스스로가 이토록 초라하옵고 보잘것없이 느껴지오며 자격지심에 마음이 시들어가지는 아니하올 것"이라며 화자는 외할머니에게 절규한다.

가장 큰 고통은 고통 그 자체 보다도 아무도 그 고통을 동정해 주지 않는 것이다. 화자가 지닌 인간으로서의 당연한 질투심은 누구에게서도 동정을 얻지 못한다. 화자 스스로도 인정할 수 밖에 없는 황진이의 재주와 품성의 빼어남은 그의 고통과 절망을 더욱 깊게 하는 요인이다. 그러나 결정적인 것은 남편의 변화이다. 집에 돌아와 사랑에 누워 가만히 노래를 부르는 남편의 소리를 그녀는 우연히 듣는다. 그 노래는 황진이를 그리며 부르는 노래이다. 노래를 듣고 아내는 절망에 빠진다. "이토록 사모치는 그리움과 절절한 정과 사나이 막중한 모든 것을 오직 한 사람을 위하여 아낌없이 내어던진 듯하온 그런 처참한 창은 처음 들었"다고 그녀는 말한다. 미움도 질투심도 내던진 채 그녀는 깊은 잠에 빠진다.

삼년의 공백 후에 그녀는 다시 외할머니에게 편지를 보낸다. "마음을 아프게 던져 버리오니 남이 현숙하다 하더이다"라고 화자는 외할머니에게 그간의 사정을 고한다. "진이의 높은 학식", "자즈러진 가무현악", "찌르는 듯한 재치"를 자기로서는 "따라가지 못하오니 지아비 마음을 그와 어찌 겨누어 차지할 수 있겠"느냐는 체념에 이른 그녀는 종가집 종부로서의 역할을 하는 것으로 자신의 삶을 살아간다. "깊고 깊은 절망을 겪은 후에" 얻은 보답은 "현숙하다는 칭송"뿐이다. 그녀 자신의 말에 따르면 그것은, "목석 같은 삶"이며 "잇몸으로라도 사는" 쓸쓸한 인생일 뿐이다.

소설은 들끓는 증오와 미움의 아수라(阿修羅)로부터 체념과 포기의 삭막한 고요함에 이른 16세기 사대부가(家)의 한 부인의 내면을 이렇게 그리며 끝난다. 풍류 남아인 남편의 뒷수발을 하는 여인으로서의 한과 원망, 천하명기 황진이와 남편의 애정 행각에 대한 질투, 성욕을 지닌 인간으로서의 욕구가 법도(法度)와 금제(禁制)의 서슬 푸른 경계선을 아슬아슬하게 건드리면서 참으로 단아한 16세기의 양반 언어로 표출되는 이 소설은 우리 문학에서 실로 희귀한 예에 속한다. 나는, 봉건 윤리의 추상같은 서늘함과 양반 문화의 유한(有閑)한 고아(古雅)함이 작품의 한 축을 이루는 한편, 그것에 대립하는 인간적 욕망의 처절함과 사대부 계급의 위선이 또 다른 한 축을 이루면서 이렇게 팽팽한 긴장을 자아내는 현대 소설을 아직껏 보지 못하였다. 물론 서울 사대부가의 일상 언어와 풍속에 대한 박물지적 재현도 이 소설이 선사하는 빼놓을 수 없는 즐거움의 하나라는 사실역시 잊어서는 안 될 것이다.

(『새국어생활』, 2004)

'한국어'의 근대

— 근대 한국어 글쓰기의 '외래성'에 대한 한 단상

　박태원의 소설 『소설가 구보씨의 일일』(1934)은 그의 연작 장편소설 『천변풍경』과 함께 많은 연구자들의 눈길을 잡아 끄는 매력적인 작품이다. "어디 월급 자리라도 구할 생각은 없이, 밤낮으로, 책이나 읽고 글이나 쓰고, 혹은 공연스레 밤중까지 쏘다니"다가 "열한점이나 오정에야 일어나는" 스물여섯살의 노총각 '구보(仇甫)'는 오늘도 일없이 집을 나서 '경성' 시내를 헤매고 다닌다. 예나 이제나 백수의 신세는 여전한 법. 오라는 데는 없어도 갈 곳은 많다.

　그리하여 '소설가 구보씨'는 오늘도 한 손엔 단장(短杖)을 들고 또 한 손엔 공책을 든 채, 청계천변의 집을 나와 종로 화신 백화점을 거쳐, 전차를 타고 약초정(藥草町; 오늘날의 약수동)을 지나 조선은행(한국은행) 앞에서 전차를 내려, 장곡천정(長谷川町; 소공동)을 걸어 남대문을 지나 '경성역'으로, 다시 조선은행을 지나 종로 네거리를 거쳐 황톳마루로 나갔다가 다시 종로로, 이어 조선 호텔 앞을 지나 황금정(黃金町; 을지로)을 거쳐 낙원정(樂園町; 낙원동)을 돌아 밤늦게 집으로 돌아오는 것이다. 이 하루의 행로에서 그가 들르거나 지나는 도시의 공간들, 예컨대 다방, 카페, 백화점, 전차, 경성역, 서점 등과 그곳에서 마주치거나 스치는 온갖 인물들의 모습은, 이 소설이 발표된 1934년 9월 어느날 식민지 경성의 풍경과 습속에 대한 정밀한 기록 사진이 아닐 수 없다.

자신이 살고 있는 당대의 시공간을 마치 머나먼 과거의 유물을 발굴하는 듯한 고고학자(考古學者)의 시선으로 세밀하게 관찰하고 기록하는 이러한 작업은 일찍이 고현학(考現學, modernology)이라는 이름으로 일본의 건축가 곤와지로(今和次郎, 1888-1973)에 의해 수행되던 새로운 문화학적 탐색법이었다. 과연, 『소설가 구보씨의 일일』에서 주인공은 한 손에 공책을 들고 주위의 일상 풍습들을 기록하는 자신의 작업을 가리켜 '고현학'이라고 부른다. 자기 소설에 대한 양보할 수 없는 예술가적 긍지와 자부심, 떠나간 사랑에 대한 쓰라린 회한을 가슴에 품은 채, 아침부터 밤까지 그다지 넓지 않은 공간을 배회하는 이 주인공의 고현학적 시선을 따라, 독자는 자본의 끝없는 욕망들이 어지러이 질주하는 1930년대 식민지 경성의 부화한 풍속을 조금의 가감도 없이 밀착해서 바라보게 된다.

그러나 박태원 소설의 진면목은 이러한 사회학적 탐구의 내용 보다는 그가 구사하는 치밀하고도 정교하게 계산된 문체(文體)에 있는 것이기도 하다. 작가란 자신이 쓰고 있는 문장 그 자체에 대해 끊임없는 자의식과 의심을 표현하는 존재이다. 이런 의심과 반성이 없는 작가란 필시 가짜일 터이다. 그런 의미에서 작가는 자기 문장에 대해서도 '고현학적 방법'을 취하는 존재일 것이다. 예컨대, 『소설가 구보씨의 일일』에서 다음과 같은 문장을 보자.

어머니는 다시 바느질을 하며, 대체, 그애는, 매일, 어딜, 그렇게, 가는, 겐가, 하고 그런 것을 생각하여 본다.

위의 짧은 문장에서 쉼표의 과다한 사용이 인물의 심리 묘사에 얼마나 성공적이었는가를 따지는 것은 부질없는 짓이다. 이 문장에 쉼표를 어디에 어떻게 찍을 것인가, 하는 문제에 는 아무도 정답을 제시할 수 없을 것이다. 아마 무수히 많은 방식이 있을 것이다. 쉼표만 문제가 되는 것은 아니다. 예컨대, 이런 경우는 어떤가.

1) 어머니는 다시 바느질을 하며, '대체 그애는 매일 어딜 그렇게 가는 겐가'
   하고 그런 것을 생각하여 본다.
2) 어머니는 다시 바느질을 하며, (대체 그애는 매일 어딜 그렇게 가는 겐가)
   하고 그런 것을 생각하여 본다.
3) 어머니는 다시 바느질을 하며, 〈대체 그애는 매일 어딜 그렇게 가는 겐가〉
   하고 그런 것을 생각하여 본다.
4) 어머니는 다시 바느질을 하며, '대체 그애는 매일 어딜 그렇게 가는 겐
   가?' 하고 그런 것을 생각하여 본다.

이외에도 무수히 많은 구두법 *punctuation*의 방식이 있을 수 있다. 그런데 박태원은 앞에서 본 바와 같은 방식을 택했다. 박태원은 그의 소설에서 자주 수많은 쉼표를 찍어 넣는 '실험'을 하였다. 그것을 실험이라고 부르는 것은, 쉼표나 마침표, 물음표, 따옴표, 감탄 부호, 말없음표 등등의 문장 부호를 사용하여 문장을 구성하고 그것을 통해 심리를 전달하는, 이제는 누구나 별로 특별한 생각 없이도 하고 있는 이러한 방식의 문장 작성법은 1930년대에는 '매우 특별한 생각'이 있어야 가능했던 것이기 때문이다. 요컨대, 그것은 한국어의 '근대화'와 관련된 일이었다. 다시 말해, 문장 작성에서 구두법이 문제된다는 것은 활자 인쇄와 유통이라는 글쓰기

와 읽기의 근대적 산업화의 상황 및 서양 문장의 번역이라는 또다른 상황을 전제로 하는 것이다. 이 점에 관한 상론은 이 글에서는 생략한다. 이 글에서 주목하고자 하는 것은 한국어의 '근대화'가 수행되는 이러저러한 장면들이다.

한국어(조선어)로 글을 쓴다는 것은 무엇인가? 그것은 물짐승이 알에서 깨자마자 물 위를 헤엄치고 날짐승이 눈을 뜨자 곧이어 하늘을 나는 것처럼, 이미 주어진 언어를 주어진 방식으로 그냥 쓰기만 하면 되는 일이 결코 아니었다. 근대 문학 초창기 작가들의 한국어 글쓰기, 특히 소설 쓰기란 사실상 외국어로 글쓰기와 조금도 다를 바 없었다. 이 점에 관한 김동인(金東仁)의 유명한 회고가 있다.

> 소설을 쓰는 데 가장 먼저 봉착하여—따라서 가장 먼저 고심하는 것이 「用語」였다. 구상은 일본말로 하니 문제 안 되지만, 쓰기를 조선글로 쓰자니, 소설에 가장 많이 쓰이는 「ナツカシク」「―ヲ感ジタ」「―ニ違ヒナカッタ」 「―ヲ覺エタ」 같은 말을 「정답게」「을 느꼈다」「틀림(혹은 다름) 없었다」 「느끼(혹 깨달)었다」 등으로—한 귀의 말에, 거기 맞는 조선말을 얻기 위하여서 많은 시간을 소비하고 있었다. 그리고는 막상 써 놓고 보면 그럴 듯하기도 하고 안 될 것 같기도 해서 다시 읽어 보고 따져 보고 다른 말로 바꾸어 보고 무척 애를 썼다. 지금은 말들이 「會話體」에까지 쓰이어 완전히 조선어로 되었지만 처음 써 볼 때는 너무도 직역 같아서 매우 주저하였던 것이다. (중략)
>
> 술어에 관해서도 한문 글자로 된 술어를 좀더 조선어화해 볼 수 없을까 해서 「교수」를 「가르킴」이라는 등, 대합실을 「기다리는 방」(「약한 자의 슬픔」 제 1회분에서는 「기다림 방」이라 했다가 제 2회분에서는 「기다리는 방」이

라 고치었다)이라는 등 창작으로서의 고심과 아울러 그 고심에 못하지 않은 「용어의 고심」까지, 이 두 가지 고심의 결정인 처녀작 「약한 자의 슬픔」을 써서 「4천 년 조선에 신문학 나간다」고 천하를 향하여 큰 소리로 외치고 싶은 충동을 막을 수 없었다. (김동인, 「문단 30년의 자취」, 『김동인 전집 8』, 홍자출판사, 1968, 395-396)

'구상은 일본말로 하되 쓰기는 조선글로 썼다' 는 김동인의 이 고백만큼 한국 근대 문학이 그 출발점에서 안고 있었던 이중 삼중의 고단한 처지를 압축적으로 담고 있는 말은 달리 없을 것이다. 일본을 거쳐 들어 온 서구의 새로운 문물로서의 '소설', 그것을 한국어로 쓴다는 행위. 이 행위 속에서 한국어의 위치는 거의 외국어의 그것에 가까울 수 밖에 없다. 1906년 이인직(李仁稙)의 신소설이 등장한 이후, 영어의 삼인칭 주어 He, She 그리고 일인칭 주어 I 에 대응하는 한국어의 '그', '그녀', 그리고 '나'를 찾아내고 정착시키기까지 한국 소설의 문체 혹은 한국어 문어체가 얼마나 많은 실험들과 착오들을 거쳐야 했던가를 기억한다면, 근대 문학 초창기의 작가들에게 한국어가 외국어에 필적한 것이었다는 점은 충분히 짐작할 수 있을 것이다. 물론 이 실험들의 기본 모델은 일본에서 이미 실험된 것들이었다. "이때에 있어서 「일본」과 「일본글」 「일본말」의 존재는 꽤 큰 편리를 주었다. 그 語法이며 문장 변화며 문법 변화가 조선어와 공통되는 데가 많은 일본어는 따라서 先進의 역할을 하게 되었다." (김동인, 앞의 글). 이러한 진술을 한국 근대 문학의 형성에 새겨진 뿌리깊은 식민성의 증거로 내세우는 것은, 틀린 일은 아니겠지만, 문제의 소재를 정확히 짚은 것이라고 할 수는 없다.

보기에 따라서 다음과 같은 이인직의 소설 역시 또 다른 식민성의 움직일 수 없는 증거일 것이다. 이인직은 『혈의 루』를 『만세보』에 발표하기 20일 전쯤에 다른 소설 한 편을 3회에 걸쳐 연재한다. 제목도 없이 「小說 短篇」이라는 이름으로 시작된 이 소설은 마지막 회가 실린 신문이 멸실되어 그 내용을 온전히 알 수는 없지만, 많은 연구자들의 눈길을 끄는 것은 이 소설의 표기 방식이다. "이小說은國文으로만보고漢文音으로는보지말으시오" 라는 작가의 주석이 달린 소설의 첫 문장은 이러하다.

쌈 비 긔운 토 구름 사람 서울길 묘동
汗을쑤려雨가되고氣을吐ㅎ야雲이되도록人만흔곳은長安路이라廟洞도
서울 엇자그리
都城이언마는何其쓸쓸ㅎ던지

汗, 雨, 氣, 雲, 人, 長安路, 都城, 何其 라는 한자어의 위에 '쌈', '비', '긔운', '구름', '사람', '서울길', '서울', '엇자그리' 등의 한자의 훈(訓)을 새겨 넣는 이러한 표기법에서 당장 일본어의 루비(ルビ)식 표기를 떠올리는 것은 무리가 아니다. 그러나 일본어의 표기법을 그대로 적용하는 이러한 실험은 별로 효과를 보지는 못했다. 이인직의 다음 소설 『혈의 루』에 오면 이러한 표기법은 아주 사라진 것은 아니지만 거의 눈에 띄지 않는다. 그는 아마도 이 방식의 번거로움을 한 번의 실험을 통해서 깨달았던 듯하다. 그러나 곧이어 보듯이, 소설에서는 사라졌지만 다른 일상의 용법에서 이 방식은 널리 사용되었다.

이인직의 소설에 이어 한국 소설의 새로운 장을 연 이광수의 『무정』(1917)을 보자. 주인공 이형식이 안국동 네거리에서 친구 신우선을 만나는 첫 장면의 다음과 같은 대화들을 주목해 보자.

「녀자야」

「요-오메데또오 이ᄉ々나즈쎄(약혼흔 사롬)가 잇나보에 그려 움 나루호도(그
러려니) 그러구두 닉게ᄂᆞᆫ 아모 말도 업단말이야 에 여보게」 ᄒᆞ고 손을 후려
친다

형식이 하도 심란ᄒᆞ야 구두로 ᄯᅡᆼ을 파면서

「안이야 져 자네ᄂᆞᆫ 모르겟네 김장로라고 잇느니…」

「올치 김장로의 ᄯᅡᆯ일셰 그려 응 져 올치 작년이지 정신녀학교를 우등으로 졸
업ᄒᆞ고 명년 미국 간다는 그 쳐녀로구면 베리 굿」

「ᄌᆞ네 엇더케 아는가」

「그것 모르겟나 이야시ᄭᅮ모 신문긔쟈가 그런데 언제 엥게지멘트롤 ᄒᆞ얏는
가」

「안이오 쥰비롤 흔다고 날더러 미일 한시간식 와 달나기에 오늘 쳐음 가는
길일셰」

「압다 나를 속이면 엇절터인가」

'오메데또오', '이이나즈께', '나루호도', '베리굿', '이야시꾸모', '엥
게지멘트' 등의 말들이 자연스럽게 입에 오르는 이 장면은 예컨대, 1920
년대 이래 일간 신문을 펼치면 아무 데서나 발견되는 다음과 같은 상품 광
고의 문구들과 함께 근대 한국어의 상황을 짐작하는 데에 매우 적절한 자
료가 된다.

アイアン高級萬年筆/ 安全裝置인크式 正十四金펜 エボナイト(에보나이
트)軸/ 一號 잇게루(니켈nickel-필자주) 十五圓

삼텬 감기 약
기침이 原因으로 만히 죽기는 只今! 參天セキ藥

돈 표 비누 우량 선전 데-
ゼニ⑦石鹸優良宣傳デ一

요- 도가리 환
梅毒 神藥 ヨ一トカリ丸

　한국어와 일본어, 한글과 한자, 일본식 영어 표기, 일본유의 한글 표기, 일본 한자음의 한국식 녹음, 일본어 단어의 한국어 뜻 표기 등등이 어지러이 얽혀 있는 이러한 문자 체계들이야말로 식민지 시기 한국어의 일상적인 상황이었다. 이것을 어떻게 해석할 것인가?

　이러한 사실들에서 눈여겨 보아야 할 것은 한국 근대 소설과 근대 어문에 새겨진 식민성이 아니라, 근대 '한국어' 가 만들어지는 과정이다. '순수하고 완결된 형태의 한국어' 란, 다른 모든 언어들이 그렇듯이, 존재하지 않는다. 고대나 중세의 한국어가 북방의 이언어(異言語)들과의 관계에서 그러했듯이, 근대의 한국어는, 그리고 한국어의 근대화는 19세기말로부터 20세기에 걸쳐 역시 같은 과정을 겪고 있었던 일본어와의 이러한 혼성(混成)을 통해 이루어지고 있었다는 사실을 바로 볼 필요가 있다. 이것을 '순수한 한국어' 에 '잡스런 일본어' 가 침투한 것으로, 아니면 '제국주의의 언어' 가 '식민지의 언어' 를 지배한 결과로 보는 한, '일본어로 구상하고 조선어로 써야 했던' 근대 초기 작가들의 언어를 둘러 싼 사투(死鬪)는 이해되지 않는다. 더 나아가 그러한 사투 끝에 도달한 놀라운 창조의 결실들도 제대로 포착되지 않는다. 남는 것은 오로지 순수한 모국어를 오염시킨 불결한 침입자들을 몰아내고 추방하려는 정화와 청산에의 선병질적 욕망뿐이다. (물론 그 욕망이 해낼 수 있는 것은 폭력 외에 아무 것도 없다).

　신문이나 잡지 등 새로운 인쇄 매체의 등장과 보통학교 교육의 확대가 한국어와 한글의 표기 체계를 근대화 하는 결정적인 물질적 기초였다는 사실은, 근대 한국어의 식민성을 강조하는 것보다 훨씬 깊이 반추되어야 할 사항이다. 요컨대, 근대 한국어와 한글은, 근대와 처음으로 대면했던 모든 한국인들에게 근대가 그러했듯이, 낯설고 '외래적'인 것이었다. 이 낯선 외래적인 것을 '자기 것'으로 삼는 데에 바쳐진 안타까운 노력과 수많은 실패들을 기억하지 않는다면 '식민지의 잔재'는 영원히 '청산'되지 않을 것이다. 그런 점에서 나는 이 글의 모두(冒頭)에서 인용했던 「소설가 구보씨의 일일」에서의 다음과 같은 짧막한 문장을 볼 때마다 형언할 길 없는 착잡한 심정에 사로잡히곤 한다.

가엾은 벗이 있었다. 〈중략〉 그는 거의 구보의 親友였다.

이 이상한 문장을 이해할 현대 한국인은 아마 거의 없을 것이다. 이 문장에서 '벗'과 '친우'는 다른 뜻으로 쓰인 단어이다. 1930년대의 한국어는 그러했던 것일까? 물론 아니다. 이 문장을 쓸 때 작가 박태원의 머릿 속에서는 일본어 '親友(しんゆう)'가 떠오른 것이다. 일본어에서 'しんゆう'는 한국어의 '친구'나 '벗'보다는 훨씬 가까운 사이의 친구를 가리킨다. 따라서 일본어로 읽으면 '그는 벗이라기 보다는 거의 친우였다'라는 말은 충분히 의미가 통하는 문장이다. 그러나 한국어로 그대로 옮겼을 때 이 문장은 알 수 없는 뜻이 되고 만다. 아마도 당대의 독자들은 자연스럽게 혹은 무의식적으로 이 단어를 일본어의 의미로 바꾸어 읽었을지도 모른다. '일본말로 구상하고 조선어로 썼던' 근대 작가들의 고단한 숙명이 짧은 문장 속에 여지없이 압축되어 있는 사례로서 이만한 것은 달리 없을 것이다. 나는 이 문장을 볼 때마다, 원고지를 마주한 채 수없이 쉼표를 넣었다 뺐다 하면서 한글 문장의 맛과 결을 창조하기 위해 노심초사하는 박태원

의 모습과 그럼에도 불구하고 무의식적으로 작동하는 일본어의 세계 속에서 허우적 거리는 수많은 식민지 작가의 숙명이 그림처럼 떠오르곤 한다.

　근대 문학의 역사는 이 숙명들과 더불어 산 흔적의 역사이며 우리는 그 흔적이 남긴 또다른 흔적인 것이다. 물론 모두들 그것을 기억하고 있지 않기는 하지만…….

(『새국어생활』, 2004)

'문화' 의 처소

세상에 대한 호기심과 감각이 한껏 열려 있는 10대와 20대. 그 시절에 즐겨 들었던 음악이나 깊이 심취했던 책의 구절들은 나이가 들어도 쉽게 잊혀지지 않는다. 지하철 안에서 갑자기 70년대 학생 시절 유행하던 팝송이 큰소리로 흘러나와 주위를 둘러보니, '흘러간 팝송'을 여섯장이나 되는 CD에 담아 '단돈 만원'에 판매하는 것이었다. 지하철이나 버스에서 걸핏하면 싸구려 물건을 '충동구매'하는 버릇때문에 늘 식구들의 지청구를 면치 못하는 신세이긴 하지만, 이번에는 조금도 망설이지 않고 다시 그 충동에 몸을 맡겼다. 연구실의 작은 오디오에 걸어 놓고 흘러 나오는 노래를 흥얼흥얼 속으로 따라 부르기도 했다. 누구나 그런 경우가 있겠지만, 자신만의 특별한 추억들을 상기시키는 어떤 노래들에서는 하던 일을 멈추고 잠시 회상에 잠겨 보는 것도 그런대로 쏠쏠한 재미였다.

그런데 놀랍고도 흥미로운 사실은, 주로 70년대에 미국이나 유럽에서 유행하던 100여곡이 넘는 이 팝송들의 거의 대부분이 내가 그 일부 혹은 전부를 따라 부를 수 있을 정도로 내 귀에 익숙하다는 것이다. 그것을 들을 때 옛집에 돌아 온 듯한, 혹은 오랜 친구를 만난 듯한 반갑고도 푸근한 마음을 갖게 해 주는 내 청각의 깊은 기억들이 미국이나 유럽에서 유래했다는 깨달음 앞에서 뭔가 난처함을 느꼈던 것은 나만의 경험이 아닐 것이다.

내 문화적 감각의 상당 부분의 기원이 '이곳'이 아니라는 사실을 확인할 때 아무래도 착잡한 마음을 금할 길은 없다. 연구년으로 미국에 작년 일년간 머물고 있을 때였다. 몇십년전에 방영되던 인기 드라마를 여전히 틀어주는 TV 채널에서, 〈보난자 Bonanza〉, 〈전두 Combat〉, 〈아이러브 루시 I love Lucy〉 등등의 흑백 영화들을 접하는 순간, 까맣게 잊었던 정 다웠던 친구를 길 가다가 만난 듯한 놀라움과 반가움을 느꼈다. 그 영화들은 내 눈 앞에 나의 어린 시절을 순식간에 끌어 당겨다 놓는 것이었다. 미국식 생활과 풍요에 대한 한없는 선망과 동경으로 가득찼던 제삼세계 '할리우드 키드'의 한 전형이 바로 나라는 사실을 확인하게 된 것은 그 반가움이 일단 가라앉고 난 뒤의 일이었다.

이런 사례들은 아주 많다. 서양의 박물관이나 미술관에서 너무나도 눈에 익은 명화들을 보는 순간, 나는 그 작품들을 즐긴다기 보다는 기억 저편에 가라앉은 학생 시절 '미술 교과서' 안의 사진들을 환기하고 있는 나 자신을 깨닫곤 한다. 물론 나를 구성하고 있는 문화적 감각들의 기원은 미국이나 유럽만이 아니다. 도시든 농촌이든 한국에서는 이제 겨우 삼사십년 안쪽의 옛집들이나 골목길을 보기가 어렵게 되었다. 그런데 예전에 보던 그런 골목길 풍경이나 소도시의 거리들은 일본에 가면 지금도 심심치 않게 만난다. 내 기억 속에 남아 있는 그 풍경들의 기원은 알고 보면 일본이었던 것이다. 일본에서 그 풍경들을 마주칠 때 느끼는 낯익은 반가움 또한 묘하지 않을 수 없다.

그러나 이러한 자신의 문화적 소양의 '서양적' 혹은 '외래적' 기원을 특별히 한탄하거나 비감해 할 필요는 없다. 기원이란 언제나 불투명한 것이며, 기원의 순결성이나 단일성에 대한 집착 또한 무의미하고 부질없는 짓일 뿐이다. 몇 년 전에 FM 라디오의 국악 프로에서 우연히 고(故) 김월하씨의 시창(詩唱)〈관산융마〉(關山戎馬)를 듣다가, 마치 차가운 물이 머리 위에서 한꺼번에 쏟아져내리는 듯한 충격을 받고 그 이후 틈만 나면 즐겨 듣는 곡목의 하나로 삼았거니와, 그것은 이 노래가 이른바 '우리 것'이기 때문은 결코 아니었고, 그렇다고 내 문화적 감각의 서양적 기원에 대한 보상 심리의 결과였던 것도 아니었다. 한때 유행했던 '우리 것이 좋은 것이여'라는 광고 카피의 비논리성과 반문화적 선동성을 나는 극히 혐오하거니와, 위의 〈관산융마〉의 경우에도 그 기원이나 유래와는 상관없이 (아마도 굳이 정색하고 기원을 따지자면 그것은 '중국' 쪽일 것이다), 그 소리의 유현(幽玄)함이 사람을 뒤흔드는 바는 가령 베토벤과 모짤트의 그것에도 결코 뒤지지 않을 것임을 나는 자신한다.

내 안에 있는 다양한 정체성과 혼종성(混種性)을 있는 그대로 바라볼 수 있을 때 비로소 '자아'를 인식하는 시선이 열린다. 기원의 순수성과 단일성에 대한 무지에 가득찬 집착과 강박이 타자에 대한 폭력과 억압을 낳고 문화의 저열화를 초래한 사례는 예나 지금이나 숱하게 많다. "내가 누구인지 말할 수 있는 자는 누구인가?", 리어왕의 이 비통한 절규는 확고한 주체의 단일성에 대한 신념이 산산히 깨져나가는 사태에 직면한 인간이 내뱉는 최초의 성찰의 언어일 것이다. 이 사태 앞에서 나는, 그리고 당신은 어디로 갈 것인가? 이른바 '문화'와 '예술'이 응답해야 할 곳은 바로 그곳이 아니겠는가.

(『대산문화』, 2004)

'좋은 문학'에 대한 몇 가지 단상

　몇해 전 문학 교육에 관한 한 학술 발표회에 토론자로 참가했을 때의 일이다. 장황한 주제 발표의 내용을 한 말씀으로 줄이자면 대체로 이런 것이었다. 즉, 좋은 문학 작품을 많이 읽으면 사람의 '정서가 순화'되고 '인격 도야에 도움이 된다'는 것이다. 모든 '문학개론'류의 교과서 첫 장에 아마도 빠짐없이 등장할 이런 '거짓말'들에 대해서 새삼스럽게 정색을 하고 따지는 것 자체가 오히려 촌스럽다면 촌스러울 일이겠으나, 그래도 명색이 학술 발표회라는 곳에서 이런 말씀들을 심각하게 주고 받고 있다는 사실도 한편으론 낯 간지럽기 짝이 없는 일이었다.

　좋은 문학 작품을 많이 읽으면 정서가 순화되고 인격이 도야된다? 그렇다면 문학 작품을 읽는 것을 아예 업으로 하는 나 같은 대학 선생(그리고 그 발표를 한 발표자 역시)의 정서는 대체 순도가 얼마일 것이며 또 그 인격의 높이는 어느 만큼일 것인가? 다른 사람들은 어떤지 몰라도 나 자신의 경우를 보건대, 나는 늘 정서 불안에 시달릴 뿐 아니라 또 인격으로 말하자면 이것은 차마 말할 것이 못 된다. 대체 무슨 근거로 문학 작품과 인격 도야와의 상관 관계를 말할 것인가? 내가 아직 많이 읽지 못해서인가, 아니면 좋은 작품을 가려 읽지 못해서인가?

대체로 이런 취지의 토론을 했다. 발표자로서는 그저 '옛날부터 전해 오는 말씀'을 반복했을 터, 막상 근거를 대라고 따지니 황당했을 것이었다. 나로서도 반쯤은 웃자고 한 소리였지 끝까지 해 보자고 한 소리는 아니었다. 알고 보면 위의 '문학개론'류의 교과서들이 생판 '거짓말'만 하고 있는 것은 아닐 수도 있다. 그것은 적어도 '문학'이라고 통칭하는 행위에 대한 많은 사람들의 시각, 소망, 또는 어떤 믿음 같은 것들을 반영하고 있는지도 모른다. 그러니까, 문학 작품을 읽으면 정서가 순화되고 인격이 도야된다는 '진실'을 말한다기 보다는, 그렇게 되었으면 하는 소망, 혹은 좋은 문학 작품이라면 마땅히 그렇게 되어야 할 것이라는 어떤 당위를 표현하고 있는 것일지도 모른다는 말이다.

그러나 그렇다고 해도 의문은 여전히 남는다. 왜 하필 '정서의 순화'이며 '인격의 도야'인가? 그것이 좋은 문학 작품에 거는 소망이나 믿음의 표현이라면, 그런 소망이나 믿음을 문학 작품과 연결시킬 필연성은 대체 무엇인가? 이것은 어디에나 있는 보편적인 현상인가, 아니면 한국 문학의 경우에만 두드러진 현상인가? 두서없는 의문만이 꼬리를 물고 이어질 뿐이었다.

숙제를 안 하고 그냥 넘어갈 수는 없는 모양이다. '당신이 생각하는 좋은 문학이란 무엇인가?'라는 편집자의 질문은 그때의 그 의문들을 다시 상기시키는 바가 있다. '좋은 문학'이라는 상투적이고 모호하고 추상적인 질문 앞에 딱 부러진 규범과 이상을 제시하려고 애쓰는 것은 무모하고 부질없는 짓일 것이다. 그보다는 이 질문 앞에, 이 질문으로부터 야기되는 다른 질문들 혹은 사건들을 맞세우거나 포개 놓아 보는 것은 어떨까? 혹시 다른 그림이 만들어질지도 모를 일이다.

우선 다음과 같은 질문: 서양어 literature가 '문학文學'으로, novel이 '소설小說'로, poem이 '시詩'로 번역되는 19세기말 동아시아의 문화사적 맥락, 그리고 이런 맥락에서 전개된 이른바 근대 문학의 사정은 어떤 것이었을까?

두루 알다시피, 근대 이전 유교 문화권에서의 '文'이나 '詩'는 두말할 것 없이 유학의 경전을 가리키는 것이었으며, '學'은 성현의 가르침을 담은 그 경전들을 나날이 익혀 다듬는 행위를 말하는 것이었다. '士'의 존재 이유 또한 거기에 있었으니, '文士'는 이러한 '學'을 온몸으로 실현하는 존재이면서 사회적 규범과 이념의 체현자로 인정되는 존재였다. 더구나 '小說'이라는 용어가 '文', '學', '文士' 등의 언어적 실천 속에 끼어들 여지는 아예 없었다. 그렇기는 커녕 '小說'은 오히려 그러한 이상적 규범으로부터 일탈된 잡스러운 어떤 것으로 취급 받기조차 했다.

그런데 메이지 유신기 일본인들에 의해 literature, novel 등이 '文學', '小說' 등으로 번역됨으로써 동아시아 사회에서 그 용어가 기왕에 지니고 있던 외연과 내포에는 엄청난 변용과 굴절이 생겨났던 것이다. 물론 거기에서 용어상의 변용과 굴절만을 보는 것은 사태의 중요성을 제대로 인식하는 것이 아닐 터이다. 이 번역의 충격은 동아시아 삼국에서의 문화적 실천의 구조와 내용을 순식간에 뒤바꿀 만큼 강력한 것이었다. 여기서 그 모든 사정들을 세세히 살필 여유는 없을 것이다. 몇 가지 사항들을 두서없이 적어 보기로 하자.

우선 '文+學'이라는 이 새로운 용어가 지시하는 대상들은, 이 용어들이 환기하는 재래의 내용과는 판이하게 다른 것, 즉 전혀 낯설고 새로운, 더욱이 새롭게 만들어가야 할 그 무엇을 가리키는 것이었다는 점, 그럼에도 불구하고 '文'과 '學'이 환기하는 과거의 세계, 예컨대 '文＝載道之器', '詩＝思無邪', '學＝學而時習之不亦悅乎'의 세계 혹은 이념은 새로운 '文學'의 영역이 개척되고 확장되는 한편으로 여전히 강력한 힘을 발휘하면서 새로운 '문학'의 개념과 결합했다는 점을 생각해 보자. 이 결합의 양상들이 어떠한 것이었는지를 한 마디로 말할 수는 없을 것이다. 그러나 결국, 신문학의 새로움을 향한 충동이 그 용어가 거느리고 있는 과거 세계와 충돌, 갈등, 긴장, 타협을 일으키면서 바야흐로 신문학의 역동성을 만들어 갈 것임은 자명한 일이었다.

'좋은 문학'에 대한 근대 이래의 규범적 이상은 대체로 이러한 사정으로부터 말미암은 바 크다. 사람을 감화시키고 교화시켜 좋은 길로 인도하는 '詩', '文'의 교화적 기능에 대한 믿음은, 그것이 지시하는 대상이 판이하게 달라진 시대에도 여전히 폭넓은 지지를 받았다. 계몽과 교화는 새로운 작가들의 기꺼운 사명이 되었고 그것은 자신의 오랜 전통에도 부합하는 일처럼 보였다. 요컨대, 한국의 근대 문학은 전혀 새로운 내용, 새로운 방법으로 자신을 구성해 가는 한편으로 그것이 지향해야 할 이상적 목표 내지 내적 규범으로서 재래의 그 용어가 담지하고 있던 이념 혹은 태도를 전유 *appropriate*하는 것이었다. 그럴 수 밖에 없었던 보다 강력한 이유는 말할 것도 없이 근대 문학의 발생기에 한국 작가들이 처한 정치사회적 조건이었다.

문학이라는 새로운 장르에 특권적인 문화적 가치가 부여되고, 특히 '소설' 창작이 특별한 정치적 의미와 연관되었던 것은 물론 한국만의 특수한 경우가 아니다. '소설'이 일사불란한 국민국가 *nation state*를 상상케 하는 가장 유효한 장치의 하나로 탄생했다는 사실은 이제 널리 알려진 상식이 되었거니와, 바로 그 국민국가가 부재하는 상태, 즉 식민지 상태에서 그것을 상상하는 장치로서의 '소설' 혹은 '근대 문학'은 대체 무엇이었으며 또 무엇이어야만 했을까? 존재하는 것보다는 부재하는 것에 대한 상상과 욕망이 더욱 강렬할 것임은 자명한 일이다. 국가를 상상하고 국민을 호출하는 근대 소설 본연의 임무가, 부재하는 것에 대한 강렬한 욕망을 타고 더욱더 움직일 수 없는 절대의 진리로 정착되었을 것임도 쉽게 짐작할 수 있는 일이다. '좋은 문학'의 규범과 이상이 어떻게 구축되었을지도 그렇다면 이해가 간다.

국가, 민족, 국민, 민중, 인민, 계급, 그밖에 무엇이든 간에 계몽과 교화의 근대적 기획은 이러한 이상 아래 사람을 동원하고, 조직하고, 심지어는 '거듭나게(更生)'하는 시스템이었다. 근대 문학은 그 시스템의 주요한 기능소였으며 식민지의 정치적 환경 아래서 그러한 기능의 진리치는 절대적으로 강화되었다. '좋은 문학'의 규범은 이러한 기능을 중심으로 배치되었고, 유파와 경향과 개성은 저마다 달랐어도 이러한 시스템의 근본을 문제삼은 작가나 작품은 많지 않았다. 그리고 사실을 말하자면, 정말로 좋은 문학이란 언제나 많지 않은 법이다.

'文學'이라는 용어에 이렇듯 과거의 후광이 드리워지는 것과 함께, 그 '문학'을 하는 '작가=문사文士'의 용례에서도 마찬가지의 현상이 생겨났다. 어떤 의미에서 보든지, 새로운 '문학'을 담당하게 된 '작가'라는 존재는 구지배질서하의 '士'와는 거리가 먼 존재였다. 요컨대, 전통적 지배 구조의 붕괴와 새로운 지식 체계의 출현과 함께 '文人', '文士', '識者' 등이 가리키는 대상은 전혀 다른 것이 되었거나 혹은 전혀 다른 계층으로부터 출현했다. 그럼에도 불구하고 그 용어들이 담고 있던 사회적 기능, 혹은 그 기능에 대한 기대치들이 그대로 이월되었던 것은 '文學'의 경우와 마찬가지였다.

새로운 '文人', '文士'들이 기꺼이 자임하고 또 남들도 기대했던 이러한 사회적 기능은 한국 근대 문학에서의 '좋은 문학', '좋은 작가'에 대한 규범의 확고한 기초가 되었다. 그리고 이 점은 새로운 '문학'의 전적인 수입처이자 모델이었던 식민지 종주국 일본의 문학과 비교했을 때, 거의 유일하게 다른 점이었다. 평론가 이토세이(伊藤整 1905~1965)가 일본 사소설의 전통을 비판하면서, 사회적 자아를 구축하지 못하고 폐쇄적인 문단 길드 내에 칩거한 일본 근대 작가들을 '도망 노예'로 비유했던 상황은 한국 문학의 경우에는 일어날 수 없었다.

어느 것이 좋은 것이었다고 말하려는 것이 아니다. 다만 새로운 '文學'과 '文人'에 드리워진 강력한 과거의 잔영과 거기에 더해진 식민지의 정치·문화적 환경 아래서, 작가=주체의 분열과 혼란을 과감하게 드러내는 경향, '文士'의 존재를 갈 데 없는 사회적 잉여로서 적나라하게 폭로하는 작품들이 '좋은 문학'의 반열에 서기는 매우 어려웠다는 사정을 돌아보자는 말이다.

그러나 모든 규범은 억압을 낳는다. 그리고 이 억압으로부터 또다른 문학이 나온다. 한국 문학사가 이 억압으로부터의 탈출을 얼마나 풍성하게 일구어 왔는가는 또 다른 문제이다. 다만 문학 작품을 읽고 가르치는 행위를 '정서 순화'와 '인격 도야'에 두는 상투적이고도 보편적인 발상에 이러한 억압이 무겁게 자리잡고 있음은 분명하다. 그리고 다음과 같은 경우는 어떻게 보아야 할까?

서울 예술의 전당 뒤 우면산에는 잘 정돈된 산책길이 있다. 언젠가 이 길을 걷다가, 산책길 중간 쉴 만한 곳마다 유명 시들을 한편씩 나무 판넬로 만들어 세워 놓은 것을 보았다. 얼핏 생각나는 대로 적어 보아도, 김소

월, 김영랑, 이육사, 박목월, 조지훈, 노천명 등의 잘 알려진 시들이 아담한 형태로 새겨져 산책객들의 눈길을 끌고 있었다. 공원 정비를 담당한 구청 공무원의 발상이었겠지만, 대단한 문학 애호가인 모양이라고 생각하면서 한편으로는 많은 사람들이 오가는 길에 전시할 시들을 고르느라고 고심했을 그 공무원의 내면은 어떤 것이었을지 궁금했다. 산책길을 따라 이 시들을 감상하다가 작은 정자가 세워져 있는 나지막한 정상에 이르지 미지막 시 한편이 기다리고 있었다. 서정주의 '동천(冬天)'이었다. 그런데 다른 것들과는 달리 이 시를 새겨놓은 판넬에는 시인의 이름이 없는 것이다! 원래 있던 것을 누군가가 지운 것이 아니라 처음부터 적어 넣지를 않은 것이다.

나는 놀라운 마음으로 그 시를 새긴 나무판을 오래 동안 들여다 보았다. 이것은 무엇일까? 산책길의 가장 좋은 지점에 그 시를 세워 널리 보여 주고 싶은 마음과 작가의 이름은 드러내고 싶지 않은 마음이 서로 부딪치고 갈등을 일으킨 흔적이 거기에 있었다. 말하자면 이것은, '좋은 문학'과 '위대한 작가'를 둘러싼 만만치 않은 미학적 난제가 대중의 문학 소비 현장에서 지극히 한국적인 방식으로, 혹은 다소 폭력적인 방식으로 처리되는 하나의 사례일 것이다. 그러나 이 사례가 의미하는 바는 결코 간단치 않다. 이렇게 기묘한 방식으로 작가의 이름을 지우면서, 또 그러면서도 그 작품의 아름다움만은 널리 선양하고자 한 어떤 사람(짐작건대 지극히 표준적이고 모범적인 21세기의 한국인일)의 문화적 감각, '좋은 문학'에 대한 그의 규범과 이상은 무엇이며 그것은 어디에서 왔을까? 나는 두고두고 생각했지만, 뚜렷한 결론은 얻지 못하였다. 아직도 생각하고 있을 뿐이다.

(『파라21』, 2004)